ザ・バブル

新宿 華耀亭事件

永瀬 隼介
Nagase Shunsuke

文芸社文庫

目次

新宿歌舞伎町　一九八九年十二月

ぼくの住む家は、ラブホテル街の奥にあった。古い旅館を改造した料亭で、仲居さんや板前さんが十人近く働いている。お客はほとんどが銀行とか証券会社のひとだ。なかには、奥の部屋に朝から晩まで居座って、お酒を飲んで騒いで、会社へ出勤しないひともいる。それが仕事だというから、大人の世界は不思議だ。

いま、世の中にはおカネが唸っているらしい。お酒で顔を真っ赤にした銀行マンが〝乗り遅れたらバカだ、大バカのすっとこどっこいだあ〟と叫び、火のついた一万円札の束を手に、聖火ランナーみたいに座敷を走り回ったこともある。〝カネがカネを生むんだ、ジャパン・アズ・ナンバーワン〟と素っ裸で座卓に飛び乗って怒鳴った証券マンもいる。声はとても元気なのに、チンポはだらんと垂れていた。

ふーっとため息をついた。耳がジンジンする。

キツネが降りるーっ、キツネが降りるーっ

あの天地を裂くような絶叫が、まだ鼓膜にこびりついている。

おらあーっ、降りたあーっ

キツネが降りると、おカネが儲かる。本当だ。ぼくは大広間に積まれた札束の山を見ている。あれは凄かった。五億円あったらしい。

裏口から外へ出る。ビルに囲まれた広い庭には池があり、一匹百万円もする大きな錦鯉が群れを成して泳いでいる。池の向こう、水銀灯に照らされて、幾つもの黒い影が浮かび上がる。ごくっと唾を飲んだ。こうやって見ると墓場のようだ。本当は大黒様とかお釈迦様、不動明王、ガマガエル、お稲荷さんのでっかい石像で、ぜんぶ特別注文で、ひとつが一千万円するらしい。でも、この石像は、たとえタダでも持っていくひとはいないと思う。運ぶにはトラックと作業員が必要だし、庭に置いても不気味なだけだろう。こういうのが無造作に並べてある家は、やっぱり普通じゃない。

この庭で朝、全員が揃って拝むこともある。上等のスーツ姿の偉そうなひとたちが、大黒様やお釈迦様の前で、儲かれ、儲かれ、株株上がれ、と手を合わせて拝むんだ。

塀の木戸をそっと潜《くぐ》った。北風が痛い。耳が千切れそうだ。ピュッ、と大気を切り裂く音がする。この汚れた街は、冷蔵庫の中みたいに寒い。ぼくは痩せた背を丸め、ズボンのポケットに両手を突っ込み、水銀灯の下を歩いた。自分の影が長くなったり短くなったりした。

立ち止まり、クンクンと仔犬のように鼻を鳴らした。どこからか、酒の混じったヘドと香水の匂いが漂う。母さんの匂いだ。微笑もうとしたが、頬がうまく動かない。寒さで痺れているせいだ。

暗く沈んだ街で、赤や青、ピンクのネオンが光っている。辺りには五十軒以上のラブホテルがあるらしい。路地が入り組んだ迷路のような街のそこここに、闇がぽっかり口を開けている。ふらりと入り込みそうになるのをなんとか我慢して、足を進めた。ポケットの中、右手をギュッと握り締める。ぼくが命の次に大事にしている天使の卵に、我慢しろ、と命じる。小さくなってろ、まだだ、と囁く。優しく、諭《さと》すように。

にじゅうよじかん、たたかえますかあ〜

流行《はや》りのＣＭソングを口ずさみながら歩いた。

分厚い毛皮のホワイトコートを着込んだ、褐色の肌の立ちんぼが、ハーイ、と白い歯を見せて笑いかけてくる。地球の裏側からはるばる日本人のチンポを求めてやってきた、ろくでもない女だ。トウモロコシの穂に似たソバージュが寒風に嬲《なぶ》られ、ぽってりした朱《あか》い唇がてらりと光る。

「ボクちゃん、チンコ、マンコ」

下手くそな日本語にムッとした。

「キルユー、サノバビッチ、ゴーホーム」

前を向いたまま吐き捨てた。立ちんぼはポカンと口を半開きにし、ついで、化粧をこってり塗った顔を歪《ゆが》めた。罅《ひび》が入るんじゃないか、と少し心配になった。鼻に皺を寄せ、ツバを飛ばして吠えたが、意味はチンプンカンプンだ。ぼくは中指を突き立てて、シャラップ、と怒鳴ってやった。立ちんぼはポカンとした顔で黙った。

薄汚れたブロック塀の角を曲がる。思わず眼を瞬《しばた》いた。視界いっぱいに眩《まばゆ》いネオンの海が広がった。この腐った街も、夜の顔は幻のように美しい。こうやって離れた場所から眺めればなおさらだ。とっぷりと陽の暮れた氷点下の街は、赤や青の光を放ってスケベな男たちを引き寄せ、女は舌なめずりをして待つ。昔の母さんのように。

コンクリートのビルの谷間を漂うぼくは、苛《いら》ついたネズミだ。寒さと苛々で頭がひどく痛い。ガンガンする。凍えた身体を引きずるようにして歩いた。ケケッ、と笑う女の声がした。野太いわめき声が重なる。ふたりの雄叫《おたけ》びが、寒気を切り裂いて轟く。ヒモと女奴隷の、ロクでもない話し合いだ。殴られた女が哀しい悲鳴を上げた。女の悲鳴は嫌いだ。母さんと重なるから。

思わず天を仰いだ。聳《そび》え立つビルの間にのぞく、小さな三角形の夜空は冷たい鉛板のようだ。頬が、耳が痛い。雪が降ってもおかしくない。

ぼくはジャンパーの襟《えり》を立て、首をすくめて辺りをうかがい、背の高いビルとビルの間を縫う、暗い路地に入った。ビルの排気口から吐き出された、食い物の匂いが混じる生温かい臭気が淀《よど》んでいる。少しだけ、寒さが紛《まぎ》れた。

前方、ビルに挟まれた出口が一本の蛍光灯のようだ。鮮やかなネオンが光の粒となって零《こぼ》れている。通りを歩く無数の人影が横切り、消えていく。そこだけ眺めていると、幼いとき絵本で見た、北欧かどこかの暖かい幸せな街に思えてくるから不思議だ。これも手の中で静かにしている天使のせいだろうか。

腰を屈め、ポケットから左手を抜き出して紙くずを拾い集めた。指がうまく動かない。ひび割れたあかぎれだらけの手は、おばあさんのようだ。ぼくはまだ十二歳なのに。

さあ、おいで。ぼくはポケットから天使を招いた。右の掌《てのひら》で冷たい金属の天使の卵が、キラリと銀色の光を放った。ブルッと身震いした。心がほんわか温かくなる。まるでバスタブのお湯に浸《つ》かったようだ。胸に巣くっていた重い苛々がウソのように溶けていく。頭の痛みも消えている。

気分がよかった。左手をジャンパーの懐にさし入れ、スタミナドリンクの瓶を取り出した。膝の間に挟んでキャップを外し、紙くずに注《そそ》いだ。トクトク、と優しい音が耳をくすぐる。ツンと鼻を刺す臭いに、涙が滲んだ。

股間が痛い。いつの間にか、ズボンの前がパンパンに張っている。やっぱり、ぼくは、あのひとが言うように変なのだろうか。あのひとは聖なる人間なのだという。母さんもそう言っていた。本当だろうか？　だからおカネも稼げるらしい。本当だろうか？　女にもモテてやり放題らしい――これは本当だ。その証拠に……

頭を大きく振り、ギリッと歯を噛み締めた。いつかあの聖なるひとに地獄を見せてやりたい。そのとき、ぼくの天使は変わる。怖い悪魔に変身し、すべてを消してしまうはず。

空気が揺れた。身構える間もなく、ドカッと鈍い音がした。肩に重い衝撃を受け、呆気《あっけ》なくひっくり返った。細長い鉛色の夜空が見える。左右の黒いビルが覆いかぶさってきそうだ。

「てめえ！」

怒声が弾けた。

「ぶっ殺すぞ！」

ぬっと人影が現れた。仁王立ちで睨みつけてくる。

「あれだけ言ったろうが」

歯がカチカチ鳴った。黒い恐怖が背筋を貫く。――足が跳んでくる。ブンッと空気が鳴った。サッカーボールのようにあごを蹴り上げられ、血の味が喉に流れ込む。助けて、助けて、と叫んだ。が、くぐもった声が漏れただけだ。首筋に蹴りを食らい、横に飛んだ。ビルの壁に激突して跳ね返り、うつ伏せに倒れ込んだ。四つん這いになって逃げようとした。腹を蹴られ、ひっくり返った。おらあっ、と両手でジャンパーの胸倉を摑まれ、引き上げられた。口が裂け、眼が青く光っている。悪魔がこの世にいたら、きっとこんな顔だろう。キュッと喉が鳴った。やだ、殺される――まだ死にたくない。ぼくにはやることがある——

第一章　紅　蓮

1

カンカンと鐘《かね》が鳴り、野獣の雄叫びのようなサイレンを轟かせて現場へと滑り込む。消防車のデッキに立つ遊佐《ゆさ》京平《きょうへい》は分厚い防火グローブをはめた手でヘルメットの縁《ふち》を持ち上げ、眼をすがめた。初夏の穏やかな夜はいま、恐るべき喧噪に包まれていた。

午前零時過ぎ。五階建ての雑居ビル。その三階部分のガラスが音を立てて割れ、尖った銀色の破片となって降り注ぐ。キラキラ光るガラスはアスファルトで粉々に砕け、四方八方に散って輝く。その、修羅場とは不釣り合いな、宝石を撒き散らしたような光景に眼が吸い寄せられる。が、それも一瞬だった。破れた窓から黒煙が噴き出し、ゴッと大気を震わせて深紅の炎が躍り出た。酸素を食って炎は太く、高く舞い上がる。ビルが全身を震わせて呼吸をし始める。窓から火煙を吐き出し、吸い込む度に火勢は強く大きくなっていく。

ビルの外壁に取り付けられた看板が次々に燃えて溶け、青い炎の塊となって落ちる。

ボトッボトッ、と湿った音がして炎の塊が散り、アスファルトに青白い炎の池が広がる。

　ビル火災という名の怪物は酸素を貪《むさぼ》り食って荒れ狂い、炎の巨大な舌を突き出し、底無しの紅蓮《ぐれん》に呑み込んでいく。これだけ強い火勢なら、なんらかの助燃剤が使われたのだろう。放火か、それともはた迷惑な焼身自殺か——

　遊佐はサイレンを鳴らす消防車が完全に停まる前に飛び降りるや、車輌後部に積載してあるホースカーを取り出した。エアボンベを背負った人命検索の隊員ふたりが互いをロープで繋《つな》ぎ、呼吸用のフェイスマスクを装着しながら駆けて行く。

　消防活動で最も優先すべきは人命救助だ。ふたりには別に長いロープが繋いであり、それをもうひとりの隊員が確保して後に続く。彼は外で控え、ふたりが煙に巻かれるなどして身動きが取れなくなった場合、ロープを引っ張り救助する。ロープは文字通り命綱だ。運が悪ければ、火脹《ひぶく》れた仲間の焼死体を引っ張り出すことになる。消防活動は常に命懸けだった。

　ここ北区赤羽《あかばね》駅近くの繁華街は炎と人の熱気が渦巻き、騒然としていた。周りをびっしりと取り囲んだ野次馬から、歓声とどよめきが沸き上がる。スゲエッ、という驚嘆の叫びも聞こえる。興奮したチンピラや酔客に交じって、パジャマ姿のぼんやりした寝ぼけ面も幾つかある。

「消防、モタモタすんな！」「税金ドロボー」「さっさと消さんか！」

酔客の無責任な罵声がほうぼうから上がる。ケータイを向け、ニヤつきながら現場中継をやっている学生風もいる。他人の不幸は蜜の味、ということだろう。いつものことながら、鉄板入りの防火靴で蹴飛ばしてやりたくなる。

遊佐、捨てるぞ、ボサッとすんな！　現場の指揮を執る小隊長、小林の怒声がした。遊佐はアスファルトに転がしたホースをそのままに、走った。路地に違法駐車のクルマがあった。セダンの国産車だ。すでに四人が取り付き、最後、遊佐が後部のバンパーを摑むなり、よっせ、と声が上がった。セダンを軽々とリフトする。野次馬の罵声が水を打ったように止《や》み、マジかよ、と呻《うめ》く声が聞こえた。さすがに背筋が軋《きし》みを上げたが、日々の訓練で鍛え上げた、体力自慢の消防隊員だ。違法駐車の国産車くらい、屁でもない。

消防活動に邪魔なクルマを道路脇に捨て、消火栓のバルブにホースを結合していく。繁華街の消火活動は入り組んだ路地と違法駐車、それに押し寄せる野次馬の群れが大きな障害となる。身勝手な違法駐車のクルマは、背筋力二百キロ、握力六十キロを超える同僚らによって、次々に排除された。なかには、電柱と歩道の間に無理やり突っ込まれたクルマもある。出るに出られず、警察から大目玉を食らう持ち主の姿が目に見えるようだ。

消防車の横でホースを握るのは、ビルの窓に直接注水する班だ。その向こうには、延焼防止の噴霧状注水を行うホースもある。

鐘とサイレン、怒声が錯綜する中、指揮隊車やハシゴ車、救急車が続々と到着する。ジリリリッと鼓膜を叩く甲高い音は、さっきから狂ったように喚《わめ》いている火災報知機のベルだ。窓から噴き上がる巨大な炎の柱と黒煙を前に、忠実に鳴り続けるベル。その間抜けな音に、思わず苦笑が漏れた。

人命検索に入っていたふたりが引き返してくる。現場まで到達できなかったのだろう、顔は煤塗《すすまみ》れだ。フェイスマスクを外して喘《あえ》ぎ、黒い痰《たん》を吐いている。ああああっ、と悲痛な声がした。人影が飛び出して来て、わあああっ、と叫んでいる。スーツ姿の若い男だ。眼の焦点が合わず、間延びした顔は蒼白だった。

落ち着け！

隊員のひとりが背中を一発どやし、両肩を摑む。

「落ち着いて話せ」

男の喉仏がごくりと動いた。

「社長がいる、社長が」

掠《かす》れ声で訴えた。眼を血走らせ、口をパクパクさせながら叫ぶ。

「客と会っているんだ」

小隊長が消防用の住宅地図を畳みながら、興奮する男を宥《なだ》め、話を聞いている。この時間に客と会うなど、まともな仕事じゃないだろう。ヤクザの事務所か、それともあこぎなサラ金か――

遊佐！　鬼の形相の小隊長が迫ってきた。

「消費者金融の事務所だ。社長がいるらしい」

遊佐は小さくうなずき、ぺろりと唇を舐《な》めた。焦げた炭の味がした。

「テンパった多重債務の客が火をつけたんですかね」

知るか、と吐き捨て、小隊長は顔を寄せてきた。突っ込むぞ、注水しながら敵陣突破だ、と重い声が聞こえた。遊佐は防火グローブの指でＯＫのマークをつくり、呼吸器のフェイスマスクを装着した。エアボンベの圧力計を確認する。

現場の空気が張り詰める。隊員たちが工作車の資材庫から取り出した延長ホースを連結し、携帯投光器を準備していく。ロープや鳶口《とびぐち》、斧も次々に各人の手に渡る。

どけどけ！　野次馬を押しやって制止線を確保する制服警官の怒号が疾《はし》る。最寄りの交番から駆けつけたのだろう。さらに、複数のパトカーのサイレンが唸りを上げて迫ってくる。

東京都二十三区内で１１９番通報が入ると、千代田区大手町にある東京消防庁三階の災害救急情報センターに繋がる。司令官は通報者から場所等、必要な情報を聞き出し、コンピュータに災害情報を打ち込んでいく。同時に、現場から最短距離にある消防隊に出動指令を発動し、本格的な火災と判明した時点で警視庁へ出火報を送る。現場周辺の交通整理及び、野次馬の排除のためで、スムーズな消火活動は警察の協力がなければ不可能だ。

警官のひとりが、野次馬の群れに向けてデジタルカメラのシャッターを切る。放火事件の場合、犯人が野次馬に交じって見物しているケースがままあり、火災時の現場撮影は欠かせない。特に東京は全火災のうち、約四十パーセントが放火または放火の疑いが濃厚、とされており、全国平均の二十パーセント余りと比べて異常に高い数値を示している。つまり、東京は放火犯の巣窟《そうくつ》というわけだ。

遊佐はホースの筒先を握り、制止線の向こう、ぎっしりと連なり、歓声を上げる野次馬連中を眺めながら、以前、講習でインテリ然とした米国帰りの講師が語った話を思い出した。放火犯の典型像だ。

放火犯の九十パーセントは男性で、年齢は二十五歳未満が七割以上を占める。友人がおらず孤独で内向的で、しかも独善的。現場に於ける具体的な人物像は、野次馬の群れからひとりポツンと離れて突っ立つ黒っぽい服を着た若い男で、なおかつ有効な移動手段である自転車を押していれば放火犯の可能性大、と。プロファイリングとかいうやつだ。しかし、そんな判り易い野郎なら誰もが、放火犯では、と疑うだろう。

所詮、机上《きじょう》の話、現場とは関係のない学問上の説だ。

火事場風がビュッと吹いた。煤と熱気に眼を瞬いた。刹那、背筋が強ばった。何かに誘われるように顔を上げた。三階の窓から火炎と共に黒煙が噴き出し、ビルの上部を覆っている。その黒煙がユラッと火事場風に流された。黒のカーテンが消え、ほんの一瞬だが、屋上まで見渡せた。あっ、と声が出た。遊佐の眼に止まったものがある。屋上の人影。見下ろす貌《かお》——ジャケット姿の痩身の男だ。社長か、それとも客か？

遊佐の動揺をよそに、真っ白な、感情の失せた貌が闇に浮かび上がった。が、すぐに黒煙に覆われ、消えた。眼の奥が熱くなった。ひとがいる、叫ぼうとしたとき、計ったように再度、強い火事場風が吹いた。黒煙が吹き飛ばされ、今度はくっきりと屋上が見える。眼を凝らした。なにも無い。誰もいない。なんだ？　幻か？

そうだ、幻に決まっている。もし、ひとがいたら、手を振るなり、助けを呼ぶなり、なんらかのアクションを起こしたはずだ。が、遊佐が眼にしたのは、白蠟《はくろう》のような貌《かお》で突っ立つ男だ。場違いにもほどがある。異常な興奮状態が脳ミソをかき回して見せた、幻覚だ。しかし——と囁く声がする。あの貌には——脳の隅をピンセットで摘《つま》まれたような嫌な感触に、背筋が震えた。粘った脂汗がこめかみを伝い、ゾクッと身震いした。

放水始め！　気合の入った小隊長の声が響き、隣で放水が始まった。ゴオッと音がして、上空七十五度に向けたホースから棒状の水流が弧を描いて伸びていく。猛烈な勢いで噴き出す黒煙に、炎に吸い込まれる。が、ビル外からの注水では、集中して火元を叩くというわけにはいかない。しかも、棒状注水は勢いがあり、遠くまで飛ぶが、その分消火効果は小さい。延焼を防ぐ噴霧状放水も始まった。フェイスマスクの周囲、露出した肌で冷たい水を感じる。モーターの唸る音がした。ハシゴ車のハシゴが延びていく。先端のバスケットにはホースを構えるふたりの隊員の姿があった。

こっちはまだか？

ヨッシャア、ゴーッ！　肩をバシッと叩かれた。遊佐は呼吸器の塞止弁を全開にしてダッシュした。降り注ぐガラスの雨を縫ってビルの玄関へ突入し、狭い階段を駆け上がる。全身の毛穴が開き、汗が吹き出した。

本人は疾走しているつもりだが、知らない人間が見たらドタドタした緩慢な動きにイラつくかもしれない。が、これで精一杯だった。背中のエアボンベと化学繊維を織り込んだ分厚い防火衣、しころ付きの防火ヘルメット、鉄板入りの防火靴で三十キロ近い重量がある。しかも、ホースを抱えているとあっては、動きにくいことこの上ない。背後にぴったり張り付き、ホースを担いで補助する新人隊員の呼吸音と緊張、恐怖が、見えない圧力となって遊佐の背中を押す。両手で抱え持つ金属製の筒先を強く握り締め、臆するな、ビビるな、と己を鼓舞する。

ホースがゴトゴトッと動いた。放水だ。両足を踏ん張る。背中を巨大な掌《てのひら》で張り飛ばされたようなショックとともに、ゴッと水が噴き出した。足を取られないよう腰をぐっと沈め、階段、左右の壁、天井にまんべんなく棒状放水を行いながら前進していく。

消火活動の主役であるホースはエネルギーの塊だ。素人だとまず、のたうつホースを制御できない。手を放してしまえば堅いホースに弾かれ、大怪我を負ってしまう。金属製の筒先に直撃されれば、命を落とす可能性もある。荒れ狂うホースを制御し、自在に操れてはじめて一人前の消防士といえる。

しかも、大量の水が流れるホースは呆れるほど重い。が、ラインを保持する隊員が続々と投入されているのだろう。遊佐の足が止まることはない。

ふいに視界が変わった。明から暗。階段の蛍光灯が消えた。炎で電気が遮断されたのだろう。背後から照らす投光器を頼りに、階段を上がる。無理するな、と無線機が怒鳴る。ゴーッと地鳴りのような音がコンクリートに反響し、鼓膜を震わせる。上で酸素を貪《むさぼ》り、荒れ狂う炎の雄叫びだ。

焦げた刺激臭が、装着したフェイスマスクの透き間から這い入ってくる。黒煙がどっと階段を降りてきた。しころ下の首筋が熱い。喉が灼ける。放水が水蒸気となって立ち込める。それでも遊佐は身体を低め、膝を曲げ、カニ歩きの格好でホースを構え、エアボンベから供給される新鮮な空気を吸いながら、ジリジリと進んだ。筒先を左右に振り、放水で黒煙を追いやり、上へ上へと這い昇る。

三階部には左右二つのスチールドアがあった。左のドアから溶鉱炉を思わせる熱が大波のように押し寄せ、遊佐らをたじろがせた。火元だ。すぐさま放水で熱気を押し戻す。

防火衣は摂氏千三百度の輻射熱に二十秒耐えられるようになっている。通常、炎は八百度程度だから、消火活動に十分耐えられると思われがちだ。しかし、本物の猛火の前ではひとたまりもない。

例えば消防士が最も恐れるバックドラフトがある。密閉された部屋で、火災が不完全燃焼となったところへドアが開けられるなどして空気が一気に入り込むと、瞬間、そいつが牙を剝《む》く。燻《くすぶ》っていた火が酸素を餌に一瞬のうちに膨脹し、爆発的燃焼が発生する。消防士は猛烈な爆風で吹き飛ばされ、千五百度を超すといわれる猛火に包まれる。防火衣は紙のように燃え、肉体が発火し、脂肪が、肉が溶けて焼け、消防士の身体は瞬《また》く間に黒焦げになってしまう。火葬場の窯《かま》が千二百度程度だから、その熱波は想像を絶している。

だが、今回の火災はバックドラフトの心配はなかった。スチールドアのガラスが割れ、奥に身もだえする怪物のような赤黒い炎が見える。つまり、燻った炎がじっと獲物を待つ、密閉された空間ではない。それでも、もうひとつの危険性は残っている。フラッシュオーバーだ。

火災で発生した煙に含まれる可燃性ガスは部屋の上部に溜まる。そこで温度や空気の条件が一定になると、何の前触れもなく発火し、バックドラフトと同様の爆発的燃焼を起こす。温度の著しい上昇を示す黄色い煙が発生し始めたら危険性大だ。避けるには、十分な放水で冷やす以外にない。

焼けたドアが放水にジュッと音を上げ、盛大な水蒸気を巻き上げる。遊佐は念入りに拡散放水を行った後、あごをしゃくり、突破しろ、の合図を送る。大型の斧を握った屈強な隊員が進み出るや、ドアに力任せに叩きつける。グワンッと青白い火花が散り、一発でくの字に曲がった。二発、三発、熱した飴のようにへし曲がり、蝶番《ちょうつがい》が外れた。それを蹴り飛ばし、放水しながら内部へ入り込む。ホースを天井に向け、溜まった可燃性ガスを追い散らす。水が一瞬にして水蒸気に変わる。シューッと大蛇《だいじゃ》が威嚇するような不気味な音が充満した。灰を含んだ大量の水蒸気で視界が遮られる。

さすがに防火衣が重い。緊張が体力の消耗を倍加させる。灰と煤が充満したスチームサウナのような部屋で、遊佐は呻いた。首をぐるりと回して周囲を窺う。放水で水蒸気を追いやりながら眼をすがめた。

焦げて原形をとどめないソファセットとテレビ、デスク——どろりと溶けたガラスコップもある。床のカーペットは焦げて真っ黒だ。

　壁を舐め、天井を燃やす炎に放水を浴びせる。と、燃えた壁がドッと崩れ落ち、オレンジの火の粉が舞い上がる。この野郎！　歯を食いしばり、前進した。足許を煤をたっぷり溶かした黒い湯が流れ、天井から熱湯がシャワーとなって降り注ぐ。パアン、と何かが弾ける音が響き、巨大な火花が散った。水煙がもうもうと上がる。炎と放水のダブル攻撃で天井の合板が裂けたのだろう。遊佐は身を屈めた。ひとはどこだ？　ひとは——

　腰を落として筒口を上下左右に振る。ハシゴ車からの放水も始まった。ガラスが割れた窓から水が音を立てて流れ込む。火勢が急速に弱まり、開けた視界の端に止まったものがある。壁にもたれた人影だ。筒先を他の隊員に任せるや、駆け寄った。がっくりとうなだれている。息があるのか？

　遊佐は己のフェイスマスクを外し、新鮮な空気を送り込んでやろうと手を伸ばす。それは手が触れる前に、音もなく崩れた。喉にへばりつく甘ったるい臭いに顔をしかめた。何度経験しても慣れることのない、脂肪と肉の焦げた臭気がモワッと漂う。ごろんと仰向けになったそれを投光器が照らした。瞬間、全身の血が凍った。

　焼死体は小柄だった。焼け焦げたピンクと黒の斑顔《まだらがお》は、ローストし過ぎたハムそっくりだ。そのハムが、ニッと笑っている。唇を大きく吊り上げ、声を出さずに笑っている。いや、唇にしては不自然だ。大きすぎる——息を詰めた。心臓の鼓動が高く、速くなる。それは、Vの字に裂いてあった。鋭利な刃物を使い、耳の付け根辺りまでパックリと、赤黒く切り裂いた口だ。

遊佐は凝視した。耳の奥で、夢だ、これは夢だ、と囁く声がする。それは、罅《ひび》が入り始めた心をなんとか修復しようと試みる、己の声だ。

煤塗《すすまみ》れの黒い歯を剝いた顔は、煙突掃除を終えたピエロのようだ。溶けた髪は頭に海苔のようにへばりつき、裂けた口から、コールタール状の粘った血が白い湯気をたてて垂れ落ちる。腐肉をこんがり炙《あぶ》ったような、いやな臭いに胸がむかついた。

焼死体特有の臭気が、これは現実のことだ、と教えてくれる。視界がねじれた。笑顔がぐんにゃりと溶ける。

遊佐の脳裏に、ビルの屋上の貌、風に吹かれて突っ立ち、眺めていた、あの白蠟のような貌が浮かんだ。あいつは——何かがカチリと嵌《は》まった。瞬間、封じ込めていた過去がゴッと音を立てて躍り出た。それは黒い炎となって遊佐に襲いかかり、爪を深々と突き立てた。視界が緋色に染まる。すべての神経を切り裂いたような激痛が疾《はし》り、皮膚が、肉が、骨が、焼け焦げていく。

この世に地獄の業火《ごうか》があれば、それはいま、遊佐が呑み込まれようとしている炎だろう。断末魔の呻き声が耳の奥で響いた。全身の力が蒸発していく。遊佐はもう、己の身体を支えることができなかった。両膝をがくんと折り、両手を床についた。

遊佐さん、遊佐さん、と呼ぶ声が聞こえる。消防の鬼、と畏怖された男の醜態に、皆、驚き、呆れているのだろう。フェイドアウトしていく意識の中で思った。焼死体など、腐るほど見てきた。赤ん坊を抱えた黒焦げの母親だって見たことがある。煤に汚れた歯を剝き、目玉が焼け落ちた眼窩《がんか》で虚空を睨む、恐ろしい形相だった。赤ん坊はブスブスと燻る黒い肉の塊だ。それでも、遊佐の心は一ミリたりとも動かなかった。魂の消滅した死体など単なる糞袋、プロの火消しが現場の惨状にいちいち動揺してたまるか、とつっぱってきた。

だが、いまは違う。身体の芯棒が引き抜かれ、無重力の宙を漂っているようだ。遊佐さん——仲間の声が、ボリュームを絞るように消えた。遊佐はこの世のすべてが崩壊していく感覚の中で、これは終わりの始まりだ、と悟った。

2

しかし、なんて街だろう。男は額の汗をハンカチで拭った。故郷の富山ではまずお目にかかれない光景だ。いや、日本中探しても無いだろう。

午後七時過ぎ。赤や青、ピンクの砂糖菓子で塗り固められたような、ネオンに彩られたビルがベタッと建ち並び、奥へ奥へと、きらびやかな路地が延びている。それは、働き者の蟻《あり》を誘う、黄金色《こがねいろ》の蜜の道のようだった。乱立するビルの上、歌舞伎町の夜空は雲までネオン色に染まっている。まったく、なんて街だ。

商品名をがなりたてるスピーカーとパチンコ屋の呼び込みが錯綜し、埃《ほこり》っぽい夜気をビリビリ震わせる。塩辛声の演歌や、若い女が唄う韓国・中国の甘いポップスも流れている。無数の騒音に耳がバカになりそうだ。

ケータイを耳に、けたたましく笑いながら歩く下着同然の薄着の娘たちに度肝を抜かれた。剝き出しの肩と腹に刻まれた色鮮やかなサソリやどくろの刺青は、いったい何のつもりだろう。まだ中学生くらいの娘も交じっているのに、親は承知しているのだろうか。

夏は終わったはずなのに、この暑さはなんだ？　後から後から汗が垂れてくる。街から湧き出す熱気がビルの間で淀み、濃くうねっているようだ。

中国語で何やら喚きまくる観光客の集団が闊歩し、目付きの鋭いニヤけたアンちゃんもそここここに立っている。パリッとしたブラックスーツと純白のシャツから、若いヤクザと思ったが、すぐに誤解を悟った。客引きだ。ホストの見習い連中だろう。若い女ばかり狙っている。猫背で歩み寄り、作り笑いを浮かべて声を掛《つ》ける。女たちは拒絶しながらも、どこか嬉しそうだ。なかには、緩《ゆる》んだアホ面で尾いていくのもいる。

「おれの娘ならブッ飛ばしてるのによ」

この秋、四十六歳になる男は、声に出さずに罵《のの》しった。ぶかぶかの背広に、幅広のネクタイ、角刈り頭。洋品店のウィンドウに映った己の短軀は、田舎者丸出しだが、カネさえあれば文句はないだろう。これでも行きつけの氷見《ひみ》港近くのスナックのママに、マイクを持った横顔が鳥羽一郎に似ている、と言われたこともあるのだ。懐の分厚い財布を、背広の上から確かめた。自然と笑みがこぼれる。

今日は漁業組合主催の秋期東京研修二泊三日の最終日だ。が、研修とは名ばかりで、初日は地元選出の国会議員の若造と昼食会でバター臭いフランス料理を食い、秘書の案内で国会議事堂を見学した。

夜は浅草でスキ焼きを囲み、寄席で若手芸人の漫才を見た。大声で騒いでいるだけで、ちっとも面白くなかった。昨日はディズニーランドへ行ったが、疲れただけだ。

自分には、ああいう健全な場所は似合わない。やっぱり女だ。花の東京なら歌舞伎町だろう。遊んだことのある漁師仲間の話では、ソープからヘルス、ストリップまで、スケベな店が山ほどあるらしい。

しかし、どこで遊べばいいのだろう。危ない店に入ってぼったくられるのはイヤだ。高級店で、田舎者、と舐められ、足許を見られるのもゴメンだ。まずは酒だ、景気付けだ、と言い聞かせ、キョロキョロと辺りを見回した。

ドキッとした。女と眼が合った。ジーパンに白のブラウスの女――ハンバーガー屋の前で所在なげにタバコをふかしながらこっちをじっと見ている。どぎまぎして、周囲に眼をやった。それらしき若い男はいない。おれか？　戸惑う間もなく女が歩み寄ってきた。

「おじさん、どっから来たの」

屈託なく語りかけてくる。思わず身構えた。頭の中で警告灯がともる。

「ねえ、どっから？」

顔を伏せて無視を決め込んだ。香水の匂いがした。チラッと見る。丸顔に白い肌の女だ。肩にかかりそうな黒髪はセミロングというのだろうか。鼻は丸く、眼も細いが、フニャッとした表情に愛嬌がある。肉付きのいい頬っぺたが蒸した豚マンのようだ。身体は――思わず生唾を呑み込んだ。ブラウスを突き上げる豊かな二つの山とくびれた腰。色っぽいボディを凝視していると、あれ？　と声がした。女が髪を指先でかきあげ、顔を覗きこんでくる。咄嗟《とっさ》に眼をそらした。マズイマズイ――

「肌、黒いのねえ」

当たり前だ、と腹の中で吐き捨てた。

「身体もガッチリしているし、指もごついし、肉体労働だよね」

ああ、まあ、と応えてしまい、舌打ちをくれた。

「建築現場かなあ。ビル工事の出稼ぎとかさ」

出稼ぎだと？　海の男の誇りがぐっと首をもたげた。

「おれは漁師だよ」

塩辛い声で言った。

「富山のイカ釣り漁師だ」

女は、えっ、と息を詰めた。ぽってりした唇に手を当て、脅《おび》えたような顔で見つめている。

いや、その――また眼を伏せた。

「カッコいい」

はあ？　太い首をひねった。

「本物の漁師さん、初めて見た」

無邪気に笑った。

「うちの親父、大工さん」

いったいこの女はなんだろう。少しだけ興味が湧いた。

「あんた、だれだよ？」

ぶっきらぼうに訊いた。あたし？　己を指さし、微笑んだ。おまえしかいないだろう。この女、おれを田舎者だと思ってバカにしてんのか。少しムッとした。

「だれだか判んねえだろう」

女は舌をぺろりと出し、首をすくめた。垢抜けたその振る舞いに、気後《きおく》れがした。

「ただのヒマ人だよーん」

唇を尖らせて言った。わけが判らない。まじまじと見つめた。

「だから、マンウォッチングが趣味なんだよーん」

こいつはふざけているのだろうか。自分の険しい表情で察したのだろう、すぐに真顔になった。

「ほら、歌舞伎町って、いろんなひとがいるじゃない。外国の観光客からヤクザまで」

女は、マンウォッチングを人間観察のことだと説明してくれた。ついでに、売れない劇団員をやっていて、栃木の田舎から出てきて二年目。バイトのかけ持ちで何とか食べているが、暇が出来るとよく歌舞伎町に来るという。

「演技の勉強になるかな、と思って」

ほう、と声が出た。

「映画とか演劇はおカネがかかるけど、これはタダだから」

女は弁解するように言うと、恥ずかしそうに顔を伏せた。なんだ、感心な娘じゃないか。

「それに日本一賑《にぎ》やかな街だし、ここへ来るとエネルギーみたいなものが貰えるもんね」

真面目な声で語った。柄にもなく胸がジンとした。東京の華やかな空気に舞い上がり、色ボケした自分がちょっとだけ恥ずかしくなった。

「田舎には帰ってんのか？」

女は小さく首を振った。

「家出同然で出てきたから」

そうか。気持ちが穏やかになった。

「一人前になんなきゃ、帰れないよな」

慰めるように言った。女は顔を上げ、目尻を下げてフニャッと笑った。

「そうなんだよーん」

おちゃらけも、都会の生活で身につけた生き抜く術《すべ》なのだろう。おちゃらけてさえいれば、照れ臭さも怒りも、哀しいことも隠せる。じっと見つめられ、どぎまぎした。よく見ると、きれいな濁りのない瞳だ。

「どうだ、メシでも食いにいくか」

言った後、頬が火照《ほて》った。えーっ、と妙に間延びした素っ頓狂な声に、首まで熱くなった。

「それって、もしかしてナンパ？」

からかうような声に戸惑い、焦った。

「ば、ばかやろう」

小さく言いながら、周囲を窺った。ほっと息を吐いた。だれも見ていない。みな、さっさと歩き、連れと話をしている。これが自分の田舎なら、うるさいババア連中が金歯を光らせてニヤニヤ笑い、あっという間に噂は集落中を駆け巡るだろう。いいトシこいて色狂いだの、若い女をたぶらかそうとする変態だの、イカにチンポ突っ込んでろだの、散々言われて、暫《しばら》くは表を歩けなかったに違いない。

都会はいい。誰も他人のやっていることに関心を払わない。

「ご飯じゃなくてお酒にしようよーん」

弾んだ声に耳を疑った。女が微笑んでいた。白い歯が眩しかった。

「さあ、行くべ」

言うなり、腕をからませてきた。慌てて振り払おうとすると、耳元で囁いた。

「こら、ジタバタすると逮捕する」

女はあごをしゃくった。

「慌てるとかえっておかしいって。ほら、みんなやってるじゃん」

促されるまま首を回すと、いいトシ《としかさ》をしたオッサンが若い女と腕を組み、デレッと目尻を下げ、頬を緩《ゆる》ませて歩いている。自分より年嵩の男もいた。

「あいつら、同伴出勤だよーん」

なんのことか判らなかった。

「だから、クラブとかキャバクラへお客さんと出勤するんだよ。待ち合わせして」

ふーん、と気のない相槌を打った。

「エンコーもあるかもね」

ドキッとした。いくら田舎者の自分でも、エンコーが援助交際、すなわち売春ということくらい知っている。

「それにくらべてあたしらは健全、健全」

またフニャッと笑い、腕を引いた。女はクミコと名乗った。熱気が淀んだ歌舞伎町を奥へ奥へと歩きながら、少し不安になった。ちょっと待てよ、と足を止めようとしたとき、クミコが、ここだ、ここ、と目配せした。

「不況なんだから、安上がりでいこうぜい」

ホッとした。地下一階にある、赤い看板の居酒屋チェーンだ。もしかするとキャッチかと思ったが、全国チェーンの居酒屋ならその心配もない。

「こんなんでいいのかよ」

クミコは頬を緩め、舌なめずりをした。

「生、キュッといこうぜい」

オヤジのような物言いに、思わず苦笑した。

居酒屋でクミコは旺盛な食欲をみせた。刺し身の盛り合わせとホッケ焼き、ソーセージ、ポテトサラダを肴に大ジョッキの生ビールを飲み、チューハイに切り替えて二杯を飲み干した。

男は冷酒を注文し、グラスで飲《や》りながら、しなびた冷凍の刺し身に呆《あき》れ、それでも真っ白なイカ刺しを口にしてみた。粉っぽい生ゴムを噛んでいるようで、とても食えたものではない。透きとおった本物のイカ刺しとは別物だと諦《あきら》め、ソーセージを齧《かじ》りながら飲んだ。それでも、若い女と過ごす時間は楽しかった。クミコの、昔の男とのバカ話に相槌を打ち、ままならぬ舞台女優への夢と田舎の優しい両親の想い出にシンミリした。

「まあ、ガンバレや。若いうちの苦労は買ってでもしろ、って言うからな」

励ましてやった。なんだか父親みたいだな、と思った。

「うん、クミコ、頑張る。女優だって諦めないもん」

腕を曲げ、力こぶをつくってみせた。男は大きく口を開け、カカッと喉で笑った。

はい、どうぞ、とお酌してくれるクミコに礼を言い、グラスを重ねた。気分がよかった。

「歌舞伎町って怖いとこだと聞いてたが、そうでもねえな」

クミコが微笑んだ。

「普通の街だよ。ほら」

あごをしゃくった。つられて周囲を眺めた。満員の店内は、仕事帰りのサラリーマンの客が七割、学生やフリーター風の若い連中も多い。ほっと肩の力が抜けた。

「そういうの、マンガとか映画だけの話だよ。怖い街だったら、こんなにひとがたくさん来ないって」

それもそうだ、と合点し、グラスを傾けた。無闇に怖がっていた自分が、どうしようもない臆病者に思えた。気がつくと、冷酒の二合瓶を三本、カラにしていた。

「さ、出るか」

腰を上げ、レジに向かった。少し足がよろけた。クミコが優しく腕を支えてくれた。

大丈夫、問題ない。勘定を済まそうとすると、クミコが言った。

「あたしも払うから」

男は笑った。

いいって、いいって、ときゃしゃな肩を押しやった。いくら東京の繁華街とはいえチェーンの安居酒屋だ。ふたりで飲み食いして八千五百円。大した額じゃない。懐からパンパンに膨らんだ牛革の財布を抜き出し、学生のようなアンチャンの店員に万札を渡した。

「釣りはいらねえから」

ポカンと見つめる店員に、チップだよ、と不機嫌に言った。

「ダメだよ！」

ピシリと声が飛んだ。クミコがお釣りを受け取り、男に渡した。

「おカネを粗末にしちゃダメ。海で一生懸命働いて稼いだおカネでしょう」

カミソリで整えた細い眉を歪《ゆが》め、強い口調でたしなめるその顔に、さっきまでのおどけた調子はなかった。いいコじゃないか。鼻の奥が熱くなった。背を向け、目尻に浮いた涙をそっと親指で拭った。歌舞伎町も捨てたもんじゃねえな、と声に出さずに呟いた。

グスン、と鼻を鳴らして、階段を上がった。表通りはいちだんと賑やかだった。どこから湧いてくるのか、陽気な酔っ払いで溢れ返っている。腕時計を見た。午後八時過ぎ。まだ宵の口だろう。夜はこれからだ。カラフルなネオンの海が、おいでおいで、と身をくねらせて手招きしている。

「おじさん、今度はあたしが奢《おご》るよ」

クミコが軽い口調で言った。いいって、気にすんな、男は手を振った。足がもつれ、傍らの電飾看板にもたれかかる。胸とケツのパンと張った水着姿の若い女たちが微笑んでいる色っぽい看板だ。身体の芯がカッと熱をもった。

「たいしたカネじゃないんだから気にすんな。また明日から頑張れや」

へらへら笑って別れようとした。クミコの眼が険しくなった。

「奢られっぱなしって好きじゃないから」

その凛《りん》とした声は、あたしはあんたと対等、と言っているようで、少し気圧《けお》された。

「でもよう、おれ、もう酒はいいや」

うまく呂律が回らない。酔っているのだろうか。クミコが笑った。

「じゃあおじさん、酔い醒ましにジュースでも御馳走するよ」

言うなり、腕を取った。香水と汗の匂いが鼻をくすぐった。ま、いいか。酒で痺れた頭があっさり同意した。

きらびやかな通りを腕をからませて歩き、路地を抜け、ビルの角を曲がった。どれくらい歩いたろう。狭い階段を歩いた。雑居ビルの中だろう。『ラッキーナイト』の看板が出ている。クミコが木製のドアを押すと、イラッシャイマセーッ、と威勢のいい声が響いた。

白いワイシャツに蝶ネクタイをキリッと締めた二枚目が迎えてくれた。褐色の肌とオールバックの艶《つや》やかな髪。二十四、五だろうか。

カウンターとボックス席が四つきりの、小さな店だ。もうひとり、水色のシャツの男がテーブルを拭き、ボトルの棚を揃えている。銀髪の痩せた男、こっちはハタチ前後か。洒落《しゃれ》たピアノの曲が流れ、天井では黄金色のシャンデリアが光っていた。

「ご機嫌だね」

白い布でグラスを磨きながら、二枚目がにこやかに言う。クミコは勝手にカウンターに座り、男を手招きする。馴染みの店なのだろう。

隣に座ると、クミコが身体を押し付けてきた。柔らかくて張りのある、抱き心地が良さそうな身体だ。

「このおじさん、友達なんだ。とーってもいいひと」

ねえーっ、と甘え声で見上げる。押し付けられた胸の膨らみが心地よかった。

「そうでもねえよ」

デヘデヘ笑った。

「お客さん、こんな若い娘さんに惚れられて、ニクイですよ」

二枚目が目尻にシワを刻んで言った。そうかあ、と素っ気なく応えながら、クミコの肩にさりげなく腕を回した。

「ああ、酔った酔った」

クミコは拒否するどころか、手を握り、引き寄せた。細い眉を八の字に曲げ、囁く。

「おじさん、富山にはいつ帰るの？」

少し寂しそうな声だった。

「明日だな。東京、サイナラ、だ」

陽気に言った。ついでにクミコの細い腰を抱えた。思ったよりくびれている。股間が熱くなった。クミコがウーロン茶のグラスを寄せてきた。香水の香りにクラクラした。

「さ、飲も飲も」

クミコに勧められるまま、グビグビ飲んだ。じきに頭が白くなり、カウンターにつっぷした。おじさん、可愛いぃ〜

クミコの間延びした声を聞きながら、歌舞伎町ってなかなかいいじゃねえか、と笑った。


シャッ、シャッ、と何かを削る音がする。視界が淡い黄金色に滲んだ。濁っていた意識がぼんやりと輪郭を結んだ。重い瞼をこじ開ける。天井のシャンデリアが眩しかった。思わず顔をしかめた。

「よく寝てましたよ」

あの二枚目だ。カウンターのスツールに座り、タバコをふかしている。整った横顔が、鑿《のみ》で削りあげた彫像のようだ。

男はカーペットに大の字になっていた。肘をつき、上半身を起こした。頭が痛い。呻いた。何時だ？　腕時計を見る。午後十一時。首をひねり、店内を見回した。クミコの姿はどこにもなかった。

二枚目はふーっと紫煙を吐き、ぼそりと言った。

「女は帰りましたよ」

どうして、という言葉を呑み込み、立ち上がった。足に力が入らない。ふわふわと雲の上を歩くようだ。思わずカウンターに手をついた。二枚目がぐるりと首を回した。薄い唇が吊り上がった。細めた眼が蛇に似ている。ゾッとした。

「あんなに酷《ひど》く酔っちゃって、ダメだよ、おじさん」

くだけた物言いが不気味だった。が、怯《ひる》む心を抑え込み、男は反論した。

「あれ、ウーロン茶じゃねえな」

「ウォッカを少し入れときましたよ。サービスだな」

軽い調子で言った。この野郎！　眼の奥が熱くなった。シャッ、シャッ、と音がする。カウンターの中で水色シャツの男がアイスピックを使っていた。氷の塊を、まるで工芸品のように丸く削っていく。ほつれた銀髪が額の汗にへばりつき、頬が火照っている。唇を引き結び、真剣な眼差しでアイスピックを振るうその姿は、どこか異様だった。背筋を冷たいものが這った。この店は——

「じゃあ、これ」

二枚目はカウンターに伝票を置いた。

「よろしく」

それだけ言うと、横を向いてタバコをふかす。男は震える手で伝票を取った。ゼロがひいふう……四個に42の数字。四万二千円だと？ いや——血の気が引いた。四十二万円。

「ふざけんなよ！」

裏返った怒声を張り上げた。二枚目は、なにが、と薄ら笑いを浮かべた。

「こんなメチャクチャな勘定、払えるか」

二枚目はフーッと肩を上下させ、しょうがねえな、と独り言のように漏らし、立ち上がった。ぎょっとした。間近で見ると、思ったよりずっと大柄だ。優に百八十センチはある。肩幅も広い。たじろぎ、見上げた。そして小さな声で言った。

「おれはこんな金額、とても納得できねえ」

「どうしてだ？」

眉間に筋を刻み、「あんた、注文したじゃないか」とあごをしゃくった。カウンターにピーナッツの小皿とおしんこ、それにグラスが二つ。

「女が注文したんだ、おれじゃない」

広い肩をすくめ、あんたの連れだろう、と言い放った。瞬間、角刈り頭の芯がカッと燃えた。

「グルだな。舐めんなよ。おまえら、グルだろう」

指を突き付けた。

「女を使って嵌《は》めやがったな」

二枚目が頬を緩めた。

「ヘタなこと言うなよ、おっさん。後悔するぜ」

冷え冷えとした声に気圧《けお》された。男はぐっと息を詰め、それでも、まともな値段じゃない、と呟いた。

「じゃあ、これ、見ろよ」

ビニールコーティングされた安っぽいメニューを放ってきた。

「ちゃんと書いてあるだろう」

目を這わせた。ピーナッツ一個、八百円。なんだ、まともな値段じゃないか。頭が混乱した。じゃあ四十二万ってなんだ？　二枚目が白い歯をみせて笑った。

「な、ピーナッツ一個八百円だろう。ひと皿百個はあったから、これだけで八万円だ」

一個はつまり一粒で……憤怒が喉元をせりあがる。

「ば、ばかにすんな！」

吠えた。

「てめえら、漁師を舐めると」

腕っ節には自信がある。毎日毎日、板子一枚下は地獄の日本海で重労働に励んでいるのだ。都会の若造くらい、屁でもない。田舎じゃあ、ヤクザも漁師とのケンカは避けるくらいだ。背広の腕を捲《まく》り、拳《こぶし》を握り締めた。ぶちのめしてやる。

「やめとけよ」

なあ、と目配せをした。音が止んでいた。氷を削る音がしない。銀髪がアイスピックを指先でクルクル回している。シャンデリアを反射して黄金色の光を振り撒くアイスピックが、鋭利な凶器に見えた。銀髪がすっと視線を上げる。その凍った瞳にゾッとした。二枚目が、まあまあ、と執り成すように言った。

「ここは歌舞伎町だぜ。危ない野郎が腐るほどいるんだ」

男は身震いし、それでも声を絞り出した。

「警察へ行こう」

「いいよ、行こうか」

あっさり応えた。

「その代わり、覚えとけよ」

唇を歪めて冷笑した。

「警察は原則、民事不介入だ。飲み屋の価格が適正かどうか、なんて決められるか。こっちにはメニューもあるんだぜ」

立て板に水で語った。

「しかも歌舞伎町の交番は、飲み屋のトラブルなんざ多すぎて、話し合いで解決しろって言うだけだ。殺しとかタタキが山ほどあるからな。暇な田舎の警察とは違うんだよ」

でな、と整った顔を寄せてきた。香水の匂いがする。男は身を引き、喉をごくりと鳴らした。

「おれはその場で話し合いに応じてやるさ。警察官の立ち会いのもと、二、三万、貰っておさらばさ。だがな」

二枚目の眼が底光りした。

「歌舞伎町の店が田舎もんに舐められて黙ってるわけねえだろう。腕自慢のお兄さん方がバックにはついてんだ。損得抜きでとことん追い込むぜ。富山だろうが、北海道だろうが、厄介な連中が家まで押しかける」

男は歯噛みした。昏倒している間、組合員証を見られている。ついでに財布の中身もしっかり吟味されている。四十二万の請求は、手持ちの現金だ。

「魚臭い田舎者が、ピチピチした若い女と一緒に酒を飲んで、触りまくって乳《ちち》も揉んだんだ。幸せと思えよ」

乳を――曖昧としたピンク色の記憶が頭の中を温《ぬる》く満たした。二枚目が、止《とど》めとばかりに、すっと差し出してきたものがある。

「ほら、楽しそうじゃないの」

デジタルカメラだ。液晶画面を見た。脳ミソが沸騰しそうだった。自分とクミコが映っている。赤ら顔の、垢抜けない田舎者が、クミコの豊かな膨らみの間に顔を埋め、だらしなくニヤけている。もう一枚。こっちはのしかかってブラウスをたくしあげ、ピンクの乳首に吸い付いている。まるでエロダコだ。恥辱で顔が燃えそうだった。

「こんなの、田舎でバラ撒かれてみろ。家族ともども夜逃げだろう。警官だって大笑いだ」

なにも言えなかった。二枚目は短くなったタバコを灰皿でひねった。

「いいか、おっさん、教えといてやる。モノホンのボッタクリの店は、グラスにやばいクスリを混ぜ、身ぐるみはいだ後、街に捨てちまうんだ。冬場は凍死する野郎もいる。朦朧としたなか、キャッシュカードを奪われ、暗証番号まで聞き出されてるから、踏んだり蹴ったりだな。一千万やられたバカもいるんだぜ」

新しいタバコを唇に挟み、火をつけた。

「あんたは身体を張って稼ぐ、真面目な田舎の漁師さんだ。これが偉そうなリーマンなら、おれらも容赦しない。リンチかまして、ケツにビール瓶を突っ込んで記念撮影だ。警察へ行こうなんて気になれるか?」

カウンターの向こうで、アイスピックの小僧がペロリと舌なめずりをした。男は力なくかぶりを振った。

「だから、今夜は勉強だったと思って帰りな。大負けで一万円、タクシー代をやるからよ」

恩着せがましく言った。

「歌舞伎町は怖いよ。もう来ないほうがいいって。真面目に船漕いでイカでもタコでも釣ってろ」

男は嘲笑を背に、一万円を握り締め、ふらつく足で店を出た。階段を降り、暗い路地を歩いた。歌舞伎町を貫く通りは、光とひとの波で溢れていた。ヤクザが徒党を組んで闊歩し、コンビニ前では中学生にしか見えない金髪のガキどもが、発情した猿のように喚き、ゲタゲタ笑っている。ケータイ片手に汚れた歯を剝き、意味不明の間延びした言葉で喋りまくる若い女もいる。殴り合いのケンカで流血した連中の姿もある。

まったく、なんて街だ。

男はふらつく足を踏み締め、新宿駅の方向へ歩いた。客待ちのタクシーがびっしりと連なる、排気ガス臭い大通りに出た。ほっと一息つき、振り返った。あんなにきらびやかだった街が、いまは、汚臭を放つ腐った肉の塊《かたまり》に見えた。飢えた性悪のハイエナや狼が跋扈《ばっこ》する、恐ろしい街だ。獣脂をなすりつけたような毒々しいネオンの海に眼を瞬《しばた》いた。こんな街、二度とゴメンだ、と吐き捨て、タクシーに乗り込んだ。

3

午前一時半。ヤンが店へ戻り、ボソボソと語った。鹿島英次《かしまえいじ》は三人目の客の報告を聞き、ほっと一息ついた。今夜はこれで終わりだ。英次は麻のジャケットを羽織った。

「じゃ、適当にやって終われよ」

黙々とモップを使い、床のガラスの破片を掃除するヤンに声をかけた。

「はい」

ヤンは銀髪をかき上げ、表情の無い顔を向けた。相変わらず暗い野郎だ。英次は苦笑し、『ラッキーナイト』を出た。今夜の客は計七十八万円。抜群の歩留まりだ。これも、あの女の嗅覚のおかげだろう。いつもいつも、現ナマを持ったエロオヤジをうまくキャッチしてくる。疑り深い野郎だと踏んだら、飲み屋で酔わせ、安心させたうえで連れてくるから万全だ。

ひとり目は十三万の若いサラリーマン。次が四十一万のカモネギ。こいつはオイシかった。富山の武骨な漁師で、都会へのコンプレックスと恐怖心で凝り固まっているから、仕込みの写真で簡単に落ちた。この歌舞伎町で、現金で四十万以上も持ち歩くとはバカじゃないかと思うが、田舎者ほど現金主義だ。それに、旅の恥はかき捨てとばかりに、有り金を身につけ、勇んで乗り込んでくる。これまでの記録は百万の札束を四個、セカンドバッグに詰め込んで来た福島の土地成金だ。もちろん、そっくり頂戴した。

今夜の三人目は二十四万の自営業者。こいつは請求書を見た途端、ヤクザの知り合いがどうのとグタグタ抜かしたので、ボトルを摑み、カウンターの縁で叩き割ってやった。ギザギザの割れたボトルを突き出し、グッサリやってやろうか、と凄むと、真っ青になって詫びを入れた。

威張りくさっている野郎ほど、暴力には拍子抜けするほど弱い。歌舞伎町で学んだ、生きる術《すべ》のひとつだ。

ボッタクリの店のなかには、早朝まで監禁して銀行へ同行し、二百万、三百万、ごっそり引き出す荒っぽいところもあるが、これはヤバイ。シラフの状態でボッタクられた連中は、簡単に頭に血が上り、警察へ駆け込む。ボッタクリ防止条例で即お縄だ。スピーディーに要領よく、スケベと酒の余韻が残っているうちに手持ちの現金できっちりケリをつける。これがボッタクリのモットーだ。何事も欲をかきすぎるのはよくない。

もっとも、英次の店は万が一に備えて危機対策も万全だ。精算を済ませた客を送り出す度にヤンが後を尾《つ》け、交番へ向かうか否かを確認する。交番に入ったら速攻で店へ舞い戻り、看板を仕舞い、店の明かりを落とし、ドアをロックする。最後、シャッターを下ろし、これで一丁上がりだ。

ボッタクられた客が警官と一緒に戻っても、店はどこにもない。もともと入り組んだ路地に無数に建つ小汚い雑居ビルの、小さな店だ。酔客は首をひねり、忙しい警官は、諦めろ、とばかりに宥《なだ》めて立ち去ることになる。もっとも、こういうオイシイ商売がこの先も続く保証はどこにもないが。

歌舞伎町での暮らしも二年になる。もう自分の庭と同じだ。わずか六百メートル四方、東京ドーム八個分の広さの街に、飲食店や風俗店が八千軒以上ひしめき、百を超えるヤクザの組事務所があり、二千人のヤクザが生きているらしい。英次はシャブの売人の立ち位置も、毎晩億単位のカネが動く地下カジノの場所も、素人娘と本番をやらせる秘密クラブの窓口となっているスナックも、全部承知している。

一日、五十万人の客が訪れ、欲の皮のつっぱった海千山千の連中がその懐を狙って鎬《しのぎ》を削る、この世に二つとない快楽の都だ。しかも、一年で店の半数は入れ替わるというから、激烈な競争を生き抜き、のし上がるには知恵と度胸、少しばかりの幸運が必要だ。しかし、自分にはどれも足りない。それは判っている。バカげた夢は追わず、ボッタクリ屋の店長で我慢するしかない。

月給百二十万。分不相応なサラリーには危険手当も含まれている。警察にお縄になったら、すべて自分が被《かぶ》ってムショへ行く。背後のヤバ筋のことは何も喋らない。おれの人生、所詮、こんなもん。

歌舞伎町でいちばん水商売の店が多い区役所通りを歩いた。歌舞伎町の南端、靖国通りから北端の職安通りまでを貫くこの通りは約六百メートルあり、左右にみっしりと建ち並ぶ、キャラメル箱を積み上げたようなテナントビルに千軒以上の店が密集する。

靖国通りから入ってすぐ左側に灰色の新宿区役所が聳え、その二百メートルほど先、花道通りと交差する四つ角一帯はヤクザと中国マフィア、シャブの売人の人口密度が最も高いエリアで、発砲事件や乱闘でしょっちゅうマスコミを賑わせるガラス張りの大きな喫茶店もある。

四つ角の向こう、ネオンに彩られたなだらかな坂道が延び、テナントビルが極彩色の光の壁となって乱立している。そのなかにひと際目をひく銀色のビルがある。十階建ての、通称パールタワー。各階に人気のキャバクラや性風俗の店が入った、歌舞伎町でも屈指の勢いをもつビルだ。噂では凄腕のビルオーナーがすべての店を経営しているらしい。ああいうビルのオーナーこそ、この歌舞伎町の成功者だ。その足許では、夢破れて倒れた者たちの無数の屍《しかばね》が転がり、消え去ったのだろう。眩《まばゆ》いパールタワーから視線を落とした。飢えた狼のような連中が眼を光らせ、辺りを跋扈している。このままだと自分もいつかは屍になり、狼に食われてしまう。冷えたものが背中を這った。英次は、怖い予感を振り払うように足を速めた。

四つ角の手前、レモンイエローのビル二階の中国パブに入る。名前は『ロンロン』。ドアを開けると、カランとカウベルが鳴る、素晴らしい趣味の店だ。陶製の巨大な壷や金色の恵比須様が飾られ、中央にはカラオケステージがしつらえてある。

「あっらー、えいじくーん」

語尾を跳ね上げる独特のイントネーションで、ママが駆け寄ってきた。クリーム色のドレスに豊満なボディを包み、満面の笑みで迫ってくる。名前は愛麗《あいれい》。本人曰く、歌手のテレサ・テンに瓜二つ、よく姉妹に間違われるらしい。それが本当なら、怒ったテレサ・テンがあの世から化けて出るだろう。英次は泉ピン子に似ていると思う。年齢は厚い化粧のおかげで三十にも四十にも見える。つまり年齢不詳だ。

カウンターの端に腰を下ろした。

「稼ぎましたか？」

ママはお絞りを差し出しながら、細い眼を三日月にして笑った。

「チンコ、元気?」

さらっと股間を撫でてくる。

「元気元気」

英次はタバコをくわえた。すかさずライターが差し出される。ボックス席が十余りの店内をさりげなく見回した。奥で若い女がふたり、シラけた顔でケータイをいじっているだけだ。客の姿はない。

「商売繁盛だな」

「おかげさまで」

真っ赤なグロスリップを塗った唇がてらりと光った。皮肉でもなんでもない。ここ『ロンロン』は連れ出しパブ、早い話が売春パブだ。客は気に入った女がいれば、酒もそこそこに外へ連れ出す。飲み代《しろ》が一万前後。連れ出し料金はショート(二時間まで)三万円。ロング(泊まり)は五万円だ。ホテル代を入れれば、ショートで五万近くかかるが、いい女を揃えているから客は引きもきらない。そして店は、連れ出し料金の半分を懐に入れる。

「ヤン、しっかりやってますか?」

「まあまあ、だな」

フーッと紫煙を吐いた。

「よろしく頼みますね」

ママは殊勝に頭を下げた。ひと月前、花園神社の境内でワルガキどもに絡《から》まれ、往生しているヤンを助けてやった。晩メシを食った帰り、一緒にいた女にいいところを見せようとしただけだが、ヤンは感謝し、日を改めて知り合いの店に招待してくれた。それがこの売春パブだ。ママの愛麗が弟のように可愛がってくれるのだという。ツバメだろう、と察しがついた。

十万の謝礼を貰い、ついでに「ヤンは仕事がない」と嘆く愛麗にほだされ、『ラッキーナイト』に押し込んでやった。単なる気まぐれだ。少しでも反抗したら叩き出してやろう、と思っていたが、ヤンは住み込みで頑張っている。今頃は床の寝袋にくるまってつかの間の睡眠を貪っているはずだ。哀れなヤンはどんな夢を見ているのだろう。

ウイスキーのロックグラスが置かれる。

「なあ、ママ」

なに、と眉をひそめた。英次はグラスを一口飲り、タバコをふかした。

「ヤンはひとを殺したことがあるだろう」

どうして？　瞳がキラキラ光っている。この女は怖い。売春で稼ぐ中国クラブを切り盛りしているだけあって、度胸もカネへの執着もハンパじゃない。こういう店は、ヤワなママだとすぐ潰れる。女たちが、店に取られるカネを惜しんで客と直接交渉し、商売をしてしまうからだ。ケータイをうまく使えば商売は幾らでも広げられる。それ故、店は女を見張り、ルールを破るとキツイお灸を据える。愛麗のヤキ入れは天下一品で、裸にひん剝いて股にタバコを押しつけるくらい朝飯前らしい。

〝あたしのカネを盗みやがって、殺さないだけマシだと思え〟がオハコのセリフとか。

愛麗も痛い目に遭《あ》っている。中国人のピッキンググループに自宅マンションを荒らされたのだ。やつらはカネを貯め込んだ人間の情報を恐ろしいほど詳細に得ている。目をつけるのは、水商売で成功している中国や台湾、韓国の女だ。留守宅に侵入し、息をひそめて帰宅を待つ。

連中が狙う女は被害に遭ってもまず警察に届けない。叩けば幾らでもホコリが出る身だ。藪蛇になる。強盗団は女たちの弱みを見越してやりたい放題だ。敵対する人間の頭を鼻歌混じりに鉋《かんな》で削《けず》り、耳を殺《そ》ぐ、日本人には理解不能なクレイジーな連中だから、やることは徹底している。現金から貴金属、ブランドもののバッグまで、ごっそり奪い、カードの暗証番号を聞き出し、とどめにレイプして写真に収める。

だが、ウソかマコトか、愛麗は自ら素っ裸になり、〝幾らでも姦《や》らしてやるから、カネは持っていくな〟と怒鳴ったという。毒気を抜かれた強盗団は、折角の愛麗の申し出を丁重に辞退した。レイプはせず、現金だけを奪ってトンズラしたらしい。脂肪がたっぷりついたトドのような裸体を前に、顔を見合わせ、肩をすくめるワルたちの姿が見えるようだ。

「えいじくん、証拠はあるの？」

小娘のように首をかしげる。二重あごが三重になった。

「あいつのおかげで客がブルッてね。商売がやり易くなった」

愛麗は肉マンのような頰を緩めた。

「殴った？」

「いや」

英次はタバコをクリスタルの灰皿で押し潰した。

「黙って突っ立ってるだけで、ほとんどの客はおとなしくなる。殴るどころか、怒鳴り声ひとつ上げないんだから、不気味な野郎だ」

「殺してないわよ」

愛麗は素っ気なく言い、意味ありげに微笑んだ。

「まだ、ね」

まだ？

「そう、日本では」

「中国では？」

さあねえ、とすっとぼけた。英次はグラスをあおった。冷えた中国女の視線が痛かった。歌舞伎町は混沌と猥雑の坩堝《るつぼ》だ。どんな野郎が入り込んでいようと不思議じゃない。

カラン、とカウベルが鳴った。あっ、エイジーッ！　黄色い声が飛んできた。

「探したんだからあ。イジワルしてケータイにも出ないしぃ」

シロップのように甘えた声でクミコがむしゃぶりついてきた。愛嬌のある丸顔と、抜群のボディ。ボッタクリバーの女神は、泣きそうな顔で迫ってきた。

「あらあら、本命登場ね」

愛麗が皮肉っぽく言った。

「そう、あたしが本命」

両腕を首に回し、膝に座った。ぽってりした唇を耳に寄せる。アルコールが匂う。相当酔っている。

「ね、えいじぃー、そうでしょ」

「帰って寝ろ」

いやいや、と首を振る。チッと舌打ちをくれた。潤んだ瞳が睨んだ。

「イジワルばっかり言うと辞めてやるから」

ゾクッとした。

「ね、困るでしょ」

困る。クミコがいなくなれば、『ラッキーナイト』の数字はガタ落ちだ。他にもキャッチの女はいるが、クミコの足許にも及ばない。三カ月前、長引いた梅雨が街を灰色の雨で染める夕刻、歌舞伎町でもっとも賑やかな通り、セントラルロードで声をかけた。好きなホストを追っかけて栃木から出て来たというクミコは、稼げる仕事がある、と誘うと、喜んでついてきた。以来、『ラッキーナイト』の専属になった。

クミコは天職を得た。取り分は客が吐き出したカネの二割。今夜だけで十五万と少し。いまどき、ソープでも稼げないカネだ。

「ねえ、ホテル、いこ」

カリッと耳たぶを噛んできた。熱い息を吹きかけながら囁く。

「ほかに女いてもいいからさあ」

女――こめかみが疼《うず》いた。

「あたし、そういうの、ぜーんぜんかまわないから」

英次はボトルを空のグラスに注いだ。

「ノータリンのホストと遊んでろ」

グラスを傾けた。喉が灼け、涙が滲んだ。

「ホスト、もう飽きた。英次くんの言うとおり、バカばっか」

マジか？　じゃあ、稼いだカネは——グラスをカウンターに叩きつけ、クミコの腕をとった。ブラウスの袖をまくりあげる。

「シャブなんかやってないよう」

唇を尖らせた。

「英次くんのために貯金してるんだよお」

鳩尾《みぞおち》がずんっと重くなった。

「ほら、お店、持ちたいって言ったじゃん。一緒にお酒飲んだとき、このままじゃ終われない、って言ったよねえ」

甲高い声が響いた。やめてくれよ、と声に出さずに呟き、背を丸めた。

「へー、えいじくん、野望があるんだ」

愛麗が眼をキラキラさせた。真っ赤な唇がぬたりと動く。

「でも、いまのまんまで満足しているほうがいいよ。えいじくんに合ってる」

冷たく言った。そんなことないってえーっ、というクミコの泣きそうな声を聞きながら、おれは何をやっているんだろう、と思った。おれのために尽くす女、カネをがっちり貯める健気《けなげ》な女——もう、あのスケベな店を出ただろうか。それとも、まだ頑張っているのだろうか。柄にもなく胸が熱くなった。

あれ？　愛麗が声を出した。眉根を寄せ、鼻をクンクン鳴らしている。珍しく真顔だ。

「どうした?」

「なんか、臭いがしない?」

首をひねった。クミコも同じだ。

「焦げたような――」

判らない。愛麗は異変を察知した野ブタのように顔を強ばらせ、ドアを開けた。英次も続いた。クラブやバーが入ったテナントビル特有の暗い廊下が左右に延びている。しかし、他店から漏れるカラオケの唸り声が聞こえるだけで、なんの異状もない。もちろん、英次には焦げた臭いなど、これっぽっちも感じない。

「ママ、気にし過ぎだろう」

「じゃあ、外かなあ」

納得できない、という表情で呟いた。

4

英次が区役所通りの『ロンロン』に入った頃、照明の落ちた『ラブリースクール』店内は大音響のダンスミュージックが鳴り響き、ソファではセーラー服姿の女たちが客に跨《また》がり、腰を振っていた。

「ハイハイッ、ハッスル、ハッスル！」

天井のミラーボールがクルクル回転し、ピンクやシルバーの光の雨が降り注ぐ中、マイク片手に叫ぶマネージャーの野太い声が鼓膜にビンビン響く。三十分に一回巡ってくるハッスルタイムは稼ぎ時だ。チップ二千円で胸をはだけると、アップテンポの曲が流れる五分間、客は嬉しそうに乳首を舐め、抱き締めて乳房に顔を埋《うず》める。

区役所通りから西へ百メートル。ヘルスや性感エステ、ゲーセン、ビデオ屋、ドラッグストアが連なるさくら通りの中程、明神ビルの四階にセクシーパブ『ラブリースクール』はあった。

一階がビデオ屋、二階がマージャンゲーム店、三階は性感マッサージ、そして最上階の五階に事務所のあるこのビルは、間口は六メートル程度だが、奥行きは二十メートルもある、いわゆるペンシルビルだ。

路上では、インカム（ヘッドフォンマイク）を装着した若い客引きが、サラリーマンの四人組に声を掛けている。

「ミニスカセーラー服のかわいいギャルがいっぱいですよお。オッパイ揉み放題、そのうえ、一時間飲み放題でなんと七千九百円！」

「ホントかよ」

「オバンばっかじゃねえの」

「ホントですって。ほら、看板に偽りなし」

客引きは路上の電飾看板をポンと叩いた。パンティ丸見えのセーラー服に、ルーズソックス姿の若い女たちが精一杯しなをつくり、微笑んでいる。

店内のハッスルタイムは佳境に入っていた。ハイハイ、ハッスルハッスル、揉んで吸って揉んで吸って、レッツゴー！

マイクの割れた声が響く。

嶋村多恵《しまむらたえ》は冷めていた。自分の乳房を揉んで舐める赤ら顔の中年男を無表情で眺めた。尻の下で、男の脂肪のついた太腿《ふともも》がタプタプ揺れる。周囲のソファでは、十三人の女の子たちが男に跨がり、わっせわっせと、ヤケクソのように腰を振っている。ほとんどがハタチ前後だ。最年長は、おそらく自分だろう。白い肌にむしゃぶりつく男たちとシラけた女たち――ふいに眼が合った。仄暗い空気を透かして小柄な女が微笑む。

きれいな卵形の顔に大きな瞳。目鼻立ちの整ったお人形のようなロリコンフェイスが人気の、この店ナンバーワンの女、源氏名はレナ。さらりとした茶髪をかきあげ、痩せた若い男に小ぶりの乳房を摑まれながら、諌《いさ》めるように小さくかぶりを振った。唇が、お仕事よ、と動いた。思わず苦笑し、そのプロ根性に辟易《へきえき》した。レナはチップをはずめばパンティの中まで手を入れさせる。それも人気の秘密だ。

　照明が点灯するや、多恵は男から降りた。乳首の唾液がぬらりと光った。ぞっと身震いした。あ、名刺ちょうだいよ、という粘った声を無視して、更衣室、アコーデオンカーテンで仕切っただけのスペースに入った。ロッカーからウェットティッシュを取り出し、胸を、乳首を、丁寧に拭う。

「チェリーちゃん、だいじょうぶぅー？」

　レナが顔を出した。チェリー――自分の源氏名だ。

「顔色、悪いけど」

　こんな場所で顔色がいいのはあんたくらいだよ、と声に出さずに毒づいた。レナは小さい。身長はおそらく百五十センチ前後だろう。甘い舌ったらずの喋りと相俟《あいま》って、ロリコン好きのオタクにはたまらないはずだ。他の女の子もおしなべて小柄だから、百七十センチの自分はそれだけで失格だ。鏡に映ったセーラー服姿など、自分でもゾッとする。

「ファイト、ガンバッ」

　レナは屈託なく笑って両腕を曲げてみせた。ムッとした。

「前からあんたに訊きたかったんだけどさ」

　切り口上に、レナの顔から笑顔が消えた。

「こんな仕事、面白い？」

えっ、と小首をかしげた。

「だからさあ、抱きキャバなんかで汚らしい男を相手に、楽しいのかって訊いてんの」

レナは細い眉を八の字に歪め、チェリーちゃんだって、と呟いた。頭の芯がカッと燃えた。

「あんた、ナンバーワンってことは、楽しいんでしょう」

レナはフニッと微笑んだ。

「夢があるから」

ゆめ？　まさか田舎の親のために家を建てたいとか、街のお花屋さんをやりたいとか？　しかし、こういう風俗女にありがちな夢は、頭の軽いアイドル歌手が〝将来はミュージカル女優になりたい〟と瞳をキラキラさせるのと同じで、可能性は限りなくゼロに近い。せいぜいホスト遊びに狂って、ハメを外すくらいが関の山だ。

「あんたの夢ってなによ」

ぶっきらぼうに訊いた。レナは屈託なく応えた。

「彼とお店をもつこと。銀座か青山あたりならいいんだけどね」

バカか、この女は。

「店ってなんの？」

「軽くお酒が飲めて、本格的なディナーの愉《たの》しめるお店。腕っこきのコックさんを雇うんだ」

やっぱりバカだ。そんなカネ、この先百歳まで抱きキャバで働いても稼げっこない。

「彼って、何やってんのよ」

えーとね、とあごに指を当てて首をひねり、「いまはバーの店長さん、かな？」

自信なさげに言った。所詮、ノータリンの遊び人だろう。嶋村多恵は思いっきり睨み、あんた、騙されてるよ、と強い口調で言った。

「そんなこと、ないもん」

唇を尖らせ、可愛くすねた。

「彼、そのへんの男とは違うもん」

グンッと血が上った。

「偉そうなこと言わないでよ。マンコまで触らせやがって」

アイドル顔が悲しげにうつむいた。

「だってレナ、おカネ欲しいもん」

チクショウ、嶋村多恵はロッカーを蹴り飛ばした。ガンッと大きな音が響いた。

「おい！」

マネージャーの原田が厳《いか》つい顔をのぞかせた。

「なにガタガタやってんだよ」

低く凄み、血走った眼で睨む。マイクを握り、ハッスルタイムを陽気に盛り上げていた姿がウソのようだ。

「早く席につけよ。客、まだまだ入ってくんだぞ」

レナは、舌をペロリと出し、ハーイ、ゴメンナサーイ、と笑顔で戻って行った。抱きキャバのアイドルは逞《たくま》しい。

「おまえはどうすんだよ」

「帰ります」

「あっそう」

あっさり言うと、そのまま引っ込んだ。入店して十日足らずの、大柄で無愛想な二十三の〝年増〟など、用はないということだろう。閉店の午前三時まで、一時間余りもある。だが、知ったことか。手早く着替え、トートバッグを手に、更衣室を出た。ボーイや女の子が歩き回る混雑した店内に視線をやると、レナがこぼれるような笑顔を浮かべ、鼻の下を伸ばした客たちと談笑していた。

時給二千七百円。指名ひとりが付くと二ポイント。そして十ポイント、つまり指名を五人持つと時給が百円アップする。レナは指名客が三十人以上いるらしい。時給は三千三百円を超える。しかも、濃厚サービスでひとの何倍もチップを稼ぐし、開店の午後七時から閉店の夜中三時まで無遅刻無欠勤で頑張るから、日給は、五万円を超えているだろう。ケータイでの営業も欠かさない。時間があると、甘い舌ったらずのミルキートークでお客を誘っている。

それもこれも、水商売の男が出まかせでほざいたに違いない、夢とやらのためだ。脂の浮いたガラスの観音ドアを開ける。目の前に定員六人のちっぽけなエレベータ、左側に階段がある。その横にはクリーニング屋の布袋が数個、転がっている。汚れ物のセーラー服やルーズソックスを詰め込んだ袋だ。邪魔だ、目障りだ。舌打ちをくれた。

エレベータの階数表示のランプを睨む。2、3、と上昇してくる。ノロい。早くしてよ、唇を歪めて罵《ののし》る。ああーもう、なにもかもが気に食わない。と、音がした。上だ。なにかが跳ねるような鈍い音――蛍光灯に照らされた階段をそっと見上げた。踊り場の灰色の壁があった。誰もいない。今晩、五階の事務所にはオーナーが詰めているはず。営業前、マネージャーの原田が、オーナーがいらっしゃるから粗相《そそう》のないようにしろ、と顔を真っ赤にして怒鳴っていた。明神ビルの持ち主で、各店舗もすべて自分で経営している、大変な金持ちらしい。が、気に食わないと、すぐ殴る蹴るの暴力を振るう短気な男らしく、原田なんて、いつもビクビクしている。

一度だけ、店の前で見かけたことがある。あばた面にパンチパーマの大男で、年齢は五十前後。黙って歌舞伎町を歩けば、チンピラが道を譲って最敬礼しそうな強面《こわもて》だ。ズンッ、と肉を叩きつけるような鈍い音がした。やっぱりおかしい。もしかしたら、ヘマをした社員にヤキを入れているのかも——

耳を澄ます。か細い、呻き声のようなものも聞こえる。急に怖くなった。早くこい。

エレベータが到着した。扉が左右に開く。プンッ、と嫌な臭いがした。唇を嚙んだ。中に四人の、顔を真っ赤にしたリーマン風がいた。ぴっちりしたサブリナパンツにノースリーブのサマーセーター姿の多恵を認めるなり、揃って好色そうな眼を這わせてくる。プイッと横を向き、階段を降りた。安っぽい整髪料と酒の臭いが篭もったエレベータなど御免だ。背後からピュウッと口笛が鳴る。

「おれ、あの娘《こ》でよかったのにぃ〜」

ギャハハッ、と馬鹿笑いが響く。ああ、苛々《いらいら》する。人がやっとすれ違える幅の階段には、ビールケースや段ボール箱がうずたかく積まれている。ただでさえ狭いのに、これではちょっとしたデブなら腹がつかえてしまうだろう。三階フロアの手前まで、階段は乱雑な倉庫と化していた。

汗と埃にまみれて一階まで降りた。いつの間にかきれいなボブヘアがほつれ、蜘蛛の巣がまつわりついている。イヤだ、もうたくさん、顔をしかめ、乱暴に手で払った。

あの鈍い音と呻き声のことなど、すっかり忘れていた。

5

トクトク、と音がする。頬をひやりとしたものが濡らす。頭を覆っていた霧が晴れていく。重い瞼《まぶた》をこじ開けた。男がペットボトルから、液体を注いでいる。

明神ビルのオーナー、松岡俊彦《まつおかとしひこ》は身をよじってもがいた。が、手も足も、ぴくりとも動かない。両腕を後ろ手に縛られ、足首も細引きできっちり結ばれている。殴られた後頭部が痛い。頭の芯まで疼《うず》く。おそらく、ブラックジャックのような凶器だろう。靴下に小石交じりの砂を詰めて殴れば、小学生のガキでもプロレスラーを倒せる。間違いない、こいつはプロだ。

イモムシのようにもがき、喘《あえ》いだ。口にはタオルで猿轡《さるぐつわ》をかまされ、声が出せない。こんなはずじゃなかった。いい商売だ、と踏んでいたのに——

冷たく垂れる液体が臭った。途端に、半分朦朧としていた意識がクリアになった。鼻にツンとくる揮発性の臭い。ガソリンだ。喉がキュッと鳴った。目玉を剝き、上半身を起こそうとした。

男が足を大きく振った。ガッとあごを蹴り上げられ、床につっぷした。鉄錆の味が口中に広がり、喉に流れ込んだ。激しく噎《む》せ、猿轡に血の泡を吐いた。

男は唇を吊り上げて笑った。ペットボトルから注がれる液体が、頬から首筋へと流れる。とろりと粘った液体——これはただのガソリンじゃない。男が薄い唇を開いた。

「オリーブオイルが混ぜてある。肌にからみついて、こんがりローストしてくれるぜ」

眼の奥が熱くなった。身をひねって跳ねた。脇腹に靴先がめり込んだ。息が詰まり、海老のように身体を丸めた。フッ、フッ、と自分の荒い息遣いだけが聞こえる。恐怖と絶望でどうにかなりそうだ。

シャキン、と金属の擦《こす》れる音が響いた。男が右手にスウィッチブレードを握っている。跳び出した刃がギラリと光る。全身が総毛立った。

男が屈み、覗き込んでくる。やめろ、松岡は首を振り、抗《あらが》った。が、男はあごをがっちり摑み、刃先を猿轡の上からこじいれてくる。唇の右端に冷たい鋼《はがね》の感触があった。男が眼を細め、力を込める。ブツッと鈍い音が響いた。そのまま刃をゆっくりと、愉しむかのように引き上げる。皮膚と肉が裂け、ガソリンが滲みた。心臓が跳ねるたびにズキンズキンと激痛が疾る。真っ赤な焼きゴテを突き立て、こねくり回すような痛みだ。股間が温かくなる。

男は頬を耳の下までざっくりと切り上げて、ナイフを引き抜いた。血に濡れた刃を掲げた。ビー玉のような眼が見つめている。

「おれのこと、まだ判らないのか?」

石を擦り合わせたような、ザラついた声だ。悪魔が言葉を持つとしたら、こんな声だろう。

「ほら、この歌舞伎町の奥だ。おかしな料亭があったろう」

歌舞伎町の奥、料亭——脳裡に銀色の光が散った。記憶が、ガラス細工を床に叩きつけたようにフラッシュバックする。料亭とは名ばかりの化け物屋敷。札束が舞い、熱に浮かされた男たちが入り浸り、破滅していった屋敷だ。

男が覗き込む。そげた頬と落ち窪んだ眼窩、青白い肌。赤い刃が迫る。こいつは——恐怖に壊れてしまいそうな脳ミソの片隅で、重い蓋《ふた》がズズッと外れた。ふいに甦った。狂宴の幕引きを告げ、化け物屋敷をこの世から消滅させた、あの惨《むご》い死体だ。あれも切り裂かれていたはず。松岡の、ショート寸前の思考が、恐ろしい推理を導き出す。だとしたらおまえは、新宿警察署でおかしな死に方をしたあの……冷たい汗が背中を、腋《わき》の下を濡らした。薄い唇が動いた。

「赤羽の野郎、泣いてたぜ」

そうか、自分はふたり目か。納得し、猿轡を嚙み締めた。血の味が喉に流れ込んだ。

「全部しゃべった。随分と酷《ひど》いことをやってくれたじゃないか」

酷いこと——どこが酷いんだ。時代のせいじゃないか。ホットな現ナマが後から後から降ってくるのに、黙って指をくわえて見ているヤツはバカだ。

「いまはパールタワーだろう」

頭の芯でオレンジの炎が舞い上がった。あの化け物屋敷の炎が時を越え、飛んできたのか？　男は声を潜めた。

「新しい欲望の象徴だ。安住の地だ。終《つい》の住処《すみか》だ――そう思い込んでいる。違うか？」

白蠟のような顔が、クライマックスはもうすぐだ、と言っている。この男は、すべてを知ってしまった。松岡の底無しの絶望をよそに、男はナイフを振った。血の雫《しずく》が飛んだ。

「今度は左だ」

やにわに突き刺した。男は、お気に入りのオブジェを仕上げる彫刻家のように、ナイフを丁寧に使った。左の頬を唇から耳の下まで裂き、満足気な笑みを浮かべた。

「ほう、小便を漏らしただけか。やりがいがある」

言うなり、左手をひねった。ポッとオレンジの炎が上がった。

「ほら、天使だ」

男の顔が愉悦にとろける。頬が朱《しゅ》に染まり、股間が盛り上がる。この男は炎に興奮している。快感を貪っている――

「天使の舞いだ。ダンシング・エンジェルだ」

頬が緩んだ。ライターを無造作に放る。松岡の忍耐もそこまでだった。悲鳴が喉を絞り、ボンッと空気が膨脹した。スーツが、シャツが焼け、炎が肌を焼いた。オリーブオイルを混ぜたガソリンは、顔を、胸を、舐めるように焼いていく。生皮を剝《は》がし、神経を引き千切る激痛が全身を覆った。肉の焦げる臭いがする。身をくねらせ、床を転がった。背中が燃えて火だるまになる。ゴーッ、と炎が荒れ狂う音が鼓膜を震わせる。

鮮やかなオレンジに染まった視界が、深紅から濃い海老茶へと変わり、真っ黒な闇が下りた。鼻から口から火が流れ込み、粘膜を炙《あぶ》る。呼吸する度に喉が焼け、肺が爛《ただ》れた。生きながら炎に包まれ、感覚が失せていく。肉と脂肪がジューと焦げた。あばよ、と声がし、スチールのドアが閉まる音がした。猿轡も、細引きも焼けて手足が自由になった。が、声が出ない、素っ裸同然の身体が動かない。燃え上がる両腕をぎこちなく振り回す。眼球が火に炙られ、溶けてぼとりと落ちた。松岡は炎に呑み込まれ、消えていく意識の中で、十六年前の陶酔を思った。腐るほどのカネと酒、極上の女。痺れるような快感の向こうには、開けていく眩《まばゆ》い未来が見えた。あんな凄い時代はもう来ないだろう。裂けた口から黒い血を垂らしながら、嗤《わら》った。

松岡が絶命した後も、炎は生きていた。壁紙をパリパリと焼き、ソファを燃やした。が、閉め切った部屋の酸素を食い尽くすと、炎はみるみる身を縮め、合成繊維のカーペットを味わうように舐めながら、ゆっくりと這った。小さなオレンジの火が右に左に揺れる。それは、獲物を求めて動く蛇の舌のようだった。傍《かたわ》らでは、全身が黒焦げになった松岡がブスブスと燻《くすぶ》っている。流れ出た脂肪を青白い炎が覆っていたが、それも身を潜め、つかの間の休息に入った。

6

「あ、もうお帰りですか～」

間延びした声がした。インカムを装着した客引きがヘラヘラ笑っている。多恵は無視してタバコのパッケージを取り出し、唇に挟んだ。ビルの壁にもたれて深く喫《す》う。

「いっやー、おかげで今夜も大繁盛ですよ」

小柄な、オポッサムに似た男だ。笑うと、紫色の歯茎と黒い虫歯が剝き出しになる。

「ところでチェリーさん、ホント？」

小鼻を膨らませ、迫ってきた。なに、と煙を吹きかけてやる。客引きは顔をしかめ、それでも口を開いた。

「あんたがさあ、ちゃんと大学出て、会社勤めもやってたって話」

ちっと舌を鳴らし、多恵は毒でも舐めたように頰を歪めた。

「どうしてＯＬ、辞めたんすか？」

視界がグラッと揺れ、オポッサムの表情が泣き笑いのようになった。テレクラの宣伝スピーカーが怒鳴り、女たちの嬌声が神経を引っ掻く。

風俗店が密集するさくら通りは、他のメインストリートに比べて格段に狭い。幅七メートル程度だろう。しかも、無数の看板が路上に張り出しているから、酒屋の軽トラックが走るのも難儀するほどだ。

原色のネオンがギラつくこの狭い通りを、目付きの鋭いチンピラや浅黒い肌の外国人ギャングが女をひきつれ、我が物顔でのし歩く。キャバクラの客引きや足許のおぼつかない酔っ払いの姿もそこここにある。仕事を終えたフーゾク嬢たちがじゃれ合い、黄色い声を張り上げて歩いている。これからホストクラブにでも行くのだろう。稼いだカネを気前よくばら撒き、つかの間の快楽を貪る。男と同じだ。

多恵は口を半開きにして、呆然と眺めた。わたしはどうして、ここにいるのだろう。自分の居場所じゃない――

「ねえ、どうかしたんすか？」

オポッサムが覗き込んでいる。はっと我に返った。

「なにが」

瘦せた肩をすくめ、いや、いい、と気まずそうに笑った。多恵はメンソールのタバコをふかし、眼を細めた。よくこういうことがある。ふいに集中力が途切れ、意識がそこらを勝手に彷徨《さまよ》う。神経がイカれているのだろうか。足許にタバコを落とし、ヒールでひねった。べつにどうでもいいや。

あらゆるものに執着心が無くなっている。だから、風俗の仕事も簡単にこなせると思ったのに、この有り様だ。今度は大久保のホテル街で売春でもやってみようか。涙がこぼれた。客引きが困った顔をしている。

『ラブリースクール』マネージャーの原田は五階への階段を上がりながら、緊張に身を絞られそうだった。閉店前に、今日の営業結果を報告に行かねばならない。数字はばっちり上がっている。高い時給に釣られて集まった上玉の女と、自分の営業センスの賜物《たまもの》だ。まったく負い目はないはずなのに、オーナーが怖い。

怒鳴られるのはしょっちゅうだ。挨拶の仕方がなってない、と拳で思いっきり殴られて吹っ飛んだこともある。理由は簡単だ。頭を下げる角度が五度足りなかった、と。昔は、報告の際にツバが飛んだというだけで、クリスタルの灰皿で頭をかち割られた野郎もいるらしい。理不尽だと思う。それでもギャラは魅力だ。この不況の時代、月に八十万もくれる店はない。

しかも、世間の噂じゃあ、明神ビルの店は、たとえ本番をおおっぴらにやってもサツに摘発されない、と言われている。どうしてだろう？　オーナーの松岡さんは怖い過去のある人らしいが――

あれこれ考えながら、五階のドアの前に立った。顔が火照った。首筋も熱い。緊張のせいだろうか？　ネクタイの結び目をキュッと締め、スーツのボタンをとめた。額の汗をハンカチで拭い、髪を両手で撫でつけ、咳払いをくれてドアノブに触れた。あっ、思わず手を引いた。熱い。どうした？　ドアを上から下まで見回した。眼が釘付けになった。

ドアの下から、薄い煙が這っている。その煙が、ゆっくりと出入りしている。まるで呼吸でもしているように――

原田は焦った。ボヤか？　だとしたらオーナーは煙を吸って倒れているのかも。ここで助けに飛び込めば、点数が跳ね上がる。覚えがめでたくなる。評価も給料もアップする。原田は肚《はら》に力を入れた。ヨシッと気合を入れ、ハンカチでドアノブをくるむや、思いっきり引き開けた。松岡さん、大丈夫で――白い閃光が眼を焼いた。身体が呆気なく浮き、熱い風を感じた。逃げなければ、と身をひねった瞬間、グワンッ、と篭《こ》もった爆発音が響き、火の玉に包まれた。

新鮮な空気を貪り食い、牙を剝いたバックドラフトが原田を襲った。千五百度の熱波にスーツが、シャツが一瞬にして燃え、皮膚が紙のように焼けた。秒速百メートルを超える爆風に吹き飛ばされ、宙を舞った。そのまま階段に叩きつけられ、転がっていく原田は深紅の炎の塊だった。

多恵の視界が震えた。まるで痙攣《けいれん》したように――瞬間、ドーンッ、と背中に衝撃が疾り、アスファルトが上下に揺れた。もたれていた明神ビルが大きく身震いした。客引きがポカンと上を眺めている。つられて多恵も首を曲げ、仰ぎ見た。何かが降ってくる。危ない！　咄嗟に客引きの襟首を摑み、ビルの玄関口に身を隠した。パキン、と尖った音が連続して弾けた。ガラスのかけらが降ってくる。路上のミニスカートの女が両手で顔を覆い、しゃがみこんだ。指の間から血が垂れている。一階のビデオ屋を飛び出した若い男ふたりが悲鳴を上げ、身を屈めて逃げていく。

「チェリーさん、これは？」

瘦せた喉仏がごくりと動いた。さくら通りの群衆が凍ったように立ち尽くしている。インカムをカチカチやり、つながらない、と呟く客引きの声がした。

多恵はガラスの雨が止《や》んだのを見計らい、通りの中央へ出た。腕で顔を庇《かば》って仰ぎ見る。ああっ、と声が出た。最上階、事務所の窓から黒煙が噴き出し、巨大な炎が舞い上がっている。オレンジ色の火の粉と黒い煤が舞い降り、肌が焦げるような熱気が広がる。とても現実の光景とは思えなかった。

ズン、と地響きがして『ラブリースクール』の店内が大きく揺れた。テーブルのグラスが落ち、ボトルが落ちた。地震か？　客が一斉に立ち上がる。上だ、音がしたぞ、と叫ぶ声がする。女の子たちは顔を見合わせ、小首をかしげた。店内を静寂が満たす。が、それも一瞬だった。ドスッ、ドスッ、と湿った鈍い音が連続して響いた。悲鳴が上がる。

観音ドアの向こうに、ボッと火の塊が躍った。人間の形をしたものが燃えている。四肢をぐっと曲げた赤ん坊のような格好で、天井まで炎を上げている。あっという間に汚れ物の布袋に燃え移り、ドアいっぱいに紅蓮の炎が広がった。

幾つもの悲鳴が錯綜し、ボーイたちが、消火器はどこだ、と叫んでいる。出口を求め、パニックに陥った客が数人、ソファを蹴飛ばし、テーブルを倒し、女の子を突き飛ばして突進する。観音ドアのガラスを蹴り破り、炎の中へ飛び込んだ。スーツをポロシャツを燃やしながら、先を争って階段を駆け降りる。が、すぐに荷物に前を塞がれ、怒号と悲鳴が上がった。後ろから押され、つんのめるようにして将棋倒しになった。背中を炎が這い、うずたかく積まれた段ボール箱が、ビールケースが崩れて燃え上がる。折り重なった客たちはバタバタと悶え、絶叫を絞り、生きながら焼かれた。

店内も地獄だった。黒い煙がゆったりと漂い、それを吸った人間は木偶《でく》のように呆気なく倒れる。声を上げる暇さえなかった。

ビニール製のソファや壁紙、カーペットなどに含まれる化学物質が燃えると、煙と共に青酸ガス等の有毒ガスが発生する。そのガスが体内に入るや瞬時に末梢血管が麻痺、意識を失い、絶命してしまう。ほぼ即死に近い、といわれる。

ボーイや客、セーラー服の女たちがばたばたと床に転がった。レナは身体を低め、口と鼻にハンカチを当てた。自分でも不思議なくらい、冷静だった。いつかテレビのワイドショーで、火事のときは煙の下に入れ、と言っていた。こんなとこで死ぬわけにはいかない。

ペタンと座り込んでワンワン泣いているコがいる。イヤダーッ、助けてーっ、と切ない金切り声が轟く。ゲボッ、ゲボッ、と内臓を吐き出すような咳が聞こえる。壁に激突し、ソファにつまずきながら、狂ったように走り回っているスーツ姿の客がいる。ふっと明かりが消えた。悲鳴と絶叫が膨れ上がる。闇に緋色の炎が浮かび上がる。パリン、と音がするたびに炎が大きくなっていく。ボトルが割れているのだろう。

熱気が充満してきた。喉が痛い。眼が痛い。四つん這いになって出口を探した。手に、足に触れるグニャッとした感触は人間だ。浅く短く、呼吸をする。が、それでも煙を吸ってしまう。背を丸めて激しく咳き込んだ。涙が、鼻水が垂れる。ゴゴッと地鳴りのような音がする。自慢の髪がチリチリと焼けていく。炎が迫っている。やっぱりダメかもしれない。十九で死ぬなんて、思ってもいなかった。

「火事です、火事、助けてくれ」

闇の向こうからか細い男の声がする。ケータイの液晶が見える。客かボーイが119番しているのだろう。そうだ、ケータイ。スカートのポケットから抜き出し、開いた。銀色の液晶が眼に染みた。いつもケータイを開くときは楽しくて堪《たま》らなかったのに。もう、声は出そうもない。レナは床を舌で舐められるくらい這いつくばり、震える指で文字を押した。押しながら、死にたくないよう、と泣いた。肌が焼け、セーラー服が燃え上がった。


さくら通りがあっという間にひとの波に埋まっていた。階段から客がどんどん降りてくる。みな、顔が攣《ひきつ》っている。性感マッサージの客だろう、素っ裸にタオルを巻いただけの中年男もいる。若いカジュアルな格好の男はマージャンゲームの客か。白いワイシャツに黒ズボンのボーイも、ピンクのビキニの女もいる。ウワオッ、と歓声が上がった。ピューピューと口笛も聞こえる。

「脱げーっ」と無責任な声がして、野次馬がどっと沸いた。

歌舞伎町の奥から、続々と人が駆けてくる。歓喜と期待に震えた顔、顔、顔。

「あ、火事です、早く来て、歌舞伎町のさくら通り――」

客引きがケータイに向かって怒鳴っている。すっげえーっ、と雄叫びが飛んだ。

炎と煙がますます勢いを増し、黒とオレンジの斑模様《まだら》が夜空へと、まるで巨大な龍のように駆け上がっていく。階段から逃げ出してくる人間が途絶え、代わりに黒煙が湧いてくる。多恵は身震いした。口を手で押さえ、せり上がる悲鳴を呑み込んだ。『ラブリースクール』の客と従業員の姿がどこにもない。おそらく、三十人以上はいたはずだ。

「あれじゃあ逃げられないぞ」

中年男が脂ぎった丸顔をてからせ、隣の若い女に、ほら、ひでえ、と指をさしている。ああーん、と女が甘い声を出し、身をよじった。多恵は視線を追い、息を詰めた。四階から下は、女の子たちが笑顔を浮かべる『ラブリースクール』のビニール看板がべったりと覆い、窓はどこにもない。混乱する頭で店内を再現してみた。ミラーボールとソファ、テーブル、更衣室——窓はどこにもなかった。

「なんだ、あれ」

素っ頓狂な声がした。ビニール看板の上部がもこもこと盛り上がっている。縦に裂け、そこから顔が出た。野次馬の群れから、うあっ、とどよめきが上がった。真っ黒な男の顔だ。煤《すす》に覆われ、目鼻も判らない。穴から煙と共に這い出し、そのまま落ちた。ギャーッ、野次馬の間から悲鳴が響き渡った。鈍い激突音に鳥肌が立った。男はアスファルトにごろりと転がった。煤にまみれた顔の、剝いた白眼だけが鮮やかだった。

　恐怖が身を絞った。多恵は縋《すが》るように見上げた。看板の穴からは煙が昇るだけで、他に脱出者はいない。脳裏に、逃げ道のない店内でうずくまる、女や客の姿が浮かんだ。倉庫と化していた階段は人が折り重なっているのだろう。あの心優しいレナは、自分の乳房を揉み乳首を吸った太った男は、帰り際に入店した四人の酔っ払いは、そして、胸をはだけて腰を振っていた女の子たちは——

　足許から怖気《おぞけ》が這い上がる。膝が震え、腰が抜けそうだった。サイレンの音が迫ってくる。固い靴音が響く。怒声と喚声が弾ける。多恵は炎と黒煙を見上げながら、耳の奥で断末魔の悲鳴を聞いていた。

7

「やっぱ、変」

尖った声が響いた。愛麗はスツールを倒し、立ち上がった。虚空を見つめている。

「ほら、音もする」

　耳を澄ます——聞こえる。騒然としたものが外を駆け回っている。臭いは？　たしかに焦げたような……英次はゴクッと生唾を飲み込んだ。胸がムカムカした。なにかが起こっている。

大変、大変！　ドアが吹っ飛ぶように開き、買い物に出ていたらしいボーイがポリ袋を振り回しながら、飛び込んできた。

「火事、すんごい火事」

眼を丸く剝き、まくしたてる。

「もう、どんどん人が集まってる。パニックだよ」

どこか嬉しそうな声だ。サイレンの音が聞こえる。四方八方から迫ってくる。

「たーくん、どこよ、火事はどこよ」

愛麗が苛ついた口調で言った。

「さくら通りでさ」

ぐんと体温が上がった。

「なんつったかな、あの店」

こめかみに指をおき、顔をしかめる。トロい野郎だ。苛々した。おい、と立ち上がろうとしたとき、尻ポケットでケータイが震えた。取り出し、開いた。メールの受信があった。送信者は——震える指でボタンを押し、呼び出す。

《さよなら　がんばて》

頭が白くなった。がんばて……がんばって。

なに？　とクミコが覗きこんできた。

「ああ、抱きキャバだ。『ラブリースクール』って店」

ボーイの得意気な声が聞こえる。だれのメールだよー、とクミコが唇を尖らせ、肩を寄せてくる。アルコール臭い息がかかった。

邪魔だ！　怒声を上げげ、クミコを突き飛ばした。スツールごと派手に倒れる。愛麗が眼を丸くして見つめている。ちょっと、あんた、と立ち塞がったボーイを殴り倒し、ドアを蹴り開け、外へ出た。階段をすっ飛ぶように降りる。

区役所通りはひとの波だった。車道までひとが溢れ、クルマが渋滞している。無数の視線が、背後の夜空に釘付けになっている。振り返った。ぞっとした。ビルが建ち並ぶ上空に赤い火の粉が舞い、怪物のような黒煙が湧き上がっている。

野次馬の波をかきわけ、交差点を左に折れる。歌舞伎町のど真ん中を東から西に横断する花道通りは、さらに混雑していた。タクシーやベンツが立ち往生し、クラクションが乱打され、ヤクザが顔を真っ赤にして怒鳴りまくっている。

ひとが後から後から湧き、路上をぎっしりと埋めていく。前方、都立大久保病院の方向から救急車と消防車がサイレンを鳴らしながらやってくる。が、ほとんど進まない。人間も同じだ。靖国通りから回れば良かった、と後悔したが、もう遅い。英次はひとごみに揉まれ、汗まみれになって先を急いだ。

交差点から三つ目の角、左へ進めばさくら通りだ。ギラつくネオンが眩しかった。煤が、無数の黒蝶のように舞っている。通りの向こう、炎が見えた。ビルが燃えている。あの中に――脳ミソが沸騰した。ウオッと雄叫びを上げ、突進した。が、野次馬の壁に阻まれ、押し戻される。

おらっ、どけ！ 怒鳴り、身体を強引にこじ入れる。なんだてめえっ 興奮した若い連中から殴られ、蹴られ、それでも両手両足を振り回し、狂ったように前へ突進した。

途中から股の間を潜り、頭を乗り越え、泳ぐようにして前進した。

現場はすでに警察官の手で黄色の制止テープが張られていた。消防車が連なり、消防活動が始まっている。ホースから白い水流が弧を描いて飛び、ハシゴ車のハシゴが伸びている。ストレッチャーが走り回るカチャカチャとした金属音が聞こえる。火災現場から靖国通りまでは野次馬が排除されたらしく、パトカーや消防車、救急車がけたたましいサイレンを鳴らし、赤色灯を回して続々と入ってくる。

英次は女の名を叫び、黄色い制止テープを越えようとして、屈強な警官に押し止められた。

「ダメダメ、下がって」

突き放すような物言いにカッとなった。

「バカやろう、おれの女がいるんだよ！」

警官はぎょっとして見つめた。眼に哀れみの色がある。警官の後ろ、ハシゴを降りてくる消防官の姿があった。背負った女の子は毛布がかけられ、四肢がダランと垂れている。焦げたルーズソックスが半分脱げ、黒ずんだ肌が見えた。

「あれも死んでる」「全員、ダメだって話だぜ」「蒸し焼きらしいな、怖《こ》えーっ」

背後で幾つもの無責任な声がする。階段から煙に巻かれた消防隊員が降りてくる。ボンベを背負い、オレンジの防火衣を着込んだ完全防備だ。消防隊員はフェイスマスクを外すなり、背中を丸め、ゲーゲー吐いている。黒い煤混じりの嘔吐物がアスファルトに垂れた。ホースの水を浴び、全身から白い湯気を立ち昇らせる隊員もいる。

「服、汚れちゃうからもう帰ろうよお。眠たくなっちゃったあ」「なんか臭《くせ》えな」「どーせ全部死んでるよ」

英次は、うるせえ、黙れ、と裏返った声で絶叫し、振り返りざま、アホ面のカップルに摑みかかった。落ち着け、冷静になりなさい、警官の声がする。襟首を摑まれ、引き寄せられた。

「名前は、おたくの知人の名前は？」

切迫した声が鼓膜を刺した。天を仰いだ。空を覆った黒煙と、舞い上がる赤いカーテンのような火の粉。さよなら　がんばて——英次はケータイを握り締めて慟哭《どうこく》した。

第二章 手　紙

1

おぼえているだろうか。おまえに初めて会ったのは、ヘルベルト・フォン・カラヤンが亡くなった夏、一九八九年のことだ。天空で白銀色の太陽がジリジリと燃える、うだるような昼下がりだった。

新宿駅東口から向かった歌舞伎町は臭く、騒々しく、靄《もや》がかかったようにくすんでいた。ビルの谷間、アスファルトの溶けた路地を巡り、ラブホテルが無数にある街を歩いた。目指す料亭の名前は『華燿亭《かようてい》』。こんなところでメシを食うヤツがいるんだろうか、と思うような薄汚れた街角に、料亭はあった。

おまえは板壁にもたれ、ぼんやり中空を眺めていた。おかしな子供だ、と思ったが、いまになって判る。おまえは淋しかった。わたしを待っていた——

「こんにちは」

わたしは声をかけた。おまえは細い首をくるりと回し、こっちを見た。刈り上げ頭に浅黒い肌の、利かん気の強そうな子供だ。わたしはまるで昔の自分を見るようだと思った。

「ここの子か?」

おまえは唇を引き結び、鋭い一瞥をくれると、何も言わず、料亭の中へ駆け込んで行った。

黒い板塀を回《めぐら》した料亭は、以前、連れ込み旅館だったらしく、暗い、陰気な、木造の二階家だ。門をくぐると湿っぽい淀んだ空気が鼻についた。鬱蒼と樹が茂る苔の生えた庭には、大きな岩で囲んだ池があった。緑色のとろりとした、手で掬《すく》えば粘りが糸を引きそうな水の中で、赤や金の、巨大な錦鯉が悠々と泳ぎ、朱塗りのタイコ橋が池を跨《また》いで架かっている。

池の向こうには、ガマガエルやお稲荷さんの大きな石像が置いてあった。なんの意味があるのだろう、まるでハリウッド映画の日本庭園を思わせる、不気味で悪趣味な庭だな、と嫌悪感を抱いたことをおぼえている。

音がする。わたしは耳をそばだてた。奥から、歌声や笑い声が聞こえてくる。こんな昼間から宴会でもやっているのか? 塀の向こうを眺めた。灰色のビルがびっしりと建っている。そうだ、ここは東京だ。日本一の大都会なら、なにがあってもおかしくない。わたしは納得し、小さくうなずいた。

「大丈夫か」

ボストンバッグを提げた父が訊いてきた。背の高い痩せた貧相な中年男だ。自分の父ながら、その卑屈な笑顔には虫酸《むしず》が走る。

「おれはいつも大丈夫さ」

素っ気なく言い、そっぽを向いた。父の深いため息、貧乏臭い息が、いつ終わるともなく長々と漏れた。無性に苛々《いらいら》した。わたしは拳《こぶし》を握り締めた。手のひらに食い込んだ爪が痛い。

「どちらさま？」

明るい女の声がした。彼女を視界に収めるなり、顔が火照った。豊かなソバージュヘアとマリンブルーのワンピース。白い肌と高い鼻梁。アーモンド形の瞳と薄い唇。わたしは、トレンディドラマに出ている元宝塚の人気女優に似ている、と思った。年齢は——おまえが隣で隠れるようにして睨んでいるのを見て、子持ちだと察した。三十代半ばか。

父は棒を飲んだように立ち尽くし、へどもどした口調で自己紹介した。女の清楚な美しさに気圧されている。うんざりした。

「使っていないお部屋はいっぱいありますから、どこでも気に入ったところにどうぞ」

女は優しく言った。名前は宮村文子《みやむらふみこ》。脳みそに刻み付けた。おまえは十二歳だという。身長は百六十センチくらいだから年齢の割には大きな方だろう。わたしは既に百七十五センチあった。

「あなたはおいくつ？」

小首をかしげて覗きこんできた。瞳が据えられる。きれいだ。磨き上げた黒曜石のようだ。華やいだ香水の匂いが鼻をくすぐった。わたしはドギマギしながら、口を開いた。

「十六。でも高校には行ってません。辞めました」

文子さんは悲しそうな顔をした。事情を知っているのだろう。

「かわいそうに。でも、先生がよくしてくださるわ」

先生――親父を借金ごと買い取った大金持ち。文子さんも買われたのだろうか？視界の隅が熱をもった。青白い、尖った光を感じて、眼球を動かした。おまえが睨んでいる。わたしは鼻で笑った。仲良くしよう。声に出さず、唇だけで伝えた。おまえは表情を消した。漆黒の凍った瞳がわたしをとらえた。炎天下、それは虚無がいっぱい詰まった、冥《くら》い、無限の洞穴に見えたよ。そう、おまえはわたしと同じ眼をしていた。湧き上がる歓喜に身を震わせながら、いろんなことをたっぷり教えてやろう、と決めたのだ。

振り返ればあのとき、わたしとおまえの運命は決まっていたのだよ。

2

嶋村多恵がレナの本名を知ったのは、翌日昼のテレビニュースだった。

新宿から小田急線で五分。代々木上原の住宅街に建つマンションの六階の部屋で多恵はテレビに見入った。

明神ビルの火災の犠牲者は三十五人。東京では戦後最大の火災事故だという。過去の、ホテルニュージャパンとかいう赤坂のホテル火災より多いらしい。抱きキャバは飲食店、女たちは従業員、と報道された。

名前がずらりと並ぶ。ボーイ四人を除けば、客と女が半々。マネージャーの原田とオーナーの松岡も亡くなっていた。顔写真は三分の一もなかった。が、レナはあった。茨城出身の十九歳。カラオケボックスで撮られたものらしく、マイクを握り、屈託なく笑っている。山中好子《やまなかよしこ》、という平凡な名前だった。

テレビを消した。部屋の空気が変わった。冷たい鉄の粒子を混ぜたみたいに重く、冥くなっていく。

家賃は管理費込みで十万円。リビング兼キッチンの八畳のフローリングに、六畳の和室が付いている。フローリングにはふたり掛けの小さなキッチンテーブルと、芥子色のソファがある。和室のベッドは服が脱ぎ散らかしてあり、寝るのはもっぱらソファだ。毎日、ソファでビールを飲みながらテレビを観て本を読む。眠くなったら横になる。昼間は大体寝ている。が、いまは眠くない。

スウェット姿の多恵はソファから腰を上げ、ベランダに出た。六階のこの部屋からは、ベタッとした灰色の街並みが望める。

手摺りにもたれ、メンソールのタバコをくわえた。火をつけ、眼を細めた。残暑の太陽が眩しい。スウェットのポケットからケータイを取り出した。片手で文字を打ち込む。

「昨夜、友達が亡くなりました。突然の事故です。ひとの命がこんなに呆気ないものとは思いませんでした。わたしはどうすればいいのでしょう。わたしは苦しんでいます」

宛て先はメロス。わたしの名はミロ。タバコを一本、喫い終わるころ、返信が来た。メロスはいつでもどこでも、返信をくれる。

「人間は弱い存在です。運命をあるがままに受け入れることしかできません。この世から消えた人間に、わたしたちは何ができるというのでしょう。祈ることですか？それは自己満足にすぎません。偽善は罪です。ミロはただ、傍観者として佇《たたず》めばいいのです。わたしは常に、あなたと共にあります。あなたと知り合えてよかった。苦悩を打ち明けてくれて嬉しかった。ともに苦しみを分かち合い、前へ進みましょう。近いうちに我々の計画のことをお知らせします。やっと具体化しそうです。では、また」

メロスの言葉は力強い。迷いが微塵もない。ほっと息をつき、ケータイを閉じる。我々の計画——待ち遠しい。新しいタバコを唇に押し込み、火をつけた。

レナの顔が浮かんだ。心配げな表情で、気遣ってくれたレナ。なのに、邪険に突き放し、店を早退した自分は、こうやって生きている。くすんだ昼下がりの街を眺めている。頬が濡れた。やだ、また泣いている。袖で拭い、タバコを深呼吸するように喫い、煙をフーッと吐いた。

やまなかよしこ。声に出して言ってみた。頬が緩む。茨城出身の山中好子。抱きキャバナンバーワンの山中好子、よしこ、ヨッコ。

そういえば燃え盛るビルの前、警官に制止されながら叫んでいる男がいた。ヨッコ、ヨッコと。あれはレナのことなんだろうか？　だとしたら、山中好子はもっともっと生きたかったはず。バカげた夢の実現はどうあれ、男に愛されていたレナ。やっぱり自分が死ねば良かった。また涙がこぼれた。

3

遺体の安置場所は新宿区若松町の警視庁第八機動隊内にあった。三階の武道場に、木製の柩《ひつぎ》がびっしりと並んでいる。一から三十五の番号がつけられ、白い紙に名前が記してある。名前がない柩もある。ドライアイスの冷気が満ちた部屋は濃い線香の匂いが漂い、柩の間に飾ってある純白の菊の花が眼に染みるようだ。

故・杉谷有香様。故・今村若菜様……柩を囲んだ人々からすすり泣きが漏れる。警官たちが沈痛な面持ちで見つめている。ハンカチを顔に当て、柩を恐る恐るのぞき込んでいく中年の男女がいる。

二十二、故・山中好子様。顔が火照った。レナ——足が止まった。眼の奥が熱くなった。スーツ姿の男が横に立ち、見入っている。背が高くて肩幅の広い、オールバックの男だ。年齢は二十五の自分と同じくらいだろうか。サングラスをかけた褐色の横顔が、硬く強ばっている。

チノパンに半袖シャツの稲葉太一《いなばたいち》は恐る恐る声をかけた。

「あのー」

男が、なんだ、と言うように見下ろした。小柄な自分より優に頭一個分は高い。サングラス越しに硬い視線が据えられる。頬がそげた、鼻梁の高い二枚目だ。自分は下膨れの童顔で、髪は地味な七三分け。しかも小太りだ。気後《きおく》れをなんとか封じ込めて語りかけた。

「山中さんのご親族の方かなにか――」

いいや、と小さく首を振り、人違いだった、と言い捨て、あっさり背を向けた。大股で足早に去って行く。なんだ、あいつ。声に出さずに毒づき、柩に目をやった。息を詰め、凝視した。

焼けたレナがいた。花に囲まれ、化粧が施されているが、焼け跡は歴然だ。唇が焼け焦げ、剝いた歯の間は墨汁で染めたように黒くなっている。熱いものが込み上げた。口に手を当て、嗚咽《おえつ》を嚙み締めた。レナ、レナ、ぼくのレナ――

声が聞こえた。慟哭だ。人影が迫る。ポロシャツに地味なジャケットを着込んだ、胡麻塩頭の中年男だった。稲葉は咄嗟に身を引いた。赤銅色の肌と深く刻まれた皺。歪《ゆが》めた眼のあたりに、レナの面影があった。男は柩の縁を両手で摑み、声を殺して泣いた。腕が震え、背中が震えた。太い涙がボタボタ落ちた。稲葉は、涙がこんなに流れるのを初めて見た。

男はレナの父親だった。母親はショックの余り、倒れてしまい、ひとりで駆けつけたのだという。

稲葉は型通りのお悔やみを述べた。父親は腰を深く折り、口の中でブツブツ呟いて顔を上げた。涙に濡れた顔が哀れだった。

「で、あなたはどちらさまでしょう」

嗄《しゃが》れた声が耳に痛かった。どうしよう。

「知人です」

意識とは関係なく、するっと言葉が出た。

「三ツ葉銀行の渋谷支店に勤務しております」

言ってしまってから自分のカジュアルな格好に思い至り、今日は休みで、と慌てて付け加えた。こういう場面で肩書にすがってしまう自分に嫌悪を覚え、それでも続けた。

「好子さんは優しいお嬢さんでした」

父親は両手で顔を覆い、肩を震わせて泣いた。稲葉はもう、何も言えなかった。外に出て、門のところで待った。山中は三十分ほどして出てきた。幾分、落ち着きを取り戻したようだ。朴訥《ぼくとつ》な口調で、行政解剖があり、遺体の引き取りは二、三日先になる、と語った。やりきれない思いがした。

「これからどちらへ？」

山中は潤んだ赤い眼を向けた。

「好子の部屋へ行ってみます」

そうですか、と稲葉は沈んだ声で応えた。

「でも、住所しか判らんのですが」

山中は自信なさげに呟いた。大都会のど真ん中で娘を喪《うしな》い、途方に暮れている父親。胸が痛んだ。

「ぼくでよければお付き合いしますが」

沈痛な顔に赤みが射した。

「しかし、せっかくの休みなんじゃ……」

いいえ、気にしないでください、と言い、黒革のセカンドバッグからケータイを取り出した。

「好子さんの御住所は？」

山中は慌ててジャケットのポケットから封筒を引っ張り出した。ピンク地に猫のイラストをあしらった封筒の裏面に、見覚えのある丸っこい文字で、山中好子の名前と住所が記してあった。新宿区百人町——液晶画面に地図を呼び出し、検索する。判った。歌舞伎町の奥、JR中央線と山手線に挟まれた、扇状の一画だ。ここからなら二キロ足らず。タクシーで十分程度だ。なんだ、こんなとこに住んでいたのか。

「行きましょう」

先に立って歩いた。すぐそこの職安通りなら、タクシーがつかまるだろう。山中は慌ててついてきた。肩を並べて歩きながら、山中は問わず語りで口にした。ハウス栽培を主体に農業をやっていること、好子は高校を一年で中退し上京したこと、青山の洋品店で働いていると話していたこと――

狼狽した。顔色で察知したのだろう、山中は訊いてきた。

「飲食店と報道されていますが、どんな店でしょう」

表情に、濃い疑念の色がある。当然だ。真夜中、歌舞伎町のど真ん中で、セーラー服姿で死んだのだから。

「いや、まあ、普通の店ですよ。酒を飲ませたりする――」

言葉を濁した。山中はそれ以上、追及してこなかった。ほっと胸を撫で下ろした。が、それもつかの間だった。

職安通り沿いのコンビニ前で山中の足が停まった。スタンドに差し込まれた夕刊紙の広告に見入っている。『人気風俗店で大火災』『チップ二千円でオッパイ揉み放題の店』

稲葉は舌打ちをくれた。山中の喉仏がごくりと動いた。震える手で小銭を出して夕刊紙を買い、バサバサと音をたてて開き、血走った眼を走らせた。稲葉は身が縮む思いで見守った。

これは、と呟いたきり、絶句する山中に、かける言葉は無かった。読み終わった山中は肩を落とし、でも、と呟き、首を振った。

「ソープじゃなくて良かった」

頭の芯が熱くなった。

「レナはそんな娘じゃありません」

山中が首をかしげた。レナって？　マズイ。顔が真っ赤になった。

「いや、それはその――」

言葉に詰まった。山中はふーっとため息を吐き、折よく走ってきたタクシーを停めるやさっさと乗り込んだ。稲葉は慌てて後を追った。

レナのマンションは百人町二丁目、山手線の向こう、大久保通りから右に入ってすぐの場所にあった。路地が網の目のように縫い、くすんだ雑居ビルにマンション、アパートがベタッと建つ、再開発から取り残された一画だ。周囲には焼き肉屋や中華料理屋も多く、ハングルと漢字の看板が幅をきかす、日本語よりは韓国語、中国語がポピュラーな、とてもディープな街だ。

初老の管理人に事情を話し、カギを受け取った山中は、深く腰を折り、お世話になりました、と礼を述べた。管理人は困った顔で、いや、なに、と小さく言うと、さっさと背を向け、集合玄関横の管理人室へ逃げ込んだ。

三階の角部屋。ドアを開けると、甘い香水の匂いがした。八畳程度のフローリングと四畳半のキッチン。思ったより小ぢんまりとした部屋だ。ピンクのカーテンと若草色のダブルベッド。ぐるりと見回した。ドレッサーとサイドボード、小ぶりのデスクはワインカラーで統一してある。稲葉は深く息を吸った。レナの匂いがする。

「誰かと住んでたんですかね」

硬い声音が響いた。一瞬、何のことか判らなかったが、山中の険しい視線を辿り、察知した。男だ。作り付けのクローゼットのドアが半分開き、中がゴチャゴチャとかき回してある。相当慌てていたとみえて、ネクタイが二本ぶら下がり、大きな麻のジャケットと洒落たソフト帽も置きっ放しになっている。

舌に苦いものが浮いた。ドレッサーの鏡に眼をやった。いまにも泣きそうな自分がそこにいた。

彼氏、いないんですう、舌ったらずの甘い声はまだ耳の奥にこびりついている。予想していたこととはいえ、全身の力が抜けていくようだった。落胆をなんとか抑え込んで笑顔をつくった。

「同棲してたんでしょうね。あれだけ素敵なお嬢さんだから当然――」

言葉を呑み込んだ。山中の険しい、射貫くような眼にドギマギした。

「帰ってくれないか」

声が震えている。いや、その――

「あんた、好子のこと、何も知らんじゃないか」

憤怒で赤黒くなった顔が、おまえも娘を慰みものにしたんだろう、いかがわしい店でカネを払って遊んだんだろう、と詰《なじ》っていた。言葉を返せない自分が惨めだった。

すみません、と頭を下げ、踵《きびす》を返した。

キッチンの隅に小さな冷蔵庫があった。プリクラのシールが貼ってある。頬が火照った。山中好子と顔を寄せ合い、笑っている二枚目。あの柩を覗き込んでいた背の高い男だ。ゲス野郎、と唸り、次いでがっくりと肩を落とした。所詮、自分は店に足繁く通い、カネを貢いでいただけのモテないダメ男じゃないか。激しい自己嫌悪に身が絞られた。

逃げるように部屋を出ていく足が、雲の上を歩いているようだった。

4

午前三時。バー『ラッキーナイト』のカウンターで、鹿島英次は眼を据え、黙々とグラスを傾けていた。生《き》のウイスキーが脳みそを巡り、身体を焦がす。ヤンが床に這いつくばって雑巾を使い、血を拭《ぬぐ》っている。英次は空のグラスにウイスキーを注ぎ、タバコをくわえた。火をつけ、一口喫うと灰皿に押し付けた。唇を噛み、眉根を寄せる。

ヤンは顔を上げ、額にへばりついた銀髪を指先でかき上げた。

「エイジさん」

小さく呼びかけた。英次は血走った眼を向けた。

「短気はよくありません」

なんだ、この野郎、と低く凄んだ。が、ヤンは怯《おび》えることなく、血を吸った雑巾を掲げた。

「客を殴ったらマズイです。脅すのはいいけど、殴るのはよくない」

静かに、諌《いさ》めるように言った。英次はこめかみが膨れていくのが判った。酔いと怒りがごちゃまぜになり、スツールから立ち上がった。ヤンも腰を上げた。正面から睨み合う。

まったく臆していない。英次は、深山の湖のような静かな眼差しに気圧された。ヤンの唇が動いた。

「悲しいですよね」

胸が詰まった。

「新聞で見ました。昨夜の火事で亡くなったんですね。ヨッコさん、優しかった」

ため息のような声だった。そうか。一カ月前、夜の花園神社の境内だ。ヤンを助けたのも、もとはといえばヨッコだ。三人のガキが、無抵抗のヤンをふくろにしていた。ヨッコが、かわいそうだから助けてあげて、と言ったから、ぶっ飛ばして追い払った。ヨッコはハンカチを渡しながら、だいじょうぶ？　と気遣った。顔を腫らしたヤンは、恥ずかしいです、と呟き、両膝を抱えて泣いた。

遥か昔のことのようだ。

「ヨッコさんはエイジさんのこと、大好きでした」

胸倉を摑んだ。力任せに引き寄せる。ヤンは抵抗しなかった。

「なんでてめえなんかに判る」

己の掠《かす》れ声が遠くで聞こえた。

「あんな店で、遅くまで頑張っていたんです。エイジさんのためです。当然です」

凛とした声音が耳に痛かった。英次はゆっくりと手を離した。ヨッコ——グラスを握り、喉を鳴らして飲んだ。火の塊が喉を下っていくようだった。とことんダメな野郎だ。頬を熱いものが伝った。英次はカウンターにつっぷし、肩を震わせた。

5

『華燿亭』の中を案内してくれたのは、文子さんだ。おまえの姿は煙のように消えていた。どこかで、わたしたちの姿をじっと見ていたのだろうか。

歌舞伎町でも有名な連れ込み宿だったという屋敷は、無駄に広かった。思い出してみよう。一、二階とも、建物の外周を廊下が巡っていたな。一階正面には大玄関だ。両側に『華燿亭』の墨書入り大提灯が吊るされ、中は御影石を張った広さ二十畳はありそうな、連れ込み宿には贅沢すぎる玄関の間だ。

そうだ、先生御自慢の日本庭園にも触れておこうか。腐った緑色の池で泳ぐイルカのような錦鯉は一匹百万円で、特別注文の巨大な石像は一体一千万だ。節くれだった貧弱な黒松は二千万はしたらしい。豪気というかバカというか、わたしは理解に苦しんだよ。まあ、これも後《のち》に知る先生の実像からすれば、取るに足らない散財だと判るのだが。

無駄に広い玄関を上がると、磨き上げられた鏡のような大廊下が中央を貫き、左右に大小様々な部屋が、まるで葡萄の房のように置かれていた。部屋の間を狭い廊下が迷路のように延び、天井の高さは普通の家屋の二倍近くあったと思う。

厨房と使用人室は東の奥、二階に大きな宴会場があるらしく、古い建物の中を見学して回っている最中も、上からどんちゃん騒ぎが聞こえてきた。仲居たちが忙しく立ち働き、白い足袋が階段を小気味いい音と共に上り下りしている。

「こんな真っ昼間から宴会をやっているのですか」

わたしの問いに、文子さんは笑顔で応えた。

「『華燿亭』はパラダイスですから。外の世界とは違うんですよ」

パラダイス——いまになっては目も眩《くら》む、恐ろしいばかりの比喩だが、当時は首をかしげながらも納得するしかなかった。もっとも、すぐに一階奥の裏庭に面した陰気な小部屋を見せられると、わたしの頭からは宴会のことなど、雲散霧消してしまうのだが。

ほら、おぼえているだろう。わたしとおまえが、夜遅くはいり込み、一緒に遊んだあの囲炉裏《いろり》のある部屋だよ。わたしは自分の居場所をやっと見つけて、天にも昇る思いだったたな。

文子さんに連れられて大廊下を歩いた。途中、右に折れ、蛍光灯の灯る薄暗い一画に入ると、左右に長椅子が並び、人がいち、に、さん……十人はいただろう。ほとんどがスーツ姿の男性だ。じっと黙り込んだまま、沈鬱な表情で座っている。まるで古い病院で診察を待つ、重病患者の集団のようだ。

後で知ったのだが、彼らは先生にお宝株の御託宣を請う相場師、投資家や、新たな取引を目論む銀行、信用金庫、証券会社等の社員だった。つまり、神の審判を仰ぐ亡者の群れ、というわけだ。もちろん、土地やリゾートマンション、高級外車、宝石等の売り込みを狙う業者も殺到したが、彼らはよほどのコネがない限り、接見は許されなかった。でなければ収拾がつかなくなり、華燿亭は人で溢れて身動きもとれなかっただろう。

亡者の群れはわたしたちを認めるなり、一斉に険しい眼を向けてきた。が、文子さんはかまわず、さっさと歩いていく。見事な黙殺だった。

正面には観音開きの扉があり、文子さんが、さあ、どうぞ、と招き入れる。わたしたちは尖った視線を全身に浴びながら、中に足を踏み入れた。通称「お告げの間」だ。お香の匂いがぷんとした。十五畳ほどの部屋の中央に革張りの大きなソファセットがあり、ひとり掛けのソファには先生と呼ばれたあの男が座っていた。左横には見るからに頑丈そうな樫板《かしいた》のドアがあり、プライベートルームと繋がっている。

先生の傍らに黄金の燭台と青磁の角香炉。先生の背後に注連縄《しめなわ》と神棚があり、大きな和紙に、金甌無欠、と墨書してあった。後で文子さんが教えてくれたが、きんおうむけつ、と読み、疵《きず》の無い黄金の瓶《かめ》のことらしい。意味は、ひとつの欠点もない、完全無欠の存在、つまり先生を指す。

そして完全無欠の先生は、やにわに語った。信じられるか？　あの男はなんの前口上もなく、こう言ったんだぞ。

「この世の真理を教えてあげよう」と。

立ち尽くす惨めな父子を睥睨《へいげい》し、悠然と続けた。

「カネはひとを悪魔にも天使にも変え、善悪を超越する」

あまりにも陳腐な言い草に、いつものわたしならブッと吹いただろう。が、実は先生こと眞田伊織《さなだいおり》の容貌に気をとられ、それどころではなかった。力士のような巨体に輝くスキンヘッド、太い鼻と太い眉、厚い唇。ギョロッとした眼。顔のパーツのひとつひとつが大仰で、おれが、おれが、と自己主張してやまない、シュールでチャーミングな顔立ちだ。この描写に、おまえは微苦笑で応えると思う。

濃紺の作務衣に巨体を包み、銀色の足袋を履いた眞田は、どこかのインチキ大僧正のようで、それなりに貫禄があった。わたしの隣に突っ立つ父はすっかり呑まれてしまい、口を半開きにして見入っている。やはり、度し難い大間抜けだ。眞田は満足気に微笑み、ゆったりとした仕草で、ソファに腰を下ろすよう、指示した。その傍らには文子さんが、まるで有能な秘書のように立っている。

わたしは理解した。眞田は人心を篭絡《ろうらく》する術《すべ》を心得ている。そして、狷介《けんかい》なわたしも、次の言葉には意表をつかれてしまった。眞田は芝居気たっぷりにじろりと睨《ね》めつけ、だがな、と厚い唇を動かした。

「眼も眩むようなカネを前に、凡人のまま生きることは許されない」

頭が痺れた。至言だ。なんて判り易い言葉だろう。わたしは心から感動し、深くうなずいた。そう、莫大なカネは凡人の生活を決して許さない。おまえとわたしがあの『華燿亭』で学んだ、唯一の真理だ。しかし、いまとなってはこの世の真理と言い切るほどの自信もない。わたしは多くのことを知ってしまった。それはおそらく、おまえも同じだろう。

6

遊佐京平が赤羽消防隊の小隊長、小林と会ったのは、歌舞伎町の大火災の五日後、初秋の風が心地よい黄昏時《たそがれ》だった。

池袋駅前の喫茶店。窓際の席で向かい合う小林は厳しい表情で開口一番、こう言った。「気持ちは変わらないのか」と。

黒のキャップを目深《まぶか》に被《かぶ》った遊佐はうなずき、テーブルの向こうの小林を見た。地味なスーツ姿に七三分けの痩身。ごく平凡なサラリーマンにしか見えない、この三十代半ばの中年男が、いざ火事場に立つと眩《まばゆ》いほど輝く。オーラというやつだろうか。

強烈なリーダーシップと的確な判断は消防士の鑑《かがみ》だ。小林の将来を見込んだ上司の紹介で見合い結婚し、子供はふたりいる。中古だが、埼玉県戸田市にマンションも買ったらしい。翻《ひるがえ》って自分は、十八の年齢《とし》から入った消防の道で、目に見える何かを残してきただろうか。同僚は、恐れを知らぬ消防の鬼、と半ば呆れ気味に称《たた》えてくれたが、本当の姿を知っている者は皆無だ。自分が消防の道へ入った理由は――

夢想を断ち切るように、小林が身を乗り出してきた。

「考え直せ。いまからが消防士としての円熟期なんだ。いま、おまえに辞められるのは、なんとも惜しい。いや、おまえの人生にとっても――」

遊佐は手を軽く振って言葉を遮《さえぎ》り、もう決めたことなんです、と告げた。小林は肩を上下させて嘆息し、それでも続けた。

「おれは、おまえのような男を他に知らない。巨大な炎と対峙して些《いささ》かも恐れずうろたえず、黙々と仕事をこなすおまえは、骨の髄まで火消しだ。日々の訓練だって桁外れだろう。フル懸垂を連続で百回、こなせる男は東京でもおまえだけだ。人命救助に必要なロープワークにしても――」

遊佐はコーヒーを飲みながら、窓の外を眺めた。きらびやかなネオンと、楽しげに歩くひとの群れ。欠伸《あくび》が出そうな平穏と安寧が街中に溢れている。

「プライベートなことまで立ち入りたくはないがな」

遠慮がちな声がした。

「彼女はどうする」

遊佐はカップをテーブルに置き、小林を見た。

「別れました」

小林の顔に赤みが射し、険しくなった。

「どうして」

「一緒に生きていく自信がないからです」

あっさり答えた。小林は唇をへし曲げ、毒でも含んだような顔をした。

「もうすぐ三十だぞ。ガキみたいなことをほざいている場合じゃないだろう」

「おれの勝手です」

「これからどうする」

「さあね」

両腕を組み、微笑した。小林の眼がすぼまった。疑念と戸惑いがある。

「なあ、遊佐」

囁くように言った。

「おまえが辞める本当の理由はなんだ?」

「だから、火消し稼業に飽きたんですよ。今後のことは暫く考えて決めます。おれの大事な大事な人生なんだ。それに、世間じゃあ三十なんてまだ若造ですよ。おれの可能性は火消しだけじゃない」

　小林はかぶりを振った。

「そんなんで騙されるか。おまえに火消し以外の何ができる？　飽きたなんてウソだ。本当の理由があるはずだ」

　ひと呼吸置いて続けた。

「赤羽のビル火災から、おまえは人が変わった。まるで魂が抜けたようにフワフワしていた。心ここにあらずってやつだ」

　遊佐は否定も肯定もせず見つめた。

「退職を申し出たのは赤羽の十日後だったな」

「引き留めていただいて感謝しています。おまけに一カ月余りの有給休暇も認めてもらった。感謝してもしきれませんよ」

「頭を冷やして考えた結果がこれか？」

「申し訳ありません」

　頭を下げた。そうか、と力なく呟いた小林は「ひとつだけ訊きたいんだが」と言い添えた。表情に苦渋の色がある。

「赤羽の火災のことだが――」

言い淀んでいる。

「今日が最後なんだ、なんでも訊いてくださいよ」

小林は眼を伏せて語った。

「あの被害者、消費者金融の社長の――」

遊佐は言葉を引き取った。

「名前は中野実《なかのみのる》、四十六歳でしたね。ずいぶんとあこぎな商売をしていたらしい」

真面目で一途《いちず》な小隊長は顔を上げた。

「中野実の酷《ひど》い焼死体を前に、おまえは放心状態になった」

それで、と先を促した。

「おまえ、その……」

また言い淀んでいる。遊佐は頬を緩めた。

「射精していた――でしょう」

小林は、そうだ、と喘ぐように応えた。遊佐は肩をすくめた。

「つまらんことをよくご存じだ。管理職も大変だな」

「どうしてそんな――」

言ったきり、小林は黙り込んだ。訊いたところで無駄だと悟ったのだろう。いや、詳しく知るのが怖いのかもしれない。世の中には、無知ゆえに得られる幸せが山ほどある。

「小隊長、おれにも訊きたいことがあります」

なんだ、と小林は眉を寄せた。警戒の色が浮かぶ。

「あの赤羽の焼死体、口がこんなになってたでしょう」

遊佐は己の唇の両端に指先を当て、耳許まですっと上げた。

「刃物できれいに裂いてあったじゃありませんか」

ああ、と小林は応えた。顔が幽霊でも見たように蒼白だ。遊佐は畳み掛けた。

「どうして警察は発表しないんです。死体の酷い状況を隠したままじゃありませんか」

小林は左右をせわしなく見回した後、地下に潜ったアナーキストのように語った。

「あれは捜査に影響があるからだと聞いている。商売柄、怨恨の線が濃厚だ。容疑者はすでに絞り込まれているとの情報もある。となれば警察が容疑者を確保した際、大事な秘密の暴露になるだろう。つまり、真犯人を特定する材料だ」

「なるほどね」

遊佐は首をひねり、「じゃあ、歌舞伎町も同じですかね」と呟いた。小林はテーブルの端を摑み、顔を寄せた。

「歌舞伎町って、風俗店の大火災か？」

眼が、口が、丸くなっている。

「そうです。三十五人の犠牲者を出した、稀に見る大惨事だ」

「ちょっと待て、遊佐」

小林はグラスの水を一口飲んで声を潜めた。

「あれはまだ赤犬《あかいぬ》と決まったわけじゃない。ただひとり、看板を突き破って路上へ墜落した生存者のボーイが、炎の塊が階段から落ちてきた、とわけの判らないことを言っているだけだ。それゆえ、赤犬か失火か確定できていない、と聞いている。おれは警察の人間じゃないから、新聞報道に毛の生えた程度の情報しか得ていないがな」

赤犬とは消防用語で放火のことだ。遊佐は大きくかぶりを振った。

「あれは赤犬ですよ。顔が裂かれた焼死体が転がっていましたから」

はあ、と口を半開きにして遊佐を見つめた。その呆然とした表情は、正気か、と言っている。

「だから、歌舞伎町の火災現場ですよ」

小林の喉仏がごくりと動いた。

「仮にそれが事実だとして、どうしておまえが知ってる」

「見てますから」

小林は訝《いぶか》しげに眼を細め、次いでこめかみを指先で叩き「おまえ、ここ、大丈夫か」と囁いた。

「おれは大丈夫です。ご心配なく」

朗《ほが》らかに言うと、席を立った。

7

午後十時。さくら通りの火災現場は青いシートで覆われ、制服警官がふたり、二十四時間態勢で警備に当たっていた。シートの間から覗くビルの壁面は黒い煤に覆われ、ガラスが落ちた窓が無残な姿を晒し、火災の凄まじさを物語っていた。

路上に置かれた献花台に花束が山となって置かれ、ジュースやミネラルウォーターのペットボトルがずらりと並んでいる。犠牲者の関係者が置いたらしい手紙の類も十や二十ではきかなかった。手を合わせ、瞑目し、一心に祈る姿がある一方で、ケータイを向けて記念写真に収まる酔っ払いのグループもある。呆然と眺める若い女もいる。眼が止まった。ボブヘアのけっこういい女だ。もっとも、大柄で気が強そうで、自分のタイプじゃないが。

稲葉太一は現場前の喧噪から距離を置き、そっと手を合わせた。レナ、さようなら、と声に出さずに呟く。無残な火災現場を訪れる気はなかった。新聞やテレビ報道で十分だと思っていた。しかし、現場を避けるのは逃げているようで、やっぱりレナに恥ずかしい。最後まで、立派な強い男を装いたかった。

合掌の手を解き、顔を上げた。視界の隅でとらえたものがある。髪をオールバックでまとめた長身の男。ブランドもののスーツに白のシャツ、褐色の肌。脳みそがビクッと跳ねた。あいつは――そう思ったときは、もう足が動いていた。一直線に駆け寄り、呼びかけた。

「ちょっと、あんた」

男はゆったりと首を回し、振り返った。あのサングラスがなかった。目許の涼しい二枚目面が眉根を寄せて睨む。間違いない。レナの部屋で見たプリクラの男、柩の前に佇んでいた男――

薄い唇が動いた。

「なんだおまえ」

低く重い声にたじろいだ。が、勇を振るって睨み返す。

「ほら、遺体安置所で会ったじゃないか。山中好子の柩の前で――」

男は首をひねり、じっと見つめていたが、すぐに得心したように小さくうなずいた。

「ああ、あんまり地味なんでおぼえていなかった。たしかにいたな」

白い歯と目尻に刻んだ皺。爽やかな笑顔だ。翻って自分は小太りのダサい男――眼の奥が熱くなった。稲葉は己のコンプレックスを封じ込めるように、強い口調で言った。

「あんた、レナの部屋から逃げたんだろう」

言葉が終わらないうちに腕を摑まれた。ぐっと引き寄せる。

「こっち来いよ」

男は右腕で稲葉の肩を抱き、左手であごを摑んできた。声が出ない。恐怖が全身を貫く。バカなことをしなければよかった。後悔が奔流となって溢れ出た。ああ、待って、とくぐもった声で訴えたが、男は聞いちゃいない。強引に狭い路地へ連れ込まれた。左右からビルが迫る、薄暗い路地だ。

「おまえ、いま変なこと言ったな」

壁に押し付け、頰をぎゅうぎゅうつねってくる。痛い！ 涙が滲んだ。が、小柄で非力な自分に抗《あらが》う術《すべ》はない。首も絞めてきた。

「レナの部屋とかなんとか。おまえ、ヨッコの客か？」

屈辱に身を絞られながらあごを上下させた。手が緩んだ。稲葉は喉を押さえて咳き込んだ。

「なんで部屋のこと、知ってんだ？」

男は両手を組み合わせ、指をポキポキ鳴らした。身が竦《すく》んだ。あの、それは——口ごもった。

「おら、返事はどうした」

男が迫る。ヒッと喉を鳴らして後ずさった。ビル壁が背中に当たる。ダメだ。逃げる場所がない。助けて、と叫ぼうとしたとき、空気が揺れた。

「やめなさいよ」

若い女の声だ。黒い人影が迫る。

「弱い者イジメは好きじゃないな」

顔が火照った。弱い者イジメだと？　チクショウ、なんて夜だ。レナの哀悼《あいとう》の夜が、散々じゃないか。稲葉は泣きたくなるのをなんとか堪《こら》えた。大柄な女が歩み寄ってきた。さっきのボブヘアの女だ。整った顔立ちだが、瞳に冷え冷えとしたものがある。

「だれだ、おまえ」

男が凄んだ。が、女はまったく臆していない。唇にタバコをくわえ、余裕たっぷりに火をつけた。細身のジーンズに白のTシャツがよく似合っている。

「レナって聞こえたけど、勘違い？」

男を見据え、次いで稲葉を見た。稲葉は首を振り、勘違いじゃないです、と小さく言った。

「おれの質問に答えろよ！」

男が女に迫った。女はタバコを指先に挟んだ。

「レナの同僚よ。たった十日足らずだったけど」

男が息を詰めるのが判った。予想もしない言葉に戸惑っている。稲葉は首をかしげた。『ラブリースクール』へは二日と置かず通っていたが、この大柄な女に見覚えはない。もっとも、レナ以外は眼中になかったから当然といえば当然だが。

「あんた、レナの彼氏でしょう」

男の眼が険を帯び、頬が隆起した。女が口許に薄笑いを浮かべた。

「火事を目の前にして、泣いてたじゃない。警官に制止されながらヨッコ、ヨッコって」

この女、マジ？　そんな挑発的なことを言ったら——稲葉はブルッと身震いした。案の定、男の顔が蒼白になっている。キレる寸前だ。

「おまえ、へたなこと抜かすと殺すぞ」

稲葉は思わず壁にへばりついた。このドスの利いたもの言いはカタギじゃない。が、女は怯《ひる》まない。

「殺すなら殺しなさいよ。あのコ、一生懸命稼いでいたんだから。全部、あなたのためでしょう」

男は横を向いた。女は肩をすくめ、タバコを喫った。気まずい沈黙が流れた。稲葉は、レナの同僚だという女に語りかけた。

「あのー、おたく、どうしてあそこに？」

女が睨んできた。不機嫌と怒りをこねあわせた、怖い表情だ。

「おたくって言い方は好きじゃない。ちゃんと名前があるんだから」

女は嶋村多恵と名乗った。ついでに源氏名はチェリーだったと。やっぱり記憶にない。目立たないコだったのだろう。もっとも、この大柄な尖ったタイプが『ラブリースクール』で人気を博すとは思えないが。

嶋村多恵は両腕を組み、あごをしゃくった。その厳しい顔は、あなたも名乗れ、と言っている。稲葉はどぎまぎしながらも、名前を告げ、三ツ葉銀行渋谷支店勤務を付言した。

「あなたが銀行員？」

嶋村多恵が眉間に筋を刻み、鋭い視線で睨めつける。焦った。男がせせら笑った。

「モテない銀行マンが通いそうな店だぜ」

なあ、と腕を伸ばしてきた。稲葉の七三に分けた頭を大きな手で摑み、左右に振る。さすがに腹が立った。やめろ、と腕を払った。男は鼻で笑い、嶋村多恵に視線を向けた。

「おれもコイツと同じ疑問をもっている。どうしてあんたが現場にいるんだよ。殊勝に生き残った幸運を感謝しようってのか？」

毒のある言い方だった。が、嶋村多恵は眼を逸らさずに語った。

「わたしはレナに助けられたから――」

何かに耐えるように唇を噛み、言葉を絞り出した。

「だから犯人を殺してやりたい」

えっ、と声が出た。男も同じだ。稲葉は、ちょっと待って、と唾を飛ばして言った。

「あれは放火か失火か、まだはっきりしてないんだよ。マスコミの報道を見れば判るじゃない」

嶋村多恵は大きく首を振った。ボブヘアが揺れた。

「違うわ。あれは放火よ」

おい！　男が足を踏み出した。斜《しゃ》に構えた態度がきれいに消え、眼が真剣になっている。

「どうして断言できる」

嶋村多恵は静かに語った。

「あの夜、わたしが店を出てエレベータを待っているときだった」

タバコを壁で擦《こす》り消し、指先で弾いた。

「五階のオーナー室から鈍い音がしたのよ。肉を叩きつけるような、人がのたうち回るような音だった。呻き声も聞こえた。わたしは怖いオーナーが誰かにヤキを入れているんだと思った」

ドン、と音がした。男が拳を壁に叩きつけた。それで、と血走った眼で睨む。額に脂汗が浮いている。嶋村多恵は涼しい顔で語った。

「あの夜、オーナーは誰かと揉めていたんだと思う。いえ、もしかしてリンチを受けていたのかも」

「おまえ、なんで警察に言わない」

悲痛な掠《かす》れ声で迫る。

「言えるわけないじゃない」

「どうして」

鈍いなあ、と微笑んだ。男がもう一発、壁を叩いた。稲葉はヒッと首をすくめた。が、嶋村多恵は平然と語った。

「警察の動きが変だもの」

警察が——怖いことをスラスラと、楽しげに喋るこの女は何者だろう。背筋が寒くなった。男も同じらしく、唇を引き結んで凝視している。

「オーナーの松岡が絡んだ放火なのに、なにも発表してないでしょう。事件性があることさえひた隠しにしている。わたしが証言なんかしたら、どうなると思う?」

重い空気が流れた。歌舞伎町のノイズが、どこか遠くで聞こえる。ビルに挟まれた路地は外界から遮断された異空間だ。女は新しいタバコに火をつけ、うまそうにくゆらせた。

「いま語ったことに間違いないんだな」

男の顔から生気が失せている。さっきまでの余裕はどこにも無い。

「もちろん」

あっさり言った。男は中空に眼を据え、押し黙った。

「どうする？」

嶋村多恵が試すように言った。男は何も応えず、背を向けた。

「逃げるの？」

鋭い声が飛んだ。

「あなた、名前も名乗らずに逃げる気？」

男が足を止め、振り返った。

「逃げる？　バカな」

片眉を吊り上げた。怒りとも哀しみともつかぬ、奇妙な表情だった。

「おれに連絡を取りたかったら、そうだな」

感情を押し隠すようにあごをしごいた。

「区役所通りの『ロンロン』って店に来い」

なにがおかしいのか苦笑した。

「高級中国クラブだ。目の玉が飛び出るほど高い店だから覚悟して来い」

それだけ言うと去って行った。背中がひとまわり萎《しぼ》んだように見えた。

「きみはどうするのよ」

我に返った。嶋村多恵の冷たい瞳が据えられている。稲葉は奥歯を噛み締めた。

「ぼくはレナちゃんを守れなかったことを死ぬほど悔いている」

嶋村多恵が唇だけで笑った。冷笑というやつだ。

「単なる客でしょう」

「あんたには判らないさ」

ふーん、と気のない相槌を返してきた。

「ぼくだって犯人を殺したい。カッコだけの色男なんかに負けてられるか」

「じゃあ手伝ってくれるの？」

「もちろん」

力強く言った。これは陶酔というのだろうか。自分の言葉に酔っている。身体がたまらなく熱い。

「でも、銀行の仕事って忙しいんでしょう」

現実に戻った。熱っぽい空気が一気に冷めていく。

「有給休暇をとるさ。レナちゃんの弔い合戦だ」

声が小さくなってしまう自分が情けなかった。

「気合、入ってるーう」

完全におちょくっている。腹が立った。

「ぼくは真剣なんだ」

くわえタバコの嶋村多恵が微笑んだ。よく見ると、可愛いかも。

「じゃあ、よろしく」

手を差し出してきた。慌てて握り返した。ひんやりとした感触に、なぜか心が奮い立った。こんな気分は初めてだ。やってやる、と腹の底から思った。もとより、レナが死んだいま、もう捨てるものは何も無い。唐突に、捨て身、という言葉が頭に浮かんだ。

路地を出た。世界は変わっていた。無数のネオンに輝く繁華街が、鮮やかに、きらびやかに、躍動しているように見えた。

8

『華燿亭』へ来るまでの生活を、おまえに語ったことがあっただろうか？　いまとなっては記憶も曖昧だが、おそらく断片的にしか明かしていないと思う。当時のわたしにはまだ羞恥心があった。将来への希望めいたものも抱いていた。

わたしは北関東の地方都市に生まれた。父は地元の建設会社で経理マンとして働く真面目な男で、母はパート勤めの主婦だった。そうだよ、どこにでもある平凡な家だ。もっとも、家の中はとても平凡とはいえなかったな。母は我《が》の強い、口の達者なひとで、おとなしい父をしょっちゅう責めた。理由はいくらでもある。稼ぎが少ない、みそ汁を音をたてて啜《すす》るな、風呂のお湯を使い過ぎる、歯磨きのうがいの音が気持ち悪い——おとなしい父は気弱な笑みを浮かべてやりすごすだけだが、それがまた癇《かん》に障《さわ》るから、ヘラヘラしてバカにしてる、と怒る。他にも、役立たずの昼行灯《ひるあんどん》だの、陰気なコンニャク野郎だの、ありとあらゆる罵詈雑言《ばりぞうごん》を浴びせていたな。

つまり、何もかもが気に食わなかったんだ。若い時分に見合いで結婚したのだが、まあ水と油だよ。世の中には凹凸《おうとつ》がカッチリ嵌《は》まるように、互いの欠点を補い、上手くいく夫婦も多いのだが、わたしの父と母はそうではなかった。結婚前にもっとよく考えればよかったのに。まったく、子供にとってはたまったものじゃない。わたしは不毛な母の罵《のの》り声を子守歌に育ったようなものだ。

もっとも、このまま何事もなく時が過ぎてしまえば、そのうちわたしは家を出て自活し、思えばおかしな家族だった、と笑い話で済むものを、そうそう人生はうまくいかないようだ。

わたしが中学へ入る頃、祖父の僅かばかりの遺産が転がり込み、父が変わった。もともと器の小さな人間だから、百万円が一千万にも二千万にも感じたのだろう。他人に気前よく奢り、カネを貸し、とどめはギャンブルだ。パチンコから始まって、競馬に競輪——博才など皆無なのに（コインの裏表を当てるゲームで十回連続外したことがある。凄いだろう）、つくづく愚か者だ。まあ、夫婦仲がしっくりいってなかったことも拍車をかけたのだろうが。

母はパート先のスーパーの若い店員と浮気した揚げ句、家を出てしまい、お決まりの父子家庭が一丁あがりだよ。わたしが中学三年のときだった。父は泣きの涙で暮らし、そのままくたばってしまえばいいのに、愚かにも酒とギャンブルで借金を重ね、しまいには勤め先の建設会社のカネを横領する始末。当然、懲戒免職だ。

最後はヤミ金絡みで極道に身柄をさらわれ、売られた先が『華燿亭』と。ああ、つまらない話だ。頭が痛くなる。話題を変えよう。

『華燿亭』の毎日は痺《しび》れることの連続だった。世は土地が莫大なカネを生む〝錬金術〟に浮かれていた時代だ。料亭の客は株屋と銀行屋に限られていた。別に会員制というわけじゃない。客の目当ては先生だ、眞田伊織だ。

眞田が祈ると、お宝の株が判る。そんな噂が流布して、あれよあれよと先生に祭り上げられた。

わたしの父は、元経理マンの経歴を買われて『華燿亭』の経理担当となった。また横領する心配はなかったのか、だと？　当然の疑問だ。しかし、眞田に心服した父は全面服従だ、奴隷だ。わたしは眞田からよく言われたよ。おまえの親父はノータリンだ、ミミズ以下のろくでなしだ、とね。まったく、大したボキャブラリーだろう。わたしは陰で大笑いしていたよ。

そうだ、文子さんの話をしよう。あの屋敷に於いて、文子さんの存在は大きかったな。わたしの救いだった。

あれは、わたしと父が一階の北にある、一日中陽の射さない納戸《なんど》のような部屋をあてがわれた夜だ。わたしは部屋の隅で本を読み、父はテレビを眺めていた。

扇風機が生ぬるい空気をかき回す中、ミニスカート姿の森高千里が下手くそな『17才』を歌っていたっけ。父はぼそりと「南沙織のほうがよかったなあ～」と呟いたんだ。バカだろう。

わたしは古びた文庫本を読んでいた。サン＝テグジュペリの『夜間飛行』（一九三一年作）で堀口大學の訳だ。定価二百八十円の薄い文庫本を、わたしは故郷の街の古本屋で百円で買った。裏表紙の内側に万年筆の青いインクで、内藤ひとみ、と丁寧に記してあったから、おそらく真面目な文学少女が以前の持ち主だろう。

断っておくが、いま書店に並んでいる文庫、有名なアニメーション監督の手による複葉機のイラストをカバーに使った、洒落た装丁の文庫ではないぞ。暗い濃紺を背景に、オレンジや黄色、水色、黒を幾何学的に置いた、地味なカバーだ。それは、ちっぽけな複葉機から眺める、最果ての地の夜景を描いたのだろう。漆黒の大地に、まるで夢のように輝く小さな街だ。

おまえにも語ったように、わたしはこの作品を愛していた。

南アメリカの夜の天空を駆ける郵便飛行機は、孤独と夢想のカプセルだ。操縦士ファビアンは矜持《きょうじ》とロマンチックな詩心を併せ持つ、真の勇士だ。そして航空会社の支配人リヴィエールは、地上にいながらその恐るべき実行力と決断力で、全航空路のすべてを統《す》べる非情な男、氷の魂を持つ厳格なエゴイストだ。

支配人リヴィエールはわたしの理想とする人物だった。こんな男がわたしの父なら、人生も少しはマシになっただろうに。

あの水晶の輝きにも似た、冷たく美しい悲劇を読みながら、幾度、ため息を漏らしたことだろう。それに比べて、現実はどうだ。媚《こ》び、へつらい、おもねるために生まれてきた男――ステテコ姿の父はわたしの前で寝転び、緩《ゆる》んだ顔でテレビに見入っている。

音がした。襖《ふすま》を遠慮がちにノックする音だ。わたしは文庫本を閉じ、立ち上がった。

襖をそっと開けると、文子さんがいた。

「まだお休みじゃなかった？」

わたしは、全然、と笑った。文子さんは微笑み、朱塗りの盆を差し出した。目に鮮やかなスイカが載っていた。

「よかったらどうぞ」

わたしは慌てて受け取った。文子さんは遠慮がちに部屋を見回し、ごめんなさいね、ときれいな眉を寄せた。

「もっといいお部屋があるのに、先生がダメだと言うから――」

わたしは大きく首を振った。

「いいんです。父とふたりですから」

ステテコ姿の父はかしこまって正座している。許されるなら、二つに畳んで押し入れに蹴り込んでしまいたかった。文子さんは軽く会釈し、「そのうち、いいこともありますから」と励ましの言葉を残し、去っていった。なんて優しく美しいひとだろう。

父は正座したまま、いまにも泣きそうな顔で、スイカにじっと見入っていた。わたしは冷たく甘いスイカを食べながら、悟ったんだ。わたしは文子さんを、おまえの母親を、愛してしまった、と。

《レナはとってもあまえん坊だから、困ったことも言うと思います。そういうときはえんりょなくしかってね。レナは太一ちゃんとお話ししているときがいちばんおちつきます。だからいっぱいいっぱい、あいたい。銀行のお仕事、たいへんだと思うけど、がんばってね。これからもよろしくおねがいします。メールもどんどんするからね。

太一ちゃんのレナより》

9

稲葉太一は、ピンクの便箋に記された丸っこい文字を幾度も幾度も眺めた。頬が緩んでしまうのを抑えられなかった。ベッドに寝転びながら、便箋をクンクン嗅いだ。コロンの香りがする。レナの匂いだ。胸いっぱいに吸い込み、大きく息を吐いた。レナ。やっぱり裏切られたんだろうか。まさか同棲相手がいたなんて。しかも、よりによって、あんなイヤな奴だとは。レナも趣味悪いよ。

便箋を丁寧に畳むと、淡いブルーのペンギンのイラストをあしらった封筒に戻し、デスクのひきだしに入れた。ゴゴッと轟音が迫る。部屋が上下に揺れた。ガタガタと地響きがする。

目白駅から徒歩五分。山手線の線路際に立つ古いマンションは、家賃が格安な分、地震のように揺れる。どうせ夜遅く、寝に帰るだけの部屋だからかまわない、と借りてはみたが、こうやって昼日中からいると、とてもじゃないが耐えられない。

さて、どうしよう。昨夜のあの女、嶋村多恵は犯人をすぐにでも突き止めるようなことを言っていたのに、なんの連絡もない。

取り敢えず事件の報道を集めてみるか、とデスクの前に座り、パソコンを起動させた。約一時間かけて新聞記事を中心に検索し、重要と思われるものはプリントアウトした。

ひととおり終えて、ベッドに大の字になった。白い天井を眺める。また電車が通過していく。視界が揺れる。鼓膜がジンジンする。ため息をついた。これが孤独というやつだろうか。なんか切なくなった。

まったく、なにやってんだ。太一は跳ね起き、ケータイを開いた。嶋村多恵に電話を入れてみる。やっと七コールで出た。なーにー、と間延びした声がした。これだ。舌打ちをくれ、レナのこと、どうすんだよ！　と怒りにまかせて詰《なじ》った。嶋村多恵は欠伸《あくび》混じりに、どうしようか、と言った。太一は気勢をそがれ、がっくり肩を落とした。とりあえず、こっちきなよ、と呑気な声が聞こえた。

「よく考えたんだけどさ、やっぱふたりじゃ無理だよ」

昼過ぎ、代々木上原の小ぎれいなマンションで、嶋村多恵はキッチンテーブルの椅子に胡座《あぐら》をかき、タバコをふかしながら言った。ショートパンツにタンクトップ、という無防備な格好だ。自分を男と認めていないのだろう。判ってはいるが、悲しかった。もちろん、多恵の言葉も。

「太一くんとわたしじゃ、なにもできないよ」

太一くん？　なにもできない？　ムッとした。多恵は長い脚を伸ばして立ち上がると、冷蔵庫から缶ビールを二本、摑み取ってきた。ほれ、とソファに座る太一へ無造作に差し出す。いらないよ！　思いっきり不機嫌に言った。

「あっ、そう」

椅子に胡座をかき直した多恵は、一本をさも旨そうに喉を鳴らして飲み、二本目をゆっくりと味わう。太一はぐったりと脱力し、それでも封筒を差し出した。Ｂ５判の封筒だ。

「新聞記事、集めてみたんだけど」

へーっ、と気のない相槌とともに、眼だけ動かした。

「なんか、事件性は希薄みたいだよ」

テーブルに置いた。どれどれ、と多恵は封筒の中からプリントアウトしたペーパーの束を取り出した。ふんふん、と眺めている。太一は説明した。

「火元は最上階の五階と確定されつつあるけど、オーナーの焼身自殺の可能性が高いんだって。最近塞《ふさ》ぎがちで、イライラしていたらしいもんね。助燃剤としてガソリンが使われたのは間違いないってことだけどさ」

多恵はぱらぱらとめくり、ぽんとテーブルに投げた。

「で、炎の塊が階段を落ちてきたって証言はどうなってんのよ」

グビッとビールを呷《あお》る。さすがに頭にきた。

「自分で読めよ」

あらっ、と睨んできた。

「太一くん、頭いいんでしょ。一流銀行に入ってんだもの。わたしはおバカさんだから、読んでも頭に入らないんだ。ものごとに三十秒しか集中できないの。だから説明しなさいよ。おバカさんのわたしにも判るように要領よく、簡潔に」

一気にまくし立てられ、げんなりした。太一は深呼吸をして気持ちを鎮め、語った。

「その炎の塊は人間だよ。人間が燃えたんだ」

えっ、と多恵は眼を丸く剝いた。驚いている。

「マネージャーの原田さんって人なんだけど、知ってる?」

「イヤなヤツだった」

多恵はぼそりと呟いた。一転、暗い表情にドキリとした。どうもおかしい。この女は猫の目のように感情がクルクル変わる。氷のように冷たいときもあれば、おちゃらけて軽口を叩くときも、こっちが襟を正したいほど真面目なときもある。どれが本当の多恵の顔だろう？　情緒不安定なのだろうか？　三十秒の集中力ってホントかもしれない。太一の戸惑いをよそに、険しい表情で迫ってきた。

「で、どうして原田が燃えたのよ。わたしは店を出るとき、あいつに更衣室で会ってるのよ。路上に出た直後に爆発音があり、店が燃えたんだからさあ」

両腕を広げ、どういうことよ、と肩をすくめた。

「なんで火だるまになって、おまけに階段を転がらなきゃならないのか、ぜーんぜん判らない」

「それはつまり――」

情報を整理して語った。

「五階でさ、ガソリンを被《かぶ》ったオーナーの焼身自殺があったと仮定して進めるよ」

多恵は応える代わりにゲップを漏らした。なんて下品な女なんだ、と内心毒づきながら補足した。

「密閉した部屋で焼身自殺をしても、完全には燃えないんだよ」

ふーん、と曖昧な相槌を返してくる。

「判った？」

ううん、とあっさり首を振る。ため息を呑み込み、続けた。

「物質が燃えるときは酸素を消費するんだけどさ、部屋の酸素が燃え尽きると、不完全燃焼の状態で燻《くすぶ》っているんだね」

「死体が燻るって、キモチワルーッ」

おえっ、と吐く真似をした。無視無視。

「そこへドアが開けられ、新たな酸素が雪崩《なだ》れ込むと、燻っていた火が一気に燃え上がるんだ」

あら、と眉をひそめた。

「ドーンッと凄い音がした説明はどうなのよ。あれは爆弾が破裂したみたいだったわ」

「だから、その瞬間、爆発的燃焼が起こるんだよ。これは想像を絶する凄まじい現象なんだけど、地を揺るがす爆音と共に巨大な炎が噴き出て、千五百度の熱波で人間なんかあっと言う間に燃え上がってしまうらしい。同時に猛烈な爆風が発生してね、原田さんは燃えながら吹き飛ばされたんだ」

「ああ、それで火だるまになって階段をおっこちたんだ」

そういうこと、とうなずき、これを消防用語でバックドラフトって言うんだけどね、と説明したが、多恵は聞いちゃいない。

「出入口の観音扉のとこには汚れ物のセーラー服が詰まった袋がいっぱいあったから、それで一気に燃え上がっちゃったんだ」

リアルだ。想像するのもおぞましい。突然の炎に震え、おののくレナ——多恵はこぞとばかりに喋った。

「階段は段ボールが積み上がって倉庫みたいだし、窓は看板で塞がれてるし、あれじゃあ絶対に逃げられないわよ。パニックに陥って、阿鼻叫喚の地獄よ」

鼻の奥が熱くなった。あの狭い店内で逃げる場所もなく、多くの客や女の子たちと一緒に焼け死んでしまったレナ。どんなに怖く、苦しかっただろう——

「あら、泣いてるの？」

多恵が覗き込んできた。慌てて下を向き、手で涙を拭った。はい、とティッシュが差し出された。案外優しいかも。

「焼け死んじゃった人間は運が悪かったのよ。ねえ」

ムッとした。

「違うよ。あれは人災だ」

どうして？　と小首をかしげた。

「だってさあ、防火体制がメチャクチャだろう。以前から火災ベルのスイッチは切ったままだし、防火扉の前には荷物が置いてあったんだよ。しかも、ビル裏の非常階段への出口も壁と同じクロスで塞いであってさ。防火意識はゼロだよ、ゼロ。おまけに防火管理責任者も置いてなかったし――」

語っているうちに怒りが沸々と湧いてくる。「この酷い状態を放置しておいたオーナーは責任重大だよ。厳しい刑事罰を適用してもいいくらいだ」

「でも、死んじゃったもんねー」

素っ気なく言うと、多恵はタバコに火をつけて続けた。

「だから責任は問えないよ」

それはまあ、そうだけど……太一は言葉に詰まった。多恵はタバコをプカリとふかし、意味ありげに微笑んだ。

「でもさあ、本当に悪いヤツは他にいるじゃない」

えっ、と声が出た。多恵の笑顔が、ニブいわねえ、と言っている。

「だからあ、放火した人間よ。オーナーの松岡を焼き殺したかもしれない人間がいるでしょう」

ぞくりと身震いした。やっぱりこの女、焼身自殺とか失火の線は微塵も考えていない。急に怖い現実が迫り、鳥肌が立った。

「じゃ、行こうか」

タバコを灰皿でひねると胡座をとき、椅子から立ち上がった。

「行くって、どこへ？」

多恵は腰に両手を当て、呆れたように太一を見下ろした。その凛々しい姿に圧倒される。

「中国クラブよ。『ロンロン』とかいったっけ」

「どうして？」

多恵は、だってさあ、と宥《なだ》めるように言った。

「わたしと太一くんじゃ、犯人に返り討ちに遭っちゃうかもよ」

怖いことをさらりと言う。この女、やっぱりどっか変だ。

「レナの彼氏も引き入れようよ。あいつ、オツムはイマイチだけど、腕っ節はそこそこ強そうじゃない。太一くんとは正反対のタイプだよ」

ムカッとした。

「ぼくはあんなイヤな奴と一緒じゃいやだね」

プイッと横を向いた。

「あら、だって太一くん、ケンカとかメチャクチャ弱そうじゃない」

グサッときた。反論できない自分が情けなかった。

「人間、適材適所があるのよ。さ、行こ」

いやだ、と首を振った。多恵が微笑《ほほえ》んだ。

「レナを愛する気持ちは誰にも負けないんでしょ。もちろん、レナの彼氏にも」

熱いものが胸を満たした。

「だれがあんな奴に」

多恵は、じゃ、行こ、と手を掴み、ぐっと引いた。

「行ってやるさ」

すっくと立ち上がった。

「たのもしぃーっ」

多恵が手をパチパチ叩いた。やってやろうじゃないか。腹の底から闘志が燃え上がった。

「あ、メール」

呑気な声がした。多恵が尻ポケットからケータイを抜き出し、ちょっと待ってね、と言い置き、ベランダへ出て行った。まったく、なんて勝手なヤツだ。フーッと息を吐いて、椅子に座り直した。

ベランダの柵にもたれてメールに見入る多恵の後ろ姿が眩しかった。彼氏だろうか？ちょっとだけ気になった。

メールはメロスからだ。

［ミロ、世の中では相変わらず、いやなことばかり起こっています。こういう薄汚れた暗い世界でのほほんと生きていける人々の気が知れません。つまるところ、救い難い無神経、ということでしょう。

わたしはいま、すこぶる元気です。というのも、我々の計画が一気に実現へ向けて動き出したからです。以前からミロと話していましたよね。もうひとり、我々の計画に賛同する人間が欲しいね、と。やりました。見つかったのです。もちろん、信頼のおける人物であるのは言うまでもありません。クルマは用意しました。場所と日程の詰めまで、あと暫くお待ちください。

まずは朗報をお届けできてよかったです。

ミロ、明日を信じて、希望を持って生きていきましょう」

多恵はシラけた顔で「メール拝見、とてもうれしいです。やった、よかった、バンザイ！」と打ち返した。ケータイをパチンと閉じた。メールは生の感情が見えないからとても便利だ。しかし、どうしたんだろう、あんなに嬉しかったメロスのメールに、いまは心がときめかない。

灰色の街並みを眺めた。どれくらいそうやっていただろう。背後から「ねえ、行くの、行かないの、どっちだよお」と太一の声がした。

「行くに決まってるじゃない」

弾んだ声で返し、部屋へ戻った。

10

鹿島英次は歌舞伎町交番の奥、飲食店がずらりと並ぶ薄汚れた通りを歩きながら、左右をさりげなくチェックした。夜になるとオカマの立ちんぼが跋扈《ばっこ》する大久保公園からは、生ゴミを求めて哭《な》き喚《わめ》くカラスたちの大騒ぎが聞こえる。

目当てのテナントビルはサウナと韓国料理屋に挟まれて建っていた。グレーの外壁の五階建てだ。奥にエレベータの扉が見える集合玄関をさりげなく窺《うかが》い、ぶらぶら歩く。目立った騒ぎはなかった。が、時折、出入りする男たちは緊張が隠せない様子で、警戒の眼を怠らない。たしかこの三階にあるはずだ。通りを一巡し、さて、宅配屋でも装ってビルに入り様子を探るか、それとも今日は場所を確認しただけで帰るか、逡巡したとき、背後から肩を叩かれた。

振り向いた。黒いキャップを目深に被った男が立っていた。黒のポロシャツにジーンズ、がっちりした体格の男だ。年齢は三十前後、身長は百七十五センチくらいか。首が太く、肩と胸が盛り上がった筋肉質の身体は、プロのアスリートのようだ。鋭い眼の奥に剣呑《けんのん》なものがある。ヤクザか？

「なにをしている」

抑揚のない声に気圧された。

「いや、その――」

口ごもった。男は視線を据えたまま、頑丈そうなあごをしゃくった。

「三階を見ていたよな」

ヤバイ。ヤクザだ。えーっと、と頭をかき、さっと身を翻した。背を向け、ダッシュ――動かない。ベルトをガッチリ摑まれていた。

「慌てるな」

ぐっと引き寄せられる。抗《あらが》うことを許さない、凄い力だ。なんだ、こいつ。

「悪いようにはしないから」

宥《なだ》めるように言う。

「話を聞かせろ。松岡の件だろう」

松岡俊彦――冷や汗が流れた。

「あんた、警察か？」

男は唇をひねって冷笑した。

「そう見えるか？」

はい、とうなずいた。よく考えると、この鍛え上げられた身体と静かな物言いはヤクザではない。どっちにせよ、ヤバイ。自分はボッタクリバーの店長だし、あの女が言ったように警察の動きが怪しいとしたら、本当にヤバイ。

「おれ、関係ないから。ただの通行人だから」

男の眼が冷たく光った。

「じゃあ、なぜ逃げようとした」

左手首を摑まれた。骨が砕けそうな握力に呻いた。

「こっちへ来いよ。静かな場所で話をしよう」

肩に腕を回し、連れていこうとする。おい、いくら何でも——やめろよ、と低く凄んだ。が、力は緩まない。こめかみが熱くなり、ブチン、とキレた。右腕を引き、拳を男のあごに叩き入れた。鈍い音が響き、肩まで痺れた。が、男は小揺るぎもしない。

血の混じった唾を吐くと、冷笑を浮かべ、凄んできた。

「クソガキが。腕の一本でもへし折ってやろうか」

左腕をあっさり逆にとられる。激痛が全身を貫いた。肩が、肘が軋《きし》む。ダメだ。強さの桁《けた》が違う。街で見かける、肩を怒らしたパンチパーマのヤクザなど、この男に較べれば可愛いものだ。鋼《はがね》の身体にぴたりと押さえ込まれ、英次は歩いた。呆気なく暗い路地に連れ込まれる。

こいつ、本当に警官か？　身がすくんだ。男の全身から、得体の知れない怖いものが漂っている。英次は歯を噛み締め、呻くように言った。

「女が死んだ。おれの女が――」

ほう、と声がした。

「ビル火災の犠牲者か」

ああ、と喉を絞って応えた。

「そうか」

ため息のような声が漏れた。男は極《き》めていた左腕を解いた。全身が弛緩した。英次は両手を膝に当て、喘《あえ》いだ。

「それで松岡と関係のある組事務所を探っていたわけか」

沈黙が流れた。ハアハア、と己の荒い息遣いだけが響く。

「おまえ、下手したら殺されるぞ」

英次は睨んだ。

「警察に、か？」

男の眼が細まった。当たりだ。探りで放った言葉なのに、核心を深々と貫いたようだ。つまり、警察は怪しい――あの女の言ったことは正しかった。男の唇が動いた。

「どうして知っている」

言葉に詰まった。男は両腕を伸ばし、英次のシャツの胸倉を掴むや、引き上げた。

百八十二センチの身体が呆気なく浮いた。男は鼻にシワを刻み、怒った虎のような形相で迫る。「説明してみろ」

リフトし、軽々と壁に押し付ける。まるで起重機か何かに翻弄されている気がした。まったく抵抗できない。こわばった舌を動かした。

「あれは放火だって言ったんだ」

「だれが」

首が絞まる。息が吸えない。掠れ声を絞り出した。

「あの店、『ラブリースクール』で働いていた女だ。店を出てすぐ爆発音があったって」

男は唇をへし曲げて迫った。

「で、おまえはなにをする気だ?」

「おれは――」

声が出ない。手が緩んだ。その場にくずおれた。背を丸めて激しく咳き込んだ。その気なら、ものの十秒で殺されるだろう。深く呼吸し、息が整うのを待って語った。

「おれは……いや、おれたちは犯人を捜し出したいんだ」

おれたち――少しだけ力が湧いた。が、それも一瞬だった。男は嘲笑した。

「探偵ごっこでもやるつもりか?」

なにも言い返せなかった。おかしな抱きキャバホステスと小太りの銀行マン、それにボッタクリバーの店長――いったい何ができる。

男が腰を折り、屈み込んできた。

「おまえ、この街には詳しいようだな」

同じ目線から語りかけてきた。

「地味なビルの中にある組事務所を知ってるんだ。それに、一応は松岡との関係も突き止めた」

いったい何を言いたいのだろう。英次の戸惑いをよそに、男は続けた。

「おれに協力しろよ」

はあ、と首をひねった。

「犯人を捜し出してやるから」

英次はポカンと見つめた。男の言葉がうまく理解できない。

「名前は？」

問われるまま、鹿島英次、と名乗った。

「おれはユサキョウヘイだ」

黒のキャップを被った男は目尻にシワを刻み、おかしな名前の漢字を説明した。遊園地の遊に佐藤の佐、京都の京に平和の平、と。

「一緒にやらないか。女の敵《かたき》を討ちたいんだろう」

「じゃあ、あんたも――」

あっさりかぶりを振り、おれは元消防士なんだ、と囁いた。赤羽の消防隊にいた、と言葉を重ねた。やっぱりわけが判らない。英次は遊佐と名乗った男をまじまじと見つめた。

「犯人は恐ろしいやつだ。おまえには想像もできないほど、な」

遊佐は静かに語り、キャップの庇《ひさし》を引き降ろした。表情が消えた。固く結んだ唇が震えている。

11

あの時代がバブルと言われるようになったのは、実は後《のち》のことなんだ。膨らんで輝いて、最後はパチンと割れる泡だった、と気づいたのは、すべてが終わってからだ。右肩上がりで地価が株価が上昇し、札束が飛び交っているときに、悪いことなど考える人間は皆無だったよ。全員、狂乱のゴールドラッシュに乗り遅れるな、と必死だった。とくに『華燿亭』にかかわる人間は。

おぼえているだろうか。『華燿亭』に、いまは合併されて消えた舞鶴《まいづる》銀行の頭取夫妻がやってきた日のことを。

あれは残暑の厳しい夕刻だった。掃き清められ、打ち水がされた庭にずらりとスーツ姿のエリート銀行マンたちが並ぶなか、頭取夫妻は門に横付けされた黒塗りの高級車から恭《うやうや》しく現れた。上等の和服姿の上品な奥様に、恰幅のいいダブルスーツの頭取は、柔らかな笑みを浮かべ、飛び石を踏んでしずしずと歩いていたな。

わたしはガマガエルの石像に隠れて見ていたが、笑いを堪《こら》えるのに必死だった。考えてもみろよ。元は連れ込み旅館だぜ。御影石を張った正面玄関では元連れ込み旅館主人の眞田が、紋付き袴で迎えているのだから、まったく、世の価値観が崩壊していたよ。

頭取夫妻は二階の大広間、普段は荒稼ぎした銀行屋や株屋が素っ裸で踊りまくっている座敷で、デタラメな会席料理を食っていた。刺し身はパサパサで、吸い物は塩辛いだけ。そのへんの居酒屋のほうがずっとマシなひどい料理だ。普段、カネに浮かれ舞い上がった下品な男たちが、酒を浴びるように飲みながら食っているのだから味もへったくれもない。それに『華燿亭』の料理の味に文句をつける人間がいるはずもない。それは頭取夫妻も同じだ。

頭取は上品な妻ともども、今後ともどうぞ宜しく、と平伏していたっけ。定期預金三百億円と融資八百億円。系列のノンバンクは融資一千億円。取引額は計二千百億円だ。舞鶴銀行にとって極上の客だ。

頭取夫妻は、威張りくさった先生とカメラに収まり、ご機嫌麗しく帰っていったっけ。その写真は大きく引き伸ばして金縁の額に入れ、料亭の玄関横に飾られた。大銀行の頭取夫妻が自ら足を運んだという事実は、他の金融機関も大いに刺激した。先生の信用は絶大だ、大企業並の莫大な資産を保有しているに違いない、と先を争って融資に走ったのだ。振り返れば、あの頃が絶頂だった。

先生はどうやってバブルの寵児《ちょうじ》となったのか、すこし説明してみようか。

先生曰く、自分は強力な霊感の持ち主で、一九八六年初頭、つまり株価が上昇し始めた頃、神のお告げがあり、株の売買に乗り出したという。元手は料亭の土地を担保に借り入れた五億円。これをもとに、神のお告げにしたがって株を購入したところ、あれよあれよと十億円が転がり込んだ、と。先生が凡人と違うところは、この十億円全部で土地を買い、転売を繰り返し、得た莫大な利益をもとに株を買い、現金をどんどん増やしていった先見性だ。銀行が〝カネを借りてください〟と日参し、証券会社は〝株を買ってください〟と土下座する始末——以上、すべて先生の口から語られた話だと断っておく。そして、ここには大きな偽りがある。元手となった五億円だ。

担保となった料亭の土地は、実はガリガリに痩せ細っていたのだよ。先生の女遊びと放漫経営のおかげでサラ金の抵当がつき、担保価値は皆無。つまり先生は、借金を抱えた身で五億円を生み出し、おまけに巨万の富を築いてみせたわけだ。これぞ神様だ、魔術師だ。

すまない。少々調子に乗り過ぎたようだな。もっとも、わたしも当時は抵当のことなど知っていたわけではない。すべては『華燿亭』の時代が終わってからだ。その経緯はおいおい教えてやることにしよう。

先生の真の姿は本当に面白いぞ。素晴らしい、ノーベル賞級の錬金術だ。

12

英次は元消防士の遊佐京平と別れた後、三ツ葉銀行渋谷支店へ電話を入れた。名前は——そうだ、稲葉。しかし、電話に出た女性は、当支店にはおりません、と慇懃《いんぎん》に告げてきた。バカな？　わけが判らず、それでも、二十四、五歳の背の低い小太りだけど、と付言すると意味ありげな沈黙が流れ、ああー、と納得する声がした。判りました、稲葉ですね、渉外の稲葉太一、と。渉外？

「外回りの営業です」

冷たい声がした。そうだよ、いるんだろ、と思わず怒鳴ってしまった。まったく、一流の都市銀行がなんて呑気な応答なんだ——無性にムカムカした。が、その後の女性の言葉に絶句した。

遊佐京平は、さくら通りの火災現場前に立った。ビルを覆うブルーシートと、しおれた花束、カップ酒や縫いぐるみ——火災から一週間も経っていない、生々しい現場は、まだ焼け焦げた臭いが漂っていた。道行く人々は興味津々といった顔で見上げ、指さし、ひそひそやっている。テレビクルーの姿もある。遊佐はそっと辺りを見回した。次いで、偵察衛星から監視でもされているかのように、慎重に上空を窺い、ゆっくりと顔を伏せた。

三十五人が炎と煙に巻かれて死んだ場所はスピーカーの怒鳴り声と大音量のＢＧＭが響き渡っている。が、耳を澄ますと聞こえる。成仏しきれない幾人もの亡者の声だ。呻き、啜り泣いている。犠牲者の絶望に身を絞られ、肌が粟立った。手を合わせ、祈りの言葉を唱えた。そして消防士の無念を思った。炎が燃え盛る現場に駆けつけながら、死体を運び出すしかなかった消防士たちはこの先、どのような思いを抱いて生きていくのだろう。

遊佐は込み上げる熱いものを呑み込んだ。自分に泣く資格などない。それは判っている。

さくら通りから靖国通りへ出て歩道を歩いた。団体の中国人と韓国人でごった返す『ドン・キホーテ』の前を擦り抜け、新宿駅のＪＲ大ガードをくぐって五分ほど歩いた。

目深に被ったキャップの下からさりげなく周囲をチェックし、前後左右に不審な人影がないことを確認すると、通り沿いの古びたビジネスホテルへと入った。

四階の部屋で、遊佐は日課のトレーニングをこなした。プッシュアップと腹筋、スクワット、ブリッジ――設定したメニューに従って消化していく。靖国通りを行き交うクルマの轟音が聞こえる。都会のノイズをＢＧＭに、肉体との会話に没頭した。

たっぷり一時間、汗を流してシャワーを浴び、固いベッドに転がった。窓の向こう、西新宿の高層ビル群が、灰色の山々のように聳《そび》えている。瞼を閉じた。しかし、眠れそうもない。身体は酷く疲れているのに、神経が高ぶっている。まだ消防士になり立ての頃、炎と闘った後、同じような状態に陥り、幾度となく眠れぬ時を過ごした。それでも当時は将来への夢があった。

遊佐はあいつの貌《かお》を思い浮かべようとした。だが、あの赤羽の火事現場で見た、幽霊のような蒼白の貌が浮かんだだけで、それもじきに闇へ溶け込み、消えてしまった。

午後六時過ぎ。英次が『ラッキーナイト』でぼんやり今夜の客を待っているとケータイが鳴った。

ディスプレイを眺めて舌打ちをくれた。『ロンロン』の愛麗《あいれい》だ。気を取り直し、はいはーい、と努めて陽気に応えると、ああ、えいじくーん、げんき～？　能天気な声がした。「おれじゃなくて、ヤンじゃないの？」

カウンターの中にうずくまり、床を拭いていたヤンがぬっと顔を上げた。相変わらず陰気な無表情だ。

「違う、違う、凸凹《でこぼこ》カップルが来てるわよ」

首をひねった。

「だから、知り合いでしょ。えいじくんを訪ねてわざわざ来たんだって」

凸凹カップル——田舎のダチだろうか？　困惑してると、今度は別の声がした。若い女だ。

「きみ、ボックリバーの店長なんだってね」

顔が火照った。キャハハハッと笑い声がする。こいつは——

「おまえ、昨日さくら通りで……」

そうそう、と妙にはしゃいだ声が耳朶《じだ》を叩いた。

「あ、ぼくもいます」

今度は男だ。あの小太りの童顔。稲葉だ。三ツ葉銀行渋谷支店の——こめかみがぶち切れそうだった。

「すぐ行くから待ってろ」

低く告げ、ケータイを閉じた。ヤンが何事か、と突っ立っている。

「ちょっと出てくる」

ヤンがカウンターを回って出てきた。

「それ困りますよ。ぼくひとりじゃ無理」

困惑の顔で訴える。どいつもこいつも——

「脅してカネ、貰えばいいんだよ。簡単だ、こんな仕事」

吐き捨て、大股でドアに向かった。ヤンが立ち塞がった。

「エイジさん、ダメよ」

銀髪を揺らしてかぶりを振る。てめえ、拳を振り上げようとして、思い止《とど》まった。

眼に涙が浮いている。

「暴力はダメです。ヨッコさんが泣きます」

拳を力無く下ろした。

「ヤケにならないで」

英次は何も言わずヤンの肩を押しやり、ドアを開けた。蝶ネクタイを外しながら、洞窟のような階段を降りる。あれ？　と女の声がした。クミコだ。男と腕を絡ませ、昇ってくる。頭の禿げた、サラリーマン風の中年だ。

「店長、どこへ？」

「ちょっとな」

ボソッと言うと、中年男に輝くばかりの笑顔を向け、いらっしゃいませ、どうぞごゆっくり、と明るく叫んだ。怪訝な顔のクミコを残し、階段を駆け降りた。

区役所通りの、ひとでごった返す歩道を走り、四つ角の手前、レモンイエローのビルを駆け上がった。

ドアを引き開けた。カランとカウベルが鳴り、カウンターのふたりが振り向いた。

「うっす」

細身のジーンズに白のタンクトップの女が手をピッと伸ばし、敬礼の真似をした。

「けっこう早かったじゃない」

カウンターにはカットグラスとウイスキーボトル。頬がピンクに染まっている。

「どもども」

下膨れの稲葉がグラスを掲げ、ニッと微笑む。

「凸凹カップルがお先にやってまーす」

すっかり出来上がっている。こいつら、いったい何を考えて――

「えいじくんのお友達、たのしいわねえ。あんたをサカナにすっかり盛り上がってたのよ」

愛麗がカウンターの中から、泉ピン子に似た丸顔を綻《ほころ》ばせる。店の奥では女の子が三人、シラけた顔でケータイをいじり、コンパクトを覗き込んでいた。今夜も商売繁盛だ。

英次はカウンターに歩み寄り、稲葉を睨んだ。よほど怖い顔をしたのだろう、下膨れの顔に怯《おび》えが疾る。

な、なに……

「おまえに話があんだけど」

低く言った。

「ちょっとお、えいじくん、お店で面倒はイヤよ」

愛麗がたしなめる。

「こんなクソ野郎、殴る価値もねえよ」

稲葉の隣に座る女、多恵とかいった。険しい顔を向けてくる。

「どうしたのよお、尖《と》んがっちゃってえ」

英次は無視してスツールを引き寄せ、腰を下ろした。

「ビール！」

はいはい、と愛麗が濡れた中ビンをドンとカウンターに置いた。コップに注がれたビールを一気に飲み干す。

「ま、飲むしかないわよ」

愛麗が慰めるように言った。おそらく、ビル火災で死んだヨッコのことも知っているのだろう。手酌でもう一杯、飲んだ。カウベルが鳴り、客がふたり現れた。

「あっらー、シャッチョー」

愛麗がロケットのように吹っ飛んで行く。女の子たちがさっと立ち、こぼれるような笑顔で迎える。さっきまでのシラけた無表情がウソのようだ。店内は一転、カラフルな空気に包まれた。

「稲葉とかいったな」

はい、と肩をすぼめた。

「おまえ、銀行辞めたんだろう」

へーっ、と呑気な声がした。多恵だ。メンソールのタバコに火をつけながら、興味津々といった表情を向ける。

「太一くん、辞めちゃったの」

まあ、と曖昧に応える。

「どうして?」

「いろいろあってさ。二カ月前に……」

眉を八の字にゆがめ、泣きそうな顔になった。

「じゃあいま、無職なんだ」

多恵は煙をぽわんと丸く吐いた。

「ダメだよ、太一くん。いつまでも昔の肩書にすがるのって、どっかの冴えないオヤジみたいじゃない」

「プータローの分際で抱きキャバ遊びかよ」

英次は厭味たっぷりに吐き捨て、ネズミを前にした青大将のように唇をぺろりと舐めた。「おまえ――」

カウンターに肘をつき、顔を寄せた。身を引こうとする稲葉の肩に腕を回した。

「まだおれの質問に答えてなかったな」

稲葉の眼がキョトキョトせわしなく動いた。なんのことだか……消え入りそうな声で呟いた。

「なんでヨッコの部屋のこと、知ってるんだよ。もしかして忍び込んだのか？ パンティとか欲しくて」

太一が赤く濁った眼で睨んだ。

「最低だよ」

下膨れの頬がプルプル震えている。

「レナがかわいそうだ」

涙がポタポタ落ちた。英次は腕を解き、ビールを飲んだ。フロアから女たちの嬌声が轟く。

「ぼくは遺体安置所でレナのお父さんに会ってさ」

ヒックヒック、としゃくり上げて語った。

「それで」

多恵がタバコをふかしながら促した。

「お父さんがひとりで心細そうだったからぼく、住所を頼りに案内したんだ」

「親切じゃん」

「そしたら、部屋が引っ掻き回されて、こいつのプリクラがあって」

太一が涙眼を向けてきた。

「こいつ、面倒になるのがイヤで逃げたんだ」

声が上ずっている。英次はタバコを唇にはさみ、ライターをひねった。稲葉が指を突きつけた。

「おまえ、遺体安置所からも逃げたじゃないか」

タバコを指先で摘み、眼を細めた。「シバくぞ、この野郎」

ひっと身を引く小太りの稲葉を、後ろから大柄な多恵が抱える。まるで母親だ。

「なによ、殺すとかシバくとか。あなた、口ばっかりじゃない」

残りのビールを注いだ。コップ半分しかなかった。

「レナは一生懸命、働いていたのよ。死ぬほどイヤな思いをしながら、時間があると営業とかもやって、ひとの何倍も稼いでいたんだから」

女はテーブルを叩いた。パンッ、と小気味いい音がした。稲葉が身をすくめた。

「好きでもない酔っ払いの客に、胸を揉まれ、吸われ、身体中を脂ぎった手で撫で回されるのがどんなにイヤなことか、判ってるの！」

指名客の稲葉が両手を顔に当て、もうやめて、と呻いている。が、多恵は止まらなかった。

「おまけにマンコまで触らせていたんだから」

ええっ、と声がした。稲葉だ。ほうけた顔で、マジ、と呟いた。

「あら、太一くん、触らせてもらえなかったの。かわいそうに」

稲葉はがっくりと背を丸めた。多恵はグラスを一気に呷《あお》り、カウンターに叩きつけた。

「でさあ、英次」

英次だと？ 険しい眼を向けた。が、多恵は、なによ、とばかり睨み返してきた。

「あなたさあ、なんで太一くんに電話したのよ」

それは——言葉に詰まった。

「一緒に犯人を捜す気になった？」

多恵は唇で薄く笑い、まさかあなたがねえ、と挑発するように言った。太一が慌てて間に入る。

「あ、多恵ちゃん、そうひとを決めつけちゃいけないよ。こいつだって――英次だって、心を入れ替えたかもしれないじゃない」

　こいつら、ゴチャゴチャと勝手なことをほざきやがって――英次はタバコを灰皿で押し潰し、深く息を吸った。ショート寸前の脳ミソに酸素を送り込んだ。ぶち切れるまで、あと五分は延長できる気がした。

「あの火事、ヤバいぜ」

　低く言った。ふたりはごくりと唾を呑み込み、凝視してきた。

「下手に首を突っ込むと大変なことになる」

　静かに、淡々と語った。松岡がシャブのからみで暴力団と関係していたこと、今日、その事務所を張ってみたこと――多恵が首をかしげた。

「じゃあ、あなたがヤクザとの関係を探ったってこと？」

　喉が張りついた。コップ半分のビールを流し込み、語った。

「おれも歌舞伎町で暮らして二年になるんだ。それくらい判るさ」

　多恵は肩をすくめた。

「そりゃあ、ボッタクリバーの店長なんだから当然よ。でも――」

　鼻でクスッと笑った。

「別にヤクザに拉致《らち》られたわけでもないんでしょう」

そりゃまあ——口ごもった。

「張り込みくらいでオーバーなのよ」

唇を噛んだ。震える指でタバコを取り出しながら、おまえら、何も知らないからバカやってられるんだ、と吐き捨てた。

「どういうことよ」

多恵が眉間に筋を刻んだ。

「どーいうことです？」

太一が小鼻を膨らませて迫る。英次はタバコをくわえ、ライターで火をつけた。眼をすがめ、中空を眺めてくゆらす。

「ちょっとお」

焦《じ》れた多恵が声を上げた。

「もお、もったいぶらないでよ」

英次は言おうか言うまいか迷ったが、ひとりで抱え込むには大きすぎる。一抹の罪悪感を抱きながら、口を開いた。

「おれ、不思議な男に会ったんだ」

ふたり、息を詰めるのが判った。英次は語った。張り込みの最中、遊佐京平に声を掛けられたこと、遊佐は赤羽の元消防士で、犯人捜しに協力しろ、と迫ったこと――殴りかかったものの、手も足も出なかったことは伏せておいた。

「そのひと、犠牲者の中に知り合いがいるのかしら。わたしたちみたいに」

英次はかぶりを振った。

「それはおれも訊いたさ。だが、そういう事情じゃないらしい」

沈黙が流れた。どういうことよ、と多恵が呟いた。さすがに意味を図りかねているらしい。当然だ。遊佐の狙いは深い霧の中だ。

「こういうことじゃないかな」

太一が言葉を挟んだ。

「その遊佐ってひと、元消防士だろう。三十五人の死者を出した火災の真相を突き止めたいんだよ。警察はあてにならないから、自分で動いているんだと思う」

「プロの矜持ってわけ？」

そうそう、と太一は嬉しそうにうなずいた。

「却下」

冷たく言うと、多恵はウイスキーをグラスにポコポコと注いだ。

「どーして？」

「動機として弱すぎるもの。お話にならない」

キッパリ言った。

「ボランティアで防火意識を啓蒙《けいもう》していこう、というのならともかく、そのひと、ヤクザさんの事務所を窺っていたわけでしょう。しかも、たったひとりよ。伊達《だて》や酔狂でそこまでやるわけないじゃない。彼、ビル火災の裏側に隠された秘密を知ってるわよ」

瞳がキラキラ輝いている。

「犯人の目星もついていると思う」

グラスをキューッと飲《や》って荒い息を吐いた。英次はこの女の推理に舌を巻いた。聞く者を納得させる説得力がある。

「しかも消防士を辞めたわけでしょう。いまどき、安定した公務員の職を捨てるなんてよほどのことよ。その理由も知りたいとこね」

そうだ、その通りだ。大きくうなずいている自分がいた。多恵はきれいなボブヘアをかきあげ、じっと見つめてきた。

「だから英次、連絡とってよ」

遊佐に？　多恵は微笑んだ。

「もちろん。明日にでも会いたいな。どうせ暇だし」

メンソールのタバコに火をつけた。

「そっかあ、いよいよかあ」

太一が弾んだ声を出した。多恵がスツールからすっくと立ち上がった。

「ママーッ、おあいそ」

まるで馴染みの店のように陽気に叫んだ。笑顔の愛麗が店の奥からやってきた。

「あら、いいのよう、えいじくんにつけとくから」

「あっそう」

ちょ、ちょっと待てよ、と言う間もなく、太一が、あれっ、と素っ頓狂な声を上げた。

「どうした？」

多恵が小首をかしげた。

「女の子が少なくなったみたい――」

ソファでは女がひとり、つまらなそうにケータイに見入っている。

「アハハハッ、商売繁盛」

愛麗が太一の背をバシンと叩いた。おっ、とつんのめっている。多恵が声を潜めた。

「だからさあ、太一くん。ここ、連れ出しパブじゃない」

太一は事情が呑み込めていないようだ。

「お客も消えちゃったでしょう。気に入った女の子がいたら、ホテルでエッチするのよう」

へーっと間抜けな声で応えている。

「太一くんもヘビの生殺しみたいな抱きキャバで満足してないで、こういう大人の店にも来ないとね。しっかりセックスしなきゃ、妄想ばっかり大きくなって身体によくないわよ」

「そうそう、サービスさせるわよ」

愛麗がねっとりとした声で言い添えた。太一は真っ赤な顔を伏せた。

「ぼく、身体より心を大事にするから」

利いた風な言葉を絞り出し、首を振った。

「それに、レナが死んでまだ一週間経ってないんだよ」

涙声が英次の耳に痛かった。多恵は横を向いてタバコをふかし、愛麗はせっせとカウンターを拭いている。店内を重い空気が満たした。英次は舌打ちをくれた。

「いつまでもメソメソしてんじゃねえよ！」

怒鳴りつけ、ふたりの肩を摑んだ。引き寄せて囁く。多恵はタバコ片手にポカンと見つめ、太一は口を半開きにしている。

「遊佐はおれにこう言っていた。〝犯人は恐ろしいやつだ。おまえには想像もできないほど〟と」

固まったふたりを残し、ドアを開けた。カウベルがカランと乾いた音をたてた。やったろうじゃねえか。腹の底から熱いものが湧いてくる。英次は拳を固め、平手に打ちつけた。バチン、と小気味いい音がした。

13

こうやって振り返ると、ばかばかしくも華やかな日々が、まるで昨日のことのようだよ。おまえは先生の、あの素晴らしいキツネの舞いをおぼえているか？　大きな案件でしか見せない、とっておきのパフォーマンスだ。

瞑目し、思い浮かべてみよう。二階の東側を占める、四十畳近くある大広間の中央に、襷《たすき》掛けも凛々しい袴姿の先生が恭《うやうや》しく正座し、合掌して祈るんだ。先生を囲むスーツ姿の証券マンや投資家たちは膝に両手を置き、身じろぎもせず見守っている。

それは突然、爆発するんだ。きたあーっ、と叫び、インチキ新興宗教の空中浮揚のように両膝でバンバン跳び上がり、のけぞり、ウリャッ、ウリャ、と気合を入れ、数《じゅ》珠をしごき、印《いん》を結ぶ。あの巨体がゴムマリのように弾むのだから、それはそれで見《み》物《もの》だった。

スキンヘッドをゆでダコのように真っ赤にした先生は最後、唾を飛ばして雄叫びを上げるんだ。キツネが降りるーっ、と。固唾《かたず》を呑んで凝視する男たちは真剣だったのだろう。父も文子さんも、後ろのほうで食い入るように見つめていたな。襖を少し開けて覗き見るわたしは、口を手で押さえ、笑いを押し殺すのに必死だった。

先生は天を仰ぎ、両腕を掲げ、芝居っ気たっぷりにクルクル回りながら倒れ込むんだ。ずんと地響きがして、大の字になった先生は、猟師に撃ち殺されたトドのようにピクピクと痙攣し、白眼を剝いてみせる。全員の視線をたっぷり釘付けにすると、エイッと気合を入れて畳を両手で叩き、すっくと立ち上がる。仁王立ちになって全員を睨めつけ、おごそかにお宝株を口にする。瞬間、広間を埋めた全員がハハーッと平伏し、儀式は終了だ。

お宝株は順調に上がり、証券会社から運び込まれた札束が広間に山と積まれ、かくして先生は名声を高めることになるのだが、たいていの株式銘柄は高騰していた時代なのだから、お告げが当たるのも当然だ。しかし、誰も気づかなかった。いや、気づこうとしなかった。それが、熱狂のバブルたる所以《ゆえん》なのだろう。

わたしは先生にかわいがられ、しょっちゅう引き回された。高校へ復学する話など、一度も出なかったな。期待していなかった、と言えばウソになるが、まあそんなものだろう。父は奴隷で、わたしは先生のアクセサリーだった。

先生は運転手付きのベンツでわたしを高級デパートへ連れて行き、ダボッとした、成り金の間で流行りだというイタリア製のソフトスーツをあつらえてくれた。

夜は銀座のクラブ回りだ。わたしは十六歳なのに、誰も咎めもしなかった。先生が使う、バカげたカネのせいだよ。自分では大して飲めないのに、ドンペリピンクだ、ロマネコンティだ、と一本数十万もする酒をオーダーしては取り巻き連中にふるまい、群がるホステスには十万単位のチップをパンティに突っ込んでやる。みな、身をよじってキャアキャア、大喜びだった。

いつもいつもポケベルがピーピー鳴って、銀行屋も株屋も嬉々として店を抜け出しては商売をまとめ、また戻って酒を飲み、女と戯《たわむ》れる。先生の周りの人間は男も女も熱に浮かされて、疲労とか諦観とは無縁のようだった。おそらく、覚醒剤の一種が頭の中で湧いていたのだろう。すべてはカネのパワーのせいだよ。

取り巻きにはスゴイ男がいたぞ。ほら、舞鶴銀行の融資課長をおぼえているか？がっちりとした体格にスポーツ刈り、猪首の、殴られすぎたボクサーのような醜男《ぶおとこ》だ。名前は住吉純一《すみよしじゅんいち》。テレビや週刊誌で住吉の名前が取り沙汰され、ちょっとした有名人になったこともあるが、それは後《のち》のことだ。

住吉は連日、華燿亭に入り浸りで、一階西側の部屋に専用の電話をひき、部下に檄を飛ばすんだ。真っ赤な顔で「数字が上げられないなら死んじまえ！」と怒鳴り、先生には猫撫で声で、「幾らでも、青天井で融資します」と揉み手をしていた男だ。精力も抜群で、暇があると商売女を三人も四人も連れ込み、昼間っから乱痴気騒ぎを繰り広げていたな。

銀行はカネが余って、融資先を血眼《ちまなこ》で探し回っていた時代だ。住吉はその剛腕で上層部の期待に応え続けた、いわばバブル時代のエースだ。ここは少し説明が必要だろう。

資本市場の自由化を背景に、八〇年代後半から本格化したエクイティファイナンス（新株発行に伴う増資）の隆盛で大企業は市場から資金を容易に調達できるようになった。有力企業の銀行離れは加速する一方だ。しかも金利自由化の影響で、従来の取引では満足な利ざやは稼げない。そこで、眼をつけたのがバブル期の高騰し続ける土地だ。戦後、地価が下落したのは石油ショック後の七四年いちどきりだ。しかし、あれは例外中の例外で、日本の輝ける土地神話は微動だにしなかった。銀行は土地を担保にした融資に活路を見出《みいだ》した。

関西系の大銀行の本部長はこう発破をかけたそうだ。「めぼしい土地の登記簿はすべてとれ、担保価値をオーバーしてもいいからどんどん貸せ」と。審査などあってなきがごとしだ。いざとなれば土地の値上がりを待って売却し、金利ともども回収すればいい、と考えたわけだな。審査と融資が一体化したのだから、ブレーキのないスポーツカーのようなものだ。そして、アクセルを目一杯踏み込み続けて、スピードに麻痺したのが住吉だ。

住吉純一はやり手だった。横須賀の農家のジイさんに取り入って、土地を担保に億単位のカネを融資し、ブローカーと組んで株、絵画からロールスロイス、クルーザー、別荘まで買わせた話は有名だ。〝横須賀の自宅が別荘みたいなものだろう〟とツッコむ向きもあったが、あの男なら、北極のイヌイットにも最高級のエアコンと冷蔵庫を売りつけただろう。

ジイさんは漆黒のロールスロイスに鍬《くわ》を積んで農作業に出掛け、逗子《ずし》の海に停泊した純白のクルーザーの甲板で農家仲間とアジの開きを焼き、ワンカップ片手にカラオケ大会を催した、というから、素敵な話だろう。もちろん、住吉はブローカーから手数料と称して一千万単位のカネをしっかり巻き上げ、懐に入れている。そういう輩《やから》が、銀行屋にも株屋にもゴマンといた時代だ。

わたしは先生と住吉の〝商談〟を眼にしたことがある。クラブで女たちに取り囲まれ、ご満悦の先生に住吉が擦り寄り、パンフレットを差し出した。ハワイの豪華なリゾートホテルのものだ。背景に晴れ上がった青磁色の空、目の前に白い砂浜と紺碧の海を望む、白亜の御殿のようなホテルだったたな。

住吉が揉み手をしながら、気味の悪い猫撫で声で「実に安い物件です。プライベートビーチ付きで、なんと二百億」。出来の悪い通信販売のＣＭのようだったたな。むろん、融資付きだ。先生は隣の女の胸をまさぐりながら、パンフレットをちらりと眺め、「いいじゃないか。貰おう」。それでおしまいだ。商談は十秒もかからなかった。

女たちは爆発するような嬌声を上げ、ハワイのホテルオーナー、スッゴーイ、としなだれかかり、ホテルで誕生パーティを開きましょう、とシャンパンの栓を景気よく、クリスマスのクラッカーのようにポンポン抜きまくって大騒ぎだった。ところが先生は飛行機に乗れないのだよ。怖くてたまらないらしい。だから、先生は自分がオーナーになったホテルをただの一度も見ていない。そういう凄まじくもバカバカしい話がごろごろしていた時代だ。

その住吉がクラブ遊びで時々やるイベントがあった。夜遅く、ポケットベルで部下を呼び出すんだ。東大や京大を出た秀才のエリートばかりだ。住吉は商業高校卒業の叩き上げだから、ここぞとばかりにイビリまくる。着飾ったホステスがずらりと居並ぶ前で、アルマーニ姿のゴツイ住吉が、五百万円のピアジェが光る腕を振り上げ、ゴールドのカマボコリングが輝く指を握って拳をつくり、「東大卒がその程度か」「高卒のおれがおまえらを食わせてやってる」「おまえら、生かすも殺すもおれ次第」とやるわけだ。口応えした新入社員を終業後の店内に立たせ、他の行員の前で気を失うまで怒鳴りまくった、という素晴らしい伝説を持つ男だから、罵詈《ばり》は筋金入りだ。むろん、誰も止めない。先生など、お気に入りのホステスの太ももを撫でながら、眼を細めていたな。

仕舞いには、自分の靴にブランデーを注いで、部下の鼻先に突き出してね。水虫の脂足で蒸れた、臭い靴だぞ。秀才たちはそれを押しいただき、屈辱に身を震わせながら、ごくごく飲むのだから、この世の光景とは思えなかったよ。

舞鶴銀行の上層部は咎《とが》めなかったのか、だと？　バカな。系列のノンバンクも含めて二千億を超えるカネを融資する窓口になった男だ。冗談でなく、部下のひとりやふたり、イビリ殺してもお咎めなしだよ。

住吉は、一兆円融資を目指す、と豪語していたし、誰もそれを疑わなかった。それほど、先生は勢いがあった。もちろん、銀行は舞鶴だけじゃない。主立った都市銀行は専任の担当者を置いていたし、証券会社も同様だ。加えて信用金庫、不動産会社から政治家、怪しげなブローカーまで、先生が動かす莫大なカネを求めて、欲の突っ張った連中が跋扈していた。もっとも例外はいたがね。次は、その人物の話をしようと思う。

14

嶋村多恵はインタホンの音で眼が覚めた。午前十時。Tシャツにパンティ姿の多恵は、フアッと欠伸をしてショートパンツを穿《は》き、ベッドを降りた。受話器を取り上げ、はいはい、と応える。野太い男の声がした。警視庁の刑事だという。全身に緊張が疾った。

チェーンロックをしたままドアを開けると、背の低い、逞しい身体の中年男がいた。厳《いか》つい顔に、針を植え付けたような角刈り頭。だんごっ鼻と分厚い紫色の唇。腫れぼったい肉に眠たげな眼が埋もれた、無愛想なイノブタのような男だ。

「すみませんね、突然お邪魔しまして」

言葉は丁寧だが、眼が笑っていない。酒の臭いもする。背後には、硬い表情をした若い男がいた。

「あの、警視庁って」

「ああ、失礼」

中年男はスーツの内ポケットから手帳を取り出した。小豆《あずき》色の縦開きの手帳だ。片手で器用に開き、ドアの間から多恵に示した。イノブタの顔写真と警視庁の文字。たしかに刑事だ。名前は大黒孝《おおぐろたかし》。階級は警部補。

「四課です」

よんか？　顔色で察したのだろう、「暴力団担当です」と言い添えた。血の気が引いた。大黒がヤニで黒ずんだ歯を剥いた。微笑しているつもりだろうが、獲物を前にした性悪のハイエナのようだ。

「歌舞伎町の火事でね、ちょっとお尋ねしたいことがあります」

全身の力が抜けそうになった。震える指でチェーンロックを外し、一歩さがった。

大黒は若い刑事に外で待つよう言い置き、後ろ手にドアを閉めた。

「お会いできてよかった」

ため息のような声だった。

「いや、キリッとしたいいお嬢さんだ」

目尻にシワを刻んだ。濁った細い眼が全身を舐めるように這う。鳥肌が立った。大黒は名刺を指先に挟み、差し出してきた。受け取る多恵の手が震えた。

キッチンテーブルを挟んで座るや大黒は、タバコに火をつけながら、ぬめった唇を動かした。

「最後に店から出てきたのはあなたでしたな」

のっけから核心に斬り込んできた。

「そうでしたっけ」

すっとぼけながら、頭を巡らした。あの夜は、警官と消防車がやってきたのを見届け、オサラバしたのだ。制服警官がカメラをパチパチやり始めた頃は、とっくにさくら通りを遠ざかっていた。ならばなぜ、自分が最後に店を出てきたことを知っているのだろう。客引きのオポッサムか？

「あの」

なに、と大黒は片眉を動かした。

「客引きの人から聞いたんですか？」

大黒は両肘をテーブルにつき、顔を寄せた。

「ほう、そんなひとがいたの」

ヤニとアルコール臭い息がかかる。

「名前はなんだろう」

さあ。眼を伏せ、唇を噛んだ。違う。オポッサムじゃない。肚《はら》を括《くく》った。顔を上げ、正面から見据えた。

「思い出しました。たしかに最後に出てきました。刑事さんのおっしゃるとおりです」

大黒はフッと煙を吐いた。腫れぼったい眼を、さも愉快げにすがめる。

「潔《いさぎよ》いじゃないか」

嗄《しゃが》れ声が耳朶を舐めた。

「あの夜、あんたは仲見世通りからセントラルロードへ抜け、靖国通りに出ている」

背筋が冷えた。そのとおりだ。たしか、店の斜め前から西へ延びる、狭い仲見世通りを小走りに駆け、歌舞伎町でもっとも賑やかなセントラルロードに出ている。そこから新宿駅の方向へ向かい、靖国通りでタクシーを拾ったのだ。しかし、どうして判るのだろう。

大黒が、余裕たっぷりに眺めている。急に部屋の温度が下がった気がした。震える奥歯を嚙み締めた。

「最後に出たんだ。なにか気がついたことはないか？」

口調がぞんざいになっている。多恵は唇を舌先で舐め、しれっと言った。

「放火犯人ですか」

おっ、と声を出し、大仰に肩をすくめた。

「怖いことを言うねえ」

「だって、警察が動いているんだから、その線でしょう」

大黒はあごに手を置き、凝視してきた。眼に怖いものがある。多恵は怯《ひる》みそうな心を励まし、続けた。

「オーナーの松岡に関係あるんでしょう」

眉間にみるみる筋が刻まれた。表情が険しくなる。かまわず言葉を重ねた。

「シャブとかなんとか。だからヤクザ絡みで動いているんじゃないんですか」

ふっと大黒の表情が和らいだ。

「ペラペラとよく喋るお嬢さんだ」

タバコを灰皿でひねった。

「犯人、見たか？」

多恵は首を振った。

「なるほどね」

角刈り頭を太い指でガリガリかき、腰を上げた。

「忠告しておくが――」

頬を緩めた。

「最後に店を出たあんたはシロじゃないからな」

顔から血の気が引くのが判った。

「現場を急いで離れているのも心証が悪い。しかもだ――」

薄く笑った。余裕の笑みに多恵は身構えた。

「ただひとり生き残ったボーイが、興味深い証言をしてるんだ」

なに――生唾を呑み込んだ。

「あんた、店を出る前、マネージャーの原田とゴチャゴチャ揉めてたろう」

絶句した。

「腹いせに火をつけたんじゃないのか」

ちょっと待って、と掠れ声で訴えた。大黒は太い首を振った。

「現場から逃げなきゃよかったんだ。かわいそうに」

哀れみの色がある。多恵の頭に冤罪の二文字が浮かんだ。

「まあ、悪いようにはしないから」

腕を伸ばし、肩に手を置いた。巨大なナメクジがへばりついた気がした。

「今度はどういう店に勤めるんだ？」

汚れた歯を剝いた。

「ソープにしろよ。いの一番で駆けつけるからよ」

肩を摑み、肉の感触を愉しむように揉んだ。多恵は身をよじって外した。

「やめてよ」

か細い声しか出ない自分が惨めだった。

「おれに任せとけよ」

腫れぼったい眼でウインクし、出て行った。ドアが閉まり、ご苦労、という大黒の声がした。ふたりの靴音が遠ざかる。あれが刑事？　膝がわななないた。苦いものが喉をせり上がる。どうしよう。なにか、とんでもないことが始まろうとしている。

15

歌舞伎町の北奥には、二十四時間クルマの列が絶えることのない職安通りがある。その通り沿いのマンションを、英次は訪ねた。一階はコンビニで、二階にヨガ教室。三階から上が住居棟の、オリーブ色の古びたマンションだ。築二十年は経っているらしく、自動ドアもオートロックもない。

中天で太陽が輝く昼下がり、ホテトルやサラ金のチラシが突っ込まれた郵便受けがズラリと並ぶ、薄暗い玄関フロアを通り、ガタのきたエレベータに乗り込んだ。七階で降り、寿命の切れそうな蛍光灯がジジッと辛気臭《しんきくさ》い音を立てる廊下を歩いた。七〇三号室。インタホンを押すと、二呼吸分の間を置いて声がした。

「どなたですか」

低い、抑揚のないバリトンはいつもの通りだ。少しだけ身構え、英次です、と応えた。

躊躇するような沈黙が流れた後、声がした。

「入りなさい、カギはかけてないから」

これもいつもの通りだ。部屋は十五畳ほどのフローリングのワンルーム。職安通りを背に歌舞伎町へ向かって開かれた間取りは静かで明るい。改装にカネをかけたらしく、壁をライムグリーンで統一したこの部屋は、マンションの古びた外観からは窺えない洒落た空間だ。

木製の大きなデスクと淡いグリーンのソファ、銀色のオーディオセットからは軽快なサックスが流れている。壁には造り付けの重厚な本棚があり、洋書から全集、ハードカバー、文庫まで、ずらりと並んでいる。しかし高校中退で、本など縁のない自分には、どういう内容なのかまったく判らない。本棚の隅にはCDが百枚近く突っ込まれているが、横文字のタイトルのジャズとクラシックばかりで、これも判らない。つまり、英次の趣味とは掛け離れた空間、ということだ。

オフホワイトのブラインドを引き上げた窓の向こうに、白っぽいラブホテルと雑居ビルの群れが続いている。ネオンが灯らない歌舞伎町は、アルコールと不摂生に疲弊した、年増女の肌のようだ。陽光を反射して輝くパールタワーも見える。巨万の富を生む、夢のビルだ。いつか、ああいうビルのオーナーになれたら、と夢見たこともあった。が、すべてはヨッコの死で終わった。ため息を漏らした。

そのひとはキッチンの小さなテーブルで、コーヒー豆を挽《ひ》いていた。焙煎豆をいれた手動式ミルのハンドルをゆっくりと回す。豆の砕ける乾いた音がする。英次と眼が合うと、ふくよかな髭面を綻《ほころ》ばせた。清潔な丸刈り頭に縁なしの丸メガネ。レンズの奥の眼が優しい。

名前は青山雄介《あおやまゆうすけ》さん。年齢は——幾つくらいだろう。顔の下半分を覆う黒々とした髭と丸刈り頭のせいだろうか。四十にも見えるし、五十、六十と言われても納得してしまう。胸板の厚い恰幅のいい身体に白のボタンダウン、濃紺のチノパン。どこにでもいる、オッサンの質素な佇まいだ。しかし、どこか近寄り難い、品の良さみたいなものが漂っている。

促されるまま、ソファに座った。

青山さんはミルから粉を取り出し、ティー・プレスに入れた。そして銀色のポットから湯を注ぎ、コーヒー成分を抽出させた後、金属製の蓋を嵌めて、優しくプレスした。

日本では紅茶用に使われるティー・プレスも、ヨーロッパではコーヒー器具として重宝されるらしい。濾紙《ろし》ではなく金属の網で漉《こ》すため、少し粉っぽくなるが、コーヒー本来の香味とコクを味わうにはこれが最適だという。豆はインドネシアとエチオピアのものをブレンドしてあり、甘酸っぱい、フルーツに似た独特の香りがある。

英次は青山さんから本物のコーヒーの味と、この街で生きていくコツみたいなものを学んだ。そして職も——

デスクにはウイスキーのボトルとカットグラス、真鍮製の頑丈な灰皿に置かれた吸いさしの葉巻、それに読みかけの分厚い本が載っていた。青い背表紙の本には『フェルマーの最終定理』とある。このひとは、いつもいつも難しい本を読んでいる。先日は、『リーマン博士の大予想』という本だった。あれはノストラダムスみたいな予言の本だろうか？

青山さんは、コーヒーカップを渡しながら、英次の顔を覗きこんだ。

「顔色が悪いようだね」

酒と葉巻の匂いがした。青山さんはゆったりとした動作で、黒革張りの回転チェアに座った。背もたれの高い、身体がすっぽりと納まるイタリア製の豪華なチェアだ。

「あんまりいい話じゃないな」

目尻にシワを刻む。素敵な笑顔だった。上品で屈託がなくて、吸い込まれそうな笑顔だ。どうすればこういう表情ができるのだろう。歌舞伎町には大笑いしても眼だけは笑わない詐欺師も、人をドスで刺して冷笑を浮かべる極道も、笑顔だけで女をイカせる凄腕のホストもいるが、青山さんのような笑い顔は見たことがない。

青山さんは厚手のカットグラスからウイスキーを飲み、静かに微笑んだ。眩しかった。

英次は下を向いた。白い厚手のカップから立ち昇る湯気を見ながら、青山さんとのことを振り返った。

　あれは一年近く前の黄昏時だった。失職し、暇を持て余していた英次は、コマ劇場近くのハンバーガー屋のカウンター席でぼんやりタバコを喫っていた。

　コンクリートに囲まれたコマ劇場前は逃げ場所のない熱気がよどみ、汚れた大気が陽炎《かげろう》となって揺れている。ビルの間の四角い空を灰色のスモッグがべったりと覆って息が詰まりそうだった。

　温《ぬる》くなったアイスコーヒーを啜り、窓の外、水をかけられた蟻の群れのように無秩序に蠢《うごめ》く雑踏を眺めていると、アスファルトに立つ一本の杭が目に留まった。いや、それは杭ではなく男だ。立ち止まったまま微動だにしない。髭面に麻のジャケットとパナマ帽が無理なく似合う男。それが青山雄介さんだった。こっちを見ている。

　青山さんは片手を上げて笑い、スタスタと店内に入ってきた。ごく自然に隣に座り、まるで長年の友人のように話しかけてきた。どうだい、仕事をやらないかい、と。ムッとして睨むと、肩をすくめた。香水の匂いが漂った。南方の花を思わせる香りだ。

「親切心なんだけどね」

　朗らかに言った。その自然な振る舞いに気勢をそがれた。

「どうしておれを？」

「きみが気に入ったからさ」

すっと表情を消した。

「眼が飢えている。カネが欲しいと言っている。それで十分だろう」

朗々としたバリトンが、胸に染み入るようだった。思えば、青山さんは、うらぶれて荒《すさ》んだ胸のうちを瞬時に見抜いたのだろう。故郷で商売に失敗し、再起を誓って上京したものの、キャバクラのボーイに売れないホスト、マージャン屋店員、ディスコの黒服――安い給料と酷《ひど》い労働条件にうんざりし、現実逃避のギャンブルと酒で借金は増すばかり。最後は首が回らなくなり、一か八かで地下カジノの現金輸送車でも襲うか、と思案していたところへ声を掛けられたのだ。

しかも、キャッチバーの雇われ店長で、ギャラは月百万を超えるという。

「きみの才覚次第だがね」

青山さんは葉巻に火をつけ、意味ありげに言った。歌舞伎町のキャッチバーなら、バックには暴力団がついているのだろう。英次がタバコをアルミの灰皿で消しながら、それとなく訊いてみると、わたしの趣味だよ、と笑った。輝くばかりの、黄金色の笑顔だった。

「見所のある若者に活躍の場を与えたいだけだ。キャッチバーほど面白い水商売はないよ。女と客を自在に操るんだからね」

冗談とも本気ともつかない言葉で煙に巻かれた。

「リスクを怖がってはいけない」

一転、重みのある声音にドキリとした。

「老いてからのリスクは足をすくませるが、若い時代のリスクはジェットエンジンのような推進力をもたらしてくれるのだよ。判るかね」

打ちひしがれた身を奮い立たせる、魔法のような言葉だった。

「きみの切羽詰まった視線にわたしが興味を覚えた——無限のリビドーと物理的欲望のカオス、歌舞伎町ならではの化学反応みたいなものだ。見なさい」

あごをしゃくった。視線の先に、チンピラからナンパされる若い女がいた。

「あれも化学反応さ。シャブ漬けにされてソープに売り飛ばされるか、それとも逆に男を手玉にとって目も眩《くら》む幸せを手に入れるか——この街では日々、無数の化学反応が起こっているのだよ。まるで神の悪戯《いたずら》のように、ね」

そうか。神の悪戯にのってみるのも悪くないかも。どう転ぶにせよ、現金輸送車襲撃よりは可能性があるだろう、と半ばヤケクソで承諾した。

青山さんは、商売のコツを丁寧に教えてくれた。おかげで警察沙汰になることもなく借金の返済は終わり、いくばくかの蓄えもできた。青山さんには幾ら感謝してもしきれない。ノルマを課されたわけでもなく、締め付けがあったわけでもない。

携帯電話に連絡を入れれば、いつでもこの事務所で会うことができた。いや、ここは事務所ではなく、青山さんの隠れ家なのだろう。電話もパソコンも事務用のファイルも無く、来客が来る様子も無い部屋は、とても事務所とはいえない。

青山さんはいつも英次に上手いコーヒーを淹れ、葉巻片手にグラスを傾けながら、いろんな話をしてくれた。昔、滞在した外国の街のこと。パリ、ニューヨーク、バルセロナに、コートダジュールという聞き馴れない街の名前もあった。延々と続く砂漠も、北の島の凍った海も、地中海の眩《まばゆ》い太陽も、青山さんの口から語られると、鮮やかな色彩を伴って眼前に現れてくるから不思議だった。そして、酒と女のこと——遠い遠い異国の話は英次をとらえ、魅了した。

青山さんの期待に応えようと、数字を上げ続けた。だが、褒められたことも、叱責されたこともない。英次はこの不思議な関係が気に入っていた。

「辞めるのかね」

英次は顔を上げた。丸いレンズの奥の眼が、すべてを見抜くようにじっと据えられている。

「判ります?」

青山さんは応える代わりに、葉巻を喫った。英次は香り高いコーヒーを飲み、言葉を継いだ。

「できれば早いうちに」

「商売でもやるのか？」

いいえ、と首を振った。

「なんだ、独立志向の人間だと睨んでいたがね」

顔が火照った。

「期待していたのになあ。できればわたしの片腕になって欲しいと思ってたんだ」

本当だろうか？　ためらいが胸を掠《かす》めた。

「歌舞伎町を出るかね」

それは——言葉を濁した。

「まあ、いいや」

坊主頭をぐるりと撫で、好きにすればいいさ、と優しく言った。

「怖いビル火災もあったしねえ」

眼を伏せた。

「それで後任はどうする？」

こうにん？　表情で察したのだろう、「『ラッキーナイト』だよ、誰に切り盛りさせようか」と訊いてきた。

「ヤンでいいと思います」

それ以外、思い当たらない。青山さんは、「あの中国人かあ」と呟き、あご髭をしごいた。「野心はあるんだろうがなあ」と、イマイチ気乗りしない風だ。

「商売はイチから叩き込んであります」

身を乗り出し、強く訴えた。

「おれが保証します」

が、青山さんは、「きみに保証されてもねえ」と笑い、「まあ、ダメならクビにすればいいんだし」と冷たく言った。

「わたしは無能な人間は嫌いだ。別に店だって続ける必要はないんだからさ」

本当に趣味なのかもしれない。ますますこの人が判らなくなった。青山さんは、英次の困惑をよそに語った。

「英次くん、人生はいろいろだ。まあ頑張りたまえ」

つまり、帰れというわけだ。青山さんは葉巻を軽く嚙み、分厚い本を開いた。こうなった青山さんは何も受けつけない。自分の世界に入ってドアを固く閉ざし、音楽と活字に浸る。

青山さんはどういう人なのだろう。大学の先生、あるいは哲学者、と言われれば納得してしまう。カネに困らない本物の金持ちか？　いや、世界を巡る冒険家かも。作家、芸術家、といっても通りそうだ。いずれにせよ、うらぶれた雑居ビルのキャッチバーのオーナーに見えないことだけは確かだ。

腰を上げながら、少しだけ後悔が胸を刺した。ヨッコのことを話したら、青山さんはどういう反応を示したろう。悲しんでくれるだろうか、それとも、人生はいろいろだ、と素っ気なく言っておしまいだろうか？

こういう呆気ない終わり方が、少し残念だった。窓の向こう、パールタワーがキラリと光った。

青山さんの部屋を出た後、エレベータに向かいながらケータイを取り出した。受信メールリストを呼び出す。選択し、ボタンを押す。

エレベータのドアが開いた。身を滑り込ませ、液晶を眺めた。

《さよなら　がんばて》

エレベータを降り、薄暗い玄関を歩いて外へ出た。真夏を思わせる陽射しに、一瞬、頭がクラッとした。職安通りを走るクルマの群れが喧《やかま》しい。マンションの壁にもたれ、ケータイを操作した。遊佐はワンコールで出た。

「待ってたぜ」

口に水を含んだような半笑いの声に身震いした。

第三章　リヴィエール

1

その人物を、わたしは密かにリヴィエールと呼んでいた。そうだ、『夜間飛行』の冷徹な支配人だ。

リヴィエールの本当の名前は水谷敏郎《みずたにとしろう》。年齢は――当時はとてつもない大人に見えたが、三十二、三だろう。赤坂のクラブで初めて水谷を目にしたとき、わたしは心が躍ったよ。中肉中背ながら、猛禽類《もうきん》を思わせる鋭い眼光と、無駄のない筋肉質の身体。髪は短く切り揃えたクルーカット。そうだな、鍛え上げたウェルター級ボクサーのような男、といえば判ってくれるだろうか。

スーツは流行《はや》りのダボッとしたイタリアブランドではなく、ドイツ製の細身のスーツで、ネクタイも西陣織の雅《みやび》やかなやつだ。個性的だろう。

寡黙でありながら、その凛とした佇《たたず》まいは、わたしが思い描く、リヴィエールそのものだったよ。

水谷は、銀行員や証券マンを交えたいつもの乱痴気騒ぎに途中から参加し、隅で静かに水割りを飲んでいた。ホステスたちと言葉を交わすものの、冷然とした雰囲気が崩れることはなかった。周りが、焦げるような熱気に浮かれている中、水谷だけは氷のヴェールをまとっているように見えたよ。それは彼の生き方でもあったのだろう。

金歯を光らして破顔し、ホステスの股ぐらに手を突っ込んでいた赤ら顔の先生は、水谷の姿を認めるなり、なんともいえない不快な表情をしたよ。あの、下僕にかしずかれる王様のごとき先生には相応《ふさわ》しくない表情に思えた。もっとも、ふたりの本当の関係を踏まえれば納得できる反応だ。わたしがそれを知ったのは、つい最近のことなのだが。

万札がティッシュペーパーのように飛び交う乱痴気騒ぎがお開きになったとき、水谷はわたしの元へ歩み寄ってきた。硬い視線は、急所を射貫く鏃《やじり》のようだった。わたしは動けなかった。

「おまえ、幾つだ？」

低い、重みのある声が肺腑に響いた。じゅうろく――男の眉根に険が浮いた。

「名前は？」

問われるまま答えると、眼を細めた。

「邦町《くにまち》の息子か」

唇を嚙み締めた。そう、わたしは邦町章生《あきお》の、あのダメ男の息子だ。恥辱で耳の付け根まで熱くなった。

「いい親父じゃないか」

ため息のような声だった。バカにしているのか？　しかし、表情に嘲弄の色はなかった。それどころか、わたしの細身のネクタイを手に取り、「これは親父が買ってくれたのか？」と優しく訊いてきたんだ。

いいえ、先生です、と答え、スーツもです、と言い添えると、水谷は舌を鳴らし、首をぐるりと廻した。

「先生、ちょっと」

ホステスたちと戯れながら出口に向かう先生を呼び止めた。みな、ギョッと眼を剝いている。あの強面の住吉も呆然と見つめている。見物だったよ。黄金地に桜の花を散らした和服姿の、売れない演歌歌手のような先生は、一瞬、顔をこわばらせたものの、すぐにマズイと思ったのだろう。巨体を反らし、なんだね、と偉そうに言い放ったんだ。

「このガキ、おれが連れて帰りますから」

冷え冷えとした口調に、こっちがドキリとしたな。

「新宿は帰り途《みち》だから、送っていきますよ」

先生のスキンヘッドがピンクに染まり、ギョロッとした眼で睨んだ。が、すぐに、好きにしろ、と吐き捨て、蛇皮の雪駄をチャリチャリ鳴らしながら、取り巻きとホステスたちを引き連れて出て行ったよ。

「さあ、帰ろう」

水谷は静かに言った。わたしは、その逆三角形の逞《たくま》しい背中を追った。胸の動悸が高く、激しくなった。リヴィエール、わたしのリヴィエールがそこにいた。

クルマは黒のBMWだった。運転席に髪を七三に分けた実直そうな小男、助手席ではパンチパーマにあばた面の大柄な男が待っていた。七三分けは中野実、あばた面は松岡俊彦という名前だ。

わたしは水谷と共にリアシートに収まった。BMWはネオンに彩られた六本木通りを麻布の方向へ滑るように走った。歩道には、タクシー難民の群れが、本物の難民のように立ち尽くし、右往左往していたよ。電車が終わると、あの辺りは朝までタクシーがつかまらず〝陸の孤島〟と呼ばれていたのだから、慢性過労気味のタクシードライバーが血眼《ちまなこ》になって客の奪い合いをするいまの東京では想像もつかない光景だろう。

「見ろ」

水谷が眼で示した。前方左手にそびえ立つ高層ビルがあった。真夜中というのに、銀色の光を振り撒いて、まるでスポットライトを浴びた氷の塔のようだった。

「三年前に建てられたビルだが——」

タバコに火をつけながらこう続けたよ。

「テナントは外国の銀行とか証券会社がほとんどだ。黄金の国、ジパングの天文学的なカネを求めて、アメリカやヨーロッパから凄腕の金融マンが続々と乗り込んできてるんだとよ」

水谷はシートにもたれ、タバコをくゆらせた。

「この東京はいま、世界の金融センターらしい」

何がおかしいのだろう、口許に嘲笑を浮かべて続けた。

「新宿じゃあインチキ拝み屋が幅を利かせてるのに、な」

ブッと吹く声がした。中野と松岡が笑いを嚙み殺している。インチキ拝み屋——この男は眞田の正体を知っている。わたしは肚《はら》をきめ、口を開いた。

「あなたは先生のなんですか？」

水谷は、面白がるような笑みを浮かべた。

「おれは先生の守護神だな」

わたしは意味が判らず、凝視した。水谷の表情が変わった。鼻にシワを刻み、顔を寄せてくる。唇が吊り上がり、眼が青く、サファイアのように光ったのをおぼえている。

「先生の邪魔をする野郎がいたら殺す。それがおれの仕事だ」

猛《たけ》った狼の形相に、わたしは何も言えずうつむいた。背筋が震えた。心底、怖かった。抜き身の刃物を首に当てられたような——

「だがな」

一転、穏やかな声音だった。

「こういう時代はもうじき終わる」

そっと顔を上げた。水谷は外を眺めていた。毒々しいネオンで彩られた、東京の夜だ。

「一億の土地が二、三回転がされて十億に化けるんだ。そんな旨い話がいつまでも続くわけがない。ババを引くヤツが必ず出てくる」

当惑した。なぜ、断言できるのだろう。わたしは疑問を抑えられなかった。

「みんな、ババのことが判っていないのですか？」

「判っているさ」

水谷はタバコを指先で摘み、眼をすがめてわたしを見たよ。

「しかし、いま手を引くと、自分が懐に入れるはずの莫大なカネをみすみす他人にくれてやることになるだろう。みな撤退の潮時を窺っているが、最後の一歩が踏み出せない。自分だけは大丈夫、と思っている。欲の皮のつっぱった野郎どもは往生際が悪いのさ」

「あなたはどうなんです」

水谷は苦笑した。

「おれだって同じさ」

拍子抜けするほど力みのない言葉に当惑した。言葉の出ないわたしに、水谷は右手を差し出してきた。指の長い、しなやかな美しい手だった。

「この手に土地や株を握っていたら、眼を血走らせ、頭をホットにして走り回っていたと思うぜ」

まるで他人事《ひとごと》だ。水谷は指先でこめかみを軽く叩いてこう言ったよ。

「だが、おれたちはここがクールだからな」

そのとき、松岡と中野が含み笑いを漏らしたんだ。三人はグルということが判った。しかし、わたしには、水谷がカネに興奮して我を失う姿など、とても想像できなかった。部下を失いながら、毅然とした姿を崩さなかったあのリヴィエールとぴったり重なっていたのだよ。

水谷は靖国通りでBMWを停めてくれた。

「華燿亭まで行くと、抜け出すのにひと苦労だ。あそこはとても怖い地獄の迷路だからな」

冗談めかして言う水谷に頭を下げ、わたしはスーツのポケットから文庫本を抜き出した。水谷は訝《いぶか》しげな表情ながらも受け取ってくれた。

「ずいぶんと薄汚れた本だな。ガソリン代のつもりか？」

わたしは、差し上げます、読んでください、と言うのが精一杯だった。

「サン＝テグジュペリ——フランスの作家だな」

意外だった。まさか、知っているとは。松岡と中野はあさっての方向を向いている。こいつらは粗暴なだけで文学になど一片《いっぺん》の興味もないのだろう。わたしは勢い込んで説明した。

「そうです。作家であり、有名な飛行機の操縦士です。一九四四年、連合軍の偵察飛行のためコルシカ島を飛び立ったまま消息を絶っています。撃墜されたのか、故障かは判りませんが、墜落したと思われています。しかし、今日まで墜落場所は判っていません。機体の残骸すら発見されていません。それが伝説を生み——」

水谷は何の反応も示さなかった。それどころか、文庫本を素っ気なくシートに投げ出した。カバーがめくれ、ページが半開きになり、背表紙が不格好な山のように盛り上がった。少し哀しかった。だが、このひとなら読んでくれると思った。どんな感想を持ってくれるのか、楽しみだった。

しかし、後日、会った水谷は意外なことを口にしたのだよ。冷徹なリヴィエールらしからぬ話を、ね。

2

午後四時。遊佐京平は約束の時間ちょうどにやってきた。場所は代々木上原のマンション、嶋村多恵の部屋だ。英次は当初、喫茶店を集合場所に考えたが、電話で多恵が「そんなところで内密な話はできない」と変更を求め、結局自分の部屋を提供したのだ。あの勝ち気な女が、どこか怯《おび》えていた。

それは遊佐が現れても同じだった。筋肉質の身体に黒のポロシャツ。目深に被った黒のキャップと黒革のクラッチバッグ。剣呑が服を着たような遊佐は、部屋へ入ってくるなり、値踏みするように視線を巡らした。が、スウェット姿の多恵は、キッチンの椅子に座って頬杖をつき、押し黙ったままだ。テーブルを挟んで座る稲葉太一は、緊張と戸惑いで童顔を強ばらせている。

遊佐は壁にもたれた。

「で、おまえら男ふたりはホステスを取り合っていたのか？　焼死した女、レナとかいったな」

のっけから挑発してきた。

「あれはおれの女だよ」

英次は躊躇なく応えた。太一が下膨れの頬を震わせて言う。

「ぼくはその他大勢の単なる客です。でも、心は唯一無二の恋人だ」

「ものは言いようだな」

遊佐は薄く笑い、視線を移した。

「随分と思い詰めているようだが？」

彫像のように動かない多恵をあごで示した。

「後悔しているのかね」

言葉が終わる前に多恵が、いいえ、とかぶりを振り、メンソールのタバコに手を伸ばした。遊佐は肩をすくめ、ところで、と英次に語りかけた。

「おまえはなんの仕事をやってる？」

おれは――言葉に詰まった。遊佐は面白がるような視線をテーブルのふたりに向けた。

「こいつらは元風俗店のホステスと元銀行マンだろう。おまえはなんだ？」

視界の端で太一が顔をほころばせた。

「この男はボッタクリバーの店長です」

嬉しそうに言った。ほう、と遊佐が眼を細めた。

「なるほど、歌舞伎町に詳しいはずだ」

英次は唇を噛んだ。太一が勢い込む。

「犯罪者だよ。一般人の酔っ払いから有り金を奪ってさ」

遊佐がいなければ殴り飛ばしていただろう。英次は怒りを圧し殺して返す。

「もう辞めたよ」

えっ、と見つめてくる。

「無職だ。おまえと同じプーだ」

太一が下を向いた。遊佐は鼻で笑った。

「なんだよ。全員、職無しってわけか」

四人の職無し――いったい何ができるのだろう。重い沈黙が満ちた。遊佐の眼が険しくなった。視線の先に、タバコに火をつける多恵がいた。なんだろう？　英次の戸惑いをよそに、多恵は煙を吐き、ボブヘアを指でかき上げて言った。

「今朝、ここにね――」

後が続かない。唇を固く結び、躊躇している。あの鼻っ柱の強い女とは思えない変わりようだ。

「話せよ」

英次が促すと、キッと瞳を向けてきた。表情に挑むような色がある。

「警察の人間が来たの」

絶句した。

「警視庁の刑事よ」

頭が混乱し、なんとか出た言葉は、火事のことか、と間抜けなものだった。多恵の頬にポッと朱がさした。瞳がみるみる険を帯びる。

「それ以外、何があるのよ。わたしが疑われているんだからね！」

「そんな——」

太一が腰を浮かした。口をパクパクやっている。

「最後に店を出たわたしは、完全なシロじゃないんだって。生き残ったボーイも証言してるし」

「多恵ちゃん、証言てなに？」

「店を出る前、マネージャーの原田と揉めてたこと。腹立ちまぎれにわたしが火をつけたと思ってるのよ」

強い口調で語り、眉間に筋を刻んだ。腹に溜め込んでいたことを吐き出して清々したのだろう。タバコをスパスパふかすと、大きく息を吸い、言葉を継いだ。

「警察って凄いわよ」

「どうして」

遊佐が静かに訊いた。キャップの下から冥《くら》い眼を向けた。多恵は指先にタバコを挟み、睨みをくれた。鼻っ柱の強さが戻っている。

「すぐに現場を離れたのに、どういう道を辿って歌舞伎町を抜けたのか、全部承知してるんだもの。仲見世通りからセントラルロード、靖国通り——恐らく、尾《つ》けてたのよ」

背筋がぞくりと冷えた。太一も青ざめている。

「違うな」

遊佐がポツリと言った。

「心配するな。やつらもひとを割いて風俗のホステスを尾けるほど暇じゃない」

多恵が椅子を鳴らして身を乗り出した。どういうことよ、と凄む。が、遊佐はそれに応えず、逆に、「刑事の名刺はあるか」と訊いた。多恵は歯噛みしながらも、テーブルのポーチから名刺を抜き出した。受け取った遊佐は、なるほど、とひとりごち、テーブルに戻した。英次は眼をやった。大黒孝、という名前だ。太一も恐る恐るのぞき込む。

「四課ってヤクザ担当なんでしょう。オーナーの松岡と関係あるんでしょう」

多恵は恐怖を追い払うようにまくしたてた。

「刑事がそう言ったのか？」

それは、と口ごもり、押し黙った。部屋に硬い沈黙が満ちていく。英次は生唾を飲み込んだ。己の心臓が跳ね回っているのが判る。マルボウ担当のデカが動いている――英次は耐えられなかった。震える指でタバコを抜き出し、火をつけた。遊佐の眼が光った。英次も睨み返す。

「遊佐さん、タバコが嫌いなのか？」

くわえタバコの多恵を見やって続けた。

「こいつがタバコに火をつけたときも怖い顔をしたぜ」

「ぼくもタバコは嫌いです。健康によくない」

太一が胸を張った。遊佐はバツが悪そうに視線を外した。

「そういうわけじゃない。元消防士なんでタバコは気になる。失火原因の第一位だしな」

拍子抜けした。

「消防士は多かれ少なかれ、タバコに敏感だ」

弁解するように言った。

「それに、毎日のハードな訓練でタバコを受けつけない身体になっている。煙だけで反応してしまうんだ」

「ああ、聞いたことがあります」

太一だ。

「訓練はめちゃくちゃ厳しいんでしょう。心肺機能の限界まで鍛え上げるから、タバコなんか喫っていてはついていけませんよ」

顔を火照らせて語った。恐らく、体力コンプレックスがあるのだろう。

「プロのアスリート並の筋力、スタミナが要求されるんですよね。人命救助の仕事に妥協は許されません」

「まあ、一線の消防士にタバコを喫うやつはあまりいないな」

あごをしごき、少し誇らしげに言った。遊佐に初めて、生身の人間を感じた。

「そんなことよりさあ」

多恵が口を挟んだ。

「あなたに大事なことを訊きたいんだけど」

タバコを灰皿で揉み消した。表情に険しいものがある。

「どうして犯人捜しに乗り出してきたのよ」

遊佐が、それで、とばかりに眼を据えた。

「わたしたちには明確な動機がある。でも、あなたの動機はまったく見えない。そこが明らかにならない限り、わたしはあなたを仲間と認めない」

きっぱりと告げた。英次は焦った。遊佐に会いたいと言ったのは多恵、おまえじゃないか――

「ペラペラとよく喋る女だ」

遊佐は苦笑し、邪魔したな、とあっさり玄関へ向かった。

「なによ、警察が怖くて逃げるの？」

多恵の表情に落胆と怒りがある。遊佐は靴を履き、背中を向けたまま、さよなら、と言うように片手を上げた。

「臆病者！」

多恵の甲高い声が飛んだ。が、遊佐は意に介する風もなくドアを開け、悠々と出て行った。太一が呆然と閉じた玄関ドアを見ている。

「興奮しやがって」

わたし？　多恵が小首をかしげた。英次は無性に腹が立った。

「おまえ以外に誰がいるんだよ。折角呼んでやったのに」

短くなったタバコを灰皿に捨てた。

「しょうがないよ」

太一が宥めるように言った。

「この部屋に刑事が来たんだよ。誰だって平常心じゃいられないさ」

刑事――怒りが音を立てて萎《しぼ》んでいく。警察の狙いはなんだろう、多恵を本気で犯人に仕立てたいのか?

頼りの遊佐は消え、また三人が残った。多恵は両手でボブヘアを抱え、太一は中空を凝視している。そして自分は――タバコを引き抜く指がまた震えた。


その夜、『ラッキーナイト』でヤンに引き継ぎのことを告げると、ぼくが? と心底驚いた風だった。

「オーナーにも了解を取っている。これはチャンスだ。やってみろ」

とたんに顔が輝き、やります、と胸を張った。これまでの陰気な面《つら》がウソのようだ。が、すぐに深刻な表情で、エイジさんはどうします、と訊いてきた。

おれは――言葉が見つからない。ヤンがウイスキーのソーダ割りをつくってくれた。別れの盃《さかずき》のつもりだろうか。いやに愛想がいい。

「エイジさんには感謝しています」

ペコリと頭を下げた。

「故郷へ帰るのですか? またクルマ屋さん、やるのですか?」

ヤンに喋ったことがあっただろうか。いや、喋ったのだろう。ひとに使われるのは真っ平御免だ、と故郷でカネをかき集めて始めた中古車販売会社が、共同経営者のダチに売上金を持ち逃げされてパー。それが自分だ。笑いが込み上げた。

ヤンが怪訝な顔で見ている。英次はグラスをひと口飲《や》り、荒い息を吐いた。

「おめおめ帰れるか」

「じゃあ、まだ歌舞伎町に？」

ああ、とうなずいた。

「ヨッコさんはもう、いませんよ」

眼の奥が熱くなった。

「それがどうした」

ヤンは肩をすくめ、背を向けた。その固い背中は、早く出て行け、と言っていた。

3

おまえに面白い話を教えてあげよう。わたしの父、邦町章生のことだ。父の日常業務は二階の南の部屋、華燿亭で最も落ち着いた空間で行われた。

そこは文子さんの趣味で統一された事務室で、大鉢の観葉植物が青々とした葉を茂らせるなか、木目が美しいオークのデスクにはワープロの他、当時まだ珍しかったパソコンが載り、大型のコピー機、ファクシミリ、ソファセットが置かれ、クリーム色の壁に油絵の風景画が掛かり、コンポセットから流麗なモーツァルトのピアノコンツエルトが流れていた。空気清浄器も設置され、なんとも清涼な空気が満ちていたな。床はワインカラーのフローリング、天井は淡いグリーンで統一されていたから、改装には相当カネがかかったと思う。まあ、先生も文子さんの頼みとあらば、カネを惜しむこともなかっただろうが。

わたしの起床はいつも昼近くだった。精力的な住吉はすでに一階西の部屋に陣取ってパワフルに活動していた。アルコール臭い息を吐きながら、電話の受話器が砕けそうな大声で部下を怒鳴りまくっていたっけ。あれはもう、華耀亭のBGMだったな。東にあるお告げの間の前では、亡者の群れが廊下に列を作って待っていた。もっとも、気まぐれな先生は終日現れない日もあるのだが。奥の厨房からは不味《まず》い料理の仕込みの臭いが漂い、酒屋の従業員が門の前に軽トラックを横付けし、ビールや日本酒、ウイスキーをケースごと、幾つも幾つも運び入れていたっけ。

おまえは――気が向けば校庭が猫の額ほどしかない区立小学校へ行き、そうでないときは華耀亭の池に架かった朱塗りのタイコ橋にしゃがみこみ、とろりとした緑の水を眺めていたな。友達はただのひとりもいなかった。わたしも同じだからよく判ったよ。そして、おまえの眼の奥に潜む冥い秘密の正体も、わたしだけが知ることになる

――

そうだ、父と文子さんのことだ。華耀亭に居着いて一週間も経っていたろうか。父

の仕事場をのぞいてみようと思ったのは、ほんの気まぐれだ。わたしは足音を忍ばせて薄暗い階段を歩き、二階の事務室のドアをそっと開けた。すると、華燿亭に相応しくない清涼で香《かぐわ》しい空気がふっと頬を撫でてね。初めてその光景を見たときは、仰天して卒倒しそうだったよ。別世界の明るい空間で、文子さんがデスクの脇に立ち、父と談笑しているのだから。

わたしは度々、のぞくようになった。文子さんのいる事務室はいつも甘くたおやかな時間が流れていた。時にはソファにふたり腰を下ろし、モーツァルトを聴きながら紅茶を飲んでいることもあった。もちろん、文子さんはダメ男の父に同情していただけさ。しかし、父は違った。頬を桜色に染め、本当にうれしそうだったな。あんな姿を見たのは初めてだ。文子さんは美しかった。おまえの母親は、まるで聖母マリアのようだったよ。

文子さんの優しさに感動したわたしは、文子さんが母だったら、と幾度となく夢想した。バカな話だ。

あの話の続きをしようか。リヴィエールだ、水谷敏郎だ。『夜間飛行』を渡して三日後、場所は六本木のディスコだ。ライオンや女神をかたどった黄金色のオブジェと、真っ赤な絨毯を敷いたループ階段、天井で直径三メートルのシャンデリアが輝くお城のような店だ。

赤や青のレーザービームが飛び交うダンスフロアは客が芋を洗うように踊り、インカムをつけた長身の黒服がしかつめらしい顔で歩き回り、お立ち台ではボディコンの女たちがピンクや紫の巨大な羽根扇をヒラヒラさせて踊り、下から発情した若い男たちがパンティをのぞき、腕を突き上げ、喚《わめ》いていた。

喧噪のダンスフロアをガラス越しに見下ろす二階のVIPルームは、耳を弄するビートをシャットアウトした先生のワールドだ。香水とアルコールとヤニの臭いが充満するVIPルームは、万札が飛び交い、銀座で拾ったホステスたちの甘ったるい嬌声が響きわたる、いつもの乱痴気騒ぎだ。

その夜、VIPルームへまるで影のように入ってきた水谷は、わたしの隣に座り、こう囁いたんだよ。面白かった、と。わたしが胸を弾ませ、リヴィエールって素敵ですよね、と言うと、水谷は首をかしげ、タバコに火をつけた。

「おれは飛行士のほうがよかったな」

ファビアンだ。おもちゃのような複葉機で暴風雨と戦い、最後は漆黒の空の彼方へと消えてしまう、非運の男だ。しかし、リヴィエールほど強烈な個性と魅力を持っているわけではない。どうして？　と問うわたしに、水谷は片頬を緩めてこう語ったよ。

「女がいるじゃないか。死ぬほど心配してくれる美しい妻がさ」

夫の死を察知しながらも凛とした態度を崩さず、あの冷酷なリヴィエールさえ心を動かされた妻、シモーヌ・ファビアンだ。

「あれだけいい女を、骨の髄まで惚れさせたんだ。男としては上だろう」

そう言うとタバコを深々と喫った。わたしは口ごもった。なんと応えていいのか判らなかったのだ。水谷は意味ありげな一瞥をくれて語った。

「おまえの親父も負けず劣らず素敵な男だよ」

なんだと？　よほど険しい顔をしたのだろう、くわえタバコの水谷は大仰に両手を掲げ、「そう怒るな」と微笑み、諭《さと》すように告げた。「いつか判るさ」と。

こめかみが熱くなった。怒りと屈辱が渦を巻き、叫び出したいほどだった。あの、惨《みじ》めなダメ男だぞ。妻に逃げられ、会社のカネを使い込み、借金までこさえた揚げ句、眞田の奴隷となった男だぞ。いったいそいつのどこがどう素敵なんだ？

水谷の言葉の意味を理解したのは、残念ながらつい最近のことなのだよ。

4

午後七時過ぎだった。ソファに寝転がってビールを飲みながら、ぼんやりテレビのバラエティを眺めていた嶋村多恵は、インタホンの音にぎくりとした。だれ？　またあの刑事だったら、という怖い思いが身体を金縛りにした。

それでも、鳴り続けるインタホンに背中を押されるように腰を上げ、震える手で受話器を取った。

「遊佐だ」

遊佐――夕方、尻尾を巻いて逃げた元消防士だ。どうして？　困惑しながらもドアを開けた。黒のキャップを目深に被り、左手にクラッチバッグをぶらさげた遊佐は、悪いな、と白い歯を見せて微笑んだ。瞬間、忘れていた怒りが突き上げた。

「いまごろ何よ」

腰に両手を当て、見据えた。

「逃げたんでしょう。もう用はないはずよ」

遊佐は何も言わず、眼を伏せた。

「出てってよ」

押し出そうとしたその手首を摑まれた。ヒッと悲鳴が漏れた。ざらついた鉄のような感触にぞっとした。冷たく硬い掌《てのひら》だ。振りほどこうとしたが、ぴくりとも動かない。まるで工作ロボットのアームに摑まれたような――

遊佐の唇が動いた。

「手伝ってほしい。おまえにしかできない仕事だ」

多恵は眉をひそめ、放してよ、と言うのが精一杯だった。遊佐は、いま気がついた、というように手を解き、すまない、と頭を下げた。手首が熱く火照った。

「おれの話を聞いてくれ」

　静かな声音が響いた。遊佐はキャップの庇を指で押し上げ、正面から見つめてきた。眼に、抗《あらが》うことを許さない強いものが漲《みなぎ》っている。

「ここに来た刑事だ。あいつはおかしいだろう」

　おかしい？

「ひとりで部屋へ入ってきたんじゃないのか」

　多恵は困惑しながらも、外に見張りがいたけど、と言い添えた。遊佐は得心したようにうなずいた。

「まともな刑事が女ひとりの部屋へ入るもんか。捜査員はふたり一組が鉄則だ。お互いを監視し、勝手な行動を許さず、第三者からセクハラ等で訴えられないためにも、必ずふたりで行動する。大黒とかいう刑事がひとりで乗り込んできた時点で、まともな捜査活動ではないことが判る」

　喉に鉛を突っ込まれた気がした。声が出ない。多恵は唇に手を当て、怖いことを淡々と語る遊佐を見つめた。

「しかも、組織犯罪対策第四課はおまえが言ったとおり、暴力団担当だ。火災捜査なら、まず刑事部の捜査一課にある火災犯捜査係が動く」

「なぜあなたがそんなことを――」

「おれは元消防士だぜ。放火事件捜査の段取りを知らなきゃモグリだ」

「じゃあ、あの男は――」

「勝手に動いてるんだ」

キュッと喉が鳴った。多恵はおののく心をなんとか励まし、でも、と掠れ声を出した。遊佐は、なんだ、と言いたげに眼をすがめた。

「わたしが歌舞伎町を抜け出た道順よ。正確に知っていたのはなぜ？」

簡単だ、と余裕たっぷりに応じて、クラッチバッグから二つ折りにした紙を抜き出した。「仲見世通りからセントラルロード、そして靖国通りだったな」

丁寧に開き、差し出してきた。

「歌舞伎町の詳細図だ」

ところどころ丸と三角の印が付いた、地図のコピーだった。

「監視カメラの設置場所だ」

監視カメラ？　そういえば、犯罪防止のためのカメラが設置されたとのテレビニュースを観たおぼえはあるが――しかし、遊佐の話は、一般の人間では知り得ない、驚くべき内容だった。曰く、歌舞伎町各所に約五十台のカメラが設置されており、すべての映像は歌舞伎町のマンモス交番経由で新宿警察署と警視庁本部へ送られること、専従の警察官が交替で二十四時間三百六十五日監視していること——

「もっとも多いドームカメラは地図の丸印の場所に設置してある。周囲三六〇度を視野に収め、デジタルズームをかけると倍率は二百二十倍になる。歩行者が開く手帳の文字まで判読可能というから、恐るべき性能だな」

多恵は地図を手に取った。ドームカメラはさくら通りにも仲見世通りにも設置してある。しかし、そんなものがあっただろうか？

「カメラなんて見たことないけど」

多恵の呟きに、遊佐は哀れむような表情で応えた。

「一般人には街灯の電球にしか見えない。固定カメラも一見すると羊羹《ようかん》形の金属箱だから、ドームカメラよりも目立たないはずだ」

歌舞伎町でもっとも賑やかな通り、セントラルロードを辿《たど》る——なんだろう、コマ劇場の前にひときわ大きな三角印が付いている。

指先で示し、これは？　と顔を上げると、遊佐が微笑んだ。

「そいつは凄いぞ」

自慢するように語った。

「歌舞伎町でただ一台の高感度カメラだ。３ＣＣＤ、つまり三個の電荷結合素子が組み合わさっているから、暗い場所でも、まるで昼間のように映し出すことができる。

セントラルロードを歩くヤクザの鼻毛の本数まで数えられるって話だ」

難しいメカニズムはまったく理解できないし、ジョークはクソ面白くもないが、要するに自分はあの夜、警察のカメラにばっちり映っていた、ということだ。

「歌舞伎町で重要な事件が発生した場合、その現場及び周辺の映像は警視庁で徹底して解析される」

解析――疑問が頭をもたげた。

「なら、現場から逃げた真犯人を警察は割り出しているでしょう」

「そんなヘマを踏む野郎じゃない」

額の奥が熱くなった。

「野郎って……あなた、犯人を知ってるのね」

遊佐は動ずる様子もなく、当然だろう、と言い、多恵の瞳を覗き込んできた。

「もっとも、警察のとんでもなく偉い連中もとっくに承知してるがな。カメラに映ろうが映るまいが関係なく、だ」

遊佐の眼が鈍く光った。恐怖と困惑が多恵の頭の中で渦を巻いた。

「じゃあ、あの大黒とかいう刑事はいったい……」

遊佐は頰を撫で、苦笑した。

「だから単独行動だよ。上層部のおかしな動きを察知して、独自に動いたんだろう。

警察組織にはいろんな人間がいる。カネに簡単になびく野郎も、己の組織の弱みを握るべく日夜動いている野郎も、だ。やつは真犯人の情報を追う中で、いざとなれば犯人に祭り上げることのできる女の存在を知った」

指をつきつけてきた。眼が険しくなる。

「警察が切り札として隠し持つ、哀れなスケープゴートのおまえを、な」

奥歯がカタカタ鳴った。本物の恐怖の前では、意志に関係なく身体が震えることを知った。

多恵はキッチンの椅子に座り、ぼんやり頬杖をついていた。唇にはタバコ。火のついていないタバコだ。午後九時。テーブルのケータイが震えた。慌てて開いた。メールが届いている。メロスだ。舌打ちをくれ、画面に呼び出した。

［ミロへ。その後、連絡がないのでとても心配しています。なにか異変があったのでしょうか？　ミロはいつもわたしに苦悩を打ち明けてくれましたよね。わたしもミロに胸襟を開いて、なんでも話しました。それは信頼しているからです。もし、気が変わったのなら、どうかはっきりと言ってください。くれぐれも警察などには連絡なさらないように。判ってくれますよね］

多恵が「もちろん判っています。心配しないで」と打ち込んだとき、インタホンが鳴った。しっかりしろ、と自分を叱咤し、こわばった指で送信した後、ケータイを閉じた。

ドンドン、とドアを叩く音がする。ミニスカートに胸のボタンを三つ外したシャツはさすがにやり過ぎじゃないだろうか。ヤケクソで玄関へ歩み寄った。ドアを叩く音が速く、激しくなる。

ハーイ、と可愛く応えてロックを解いた。

バンッ、とドアが開き、男がぬっと半身を入れてきた。針のような角刈り頭に、腫れぼったい眼。大黒孝は「とっとと開けろよ」と凄んだ。

不健康な赤黒い顔は酒のせいだろう。昼間とは比較にならない、強烈なアルコールの臭いが鼻についた。

大黒はノーブラの胸の谷間に露骨に眼をやり、好色そうな含み笑いを漏らした。

「急な電話でびっくりしたぜ」

粘つく声にゾッとした。多恵は肩を落とし、「やっぱり刑事さんには本当のことを話しておいたほうがいいと思って」と、しおらしく応えた。大黒は肉厚の頬を緩めた。

「いい心掛けだ。どうせ隠したって判っちまうんだからよ」

靴を脱ぎ、廊下を歩きながら「それで犯人はどんな野郎だ」と訊いてきた。

「えーっとお、背が高くて、細身でえー」

多恵は冷蔵庫から缶ビールを取り出し、テーブルに置いた。

「お、気がきくねえ」

大黒は厳つい顔をほころばせて椅子に座った。多恵もテーブルを挟んで腰を下ろす。

「散々飲んできたとこだが、こういう美しいお嬢さんの部屋で飲むビールはまた格別なもんだ」

喉を鳴らして旨そうに飲み干すと、濁った眼を向けてきた。

「続けろよ」

脂肪たっぷりの醜い二重あごをしゃくった。

「年齢《とし》の頃は四十前後でえー」

甘ったるく言った。大黒の顔に怪訝な色が浮かんだ。太い指でテーブルを叩きながら、もっと具体的に話せよ、と低く凄んだ。

多恵は脚を高々と組んだ。大黒の視線がスカートの中に吸い込まれる。ピンクのパンティが眼に焼き付いたのだろう。舌なめずりをした。

「大黒さんて、わたしの味方なんですかあ？」

えっ、と顔を上げた。虚をつかれ、呆然としている。

「だからあ」

テーブルに両肘をつき、あごを指先で支えて身を乗り出した。バストが突き出される。大黒の眼がノーブラの胸元を凝視する。乳首も見えているかも――

「わたし、疑われてるんでしょう。もう怖くて怖くて」

唇を噛み、うつむいた。

「悪いようにはしないって」

大黒は優しく言うなり、手首を摑んできた。もの凄い力で引き寄せる。腰が呆気なく浮いた。逮捕術の応用なのだろう、手首を極《き》めたまま、まるで社交ダンスのターンのようにくるりとテーブルの脇を回し、抱き寄せてきた。逞しい腕がウエストを抱え込む。

「おまえの味方に決まってるじゃねえか」

酒臭い猫撫で声に虫酸が走った。開いた襟元から右手を滑り込ませる。掌がバストを揉み上げた。

「やめてください！」

半分、本気で叫んだ。

「なに言ってんだ、散々挑発しやがって」

節くれだった指の間に乳首を挟み、ゆっくりと、味わうように揉む。ばかやろう、早くしろよ、多恵は声に出さずに罵《ののし》った。

「店じゃあこんなこと、朝飯前だったろう」

左手でミニスカートをたくし上げ、パンティの中にまで指を入れてくる。股を閉じ、身体をひねった。イヤだ。本当にイヤだ。鼻の奥が熱くなった。

「そこまでだ」

低い声が響き、和室の襖が開いた。黒いキャップを被った遊佐が現れた。

「警察官がそんなことしていいのか？」

大黒は口を半開きにして凝視した。多恵は腕を振りほどいて立ち上がり、胸元のボタンをとめた。顔が火照った。どうしてだろう、割り切って演じたはずなのに、恥ずかしくて堪《たま》らない。涙も滲んでいる。

遊佐が足を踏み出した。

「なんだ、てめえ」

我に返った大黒が身構えた。柔道でもやっているのか、その格好はサマになっている。が、遊佐は悠然としたものだ。

「夜、女の部屋へ乗り込んで襲うのも警察官の仕事か？」

大黒はぐっと腰を落とし、美人局《つつもたせ》か、と言うなり、分厚い身体を躍らせて組みついた。遊佐のポロシャツを掴み、短い脚を絡める。柔道の投げ技だろう。腰を入れ、投げようと踏ん張った。が、動かない。大黒は唾を飛ばし、再度試みた。結果は同じだった。

遊佐は大黒の腕をむぞうさに引きはがし、太い首を抱え込んだ。大黒はピクリとも動けない。なにか魔法でも見ているようだった。多恵の驚きをよそに遊佐は、鋭角に曲げた肘を肩口に打ち落とす。グエッ、と呻き、大黒は床にくずおれた。

「こっちは毎日毎日、死ぬ思いで訓練してきたんだ」

見下ろす遊佐の眼が底光りした。

「タダ酒、タダメシをたかって身体が緩みきったマルボウのデカなんざ屁でもない」

大黒の厳つい顔がこわばった。

「おまえ、ヤクザじゃないのか？」

喘ぐように言った。遊佐は屈み込み、ネクタイを摑み上げる。

「おれは歌舞伎町の放火事件のことを知りたい善良な一都民だ。元消防士の、な」

「消防士がどうして」

「犯人の正体を知ってるからさ」

えっ、と暴力団担当の刑事が絶句した。驚愕している。

「これ以上、犠牲者を出したくない」

「じゃあおまえは——」

大黒が呻くように言った。腫れぼったい眼が、いまは丸く剝かれ、細い糸ミミズのような血管が浮いている。まるで窒息死寸前のゴリラ——遊佐がネクタイをひねり、締め上げていた。

「おまえはカヨウテイのことも……」

大黒の言葉が途切れた。白眼を剝き、口から白い泡を垂らしている。

「外へ出てろ！」

遊佐が怒鳴った。鬼の形相で、ケータイを持って出ろ、あとで連絡する、と鋭く言い添えた。多恵はケータイを握り、ふらつく足で玄関ドアを押し開いた。カヨウテイ、カヨウテイ――大黒の言葉が、まるで呪文のように耳の奥で響いていた。

5

あれは秋の風が吹き始めた頃だ、わたしとおまえが、先生のベンツに乗せられ、昼間のドライブと洒落こんだのは。もっとも、ベンツの豪華なリアシートに収まっていた時間は往復で十分もなかったがな。

先生は、水谷を慕うわたしのことが気に食わなかったのだ。想像を絶する成金ぶりが生来のエゴイズムに火をつけてしまったから、水谷憎し、であんな酷いことを考えたのだよ。肝心の水谷には手も足も出なかったからな。

先生は歌舞伎町の東、華燿亭からみると新宿区役所の向こうにある飲み屋街、ゴールデン街へと連れていった。ストリップ劇場の近くでベンツを降りると、そこが入り口だ。時代に取り残された木造二階建て長屋の間をくすんだ路地が縦横に延び、カウンターだけのちっぽけなバーやスナックが百以上も詰め込まれた飲み屋街だ。古びた長屋は第二次大戦後、無秩序に建てられた売春宿の名残らしい。

昼間のゴールデン街は、ブラウスをだらしなく着込んだ寝起きの女がぼんやりした顔で路地に打ち水をし、猫やカラスが生ゴミを漁る、閑散とした空間だった。倦怠《けんたい》、という言葉がこれほど似合う光景を、わたしは他に知らない。

先生は路地を大股でのっしのっしと歩きながら、わたしに、「おまえはバカな父親と違って頭が切れる。根性も野心もある。みじめな生活はゴメンだろう。カネをザクザク稼ぎたいだろう」と言ったんだ。わたしは、ええ、まあ、と曖昧に応えた。おまえは――背を丸め、腹を減らした野良犬のようにとぼとぼとついてきた。

振り返れば、おまえとはろくな会話を交わしたことがなかった。わたしは先生のお供で忙しかったし、おまえは他人を拒絶するバリヤーみたいなものを身にまとっていた。もっとも、あの日のゴールデン街を境に、きれいさっぱり脱ぎ捨てるのだが。

先生が足を止めたのは、ゴールデン街の奥、路地の突き当たりだ。貧乏臭いブルーシートが覆う店舗は、焼け焦げた柱と梁が残るだけの悲惨な有り様だった。やけぼっくいと消火剤の臭いが、わたしの心胆を寒からしめたよ。

先生は得意げに語った。地上げの連中が店主を追い出すために火をつけた、と。先生の話ではこうだ。もともとは戦後のバラックだから所有権も複数に亙っており、通常のやり方では地上げはきわめて困難だが、東京の歓楽街でこれだけのまとまった土地はなく、それゆえ手っ取り早く地上げを完了させようと火をつけた――都会の土地を効率よく利用するための、神の火だ、と先生はさも愉快げに笑ったよ。

わたしはその場にぶっ倒れそうだった。おぼえているだろう。脂汗を流し、苦悶の表情で立ち尽くすわたしを。そして先生は、止《とど》めを刺すようにこう言ったんだ。「火をつけるのは得意だろう」と。

そうだ、故郷の家に火を放ち、全焼させたことを先生は知っていた。母の出奔後、父とふたりで暮らす、ローンがたっぷり残ったちっぽけな建売住宅に、わたしは火をつけた。そして父はすべてを先生に話したのだ。奴隷だったからな。

放火犯で捕まらなかったのか、だと？　家から罪人を出したくない田舎者の父が、失火、ということで押し通したよ。いまさらどうでもいいな、こんなつまらない話。

先生は、失神寸前のわたしの耳に唇を寄せ、こう囁いたよ。「地上げ屋の手先になって火をつけて回れよ。仕事はいくらでもあるぞ」。いたぶるのが嬉しくてたまらないらしく、スキンヘッドがピンク色に火照ってたっけ。おまえはそんな先生を青い顔で睨んでいたな。頼りなく揺れる視界の端っこにおまえがいたよ。

先生はおまえの険しい視線に気づくと、いきなり腕を振り上げた。グローブのような手で横殴りにはたかれ、おまえは呆気なく転がった。いまにして思えば、おまえは折檻に慣れていたのだな。さほどダメージを負うことなく半身を起こすと、汚いアスファルトに両手をつき、はいつくばって土下座した。ごめんなさい、許してください、という涙声が耳に痛かった。先生は太い唇をへし曲げ、こう言った。

「このドブネズミが。おまえを見るとイライラする。文子がいなかったら、おまえなど蹴り殺してやるものを」

蛇皮の雪駄を振り上げ、威嚇した。まだ十二歳の子供なのに、まったくなんて環境だ。

その夜、わたしはおまえを誘った。正体を知られてしまったからには、隠しておく必要もない。わたしたちは華燿亭の奥の、一階裏庭に面した部屋に向かった。最初の日に眼をつけていたあの囲炉裏のある小さな部屋へ忍び入ったのだ。ライターと新聞紙、それに廃材を抱えて。

わたしは火をつけて見入ったよ。それはおまえも同じだ。囲炉裏の真ん中で勢いを増し、リズミカルに躍るオレンジの炎は、ため息が出るほど美しい、未知の生き物みたいだったな。わたしはうっとりとしたよ。久々に浸る至福の時だ。

おまえはわたしの見込んだとおりの子供だった。瞳は爛々と輝き、頬がつやつやと光っていたよ。わたしと同じだ。炎に耽溺《たんでき》し、興奮している――

宴会場からは、いつ果てるとも知れない笑い声や女の嬌声、三味線の音が聞こえていた。しかし、俗で汚らわしいノイズなど、美しい炎の前では毫《ごう》も気にならない。あのディスコのVIPルームよりずっと遮断された空間だったな。無限の宇宙空間へはうり出されたような錯覚さえおぼえたよ。わたしは猥雑な外界から断ち切られたこの部屋で、おまえに炎のことを語って聞かせた。

思い出すままに記してみよう。人類が炎を使い始めたのは、いまから百五十万年前のことだ。炎は怖い闇を退《しりぞ》け、暖をもたらし、凶暴な獣《けもの》を撃退してくれた。炎を中心にひとは集まり、火床を守るために共同体をつくった。炎を無くすと他の共同体から奪った。ここにひとの争いが発生する。わたしが「後《のち》の戦争の原型だ」と説明すると、おまえは大きくうなずいていたな。瞬時にものごとの本質を掴み、理解するセンスはたいしたものだった。

ひとが摩擦熱や火打石で炎を自由に作り、操れるようになったのは、実はそれほど昔のことではなく、たった九千年前のことだ。ひとは肉体的に弱い存在だった。強い牙も爪もなく、脚も遅い。優れた視覚、聴覚、嗅覚もない。しかし、炎を自由に使いこなす。この一点で地球上で最も強い存在となった。

自然の中の炎は森を、平原を焼き、破壊の象徴と恐れられたが、ひとの手でコントロールされた炎は創造の源だ。文明も科学も、炎を利用することで生まれた。鉄も銅も、炎の中から誕生した。炎はエネルギーの塊《かたまり》だ。車を、列車を動かし、大空に飛行機を、漆黒の宇宙空間に有人ロケットを飛ばした。人類に遥か彼方の月面を踏ませた。

炎は共同体の核であり、信仰の象徴だ。古代、炎を守るひとは崇め奉られ、王と呼ばれた。エジプト神話に登場する霊鳥、フェニックスは五百年生きると焼け死に、炎の中から雄々しく再生するという。フェニックスは、炎は、ひとが有史以前から求めてやまない不死の象徴だ。

ひとは炎がもたらす熱と光なしには生きていけなくなった。

炎はひとに無限の力を与えてくれる。嫌なものを消し去るには炎を使えばいい。幸せになりたかったら炎を使えばいい——炎の揺らめきはこう呼ばれる。ダンシング・エンジェル、踊る天使、と。炎を愛し、炎のすべてを知り尽くした人間は、最強・無敵の天使と共に生きる。

わたしはその夜から、おまえとあの部屋で語り合うようになった。

いま、わたしは思うのだよ。囲炉裏の炎を前にしたおまえは、時を経ずして訪れる、あの悲劇が見えたのではないか、と。後に〝華燿亭事件〟と呼ばれる、あの恐ろしい悲劇を。踊るオレンジの炎、ダンシング・エンジェルに浮かび上がる、あの黒い骸《むくろ》を。

6

嶋村多恵は代々木上原駅前のコンビニで雑誌を立ち読みしながら時間を潰した。ケータイはなかなか鳴らなかった。

週刊誌に歌舞伎町ビル火災のことが書いてあった。風俗嬢たちの素性と哀れな末路、犠牲者となった客たちの勤務先の狼狽、家族の右往左往——

火災の原因については、大勢《たいせい》を占めつつあるオーナー松岡の自殺説以外に、背後に蠢《うごめ》く闇社会が絡んでいるとか、同業者の怨恨とか、ホステスに振られた客の腹いせとか、新興宗教との関係とか、勝手なことが書きなぐってある。

一誌だけ、赤羽のビル火災に触れているものがあった。一カ月半前、消費者金融のオーナーが殺され、火をつけられた未解決事件だ。多恵も朧《おぼろ》げながら、テレビニュースで見た記憶がある。その程度の事件だ。

夜中に発生したこの火災現場は俗に言うサラ金ビルだったため、歌舞伎町と違って犠牲者はひとりだが、昼間なら多くの犠牲者が出た可能性があったという。記事は専門家の意見を交え、ビル火災の怖さをあおっていた。

こめかみがジンジンしてきた。赤羽の未解決ビル放火殺人事件——歌舞伎町の明神ビル――カヨウテイ――カヨウテイ――

ケータイが鳴った。遊佐だ。

「終わった。戻ってこい」

素っ気なく告げて切れた。なにが終わったのだろう。大黒は帰ったのだろうか？　それとも――部屋で、大黒が血まみれになって転がる光景を想像し、身震いした。

部屋に大黒の姿はなかった。キャップを被った遊佐がひとり、テーブルの椅子に座り、背を丸めている。ひどく疲れているように見えた。

「大黒は？」

遊佐はいま気がついたとばかりに顔を上げ、「帰った」と小さく言った。

「話は？」

「したさ。了解してくれたよ」

「了解って？」

「協力してくれるそうだ」

怪訝な思いが胸を貫いた。あの悪党が素直に協力？　いったいなにが目的で――

「現職の刑事がついてくれたんだ。心強い」

遊佐はそれだけ言うと視線を外し、黙り込んだ。多恵は迷った。カヨウテイのことを訊くべきか否か。が、言い出せなかった。遊佐の硬い横顔が怖かった。血が頬に散っている。両手にも血の跡がある。いったいこの男は何を……後ずさった。

遊佐は多恵の視線に気づいたらしく、頬を触り、両手を眺めて腰を上げた。

「洗面所を使っていいか」

多恵は小さくうなずいた。

「少し手荒に扱わないと、あの手のタイプは話も聞きやしない」

弁解するように言い、バスルーム横の洗面所へ入った。その後ろ姿は、いやに小さく見えた。

いまだ。多恵は素早く辺りを見回し、テーブルのクラッチバッグを探った。なにか手掛かりがあるかも――

水を流す音がする。携帯電話に財布、システム手帳、ガム、クルマの免許証、ホテルのキー――システム手帳を丁寧に読み込む時間はない。震える指で免許証を取り出し、現住所を見た。

北区滝野川。番地を頭に刻み付ける。最後の数字は五〇三。集合住宅だ。

本籍は山梨県甲府市――水の音が止まった。慌てて免許証を戻し、クラッチバッグを閉じた。椅子に座り、平静を装った。

「邪魔したな」

「いいえ」

心臓の鼓動がドラムのように鳴っている。胸を両手で押さえた。遊佐はクラッチバッグを掴み、玄関に向かった。

「これからどこへ？」

「自分の部屋へ帰るさ」

それだけ言うと出て行った。ドアが閉まるや多恵は立ち上がり、施錠してメモにペンを走らせた。北区滝野川──どの辺りだろう。

『ラッキーナイト』を追い出されるように後にした英次は、淀んだ空気が漂う路地を歩き、区役所通りへ出た。風林会館の交差点の向こう、パールタワーは今夜も明るく豪奢に突っ立っている。あの巨大な風俗ビルは、一晩にどれくらいのカネを吸い上げるのだろうか。頭が痺れた。

レモンイエローのビルの二階、中国クラブ『ロンロン』は客とホステスでごった返していた。

英次はそっとカウンターの隅に座り、タバコに火をつけた。

「あっらー、えいじくーん」

ママの愛麗《あいれい》が満面の笑みで駆け寄ってきた。

「どうしました？　暗い顔してるね」

お絞りを渡しながら、覗き込んでくる。

「死んでるみたい」

愛麗は細い眉をひそめる。中国人だから言葉がストレートだ。英次は動揺を抑え込んでお絞りで手を拭い、「寸前かもね」と明るく言った。

「元気ない、ダメよ～」

隣に座り、肩をポンと叩いてきた。全身の強ばりが解けた気がした。

「店、辞めたよ」

はあ、と小首をかしげ、ウイスキーのロックグラスを置いた。

「だからさ、『ラッキーナイト』を辞めたんだ」

ふくよかな顔に怪訝な色が浮かんだが、それも一瞬だった。すぐに、「じゃあ、ヤンは」と怖い眼を向け、にじり寄ってくる。

「店長だよ。トップだ」

途端に顔が輝いた。

「じゃあ、おカネもザクザク」

両手でかき寄せる真似をする。真っ赤なマニキュアが獣脂をなすりつけたようにテカッた。

「ヤンも運が開けたかもね」

やはり中国人だ。遠慮がない。

「で、えいじくんは念願のお店を開くのかな～」

英次は苦笑した。

「プーだ。無職だよ」

「かわいそうに。彼女、死んだんだものねえ」

まったく心のこもらない言葉になぜかホッとした。

「それに比べてヤンは――」

遠い眼をした。引き結んだ朱い唇が、込み上げる笑いを堪《こら》えている。英次は煙を吐いた。

「まあ、成績次第だな。オーナーはシビアだ。生き残れるかどうかは、客をいかに呼び込めるか、だ」

「あのコ、客あしらいは上手いからねえ。チャンスは絶対にモノにするコよ」

英次はタバコを灰皿でひねり、グラスを口に運んだ。冷たいウイスキーが喉を下り、胃が燃えた。首筋がポッと熱くなった。

「でも、普通の店じゃないからな」

ボッタクリバーの経営の難しさを仄めかしたが、愛麗は平然としたものだ。

「ヤンも普通じゃないから」

冷たい声にぞくりとした。

「ねえ、えいじくん、こんな話を知ってる？」

顔を寄せてきた。強烈な香水の匂いがした。

「中国から怖い人間がたくさん歌舞伎町に渡っていること」

汗がこめかみを伝った。

「だからさ。犯罪者がいっぱいいるの。日本なら刑務所から一生出られないような、危ない人間が、ね」

愛麗は面白がるような笑みを浮かべて続けた。

「日本の新聞や雑誌が歌舞伎町の中国マフィアとかあおっているけど、そんなカッコいいもんじゃないのよ。おカネに困った留学生とかオーバーステイの職無し、それに中国から逃げてきた犯罪者が暴れてるだけなんだから。あいつら、〝日本の警察はとても優しい、ご飯も食べさせてくれる、ノープロブレム〟なんて言ってるもんねえ」

英次はグラスを呷り、萎《な》えそうな気持ちを奮い立たせて言った。

「犯罪者なら中国だって刑務所に入るだろう。いや、日本とは比較にならない厳罰だって聞いたことがある」

愛麗は、そうそう、と嬉しそうにうなずいた。

「窃盗とかレイプでも見せしめで簡単に銃殺刑にしちゃうからねえ。でも、大きな国だから、いろんな人間がいるのよ」

どういうことだ？　英次は眉をひそめた。

「だから、ふはいっていうの？　役人の」

ふはい、腐敗――

「おカネさえあればどうにでもなるってこと。賄賂をはずめば役人は極悪人を刑務所から釈放してしまうんだから、メチャクチャよねえ」

「ヤンもそうだって言うのか？」

訊きながら、背筋を冷たいものが這った。が、愛麗は聞こえないふりをして続けた。

「戸籍もおカネで作れてしまうんだから。日本じゃ考えられないでしょ。まったく別人になりすまして日本に来て、人生の一発大逆転を狙うんだから、ぬるま湯で育ったえいじくんたちには判らないよねえ」

ゆがめた唇に侮蔑がある。

「あたしの親戚に可哀想なコがいてさ」

愛麗の眼に怖いものが浮いた。

「ガールフレンドをチンピラにレイプされてね。そのチンピラの頭を斧で叩き割っちゃったのよ。刑務所に入ってね。当然よ、殺人犯だもの」

一転、真珠のような歯を見せて笑った。

「どうもえいじくん、これまでありがとね。おかげでヤンも出世できました」

両手を揃えて慇懃に頭を下げると、スツールから腰を上げ、さっさとボックス席に行ってしまった。華《はな》やかな笑い声が弾ける。英次はロックを四杯空にして店を出た。さすがに足がふらついた。これからどうなるのだろう。ヨッコの敵討《かたきう》ち——遊佐京平は抜けてしまうのだろうか。階段を降りている途中でケータイが鳴った。液晶画面を眺める。一気に酔いが醒めた。慌てて耳に当てた。

「どうした、クミコ」

穏やかに言った。

「英次くん、ウソよね」

涙声だ。

「お店を辞めたってウソだよね」

こわばった舌を動かした。ちょっと聞いてくれ——が、興奮したクミコは聞いちゃいない。

「あの変な中国人がニヤニヤしながら、新しい店長です、と自己紹介するのよ。そんなの、ありか？」

「ありだ」

絶句する気配があった。

「おれは事情があって辞めたんだ」

「彼女が死んだから？」

今度は英次が言葉に詰まった。クミコの悲痛な声が鼓膜を叩いた。

「辞めたって彼女、還らないんだよお。判ってる？」

判ってるさ。ケータイを握り締めた。

「逃げるだけじゃ何も始まらないんだから。英次くん、夢はどうしたのよお。お店を持ちたいって夢、諦めてしまったの？」

違う。逃げているわけじゃない——いや、これは現実逃避というヤツかも。あの多恵とかいういかれた女の口車に乗せられ、その気になった大間抜け。

「ゴメンな」

言い終わらないうちに喚《わめ》き声が飛んできた。

「だったらあたしも辞めてやる。ボッタクリの店なんか辞めてやるう！」

あ、ちょっと、それは——切れた。クミコが辞めたら、『ラッキーナイト』は立ちゆかない。ヤンはどうするのだろう。全身から血の気が引いていくのが判った。

「知るかよ」

呟いた。そうだ、知るか、おれには関係ない。熱気が顔を撫でた。区役所通りのネオンが眩しかった。美しいパールタワーが、英次をあざ笑うかのように聳《そび》えていた。

7

おまえはどういう経緯で華燿亭へ来たのだろう。その疑問を口にすると、十二歳のおまえはむっつりと黙り込み、炎を眺めていたな。判るよ。いまはよく判る。あんな過去、誰が口にしたいものか。

あの恐ろしい事件の後、華燿亭を離れたわたしが、どうやって生きてきたのか、おまえに伝えておこう。わたしがどのような事実を知り、どう考えたのか、少しは判ってもらえると思う。どうだ、怖くなっただろう。震え上がってしまうだろう。

結局、ひとりになったわたしは、歌舞伎町とは違う歓楽街で働いた。高校中退で後見人もいないわたしにまともな仕事があるはずもなく、バーテンからホテルのボーイ、ホスト、新聞配達、怪しげなマルチの営業マンまでやったよ。辛酸を嘗《な》める、というやつだ。おかしいだろう。涙が出るほど愉快だろう。だが、こんなことで世を拗《す》ねるほど単純でもないつもりだ。別にどうということはなかった。わたしも食わなければならない。

そのうち、調査の仕事を始めてね。街のワルたちと知り合いになり、その人脈とツテで興信所を立ち上げたのだ。格好よく言えば私立探偵だ。しかし、その実体は、調査の過程で得たクライアントの弱みを握り、逆に脅してカネを巻き上げる、というメチャクチャなものだ。まったく、どうしようもないだろう。もっとも、日本の興信所にはその手合いが多いんだ。アメリカと違って免許もいらず、連絡先さえあれば出来る仕事だからな。

ともかく、調査の仕事で身過ぎ世過ぎをするようになって五年。物事の裏を探る仕事を覚えてみると、どうにも気になってね。そうだ、華燿亭事件の真相というヤツだ。わたしは調べてみたよ。たっぷり時間と手間をかけて。そして知ったんだ。ああ、なんてことだ。わたしは柄にもなく絶望の淵に沈み、死さえ考えたよ。それはおまえにも判ってもらえると思う。このままでは文子さんが、父が、かわいそうなんだ。

8

埃《ほこり》っぽい街だった。午前十一時過ぎ。嶋村多恵は地図を頼りに、北区滝野川を歩いた。山手線の巣鴨駅から都営三田線でひとつ目の駅、西巣鴨で降りて、滑走路のような明治通りを渡ると滝野川だ。雑居ビルやマンション、古い住宅、商店が立ち並ぶ、これといって個性のない街だ。中天で太陽が輝く、暑い日だった。

その部屋は旋盤が唸りを上げる町工場の隣、白い外壁のマンションにあった。集合玄関のパネルで五〇三号室を呼び出すと、スピーカーから不機嫌な女の声がした。多恵は動揺を気どられぬよう、事務的な口調で用件を述べた。遊佐京平さんについて是非、お知らせしたいことがある、と。暫し沈黙の後、どうぞ、とこれまた不機嫌な声がした。

エレベータで五階に上がる。五〇三号室のインタホンを鳴らすと、すぐにドアが開いた。細面の顔が覗いた。卵形の、キツイ目鼻立ちの女だ。長い髪を後ろでまとめ、縁無しのメガネをかけている。三十を少し越えたくらいか。額に汗が浮き、息を弾ませている。ストレッチでもしていたのだろうか。

美人の部類に入ると思う。だが親しみ易さは微塵もない。あるのは警戒と敵意だけだ。当然だ。見ず知らずの若い女が男の情報を携えて突然、訪ねてきたのだから。これで、大歓迎、と笑顔で迎えられたら一目散に逃げ出しただろう。ポロシャツにデニムパンツの女は、レンズ越しに視線を上下に這わせ、眉根を寄せた。

「遊佐がどうしたって？」

険しい声に気圧され、何も言えなかった。

「ま、入りなさいよ」

あごをしゃくる。多恵は玄関ドアをくぐった。部屋は二ＤＫ程度か。しかし、段ボール箱と梱包された荷物でいっぱいだった。

「明日、引っ越しなのであしからず」

女は素っ気なく言い、コーラでも飲む、と訊いてきた。

「お気遣いなく」

心臓がドキドキした。

「あ、そう」

あっさり言うと冷蔵庫から缶コーラを一本摑み取り、キッチンテーブルの椅子に腰を下ろした。テーブルには書類やボールペンが乱雑に置いてある。引っ越しの手続き途中だったのだろう。女は端に押しやり、ついでにメガネを外し、背もたれにそっくり返った。

「あー、もう、朝から重労働でクタクタ」

喉を鳴らしてコーラを飲み、ふーと息を吐いた。

「座りなさいよ」

促されるまま、多恵は腰を下ろした。乾いた唇を舐めて語った。遊佐とは歌舞伎町の飲み屋で知り合ったこと、自暴自棄の遊佐はこの先、重大なトラブルに巻き込まれかねないこと――適当な脚色を加えながら、でまかせを口にした。

「遊佐に言われて来たの？」

多恵はかぶりを振った。

「勝手に来ました。遊佐さんがどんなひとだったのか知りたいし」

女の瞳が光った。

「あなた、遊佐の新しい女？」

真っ向から斬り込んできた。多恵はたじろぎ、それでも応えた。

「そう見えます？」

さあ、と女は首をひねった。

「どうでもいいけどね」

疲れの滲《にじ》んだ声に胸が痛んだ。

「遊佐さん、どうして消防の仕事を辞めたんですか」

「本人に訊けばいいじゃない」

「できれば苦労しません」

女は口許に冷笑を浮かべた。

「その程度の関係か」

顔が熱くなった。女は淡々と続けた。

「あれさあ、おかしくなったのよ」

多恵は奥歯を嚙み、次の言葉を待った。

「まるで人間が変わったみたい」

「どういうふうに？」

「心ここにあらずというか——魂が抜けたような——」

女は眼を宙に這わせた。

「赤羽で火事があってね。それからおかしくなった。ボーッとして、退職まで口にして」

赤羽の火事——こめかみがジンジンする。耐えられず、口を開いた。

「サラ金ビルの放火でしょう。一カ月半前、ひとりが犠牲になった」

えっ、と顔を向けてきた。眼を丸くしている。

「そう。オーナーが火をつけられ、黒焦げになった事件だけど……」

小首をかしげた。

「遊佐から聞いた？」

いいえ、と掠れ声で応えた。女は嘆息して語った。

「遊佐はあの現場へ先頭きって突入したのよ。怖いもの知らずの〝消防の鬼〟だから当然だけど、そこで」

言葉を切り、女は瞑目した。有名な宗教画で見た祈る聖女のようだ。空気が音をたてて凍っていく。五呼吸分の沈黙の後、絞り出すように語った。

「恐ろしいものを見たんだと思う」

背中に氷柱《つらら》を突っ込まれた気がした。

「じゃあ、歌舞伎町のビル火災は——」

言葉を呑み込んだ。女が眼を見開き、凝視している。顔からみるみる血の気が引き、蒼白から土気色《つちけいろ》に変わっていく。卒倒するかも。多恵は思わず腰を浮かし、手を伸ばした。いやっ、と払いのけ、女は両手でこめかみを押さえた。わななく唇から言葉が漏れた。

「遊佐は最後、あの大火災で決意したのよ。わたしと別れて、ここを出て——ひとりになるって」

最後は涙声だった。沈黙が満ちた。旋盤とクルマのエンジン音が這い入ってくる。街のノイズがいやに大きく聞こえる。

「でも、歌舞伎町の現場に突入したわけじゃありませんよね」

女はティッシュで洟をかみ、睨んできた。

「赤羽の消防署だから管轄外だもの。それに、休暇中で仕事には出ていなかったし、あの火事には関係ないのよ」

己に言い聞かせるような言葉だった。女は、ねえ、とテーブルに肘をつき、顔を寄せてくる。充血した眼に切迫したものがある。多恵は異様なものを感じて後ずさった。

椅子がカタッと鳴った。

「遊佐は歌舞伎町のビル火災とかかわっているのね」

潜めた声が怖かった。

「そんなこと、わたしに言われても……」

「困るよね」

女は肩をすくめた。

「あいつが殺そうが殺されようが、知ったことか」

多恵は迷ったが、それでも口にしてみた。

「カヨウテイって知ってます？」

女の眉間に筋が刻まれた。多恵の心中を探るように、眼が細まる。当たりだ。何か知っている。

「教えてください」

テーブルに両手を置き、身を乗り出した。

「どうして？」

女は意味深な笑みを浮かべた。

「こっちこそ教えてよ、知ってどうするの？」

すっと右手を伸ばしてきた。指が多恵の手に触れる。冷たい感触にゾッとした。

「遊佐さんを助けたいから」

言ってしまってから唇を嚙んだ。女は得心したように小さくうなずいた。

「手紙が届いたわ」

手紙？

「赤羽の火事の後よ。カヨウテイから何通も何通も届いたわ」

女はテーブルの書類を引き寄せ、書き損じの一枚を破り、ボールペンを走らせた。

「こういう字だった」

多恵の前に置いた。

　華燿亭
眼が吸い寄せられた。華燿亭。料亭か何かの名前だろうか。豪奢で広壮で華やかで
――勝手なイメージがどんどん湧いてくる。

「さ、もう帰って」

我に返った。女が立ち上がっている。

「明日の朝にはトラックが来ちゃうから、今日中に済ませるの」

多恵は慌てた。

「手紙はどこに？」

女は仁王立ちになって見下ろす。

「知らないわよ。遊佐が持っていったんでしょう」

「その華燿亭の住所はどこでした？」

眉間にひび割れのような筋が刻まれた。

「だから知らないって。住所もなにもない、おかしな手紙なんだから」

「遊佐さんは読みましたね」

「夜、怖い顔をしてね」

夜中、ひとり手紙を睨む遊佐。背後から亡霊がそっと覗き込んでいたのだろうか。

多恵は身震いした。

「それより、あなた」

一転、張りのある声が響いた。

「遊佐の消防士としての力量は知らないでしょう。あれはそういうことを自慢する男じゃないから」

誇りに満ちた表情だ。女はポロシャツのボタンを外し、胸元を大きく広げた。なに？

「ほら、これ」

指先で示す。ケロイドだ。ピンク色の太いケロイドが、縦に盛り上がっていた。まるで巨大なナメクジがへばりついたような――

「炎に焼かれたのよ」

ゾッとした。女の唇が別の生き物のように動き、遊佐との物語を語った。

「もう三年前になるかしら。わたしが東十条のスナックで働いていたとき、おかしなストーカーにつきまとわれちゃってね」

スナックは雑居ビルの三階にあり、女は雇われママをやっていたという。ストーカーは中年の客で、店だけでは飽き足らず、自宅まで押しかけることもあったとか。

「そのストーカーを適当にあしらっていたら、とんでもないことをやったのよ。思い詰めた真面目な男は怖いわね。夜中、店に入ってくるなりガソリンを頭から被ったんだから」

揮発性の臭いが鼻を刺した気がした。多恵は、生唾を飲み込んだ。

「客と女の子たちは慌てて逃げて、わたしひとりだった。バカな男ひとりくらい、説得できると思ったのよ。わたしの責任だしね。甘かった。男はライターをひねった」

瞬間、オレンジの炎が視界を焼き、多恵は両腕で身体を抱えて震えた。トラウマというヤツだろうか。歌舞伎町の火災は、自分の中に重い澱《おり》となって溜まっている。

「あっと言う間に男は燃え上がり、床に倒れて悲鳴を上げ、手足をバタバタさせた。炎は天井まで広がって、逃げ場を失ったわたしは奥にうずくまるしかなかった。どのくらい経ったのかな。消防士がドアを蹴り破って飛び込んできたのよ」

女は遠い眼をして語った。それは過ぎ去った時を懐かしむ老婆のような、とても優しい眼だった。

「意識が朦朧としているわたしの顔に酸素マスクを当て、自分のヘルメットを脱いで被せてくれたの。すごい力でわたしを抱き上げ、炎の壁を突破した。あれは人間業じゃなかったな。荒れ狂う炎をこれっぽちも怖がっていないんだもの」

多恵の胸を熱いものが満たした。

「助けてくれたのは判ったけど、どうして一緒になったんですか」

女は微笑んだ。

「だから、今度はわたしがストーカーになったのよ。お礼の電話をして食事に誘い、デートに誘い、最後は結婚の約束までしたの」

「案外、単純な男性なんですね」

「基本的に体育会系だもの。非番の日はとびっきりの手料理も御馳走してくれたし」

多恵は顔をしかめた。

「ハンパな体育会系じゃない」

女は、判ってないなあ、とばかりに苦笑した。

「消防士は料理上手じゃなきゃつとまらないのよ。夜勤の際は当番で夜食を作るんだから。消防活動さえやってたらＯＫ、と思ったら大間違い」

恋女房のように語った。

「二十人分の食材の買い出しに仕込み、調理までこなすんだから、ちょっとしたプロ並よね。チャンコもトン汁もおでんもホント、美味しかった」

うっとりした口調だ。のろけているとしか思えない。妙に苛ついた。

「女のために料理するなんて、つまんない男だと思う。平凡な男じゃないですか」

女が笑みを消した。

「つまらないことはないけど、私生活は平凡で普通の男だった。あの赤羽の放火事件までは、ね」

一転、冷たい表情になった。身がすくむ。女はケロイドを指先で愛しそうに撫で、意味ありげな視線を向けてくる。

「寝た？」

ドキッとした。頬が火照るのが判る。耳まで熱い。バカ、しっかりしろ、と叱咤し、口を開いた。

「もちろん」

「よかった？」

「すっごく」

女は鼻で笑った。

「ウソばっかり」

頭の芯が熱をもった。

「本当です」

多恵は立ち上がり、正面から睨んだ。

「毎日毎日、愛し合ってるもん」

言いながら情けなくなった。どうしてこうも簡単に挑発に乗ってしまうのだろう。

「ウソよ。遊佐はあなたとは寝ていない」

キッパリとした言い方に戸惑い、それでも言葉を返した。

「どうして判るのよ」

「わたしが愛した男だもの。当然でしょう」

さらりと語った。多恵は立ち尽くした。身体を冷たい風が吹き抜けていくようだった。

「さ、帰って」

肩を押された。

「わたしは忙しいの。あんな無責任で身勝手な男とは縁を切ったんだから、もうたくさん」

強い口調とは裏腹に、女の瞳が潤んでいる。胸が痛くなった。多恵は突き飛ばされるようにして、ドアの外へ出た。

9

あれは歌舞伎町に木枯らしが吹き始めた頃だ。ゴミ屑が舞い、女たちのけたたましい笑い声が千切れて飛んでいく寒い夜、わたしは華燿亭の一階奥、たてつけの悪い窓がカタカタと鳴る部屋でひとり、本を読んでいた。

父、邦町章生は不在だった。己の奴隷に等しい境遇にやっと気づいたらしく、夜は大久保の安酒場に入り浸ることが多かった。どうだ、社会の落伍者の典型だろう。

話を戻そう。わたしが読み耽《ふけ》っていた本は、当時、出たばかりの『ホーキング、宇宙を語る』だ。その果てまで、光の速さで百四十億年も要するという気が遠くなりそうな宇宙のスケールと、科学の最先端がもたらす知的な驚きに満ちた、実にエレガントな本だったな。帯の惹句《じやつく》「車椅子の天才科学者ホーキング、宇宙創成の謎に挑む！」に偽り無しだ。

十六歳のわたしは、自分がどうしようもない凡才だと思い知ったよ。もっとも〝アインシュタインの再来〟と謳《うた》われるホーキング博士に比べれば、人類の殆どはチンパンジーと五十歩百歩の脳みそだがね。

宇宙の誕生と時間の始まり、摩訶不思議なブラックホールの正体、森羅万象すべての終焉の時を明快に、論理的に著した本を、わたしは耽読した。

その夜、訪ねてきたおまえに、わたしはこの本の素晴らしさ、破壊力を興奮して語って聞かせた。しかし、おまえはシラけた顔で聞き流し、わたしが話し終えると、やにわに口を開いた。「炎を見たいんだ」と。わたしは鼻白みながらも承知した。囲炉裏のある部屋で、また存分に炎を眺めようか。

文子さんは夜、留守が多かった。もっとも、わたしの父のようにヤケ酒に浸《ひた》っていたわけではなく、大抵は先生とのお付き合いだ。屋敷の東側、「お告げの間」の奥にあるプライベートルームに先生と篭《こ》もり、甘いひと時を過ごしていたのだよ。これは触れてはならない、華燿亭のタブーだった。文子さんは奴隷にして、先生の愛人だ。そのことをおまえは知っていた。もう十二歳だ。当然だ。しかし、子供のおまえにはどうしようもなかった。それはわたしも同じだ。

わたしがライターをズボンのポケットに入れ、腰を浮かすと、おまえは首を振った。違う、と。おまえはこう言った。「本物の炎を見たい、ミツルが興奮した、本物の炎を」と。そうだ。わたしの名前は邦町満《みつる》。そして、炎に異常な興奮を覚える男だ。

わたしが戸惑っていると、おまえはジャンパーの懐からガラス瓶を取り出した。瑠璃色の、とても美しい化粧水の瓶だ。文子さんが使っていたものだという。だが、中身はガソリンだ。眼の奥が熱くなった。わたしは何も言わず奪い取ると、両手でさすり、ほお擦りをした。滑《なめ》らかなガラスの感触が心地よかった。鼻をさすガソリンの臭いに混じって、かすかに文子さんの香りがする。

　いいよね、とおまえに念押しされ、わたしはうなずいた。頭は痺れ、朦朧としていた。

　ふたり、息をひそめ、足を忍ばせて華燿亭を抜け出した。互いに目配せし、歓楽街へと向かった。木枯らしが耳に痛かった。薄汚いビルが立ち並ぶ一帯の、迷路のように入り組んだ路地を歩いた。わたしたちは二匹の野良犬そのものだった。しかし、探し求めているのは腐った残飯ではなく、気高く美しい炎だ。

　居酒屋の裏道でわたしたちはうずくまった。焼き魚や煮物の匂いが篭もる、淀んだ温気《うんき》のなか、わたしは新聞紙を丸め、化粧瓶のガソリンを撒いてライターをひねった。おまえは息を詰め、顔を強ばらせて見守っていた。ボンッと小さな爆発が起こり、炎が背丈くらい上がったな。ゴーッ、と地鳴りのような音も響いた。炎が酸素を貪り食う音だ。

　口を半開きにして見ていたおまえはすぐに眼を細め、舌なめずりをした。熱風が舞い、肌がジリジリ灼けた。おまえは炎を抱き締めるように両腕を広げた。オレンジ色の顔が愉悦に輝き、股間がみるみる膨らんでいく。射精までのカウントダウンは5もあれば充分だったろう。

わたしは4で止め、おまえの後頭部を平手で一発張り飛ばした。逃げるぞ！　弾かれたように駆け出したおまえを、わたしは余裕たっぷりに追いかけた。

この程度で本格的な火事になることはない。ちゃんと他に燃えるものがない場所を選んである。このお手軽な疑似放火でもおまえは興奮し、喜んでくれた。嬉しかった。以来、何件やっただろう。高田馬場まで足を延ばしたこともあったな。しかし、ふたりの遊びは呆気なく終わることになる。文子さんはやはり母親だった。心優しい母親だ。わたしはおまえが羨ましいよ。その気持ちはいまでも変わらない。

10

午後三時。代々木駅前の喫茶店は専門学校生とか予備校生でほぼ満員だった。奥のテーブル席に多恵がいた。頬杖をつき、冥い眼で宙を眺めている。ジーンズに白のタンクトップ姿の多恵は、周囲の喧噪など聞こえないかのように、何かを考えている。昨夜のことだろうか。ヤクザ担当の刑事が動いているという怖い事実――

太一は拳《こぶし》を握って震えを抑え、歩み寄った。本当はもう身を引きたいのに、多恵の呼び出しがあれば即座に駆けつけてしまう。優柔不断な自分が情けなかった。

「多恵ちゃん」

我に返った多恵が微笑む。ささ、どうぞ、と手を伸ばし、冗談めかして席を勧める。

太一はテーブルを挟んで腰を下ろし、わざとらしくため息を漏らしてみせた。

「どうしたの？」

多恵が小首をかしげる。

「元気ないじゃん」

「多恵ちゃんはどうなんだよ。いまさあ、死んだような顔をしてたじゃない」

多恵はイタズラが見つかった子供のようにぺろっと舌を出し、ちょっとね、と意味深に言った。

「いろいろあるよ、人生は」

両手を組んで伸びをして、「太一くんもそうでしょう。すっごい勇気を出してさ、レナの復讐をしようとしてるんだもん」

太一は慌てて周囲を見回し、声を潜めた。

「大きな声で言うなよ。聞かれたらどうすんだよ」

おっくびょー、と笑い、一転、真剣な表情になった。

「だーれも他人になんか興味持たないって」

それだけ言うと、コーヒーカップを口につけた。

「だって警察が動いてんだろう」

「あら、怖くなった？」

カップをソーサーに戻して睨みをくれる。いや、まあ、その……多恵が言う。

「刑事なら話がついたから」

えっ、と声が出た。ヤクザ担当の刑事が？

「遊佐がまとめてくれた」

遊佐――あの得体の知れない元消防士だ。わけがわからない。

「あいつは昨夜、勝手に部屋を出て行ったじゃないか。多恵ちゃんに動機を問われて、気分害したみたいでさあ」

「多分、気が変わったんだよ」

素っ気なく言い、横を向いた。引き結んだ唇が、そのことはもう訊くな、と言っている。なにがあったのだろう？　気まずい空気が流れた。咳払いをくれ、話題を変えた。

「で、用件って？」

途端に頬を緩め、キラキラ光るアーモンド形の瞳を向けてきた。

「太一くんてさあ、知識豊富だよね」

無邪気な笑顔が眩《まぶ》しかった。胸がドキドキした。

すっと顔を近づけてきた。コロンの香りが鼻をくすぐる。タンクトップの膨らみに眼がいってしまう。さりげなく逸らし、ムスッとした顔をつくった。

「まあ、多恵ちゃんよりは、ね」

「わたしと同じならおバカじゃん」

あっさり言うと、細い眉をひそめ、深刻な表情になった。

「カヨウテイって知ってる?」

小さな声が耳朶を舐めた。カヨウテイ——まったく見当もつかず、ぼんやり多恵の顔を眺めていると、テーブルの紙ナプキンを抜き取ってペンを走らせた。

　華燿亭
書き殴った漢字三文字が眼に吸い込まれるようだった。脳の隅で微かに反応するものがある。なんだろう。紙ナプキンを摘み上げて眺めた。

「華燿亭かあ」

小さく呟いてみた。途端に多恵が食いついてきた。

「判った?」

瞳が期待に輝いている。太一は、いや、と首を振った。

「なーんだ」

がっくりと椅子にもたれた。太一はかさついた唇を舐めて訊いた。

「この華燿亭とビル放火、どんな関係?」

多恵の表情が曇った。眼を伏せ、なんにも判らないから困ってるのよ、と蚊の鳴くような声で訴えた。

「ぼく、帰る」

太一は立ち上がった。多恵が険しい表情を向けてきた。

「突然、なによ」

「用事があった。ゴメン」

それだけ言うと背を向け、店を出た。心臓が高鳴り、呼吸が速くなった。腋に背中に冷や汗も浮いている。足を速めながら、華燿亭、華燿亭、と囁いた。胸の奥から黒いものが湧き上がる。

太一は、重く粘った、タールのようなものが全身を這い、ねっとりと絡みついてくるのを感じた。

11

さすがに文子さんは母親だ。わたしとおまえが深夜、華燿亭を出て、火をつけ回っていることを薄々勘づいていたんだな。あれは凍った風が吹きつける夜だった。ビルの間にうずくまり、ガソリンを注《そそ》ぎ、わたしたちは火をつけようとしていた。ひねったライターを眺め、にんまり微笑んだとき、人影が現れた。

「なにしてるの！」

圧し殺した怒声に全身が硬直した。白のダウンジャケットにジーンズ姿の文子さんが頬を紅潮させ、眼を吊り上げていた。初めて見る、怖い顔だった。

文子さんはおまえの手から化粧瓶をひったくり、思い切り投げつけた。カシャンッ、と小気味いい破砕音が響いた。コンクリートのビル壁で砕け散ったガラス瓶は、瑠璃色の宝石の粒のようだった。揮発性の臭いが鼻の奥をさし、じんわりと涙が滲んだよ。生まれて初めて味わう恥辱に、わたしは呻いた。いたたまれなかった。穴があったら入りたかった。自分のおぞましい恥部を見られ、身もだえした。

文子さんはおまえの頬を思い切り張り飛ばした。乾いた音が弾けた。おまえはのけぞり、二、三歩、たたらを踏んだ。文子さんはわたしに向き直った。般若《はんにゃ》のような形相で睨み、腕を振った。伸びてきた手を避けることは容易だった。しかし、わたしは文子さんの平手を受け止めた。頬が鳴り、胸が熱くなった。

「もう、しないわね」

わたしは火照った頬を押さえ、うなずいた。

「約束」

白い小指が眼の前にあった。優しい笑顔がわたしを見つめていた。

「満くん、今回だけは許してあげる。前を向いて生きていかなきゃダメ。己の境遇を恨んでも何も始まらない。火遊びなんかじゃ何も解決しないわ」

文子さんは、わたしの過去を知っていた。当然だ。先生の奴隷にして情婦なのだから。わたしは再度うなずきながら、横目でおまえを窺った。顔を真っ赤にしたおまえは、何かに耐えるように唇を噛んでいた。文子さんは誤解していた。わたしがおまえを誘い、火をつけた、と。おまえからもちかけたこと、そしておまえが炎にどうしようもなく興奮し、股間を膨らませてしまうことを知ったら、文子さんはどんな顔をするだろう。だが、これ以上悲しませるわけにはいかない。

「もうしないわね」

文子さんの微笑みと甘い吐息が、わたしの心を和《なご》ませた。わたしは小指をからませた。文子さんの小指から伝わる冷たい肌と温かい肉の感触に、わたしは密かに震えた。

「指きりげんまん」

文子さんは子供のように腕を大きく振った。

「約束します」

わたしは正面から見据えてきっぱり言った。

「もう、二度とやりません」

そうだ。本当にそうしようと思ったんだ。文子さんに嫌われたくない、軽蔑されたくない。だから後日、ひとりで華燿亭を抜け出し、寒風が吹きすさぶ歌舞伎町の路地で火をつけたおまえに、厳しい制裁を加えたんだ。

わたしは恐怖に顔をゆがめたおまえのあごを蹴り上げ、ジャンパーの胸倉を摑み、殴った。おまえは、殺さないで、と懇願し、まだ死にたくない、ぼくにはやることがある、と泣いた。

わたしは戸惑った。まだやることがある――いまにして思えば、おまえはもう判っていたのだね。こんな生活は長くは続かない、と。黒々とした重い歯車は、あの華燿亭事件へ向かって、確実に回り始めていたのだよ。恐ろしいことに。

12

稲葉太一は震えていた。目白の自室でパソコンに取り付き、検索し、呼び出した記事を追っていく。華燿亭。脳の隅で反応したものの正体はこれだ。記事には、華燿亭事件のおぞましい内容が記してあった。死者はふたり――いや、最終的には三人。そして、今日まで行方の判らない銀行マンがひとり。

バブル経済を象徴する怖い事件は、表面上は解決したものの、その全容はいまもって明らかになっていない。消えたカネはいったい幾らになるのだろう。五千億か？

六千億か？　そもそも、華燿亭なる料亭を舞台に、目も眩む錬金術を仕掛けた凄腕はどこのどいつだ？　判らないことだらけだった。華燿亭事件と歌舞伎町のビル放火事件。十六年の歳月を経て、二つの事件はどこでどう繋がっているのだろうか。判らない。何も判らない。太一は頭を抱えた。電車が轟音と共に通過していく。窓ガラスがビリビリ震えた。

夜、多恵は遊佐に電話を入れた。呼び出しにあっさり応じた遊佐は新宿駅西口、小田急ハルクの近く、焼き鳥屋を指定してきた。

ビル裏の路地を歩き、蔦《つた》が蜘蛛の巣のように這う古びたコンクリート造りのビルの一階に店があった。縄暖簾《なわのれん》を垂らした玄関の横に焼き台が張り出し、初老の男性がねじり鉢巻きも凛々しく、赤々と熾《おこ》した炭火で串を焼いている。薄青の煙がもうもうとたちこめる店の前まで来たとき、ケータイが震えた。ジーンズの尻ポケットから抜き出し、開いてみるとメールの通知だった。発信者を確認し、苦いものを呑み込みながら画面に呼び出した。

「ミロ、ついに決行の日がきました。明日、迎えに行きます。言うまでもありませんが、身辺を整理していてください。どうです。怖いですか？　わたしにはあなたの高鳴る心臓の鼓動が聞こえ、肌に浮いた粟粒が見えるようです。しかし、心配は無用です。わたしがついています。そして、もうひとりの仲間も――」

メロスの上気したメールには、待ち合わせの時間と場所が記してあった。多恵は「了解。楽しみです。やりましょう！」と打ち込み、返信した。ケータイをしまい、焼き鳥の香ばしい匂いを嗅ぎながら縄暖簾をくぐった。

店内は仕事帰りのサラリーマンでごった返していた。声高に喚き、談笑する声がコンクリートの壁に反響して、薄青色の熱気がわんわん震えている。遊佐はカウンターとテーブル席が並ぶ、細長い店内の奥にいた。ひとり、黙々とビールのジョッキをかたむけている。賑《にぎ》やかな店内で、そこだけ冷たく沈んでいるように見えた。黒のキャップにポロシャツ、ジーンズ。地味で自己主張のない、いつもの格好だ。が、こうやって改めて見ると、その逞しさは他を圧している。

袖からのぞく太い二の腕は筋肉の束が盛り上がり、逆三角形の背中は分厚い背筋が美しい曲線を造っている。しなやかな撫で肩から優雅なラインを描く首は、硬質ゴムを幾重にも巻き付けたような強靭さに溢れていた。高価なトレーニングマシンと多量のタブレットで作った張りぼての肉体ではなく、日々の地味な鍛練と苛烈な消火作業が練り上げた、プロフェッショナルの肉体だ。

多恵が声をかけると、つまらなそうに一瞥をくれ、ジョッキを口に運ぶ。多恵も店員に生ビールを注文し、木製の分厚いテーブルを挟んで座った。背もたれのない、四

葉を継いだ。

「彼女に会ったよ」

ジョッキを止め、遊佐が険しい視線を向けてくる。多恵は余裕の笑みを浮かべて言
角の椅子だ。

「ほら、滝野川の――」

遊佐はジョッキをテーブルに置き、両手を組み合わせて眼を伏せる。ゴツイ指だ。
表情がキャップの庇《ひさし》に隠れて見えない。唇が動いた。

「住所をどこで知った？」

ドキリとし、咄嗟《とっさ》に口に出た言葉は、赤羽の消防隊にいたと聞いたから、という説
得力の乏しいものだった。

「赤羽消防署に電話して訊いたのか？」

渡りに船、とばかりに、そうそう、と首を縦に振った。

「そうか――」

納得したのかしないのか、遊佐はそれっきり黙り込んだ。

多恵は届いたジョッキを喉を鳴らして飲み、手の甲で口の泡を拭った。

「別れたんだって？」

多恵の投げつけるような言葉に、組み合わせた指が少し動いた。

「彼女、引っ越すって言ってた」

顔を上げた。尖った眼だ。多恵は勢い込んで語った。

「愛想が尽きたから、引っ越すって。本当にさよならだって」

そうか、と囁くように言い、また眼を伏せる。多恵は残りのビールを飲み干し、カラのジョッキを叩きつけた。「それだけなの！」

自分の大声にびっくりしたが、周囲の客は素知らぬ顔だ。店内のノイズも変わりはない。よくあることなのだろう。多恵は声を低めた。

「彼女、あなたが出て行った理由が判らないのよ。なにも言わずに出たんでしょう」

「おれの勝手だ」

「そんな言い方はないと思う」

「悪いな。ボキャブラリーが乏しいんだ」

それだけ言うと、あごに手を置き横を向いた。多恵のこめかみが熱をもつ。

「赤羽のビル放火事件から変わったんだってね」

遊佐の眼が冥《くら》くなった。頬杖をついたまま中空を眺め、何かにじっと思いを巡らせている。多恵は言葉を継いだ。

「なにを見たの？」

返事なし。店のノイズが鼓膜を叩く。耳がバカになりそうだ。苛々した。

「黒焦げの焼死体を見て、腰でも抜かしたのかしら」

　瞬間、空気が凍った。遊佐が瞼を半分閉じ、睨みをくれる。多恵は椅子を鳴らして腰を引いた。射貫くような半眼に全身がこわばった。

「おれは火消しのプロだ」

ざらついた声が耳を引っ掻いた。

「ホカホカの焼死体の横でメシも食える。おれはそういう男なんだ」

多恵はかぶりを振り、ビールをお代わりした。さすがに焼き鳥を食べる気にはなれない。遊佐は静かに語った。

「話はそれだけなのか？」

黒曜石のような冷たい瞳に吸い込まれそうだ。多恵は視線を落とした。そしてテーブルを指先でコツコツと叩き、小さく言った。

「まだあるけど、それは後。しらふじゃとても口にできないもの」

言ったあと、顔が熱くなった。アルコールのせいだろうか。届いたお代わりのジョッキをカラにして焼酎をロックで飲んだ。すきっ腹にアルコールが染み込み、全身が火照った。じきに頭が朦朧とし、視界が揺れた。遊佐の溶けた顔が、泣いたような笑ったような、奇妙な表情を浮かべた。

13

おまえが華燿亭へやって来たのは一九八八年の春。わたしたち父子の一年と半年前になる。世の中はもうバブルの真っ只中で、地価と株価は右肩上がりのうなぎ上り、という素晴らしい時代だ。先生も億単位のカネを懐に入れ、スキンヘッドをピンクに染めて銀座だ六本木だと繰り出し、万札を紙吹雪のように撒いて女の尻を追いかけ、酒池肉林の快楽にどっぷり浸り始めていたことだろう。

おまえは東海地方の小都市で生まれた。水商売に従事する、孤独な文子さんの、ただひとりの子供としてだ。父親は名前も素性も判らない。つまり私生児だ。どうだ、当たっているだろう。ドンピシャだろう。わたしは調査のプロだからな。それほど驚くことじゃない。

だが、文子さんの過去はわたしの心を千々に砕いてしまったよ。美しく優しい、自分の母親であったら、と幾度となく夢想した文子さんにあんな怖い顔が隠されていたとはな。人間が抱える闇ほど恐ろしいものはない、と改めて確信したよ。

赤ん坊のおまえを抱えて水商売で生きるしかない文子さんは、幾多の男に頼った。それがまた、判で押したようにヒモとかチンピラとか、女の生き血を吸って面白おかしく生きていくことしか頭にない、努力とも忍耐とも無縁の、極めつきのろくでなしばかりだ。

生活は荒《すさ》み、おまえはクズのような男たちから虐待を受けることも珍しくなかった。虐待には文子さんが加わることもあったというから、わたしは人間というものが判らなくなる。

各地を転々とし、おまえは横浜の児童福祉施設に世話になったこともあったな。わたしは当時の職員たちの話も聞いている。おまえはとても愛らしく、素直で、利発な子供だったそうじゃないか。なかには、自分の息子ならどんなに良かったか、と涙ぐむ元職員もいたよ。彼女によれば、文子さんが新しいろくでなしと迎えにくると、おまえは怖がり、泣き喚《わめ》いて職員にしがみついたらしいな。その夜は酷《むご》い折檻が加えられたことだろう。ああ、書いているわたしまで辛くなる。

そういう悲惨な生活を送り、小学校もほとんど通わず、ピンクキャバレーの汚い更衣室に寝泊まりするような、犬畜生にも劣る生活を送っていたおまえの毎日は、先生との出会いで一変する。正確に言えば、先生と文子さんの出会いだ。

シャブの売人をやっていたチンピラに借金を背負わされ、赤坂の韓国クラブに叩き売られた文子さんは客の先生に見初められた。文子さんは、先生のような男を求めていたのだろう。とんでもない金持ちで、取り巻きに一流企業のエリート社員をずらりと並べた、偉そうな講釈を垂れるのが好きな恰幅のいい男——口先ばかりのろくでなしに散々泣かされ、カネを絞り取られ続けた文子さんは、先生の桁外れの財力と押しの強い風貌、他人を煙に巻いてしまう詐欺師の魅力にころりと騙され、身も心も捧げてしまった。献身的に尽くし、先生の意に添う女になることが文子さんの生きがいになった。つまり、見事に洗脳されたのだよ。

華燿亭は、明日の命も知れぬ流浪の生活を送ってきた文子さんにとって、堅牢な黄金色の城だったと思う。もちろん、文子さんは最期まで、砂上の楼閣だとは気づかなかったのだがね。

わたしは華燿亭で見た、優しくて思いやりのある文子さんこそが、本当の彼女の姿だといまでも信じている。荒《すさ》みきった惨めな生活の中で摩耗してしまった、本来の善意みたいなものが、華燿亭での満ち足りた暮らしと、先生の秘書兼愛人として生きる安定した精神状態の中で戻ってきたのだと思う。

だが、おまえはその瞳で別のものを見ていた。ろくでなしの男たちを次から次へと引き入れ、ありとあらゆる不幸と暴力を呼び込み、しまいには男たちと一緒になって虐待する、愚かで酷薄な母親だ。

いまさら語っても詮ないことなのだが、文子さんは悪くないのだよ。悪いのは、美しくか弱い女を食い物にする、卑しい男どもだ。

どうして人間はこうも弱く哀しい存在なのだろう。心からそう思ってしまう。わたしたちはあの華燿亭で忌まわしい人間の本性を見過ぎてしまったのだな。わたしは十六歳、おまえは十二歳だ。振り返れば、わたしたちはあまりにも愚かで幼かった。もう悔やんでも遅いがね。

14

頭が痛い。ガンガンする。頭蓋骨の中で鉛のネズミが暴れ回っているようだ。多恵は重い瞼をこじ開けた。ベッドの上だ。どうして？　頭痛と戸惑いが、奔流となって押し寄せた。

「起きたのか」

声がする。首をぐるりと回した。狭い部屋だ。黒のキャップにポロシャツ。遊佐が窓際の粗末なソファセットに座っていた。両脚をテーブルに投げ出し、両手を頭の後ろで組んでいる。

「ひどく苦しそうだった」

口許をゆがめて笑った。

「あんなメチャクチャな飲み方をするからだ」

記憶が甦った。頭痛も酷《ひど》くなった。元消防士は面白がるように続けた。

「ビールの大ジョッキ二杯に焼酎をロックで四杯。締めがウイスキーのソーダ割りを二杯だ。もうガキじゃないんだろう。少しは自重したらどうだ」

「ここはどこよ」

自分の声が頭に響く。地鳴りのようなクルマのエンジン音が部屋を這い、脳みそを揺さぶる。

「ホテルだ。おれの部屋だ」

「連れ込んだのね」

頭痛を堪《こら》えて睨んだ。遊佐は苦笑し、「本当におぼえてないのか？」と訊いてきた。かぶりを振った。鉛のネズミがごろんと動き、イタッ、と呻いた。遊佐は肩をすくめた。

「酔っ払って、からんできて大変だった。店の外に連れ出すと、腕を振り回してな。二、三発、殴られて――」

顔が熱くなった。サクランボのように赤くなったと思う。胃がよじれ、吐き気も込み上げた。口を手で押さえてベッドから降りた。トイレ――遊佐が素早く立ち上がり、洗面所のドアを開け、背中を邪険に押した。多恵はユニットバス横のちっぽけな便器を抱え、吐いた。

胃液まで絞り出した後、うがいをして顔を洗い、ふらつく足で部屋へ戻ると、遊佐は何事もなかったかのようにソファに座っていた。両腕を組み、窓の外を眺めている。西新宿の高層ビル群が、墓標のように聳えていた。窓の下はクルマのヘッドライトの急流だ。エンジンを咆哮させ、凄いスピードですっ飛んで行く。

腕時計を見ると午前二時。多恵はベッドに倒れ込んだ。

「まだ気分が悪いのか？」

「二日酔いがそんな簡単に治るわけないじゃん」

頭の芯がキリキリする。

「で、告白はどうする？」

え、と顔を向けた。

「しらふじゃとても口にできないことがあったんだろう」

口許に笑みを浮かべている。女だと思って完全に舐めている。部屋を見回した。テーブルにクラッチバッグ、床にくたびれたスポーツバッグが置いてある。

多恵は両手でこめかみを押さえ、つっぷした。

「どうした？」

遊佐が腰を上げた。心配げにのぞきこんでくる。多恵は眼をぎゅっと閉じて苦しそうな顔をつくり、か細い声を絞り出した。

「冷たいものが飲みたい。お茶かウーロン茶」

舌打ちが聞こえた。

「水でいいだろう」

いや、と首を振った。この安ホテルの部屋に冷蔵庫はない。遊佐は「待ってろ」と言い置き、歩いていった。ドアの閉まる音がした。

多恵はベッドから滑り降り、クラッチバッグを探った。クルマの免許証に財布、ケータイ。昨夜と同じだ。めぼしいものはない。スポーツバッグにとりついた。キャンバス地の頑丈なバッグだ。ジッパーを開け、手を差し入れた。きちんと畳まれた衣類とタオル、洗面道具。変わったものはない。季節にそぐわない厚手の革ジャンパーと、山登りに使うザイルが一式ある程度か。山歩きが趣味なのだろう。しかし、多恵が探し求めているのはただひとつ。華燿亭から届いた手紙だ。

バッグの外ポケットを探った。キーがある。これは――摘《つま》み上げようとした瞬間、つんのめった。首の後ろに圧力がかかる。太い指が食い込み、締め上げてきた。

「なにをしている」

怒気を含んだ声が鼓膜を刺した。もの凄い握力で首筋を摑み、握り潰そうとする。動脈を遮断され、意識が朦朧となる。たすけて、という自分の言葉がどこか遠くで聞こえた。

「マンションの住所もこうやって探ったんだろう」

声が出ない。

「個人情報に厳しい御時世だ。消防署が簡単に教えるものか」

上半身をなんとかひねって振り返った。キャップの下からガラス玉のような眼が見つめている。遊佐は唇を吊り上げ、冷笑した。

「おまえ、枕探しが専門のコールガールでもやってたんじゃないのか」

やめて、と叫んだが、掠れ声が漏れただけだ。視界に白い靄がかかる。遠く薄れていく意識の中で、かようてい、と呟いた。華燿亭の手紙を読みたいだけ……

ふらりと身体が傾《かし》いで、そのまま床に座り込んだ。酸素を貪《むさぼ》り、激しく咳き込んだ。涙が滲んだ。

遊佐が見下ろしている。怖い顔だ。唇が動いた。

「手紙、か」

そう、と小さくうなずいた。遊佐は唇を固く結び、次の言葉を待っている。多恵は続けた。

「マンションに手紙が届いたんでしょう。華燿亭の――」

遊佐の表情が変わった。怒気が消え、薄い笑みが滲んだ。

「華燿亭はもう存在しない。この世に無いんだ」

背筋が寒くなった。

「だって、手紙が……」

「読みたいのか？」

ええ、と応えた。遊佐は右手を差し出してきた。指先にキーを摘んでいる。バッグの外ポケットにあったコインロッカーのキー。「新宿駅東口の地下だ」

多恵は受け取り、見上げた。

「読んでいいの？」

「好きにしろ」

それだけ言うとソファに座った。横を向き、窓を眺めている。多恵は立ち上がった。

「遊佐さん――」

帰れ、とばかりに手を振る。多恵はキーを握り締めて外へ出た。

15

こうやってペンを握っていても震えてしまう。バブルの最盛期、一九八九年は思えば凄い一年だった。ソニーが米国のコロンビア映画を買収し、三菱地所はロックフェラーセンターを手に入れ、日本の恐るべき財力を世界に見せつけた。米国は〝アメリカの魂を奪われた〟とパールハーバー以来の屈辱を味わい、身もだえした。日本全土を売ればアメリカが三つか四つ買える、と言われたのもこの頃だ。

日本国は我が世の春を謳歌し、八九年度の税収は五十四兆円と、八五年度より十六兆円も増えていた。

そして八九年十二月二十九日、東京証券取引所大納会の日経平均株価は三万八千九百十五円の史上最高値をつける。一万五、六千円で一喜一憂している現在とはまったく異なる日本が確かにあったのだ。

有名企業の経営者や評論家は、翌九〇年には四万円を突破し、五万円も有り得る、と予想した。凄い数字はもっとあるぞ。某大手証券会社は、エリート社員たちがその全知全能を結集して、「九五年の日経平均は八万千七百円」と大真面目に公表する始末だ。まったく、おめでたいだろう。

だが、崩壊の足音は確実に迫っていたのだよ。華燿亭の中で最初の足音を響かせていたのは住吉純一だな。舞鶴銀行の融資課長だ。一兆円融資を目指す、と豪語していた、あの剛腕銀行マンだ。

住吉の様子が変わったのは、年が明けて一九九〇年、ピークを極めた株価が緩《ゆる》やかな坂道を下り始めたときだ。

冬の青空が眼に痛い朝だった。いつも電話を片手に怒鳴りまくっている住吉が下駄をつっかけ、外にいた。タバコをくわえ、ガマガエルの石像をぼんやり眺めていたんだ。くたびれたスーツに緩んだネクタイ。厳つい顔には無精髭が浮き、がっちりした身体がひとまわり萎《しぼ》んで見えたのをおぼえている。住吉はわたしに気づくと、つまらなそうに鼻を鳴らし、こう言ったよ。

「ここは面白いか？」と。わたしは、ええ、まあ、と曖昧に応えた。住吉はタバコを緑色の池に投げ捨てた。百万円の錦鯉が数匹、浮かび上がり、争って吸い殻をつっつきながら消えた。

「先生が言ってたぜ」

住吉は唇を面白そうにゆがめた。わたしは不穏なものを感じて後ずさった。住吉は語った。

「満は凄腕の地上げ屋になるぞ、とな」

顔が火照った。住吉は、こっちへこい、と手招きした。わたしは蛇に睨まれた蛙だ。恐る恐る歩み寄った。住吉は屈《かが》み込み、落ちていた小枝を拾い上げた。そして地面に線を引き始めたのだよ。

「これが国道で――」

直線を二本引いて道路を描き、それに接する形で正方形を二つ重ねた。住吉は「国道沿いの二区画の土地だ」と、説明した。

「国道に面したA区画が六千万円、その奥のB区画が三千万円だ」

わかるな、と念押しした。もちろんだ。交通量の多い国道に面したAなら商売の一等地だが、その裏に隠れたBは格段に落ちる。半値で御の字だろう。

「地上げ屋ってのは、AとBをひとまとめにして併せて二億、いや、三億にして売る商売なんだ。普通なら九千万円の土地が、まとめることで倍以上の価値になる。これが地上げだ」

殴られ過ぎたボクサーのような顔を緩め、眼を細めた。

「本当は十くらいの区画をひとまとめにするんだ。路地のどんづまりの、二束三文の土地が億単位の黄金に化けるんだから、まるで手品だよな。当然、荒っぽいことも必要になる」

背を伸ばし、小枝を投げ捨てた。

「そのなかには火つけもあるわな」

わたしの身体は硬直した。厳つい顔が笑った。

「心配するな。おまえが地上げ屋になることはない」

住吉は猪首を曲げ、天を仰いだ。

「どうしてですか？」

「時代が変わるからさ」

正月休み明けの、新宿には珍しい澄んだ青空を見上げて、住吉は続けた。

「株も土地も、もう終わりだろう」

ため息混じりの、老人のような声だった。実は八九年後半、上昇を続けていた株価の裏で、外国人投資家は売りに転じていたのだよ。国内機関投資家が積極的な買い姿勢を続けるなか、情報収集と分析力に長《た》けた辣腕の外国人たちは潮時を見極めていたのだな。年が明けて株価が下がり、沈没船からさっさと逃げ出す賢いネズミたちの動きを住吉は察したのだろう。同時に、危うい先生の実像も見えてきたのだと思う。

フケの浮いた角刈り頭をガリガリかきながら、住吉は下駄を鳴らして華燿亭へ戻っていった。いまにして思えば、住吉の背中にはもう、悪霊がしがみついていたんだ。バブルが生み、育てた悪霊が、ね。

そして、世は住吉の予言通りになる。二月二十六日、年明けから下がり続けていた日経平均株価がこの日、音をたてて暴落し、下げ幅が千五百六十九円と、八七年のブラックマンデーに次ぐ史上二番目の下げを記録した。

その三日後だったと思う。眼は虚ろで頬がこけ、すっかり悄気《しょげ》た住吉に、わたしは語りかけた。

「父が会いたがっている」と。途端に住吉の顔に赤みが射し、生気が戻った。わたしは言葉を重ねた。

「父は秘密を握っています。先生の錬金術の秘密です」

住吉は赤く濁った眼を輝かせ、いい話じゃないか、と囁いた。わたしは殊勝に打ち明けたよ。「ぼくの父は先生の奴隷でした。しかし、このままじゃダメだと気づいたんです。住吉さん、どうか相談に乗ってやってください。ぼくの父を救ってください」

最後は涙声だったな。

「よく決心した。悪いようにはしない。おれに任せておけ」

重々しい声を出そうとしながらも弾んでしまう、住吉の心中に同情した。父、邦町章生は経理を担当し、カネの流れを把握していた。住吉が食いついて当然だ。住吉はわたしの肩に両手を置き、こう語ったよ。

「みんな悪い夢を見てたんだ。いまならまだ間に合う」

あの言葉はいまにして思えば、己に向けたものだったのだろう。

わたしは大久保の路地裏にある焼き肉屋へと案内した。夕刻だ。雑居ビルが立ち並ぶ大久保の夜は早い。闇がそこまで迫っていた。

がらんとした狭い店内に入るなり、ふたりの男が襲いかかった。小柄な中野実がブラックジャックを振り下ろし、昏倒した住吉を巨漢の松岡俊彦が細引きで縛り上げ、猿轡をかませた。怒号と肉を打つ怖い音が響くなか、わたしは水谷敏郎に促され、外へ出た。

「ご苦労だったな」

水銀灯の下、水谷は静かに言ったよ。

「これで先生は大丈夫だ」

わたしは水谷に言われるまま、住吉を誘い出した。父を餌にしたのも、水谷のアイデアだ。当時のわたしにそれほどの知恵はない。

「住吉さんはどうなるんですか？」

わたしは内心の戦《おのの》きを抑えながら訊いた。

「ちょいと懲《こ》らしめるだけさ」

水銀灯の下、わたしのリヴィエールは微笑んだ。冷たい、氷の笑みだ。わたしはもう、何も言えなかった。

以後、住吉純一の姿を見た者はいない。舞鶴銀行の融資課長はどこかへ行ってしまった。おまえも知っているように、住吉は今日まで行方不明だ。いまでも時々、思い出すことがある。冬の青空を見上げていた住吉の横顔だ。とても心細げな、寂寞《じゃくまく》とした表情だったよ。

16

午前十時、英次は職安通り沿いに建つマンションを訪ねた。七〇三号室はいつものようにカギが開いており、英次は青山さんのバリトンに導かれてドアをくぐった。

「どうした、昨日来たばかりじゃないか。よっぽどの急用だね」

青山さんはキッチンのテーブルでコーヒーを淹れてくれた。ふくよかな髭面が微笑んでいる。ホッとした。内心、拒絶されるのでは、と不安だったが、どうやら杞憂のようだ。オーディオセットからジャズギターの乾いた音が流れている。

英次はソファに座り、青山さんに告げた。

「クミコが辞めるって言ってますけど」

「知ってる」

静かな声音に拍子抜けした。

「昨夜、あの中国人から連絡があった」

ヤンの陰気な顔が浮かんだ。

「たしか稼ぎ高ナンバーワンの女性だね」

「クミコがいなければ『ラッキーナイト』の数字はガタ減りです」

「なるほど」

カップを英次の前に置き、青山さんは黒革張りの回転チェアに座った。葉巻に火をつけながら、それで、とあごをしゃくる。焦った。腋に汗が浮いた。

「いえ、だから――」

頭をかき、それでも言葉を継いだ。

「当分は大目に見て欲しいんです」

「成績が下がっても？」

「そうです」

言葉に力を込めた。青山さんは唇をゆがめた。丸いレンズの奥の眼が光る。

「きみはいつからオーナーになった？」

冷たい声に身がすくんだ。

「あの中国人に器量があればなんとかするだろう。きみには関係のないことだ」

煙を吐き、チェアをくるりと回して窓を眺めた。英次には返す言葉がなかった。雑居ビルが乱立するいびつな海原の向こう、パールタワーが陽光を浴びて輝いている。

「なあ、英次くん」

青山さんは唐突に呼びかけてきた。はい、と身構えた。

「そのクミコって女、きみの恋人なのかね」

しばし躊躇し、違います、と小さく答えた。青山さんはチェアを回して向き直った。意外そうな表情だった。

「いや、きみの後を追うように辞めたのでね」

「ヤンが言ったんですか？」

「愚か者は他人に責任を転嫁したがるものだよ」

ヤン。短気なひと殺し。舌に苦いものが浮いた。

「まあ、あの中国人の実力は数字が教えてくれるだろうが」

葉巻をぎゅっと噛んだ。青山さんの頬が隆起した。

「見込みなしだな」

首筋が寒くなった。青山さんがヤンを切ったらその怒りの矛先は――声が出なかった。青山さんは静かな眼を据えてきた。身体を椅子に埋《うず》め、脚を組んだリラックスした姿勢で問いかける。

「きみはどうして歌舞伎町を離れない？」

それは――言葉に詰まった。動揺を紛らわそうとコーヒーを飲んだ。が、青山さんは容赦しなかった。

「中国人のことをあれこれ心配している場合じゃないだろう。違うかね」

メガネのブリッジを指で押し上げ、眼を細めた。

「金持ちになりたいんだろう」

「もちろんです」

英次はカップをソーサーに戻した。

「だから東京へ出てきたんです」

「どれくらいの金持ちになりたい？」

真剣な表情だ。英次は返答に窮し、窓の向こうを見た。パールタワーが光っている。

「あのパールタワーのオーナークラスになれれば――」

指で示した。青山さんは一瞥をくれ、つまらなそうに肩をすくめた。

「単なる成金じゃないか。騒がしいだけの風俗の店が詰め込まれたビルだろう。工夫も知恵もない、欲望を処理するだけの場所だ。創造とスリルがある分、ボッタクリバーのほうがよっぽど上等だよ」

「歌舞伎町でも一、二を争う、勢いのあるビルと聞いています」

「どうでもいいさ」

本当に興味がなさそうだ。英次は落胆し、それでも言った。

「おれは青山さんのような本物の金持ちになりたいんです」

青山さんは白い歯をみせて笑った。屈託のない、輝くばかりの笑顔だ。

「誤解だよ。わたしは本物の金持ちなんかじゃない」

葉巻を旨そうに喫って続けた。

「それは生活には困らないし、あと二、三回は人生をやっても充分食っていけるくらいのカネはある」

厭味と受け取られかねない物言いも、青山さんの口から語られるとあっけらかんとした言葉に聞こえてしまうから不思議だ。

「だがね、本物の金持ちとは精神が自由な人間のことだ」

きれいごとじゃないか、と内心で罵《ののし》った。表情で察したのだろう、青山さんは噛んで含めるように語った。

「本物の金持ちは、好きなときに好きな場所へ行き、好きなことができる人間だ。なにものにも囚《とら》われずに芸術を愛《め》で、美しい女を愛し、他人に博愛の情を注げる人間のことだ。彼らには富と自信がもたらす輝きに加えて、大いなる笑いがある。彼らがいとも簡単に笑うのは、思うがままの人生を送っているからだ。自分の存在と価値に毫《ごう》も疑問を抱いていないからだ」

葉巻を喫い、口中で転がした煙を吐いた。

「真っ青な大海原をひとりたゆたうような精神の自由を知らない者に、本物の金持ちを名乗る資格はない」

「じゃあ青山さんは本物の金持ちだ」

あご鬚をしごき、困ったような顔で返す。

「わたしはいま、きみのために古びたマンションの一室で時間を割《さ》いている。本物の金持ちならこんなことはしないだろう」

胸にずっしりと響いた。それでも平静を装って訊いた。

「日本でいえばどんなひとですか？」

有名なＩＴ長者とか大企業経営者の顔が浮かんだ。が、青山さんはあっさりこう言った。

「日本にはいないね」

「ひとりも？」

「いない。社会のシステムが存在を許さないんだ」

「じゃあ、どこにいるんですか」

「世界にはいくらでもいるさ。たとえば本物のお城に住んで自家用ジェット機を乗り回し、オペラだヘロインパーティーだと愉しんでいる連中だ。莫大な富を生み出す油田や鉱山を持ち、大銀行、証券会社、投資会社を所有し、エンタテインメント産業を牛耳り、世界的な有名女優とか男優をペットのごとく扱い、各国の指導者とさしで話し合える——わたしはそんな雲の上の人間たちを見てきた。自分がいかに器の小さなつまらない男か、痛いほど判ったよ」

己を卑下する言葉に戸惑いながら、訊いてみた。

「青山さんもおれみたいにカネにガツガツしている時代があったのですか？」

言ってしまった後、一笑に付されるだろうと後悔した。が、違った。青山さんは中空を眺め、葉巻を喫った。その顔は過去に想いを馳せる老人のようだった。

「カネが欲しくて欲しくてたまらなかったな」

静かな声音だった。

「まだ若い時分だ。下品な成り上がり者が街に溢れていてね。あいつらにカネがあって、おれがどうして貧しいんだ、と歯嚙みしたこともある。カネに脳みそが麻痺して、いっそ悪魔に魂を売ってやれ、と粋がった時代もあった」

とても想像できない。だが、青山さんはなにがおかしいのか、含み笑いを漏らしながら語った。

「わたしは生まれが卑しいんだ。僅かばかりのカネに恋い焦がれてしまう、その程度の男なんだ。本物の金持ちなんておこがましいよ」

視線が焦点を結び、英次をとらえた。冷徹な表情に身がすくんだ。

「だが、いまはわたしよりきみだ」

奥歯を嚙んで次の言葉を待った。

「このまま堕ちていくのか？」

英次は眼を伏せた。顔が、首筋が火照り、耳まで熱くなった。青山さんの朗々としたバリトンが響いた。

「この街には札束を懐に詰め込んで高笑いを轟かす成功者もいるが、その数十倍、数百倍の敗残者も溢れている。きみは夢破れた負け犬同士、あれこれ愚痴を語り合いながら、三十、四十と年齢《とし》を重ねていくのかね？　最後はホームレスになってさ」

違う！　かぶりを振った。おれは――顔を上げた。青山さんが凍った眼を注いでいる。その顔は、本当のことを語ってみろ、と言っていた。

「おれは、女が殺されたから……」

熱いものが込み上げた。ハンカチを引っ張り出し、涙が溢れてしまう眼を拭った。

「すいません、みっともない姿を見せてしまって」

青山さんは指を軽く振った。

「続けなさい」

優しく促されるまま、英次は語った。歌舞伎町のビル火災事件の犠牲者に自分の恋人がいたこと。放火犯人を突き止めるべく動いていること――

「ちょっと待ってくれ」

青山さんは言葉を遮り、身を乗り出した。

「あれはオーナーの焼身自殺だろう」

「放火です」

青山さんは絶句した。常に沈着冷静な青山さんもさすがに驚いている。英次は言葉を選んで語った。

セクシーパブ『ラブリースクール』の女が火災の直前、オーナーの呻き声を聞いており、加えて元消防士が犯人の目星をつけて動き回っている、と。

青山さんは葉巻を真鍮の灰皿でひねった。

「警察に任せればいいだろう」

こめかみが軋んだ。

「警察はダメです。本気で動いていません」

青山さんは訝しげに眉根を寄せた。当然の反応だと思う。英次は言葉を重ねた。

「それどころか、女を犯人に仕立てあげようとしているし」

「女ってセクシーパブの元ホステスかね」

「そうです」

「彼女が犯人じゃないという証拠はあるのかね？」

いや、それは――

「自己申告だろう。簡単に信じちゃダメだよ」

「デタラメとは思えません」

青山さんは苦笑した。

「まあいいや。それで放火だと仮定してさ」

青山さんは言葉を切り、笑みを消した。メガネのフレームを摘み、じっと見つめてくる。

「きみは復讐のためにわたしの店を辞めたと、そう考えていいのかな」

復讐。そんな怖いことを自分は覚悟しているのだろうか。どこか他人事《ひとごと》のようだった。

「そうかもしれません」

力無く言った。青山さんはチェアに身を沈め、両手を組んだ。

「じゃあ、その女とか元消防士と協力して犯人を突き止めるわけだ」

「そうです」

言いながら、とても現実のこととは思えなかった。青山さんの嘲笑を覚悟した。だが青山さんは窓の向こうを眺め、ぽつりと言った。

「ここからは見えないな」

なんのことだろう。

「燃えたビルだよ。三十五人の命を呑み込んだビル火災も、歌舞伎町ではすぐに忘れ去られていくんだろうね」

息を詰め、そうですね、と呟いた。本当にそう思う。所詮、雑居ビルに入る風俗店のホステスと客の命だ。有名人でも金持ちでもない、紙のように薄い命だ。世間は簡単に忘れてしまうだろう。また涙が溢れた。ハンカチで拭った。

「英次くん、気が済むまでやればいいさ。それで犯人を見つけたらもうけものだ」

「本当にそう思います？」

青山さんは大きくうなずいた。

「もちろんだ。なかなかできることじゃない。頑張りなさい」

「ありがとうございます」

英次は立ち上がった。青山さんがチェアから腰を上げ、歩み寄ってきた。そして肩に両手を置いた。優しく温かい掌《てのひら》だった。

「わたしはいつでもきみの助けになるからさ」

レンズの奥の眼が光った。揺るぎのない鋼《はがね》の視線が英次を励ました。心から感謝した。この部屋を訪ねて本当によかった、と思った。

17

住吉純一が〝失踪〟して以来、先生は変わった。あの傲慢さが消え、外出の際は周

心持ち猫背になり、スキンヘッドも艶《つや》を失ってね。おまえも萎《しぼ》んだタコのような情けない姿をおぼえているだろう。

　週刊誌やテレビは大手銀行の辣腕融資課長の失踪を取り上げ、様々なことを書き立てた。銀行のカネを横領して海外へ逃げたとか、ヤクザ絡みの土地取引に巻き込まれて監禁されているとか。

　先生は住吉が永遠に消えたことを知っていたと思う。得意の乱痴気騒ぎも意気が上がらず、六本木や銀座に繰り出しても早々にお開きだ。先生はかわいそうなほど悄気《しょげ》ていた。株価が下落の一途を辿っていることもあり、来客も取り巻きも、態度が露骨に変わっていったよ。あの偉そうな先生が、酒の席で借り入れ金の利子の返済を求められることも珍しくなかった。十億、二十億の利払いだ。株の売買益をはめ込むバブル時代の常套手段はすでに過去のものだ。銀行、ノンバンク担当者は、返済が滞り始めた先生の懐具合を探るのに必死だったよ。

　もともと先生は銀行屋や株屋が互いに情報交換をすることを極端に嫌った。情報交換の噂が出ただけで取引は即刻中止となり、取り巻きから外された。それ故、各銀行の融資額、預金額も、株の保有量も、すべては闇の中だ。

　ペナルティを食らった担当者は上司からこっぴどく叱責され、左遷だ。千億単位の取引が消えてしまうのだから当然だな。先生が自らを神格化するための、一種の恐怖統治に、取り巻き連中は完全にコントロールされていた。機嫌を損ねないよう、怒らせないよう、腫れ物に触るように接していたよ。それが華燿亭のルールであり、法律だった。

しかし、それも九〇年初頭までだ。株価が下がって株の利益がストップし、借り入れ金の利払いが滞り始めると情報交換もおおっぴらになった。結局、先生の驚くべき台所事情が明らかになるまで、それほど時間は要しなかった。

決定的な打撃は三月末の総量規制だ。当時の大蔵省が、高騰していた地価を抑制するという名目で通達した「土地関連融資の抑制」だ。

地価高騰で成金も続出したが、反面、真面目なサラリーマンのマイホームの夢は遠のくばかりでね、相続税の負担も重くのしかかり先祖伝来の土地を手放す人々が続出し、国民の間で不満は溜まりに溜まっていたのだな。しかも、都会では地上げに絡んだヤクザの暴力沙汰が頻発して、世情は乱れるばかりだった。つまり、アウトローだけが極端に潤ういびつな世の中を是正しようと、政府がようやく重い腰を上げたというわけさ。

バブルにとどめを刺したこの通達を少し詳しく説明しようか。

これは金融機関に対し、不動産業向け融資の増加率を総貸出の増加率以下に抑制するよう求める、事実上の行政指導だ。おかげで融資を減らされた不動産業、建設業者は事業計画の継続が難しくなり、土地の売買も滞ってしまった。地価は低下して資産価値が目減りし、成金たちはジ・エンド。売ろうにも、買い手側も銀行の融資がないため、塩漬けになっていく土地を指をくわえて見ているしかない、という悪循環に陥った。

日本政府は熱狂したバブルにドライアイスを吹きつけ、身動きできないよう凍らせてしまったのだな。

わたしは総量規制の知らせを聞いた先生が、スキンヘッドを真っ赤にした鬼の形相で、やられた、と叫んだのをおぼえているよ。天文学的な額になるであろう、莫大な負債に、先生は気も狂わんばかりに喚き、激情を爆発させた。少なくなった取り巻きを殴り、足蹴にし、五千万円はする国宝級の日本刀を持ち出して高価な掛け軸や日本画、仏像彫刻を切りまくり、しまいには庭に飛び降り、池に向かった。先生の足音を聞きつけると先を争って寄ってくる巨大な百万円の錦鯉の群れに刀をふるい、突き刺し、切断し、緑色の池は血の桶《おけ》を叩き込んだように赤く染まった。

最後は文子さんになだめられ、なんとか平静を取り戻したものの、先生は破滅の坂道を一直線に転げ出していたよ。

四月二日、日経平均株価は一九七八円三八銭も下がった。二月二十六日の下げ幅をあっさり更新し、新たな史上二番目の暴落記録を刻んでしまったのだね。日本経済に赤ランプが灯り、バブルの狂乱は時の彼方へ押し流されようとしていた。

あの日は華燿亭の、満開の桜が眩《まぶ》しかったのをおぼえている。汚い緑色の池も花びらが散り、溶けたストロベリー抹茶アイスのようだった。文子さんは荒れ狂う先生から避難すべく、わたしとおまえを連れて外へ出たんだ。

わたしたち三人は肩を並べて昼下がりの繁華街を歩き、新宿の百貨店で食事をした。レストラン街の洋食屋でおまえはオムライスとチキンの照り焼きを、わたしはステーキとピラフを食べた。

若草色のスーツに大粒の真珠のネックレス、鮮やかな朱の口紅をさし、豊かなソバージュヘアをベルベットのリボンで結んだ文子さんはため息が出るほど美しかった。

知らない人間が見たら、本当の親子だと信じて疑わなかったろう。わたしも、このままの状態が永遠に続くならどんなに幸せか、と夢見心地だったよ。

文子さんは海老のグラタンを注文したが、半分も食べなかったな。ミルクティーを飲みながら、わたしたちを嬉しそうに見ていた。

もうすぐ中学に入学するおまえのことが愛《いとお》しくてたまらないようで、盛んにそのことを口にした。おまえはまったく無視していたけどね。わたしは気を遣ってしまったよ。

「とてもおいしいです」

笑顔で言った。大した味じゃなかったけどね。

「よかった」

文子さんは微笑んだ。

「これからもできるだけ、こうして食事をしましょうね。いままでは忙しすぎたから」

弁解するように言った。

「これからは暇になるのですか？」

わたしの意地悪な問いかけに、文子さんは困った顔でこう語ったのだよ。おぼえているか？

「先生も一息つかないと壊れてしまうから」と。

もうとっくに壊れてます、あれは狂ってます、とツッコミたかったが、耐えた。文子さんにとって先生は神様だ。

「満くん、楽しい話をしましょうよ」

一転、弾んだ声で文子さんが言った。

「あなたは将来、何になりたいのかしら」

吹き出したくなるのを辛うじてこらえた。高校にも行かず、歌舞伎町の得体の知れない料亭に住み、大人たちの乱痴気騒ぎのど真ん中で、この世の裏と表をヘドが出るほど見てきた十六歳のガキに将来を問うなど、痩せこけた野良犬に座右の銘を訊くようなものだ。が、優しい文子さんは白いきれいな歯並びをみせてこう続けたよ。

「頭がいいし、本も好きだし、学校の先生なんかどうかしら」

詐欺師と悪党の学校なら、と声に出さずに応えた。文子さんは遠くを見つめて語った。

「満くんは素晴らしいお父さんがいらっしゃるから幸せね」

わたしはフォークとナイフを置き、文子さんを見た。いや、睨んだ、と言うべきだろう。感情の赴くまま、こんな言葉を吐いたのだよ。

「あいつは単なるろくでなしじゃありませんか」

文子さんはポカンと見つめていたな。わたしの苛々は募った。このひとも誤解している——おまえは横で黙々とスプーンを動かすだけで何も言わなかった。

「おれはあんな奴、自分の父親だと思っていませんから」

文子さんは悲しそうにかぶりを振り、「そんなことを言ってはいけないわ」と諭《さと》した。

「章生さんはいつも、あなたのことを一番に考えているのに——」

首筋が熱くなった。父を章生さんと呼んだ。血が逆流する音が聞こえた。わたしは我を忘れた。奥歯をキリリと噛み、口を開いた。

「本当に考えているなら、愛しているなら、子供を華燿亭なんかに連れてきません」

言ってしまった後、さすがに後悔した。文子さんはうなだれ、下を向いた。

文子さんは華燿亭にどっぷり浸かっている。主《あるじ》である先生に、身も心も委ねている。わたしは自分の愚かさと無力を恥じ、込み上げる怒りに全身が焼け焦げそうだった。水谷と文子さん。自分が心から敬い、愛する人間ふたりが揃いも揃って、あのバカな父親を擁護する——わたしは許されるなら父を、邦町章生を、この世から抹殺したかった。あの情けない男の血が、自分の中に流れていることが許せなかった。

文子さんは細い指を組み合わせ、暫し黙考しているようだったが、ふいにその美しい顔を上げてこう言ったのだよ。

「章生さんに頼まれたの」

なんのことか判らなかった。文子さんはたおやかに続けた。

「あなたを誘ったのは、章生さんのたっての希望なのよ」

言葉が出なかった。

「章生さんは、すべての責任は自分が被《かぶ》るから、満と一緒に食事をしてやって欲しい、あいつは母親の愛情に飢えている、とおっしゃってね。先生も大変な状況だから、こんなことが判ったらタダじゃ済まないわ」

文子さんは無理やり笑顔をつくった。計ったようにポケベルが鳴った。文子さんの黒革の高級バッグだ。ポケベルを取り出し、メッセージを読んだ途端、卵形の美しい顔から血の気が引いた。

「帰らなきゃ」

伝票を握り締めた。

「先生が怒ってらっしゃる」

うわごとのように言い、腰を上げようとした。瞳が泳いでいる。我を失っている。

「ぼくはいやだ！」

わたしは目を見張った。おまえがすっくと立ち上がり、顔を真っ赤にして文子さんを睨んでいた。

「ぼくは華燿亭に帰りたくない」

確かな意志を持った言葉に、わたしは胸が熱くなった。おまえは両手を握り締めて訴えた。

「このままどこかへ行こう」

そうだ。三人でどこかで暮らそう。新しい家族になって、遠くの街で平和に暮らそう。わたしは暗闇を貫くひと筋の光を見た思いだったよ。が、文子さんはあっさり首を振り、おまえの手首を摑んだ。怖い、夜叉《やしゃ》のような顔だった。文子さんの細い身体のどこにそんな力があったのだろう。抗《あらが》うおまえを引きずるように出ていった。わたしは深い絶望と諦観を抱えて後を追った。

18

多恵はベッドにうつ伏せになったまま、動かなかった。カーテンの透き間から陽の光が射し込んでいる。いったいどのくらい時間が経ったのだろう。ケータイが震えた。ジーンズのポケットから引っ張り出した。メールの着信だ。ぼんやりと液晶画面を眺めた。

「どうしました？　土壇場になって怖くなりましたか？　わたしたちはあなたが来ると信じています。どうか落胆させないでください。もう決めたではありませんか。ミロ、勇気をもって、一歩を踏み出すのです。わたしたちがついています。恐れるものはなにもありません」

そうか、今日は決行の日か。だが、なんの感慨もなかった。時計を見ると午前一〇時半。約束の時間より三〇分の遅れだ。さぞかしメロスは怒っていることだろう。多恵は「ゴメン、寝坊しました。すぐに行きます」と打ち、返信した。ひどく億劫だった。

甲州街道に面したＪＲ新宿駅南口は、サラリーマンや買い物客でごった返して、大変な賑わいだ。巨大なクリスタルのオブジェのようなデパートは、中でどんな楽しいことがあるのか、人の波が掃除機に吸い込まれる蟻の群れのように消えていく。

多恵はぶらぶら歩き、通行人に肩をぶつけては罵声を浴び、足を踏まれては顔をしかめた。はーっ、とため息を吐いた。晴れ上がった空はすっかり秋の色だ。

白の国産車は甲州街道を新宿御苑の方向へ百メートルほど下った路肩に停車していた。運転席と助手席に人影がある。多恵はフロントガラスを叩いた。運転席から若い男が出てきた。無精髭を生やした痩身の男だ。ブラックスーツに白のブランドシャツ。売れないミュージシャンのような佇まいは、メールから受けた印象と大して違和感はない。

「ミロ？」

声が裏返っている。驚いた表情でまじまじと見つめてきた。

「ごめんね、メロス」

笑顔で言った。メロスは慌てて首を振った。「とんでもないよ。遅刻くらい大したことじゃないさ」

「わたし、想像と違う？」

また首を振った。

「ずっと素敵だよ」

多恵はあごをしゃくった。

「紹介してよ」

ああ、とメロスは助手席のドアを開けた。のろのろと女性が出てきた。よれた長袖のポロシャツにデニムパンツを穿いた、太めの中年女性だ。眼に力が無く、パーマが緩んだ髪もボサボサだ。ぺこりと頭を下げ、そのまま突っ立っている。

「ハンドルネームはレイカさん。御主人の暴力に耐えかねて家を出てきたんだ」

多恵は両腕を組み、この無気力が服を着たような中年女性をまじまじと見た。

「あなた、子供は？」

メロスが慌てて間に入った。

「ふたり。小学生と中学生。男の子と女の子」

頭をかきながら説明した。

「ぜひ参加したいっていうから――」

ちょっと黙って。多恵はメロスの言葉を遮り、レイカの顔をのぞきこんだ。

「どうして死にたいんですか？」

レイカさんは緩慢な動作で眼をそらし、つまらないから、と呟いた。

「ミロ、きみと同じだよ」

メロスが余裕たっぷりに言った。

「きみだってさ、ひどい失恋で人生を踏み外して、それで自暴自棄になって、最後は自殺を決意したんだよね」

そうだ。不倫の上司から捨てられ、会社を辞め、水商売で手っ取り早く稼ぐ、砂を噛むような毎日。スナックから始まってクラブ、キャバクラ、ランパブ――店を転々とし、そのうち自殺ネットで知り合ったメロスとメールでやり取りするようになり、自殺を決めたのはほんの一カ月前だ。なのに、はるか昔の出来事に思えてしまう。不倫の上司など、顔も声も忘れてしまった。

白い乗用車のトランクには、打ち合わせした通り、七輪と練炭、それに目張り用のガムテープが入っているのだろう。場所は奥多摩《おくたま》か、それとも秩父《ちちぶ》か。用意周到なメロスのことだから、下見も済ませていると思う。

ペラペラと唾を飛ばして喋るメロスを眺めながら、この男はどうして死にたいのだろう、と思った。散々メールでやり取りしたはずなのに、すっかり忘れている。多恵の疑問を察したように、メロスは語った。

「おれだってガキの時分、親父の地獄のような虐待にあってさ。ずっと我慢してたけどナイフで刺して、つまんねえ施設に送り込まれて――」

そうだ、思い出した。中学生になって、父親を切りつけ半死半生の目に遭わせたメロスは一年後、矯正施設を出て家に戻って両親に無視され、爆発したのだ。両親は、体力に自信を持ち、攻撃的になったメロスが怖くてたまらなかったのだと思うが、メロスはすべてが気に食わず、暴れた。手強《てごわ》い家庭内暴力の出来上がりだ。ひきこもりと両親に暴力を振るう毎日に飽きたメロスは、どういう気まぐれか、仲間を募って自殺することにしたらしい。それにのったのが自分だ。

「メロス、ごめん」

頭を下げた。えっ、と凝視する。

「わたし、降りる。パスする。それを言いにきたんだ」

「なんだよ」

メロスが口を尖らせた。

「あんだけ話し合ってさ、納得して約束したじゃん。怖くなったのかよ。そんなの許さないよ」

眼が怖い光を放った。

「裏切りじゃんか」

右手をスーツの懐に差し入れた。父親をナイフで刺したメロス——眼を細め、酷薄そうな笑みを浮かべた。多恵は這い上がる恐怖に耐えた。ここで逃げたらダメだ。メロスは憎悪のすべてを自分に注ぎ、ストーキングするだろう。すべてがメチャクチャになってしまう。いや、ここで刺されるかも——

「そうだよね。裏切りだよね。酷いよね。メロスに殺されても仕方ないよね」

メロスは蛇のような眼でじっと見ている。

「わたし、卑怯だよね。でもね、メロス、死ぬことよりずっと大事なことがあるんだよ」

多恵は静かに語りかけた。

「それは大切なひとを守ること」

はあ、と首をかしげた。メロスの顔を覆う怒気が、風に吹かれた霧のように消えていく。

「どうしちゃったの?」

多恵は深く息を吸い、語った。

「好きなひとができたんだ」

言ってしまって、顔が赤くなるのが判った。

「だからメロスもさ、早く好きなひとを見つけたほうがいいって」

メロスが眉を寄せ、右手を引き抜いた。多恵は思わず身構えた。が、それは黒いサングラスだった。

「おれ、そんなに怖くないよ」

消え入りそうな声で言うと、サングラスをかけ、横を向いた。唇を引き結び、石のように押し黙る。多恵はレイカさんを見た。この感情の色が失せた中年女性はのっそりと背を向けた。重たそうな背中だ。

「レイカさんもさ、御主人のとこへ帰って対決しなきゃ。それでもダメなら警察に行きなさいよ。逃げたら子供たちがかわいそうだよ。子供は親を選べないんだからさ。お母さんがいなくなったら、子供たちが悲しむよ」

メロスは肩をすくめた。

「あーあ、せっかく準備したのに、イチ抜けかよ」

一転、晴れやかな声だった。

「ホントにごめんなさい」

行けよ、と犬を追い払うように手を振った。

「別の仲間を探すからさ」

メロスは素っ気なく言うと運転席に回り込み、素早く身を滑り込ませた。レイカさんも鈍重な動きで助手席に戻った。ドアが閉まる音がして、クルマは甲州街道を遠ざかっていった。

19

デパートから戻ったわたしたちを迎えたのは先生だった。玄関に仁王立ちになった先生は、眼を吊り上げ、唇を震わせ、スキンヘッドを這う太い血管がいまにもぶち切れそうだった。生ぬるいビル風が舞っていた。桜吹雪のなか、紺色の作務衣姿の先生が刃こぼれのした日本刀を握り締め、雪駄を鳴らして歩み寄ってくる姿は、さながら殴り込みの極道だよ。それを必死になって止めるのは、わたしの父だ。取り巻きの姿はもうなかったと思う。父はそれまでも散々殴られたらしく、顔を青黒く腫らしていたな。

「文子、おまえまでおれを裏切るのか！」

怒声を張り上げ、日本刀を振りかぶる先生の腰に痩せた貧相な父が食らいつき、「眞田先生、わたしが悪いのです。わたしの判断です。わたしに免じて許してください」と訴える姿は、それはそれで見物だったよ。巨大なゴリラに挑む、貧相な日本猿だ。

怒り狂う先生は、鮮やかな刀捌《さば》きで峰打ちを見舞い、父を悶絶させるや、文子さんを足蹴にし、わたしとおまえを柄《つか》の部分で殴り倒した。

先生は追い詰められていたのだよ。ここらで先生の錬金術について言及しようか。

ほら、五億のカネを元手に巨万の富を築いたという錬金術だよ。わたしは、すべてのカラクリを聞いている。誰からだと？　中野実だよ。赤羽でちっぽけなサラ金会社を経営していた、あの臆病者だ。縛り上げ、ナイフで顔を裂いたら、泣きながらすべて喋ってくれたよ。

錬金術は先生の特異なパーソナリティがなければ、とても成立しなかった。親から継いだ連れ込み宿の経営に失敗し、妻子に逃げられ、建物も土地も抵当に入れてしまった先生に眼をつけたのが、関西の広域暴力団だ。根が遊び好きでホラ吹きの苦労知らず。そんなボンボンの先生に言葉巧みに接近し、ビジネスをもちかけたんだな。

極道の世界は棲み分けが厳しい。いまはそれほどでもないが、当時、関東の極道組織は結託して関西勢の侵攻をくい止めていた。フロントと呼ばれる関係企業の経済活動こそあったものの、関西直系の組織が表立って動くことはなかった。バブル時代、沸き立つ首都・東京の狂乱を関西系は遠くから指をくわえて見ているしかなかったのだよ。

だが、極道の脳みそは大したものだ。悪知恵が閃いたのだな。どさくさまぎれにカネの洗浄をやっちまえ、と。つまり、闇の世界を流通する莫大なカネのマネーロンダリングだ。

その先兵となったのが水谷敏郎と松岡俊彦、中野実の三人だ。もっとも主役は頭脳明晰な水谷だ。一流商社を横領事件でクビになった水谷は、ワルの松岡、中野とつるみ、関西極道の舎弟分となった。水谷は有名大学で経済学を修めた男だから、そこらの極道とはひと味違う。つまり頭も行動もスマートなんだ。

水谷は先生をおだて上げ、休眠法人をひとつ与え、まず手初めに五億のカネを株や銀行預金に換えて洗浄した。ここで聡明な水谷は気づいたのだな。マネーロンダリングだけではもったいない、尊大でお調子者の先生を操って、バブルに浮かれた連中からとことん絞り取ってやれ、と。もちろん、関西の極道の肝煎《きもい》りだ。追加で十億、二十億を突っ込み、金融機関の信用を得た揚げ句、貸し出し競争を煽った。連れ込み宿も料亭に衣替えし、それなりの体裁を取り繕った。いくらなんでも、連れ込み宿のオヤジが〝カリスマ〟ではまずいだろう。

歌舞伎町の奥に凄い資産家にして神がかった占い師がいる、との噂は燎原の火のごとく駆け巡り、一躍バブルの寵児に祭り上げられた。金融機関の連中も、黄金の船に乗り遅れるな、とばかりに殺到し、門前市を成す盛況となった。ノリにノッた先生は水谷の指示で信用金庫の支店長と共謀して偽造の定期預金証書を作成、それを舞鶴銀行をはじめとする都市銀行にさし入れ、莫大な融資を得る、というウルトラCまで駆使してカネを吸い上げた。

最終的に二十以上の金融機関からなんと二兆円を借り入れ、すべては泡と消えた。

不動産も方々に所有していたが、資産価値は目減りし、二束三文でたたき売られた。結局、闇に消えたカネは六千億円にものぼるらしい。その殆どは関西の広域暴力団の懐に入ったのだよ。まったく、知れば知るほど凄いプロジェクトだ。金融機関を騙して、バブルの上澄みをきれいにさらっていったのだからな。頭が痺れてしまうよ。

　用済みとなった先生は遅かれ早かれ消される運命にあった。住吉のケースもある。バックは泣く子も黙る関西の広域暴力団だ。それ故、恐怖のあまりパニックに陥っていたのだろう。

　つまり、華燿亭事件がなかったとしても眞田伊織は殺されていたのだ。おまえにはあまりにも残酷な真相だと思うがね。

　さすがに疲れたな。根を詰めて書き過ぎたようだ。気晴らしに面白い話をしようか。おまえのその後だ。わたしの調査で得た事実だ。

　あの事件の後、おまえは山梨県甲府市の親戚に引き取られた。奨学金と新聞配達、農家の手伝いのバイトで高校を卒業し、東京消防庁に就職している。わたしは大笑いしたよ。あれほど愉快だったことはないな。炎に興奮するおまえが、よりによって消防士になっていたとはな。

　だが、格別驚くことじゃない。心理学者によれば放火犯と消防士は紙一重というじゃないか。FBIのプロファイリングでは、放火犯の素因の殆どは消防士とキレイに重なるらしい。どちらも炎が好きで好きでたまらないんだ。燃え盛る火事を前に心が沸き立ったことの無い消防士など皆無だよ。だからおまえの選択は、当然の帰結といえるだろう。

しかし、驚くべきこともあった。神の悪戯、いや、素敵な配慮としか思えないよ。三人組のひとり、中野実が赤羽駅前でサラ金会社を経営していたとは。おまえが所属する消防隊の管轄じゃないか。勇猛果敢で知られた〝消防の鬼〟にして放火魔の過去を持つおまえのことだ。先頭を切って現場に突っ込む、と確信したよ。

おまえの当番の夜を狙って、わたしは餌を撒いた。炎に包まれた中野実をメッセンジャーに仕立て上げた。

どうだ。しるしを見てくれただろう。あの醜い顔に刻んだしるしをさ。賢いおまえは、わたしのメッセージを正確に、一語の間違いもなく読み取ったと思う。この地球上でわたしとおまえのふたり以外、誰も知らないメッセージをさ。おまえが驚愕し、パニックに陥った姿が見えるようだ。しかし、この程度のことでショックを受けてもらっては困る。

そうだよ。わたしの復讐はまだ始まったばかりなのだから。

第四章　華燿亭事件

1

今日の多恵はどこか変だ。午後三時、代々木上原の部屋を訪ねると、「お疲れ」と無表情に言い、さっさとキッチンテーブルの椅子に腰を下ろす始末。しかも、あのチェーンスモーカーがタバコも喫わず、頬杖をつき、ぼんやり視線を宙に彷徨《さまよ》わせている。心ここにあらず、といった風だ。

太一は困惑を抱えたままテーブルを挟んで座り、ショルダーバッグの中から資料を取り出した。

「じゃあ、いいかな」

「なに？」

眼だけきょろりと動かして、生気の乏しい表情を向けてくる。ムッとした。

「多恵ちゃんが華燿亭のことを知りたいっていうからさあ。わざわざ資料を揃えてやってきたんだよ」

言いながら、どんどん腹が立ってくる。昼過ぎ、華燿亭の詳細が判った、と電話を入れたときもそうだ。あ、そう、でおしまいだった。あれだけ知りたがっていたのにその反応かよ、とムカついた。気まぐれな女とは承知しているが、それにしても酷すぎる。もっとも電話の最後、一方的に、じゃ、こっちきて説明してよ、と告げられたときは、正直な話、ホッとした。酸鼻を極める華燿亭事件は、ひとりで抱え込むには重すぎる。

太一はプリントアウトした資料の束をテーブルでトントンと揃えた。

「ぼくだって別に暇を持て余してるわけじゃないんだからさあ」

一応、拗《す》ねてみる。多恵は頬杖を外し、「オー、アイムソーリー」と肩をすくめた。

太一は背を丸め、声を潜めた。

「華燿亭ってさあ、すっごく怖い事件の舞台になったんだから」

「どれくらい?」

多恵がシレッと言った。拍子抜けした。

「もう、ビックリするくらい」

へーっ、そうなんだ、と多恵は応え、また中空を眺める。本当に関心がないのかも。

太一はそれでも気を取り直し、資料をめくった。事件の詳細を知れば、必ず眼を剝く

はず。恐ろしい殺人事件や失踪事件、傷害事件が頻発したバブル時代にあっても、極

めつきの大事件なのだから。

「まず、華燿亭があった場所なんだけど――」

ちょっと待って、と多恵が遮った。

「あいつも来るから」

あいつ？

「ほら、英次よお」

チッ、と舌打ちが出てしまった。

「仲間なんだからさあ、一緒にミーティングしなきゃ」

言葉が終わらないうちにインタホンが鳴った。多恵が、よいしょ、と両手をテーブルについて腰を上げた。鉛の板を背負ったような緩慢な動きだ。やっぱりどこかおかしい。

英次は今日も不機嫌そうだ。浅黒い頬をゆがめて多恵を、そして太一を睨み、芥子色のソファにどすんと座った。長い脚を高々と組み、タバコに火をつける。嫌みなヤツ、と内心で毒づき、資料に眼をやりながら語った。

「そもそも華燿亭は――」

「待てよ」

今度は英次だ。なんだよもおー、と頬を膨らませ、太一は資料をテーブルに投げ捨てた。

　英次はタバコを指に挟み、眼をすがめた。

「電話で多恵から聞いたが、その華燿亭ってのは放火事件と関係あるのか?」

　いや、それは――

「ありあり、大ありなのよ」

　多恵が一転、笑顔で言った。

「もう、すんごい驚愕の事実ってやつを後で教えてやるからさ。まずは説明聞こうよ」

　驚愕の事実? 　なんだそれ。が、多恵は、はやくはやく、と急《せ》き立てるばかり。一気に躁状態に入ったようだ。英次も険しい表情であごをしゃくる。わけが判らないまま、資料を取り上げた。

「華燿亭は歌舞伎町の奥にあった料亭のことでね。いまは影も形もないけど、あのバブル経済の時代に――」

　語りながら、身体が火照ってくるのを感じた。十六年前の、自分がリアルタイムで体験していない事件なのに、燃え盛る炎と惨たらしい焼死体が見えるようだ。

　眞田伊織なる料亭の主人が株価の高騰とともに登場、一日に数十億円のカネを動かして世間の度肝を抜き、付いた異名が「歌舞伎町の天才相場師」「謎の料亭怪人」「ネオン街のスキンヘッド帝王」――

銀行マンや証券マンが多数日参し、みすぼらしい料亭が連日連夜、大変な賑わいを見せ、札束が飛び交った。眞田は土地やビルを買い漁り、十階建ての大型マンション一棟丸ごと購入し、話題になったことも。ハワイの超高級リゾートホテルのオーナーに納まったときは週刊誌、テレビまで賑わした。夜は取り巻きを引き連れて銀座や六本木で遊び狂い、女の尻を追っかけ回した。大変な艶福家で愛人は数知れず。高級外車やマンションを贈ってモノにした女もいるとか。銀座の高級クラブでも大モテで、十指に余る店に現金一千万ずつ預けて豪快に遊んだというから、いやはやホントに羨ましい――

「で、事件が起こったのよねえ」

太一の熱気を冷ますように、多恵が口を挟んだ。

「こわーい事件でしょう」

真剣な眼を向けてくる。太一は空咳を吐き、重々しく続けた。

「それは一九九〇年四月五日の木曜日に起こったんだ。株価が急落し、バブルが崩壊し始めた時期だ。その夜、歌舞伎町の空は血を吸ったように赤く染まったらしい」

沈黙が流れた。

「そのスキンヘッドは――」

英次が怖い顔で言った。

「殺されたんだろう」

　ドキッとした。知ってたのか？　太一は虚をつかれ、まじまじと見つめた。英次は短くなったタバコを灰皿で押し潰しながら語った。

「うさん臭いバブル紳士が夜の街で大っぴらに札束を切ってたんだ。しかも歌舞伎町の住人だろう。殺されなきゃおかしいって」

太一はほっと胸を撫で下ろし、余裕たっぷりに首を振った。

「そんな単純な話じゃないよ」

英次は眉を吊り上げ、「もったいぶらずに話せ」と凄んできた。まあまあ、と片手を振ってなだめた。

「夜中の零時近く、火の手が上がったんだ。古い木造建築だからよく燃えてね。みるみる炎が舞い上がり、天を焦がし、わずか二時間で全焼だよ。駆けつけた消防車は狭い入り組んだ路地と、ウンカのごとく押し寄せる野次馬に遮られ、ほとんどなす術《すべ》がなかったらしい。そして焼け跡には――」

ゴクリと生唾を飲み込む音がした。英次だ。顔がこわばっている。太一は乾いた唇を舐めて語った。

「死体がふたつ、転がっていたんだ。半分、炭化してしまった焼死体だ」

ふたつ？　英次が怪訝な表情だ。

「そう、ふたつ。眞田と女だ」

言った後、太一は大きく嘆息して呟いた。

「凄い事件なんだ」

本当に凄い。こめかみが熱くなってくる。

「眞田が日本刀で女を斬り殺してね。女は宮村文子、三十五歳。元キャバレーのホステスで、内縁の妻だったらしい」

「じゃあ、無理心中か？」

英次が身を乗り出してくる。

「違うよ。眞田も刺し殺されてるんだから、包丁で」

えっ、と絶句し、顔にみるみる困惑が広がった。多恵は――腕を組み、平然としている。どうしたんだろう。ビックリしないんだろうか。

「そうか、ヤクザだな」

得心顔で英次が言った。

「ヤクザにミカジメを払わなかったから、女もろとも殺され、火をつけられたんだ」

ぷっ、と吹いてしまった。単純すぎる。

「このやろう」

オールバックの付け根まで赤く染めた憤怒の形相だ。

「おれは真剣なんだ」

腰を浮かす英次に、ゴメン、悪気はなかったんだ、と謝り、太一は語った。

「焼け落ちた現場に男がいてさ。邦町章生、四十五歳。華燿亭の経理を担当していた男だけど――」

ふたりともじっと聞き入っている。気分がいい。

「その邦町が、血に塗れた包丁を片手につっ立っていたんだ」

英次が喘ぐように口を開いた。

「じゃあ、そいつが眞田を殺したんだ」

太一は大きくうなずいた。

「邦町章生は宮村文子のことが好きだったんだ。邦町の証言によれば、あの夜の情景はこうだ。まず、株価の暴落で錯乱した眞田伊織が宮村文子を日本刀で斬り殺した。その現場を見た邦町が激怒し、眞田を包丁で刺し殺した、と」

「三角関係のもつれってやつか」

「そういうことになるね。とんでもない憎悪の跡があったから」

憎悪の跡？　と呟き、英次が息を詰める。太一は指先で己の唇の右端から耳許まですーっと線を引いた。こうやってさ――左も同じように指先を走らせる。

「口が大きく切り裂かれてたんだよ」

英次の浅黒い肌から血の気が失せた。蒼白の顔で、マジかよ、と呻いた。多恵は唇を引き結び、中空を眺めている。感情のうかがえない氷のような表情だ。太一は落胆して続けた。

「それだけ邦町の怒りは大きかったんだ。死体を傷つけるほどに、ね」

ごくりと喉を鳴らし、英次が言った。

「火をつけたのも邦町か？」

「まあ、警察での取り調べではそう供述しているけどさ」

言葉を濁した。英次が訝しげに眉根を寄せた。

「なんだよ。はっきりしないのか？」

太一はそっと多恵を見た。早く話せ、とばかりに目配せしてくる。やっぱり知っているのだろうか。太一は深まるばかりの当惑を抱えながら、邦町章生が五日後、新宿警察署内の留置施設で首を吊り命を絶った、と告げた。

「どうして」

英次の声が上ずっている。

「愛する女が死んで絶望したんじゃないかなあ。人殺しになった自分にも絶望しただろうし。タオルを裂いて紐にして、ドアのノブに引っかけて首を吊ったらしいよ」

「ねえ、太一くん」

多恵だ。表情に冥いものがある。

「バブルとも関係あるんじゃないの」

さりげなく振ってきた。やっぱりこの女はなにか知っている。

「まあ、そういう説もあるけどね」

平静を装って応えた。

「どうもさあ。判らないことが多い事件なんだよ」

資料をめくった。

「結局、眞田伊織は金融機関からあの手この手で二兆円ものカネを引っ張ってんだけどね」

にちょうえん、と英次が絶句する声が聞こえた。

「狂乱のバブル時代だからなんでもありだよ。ところが事件後、眞田に目ぼしい財産はもちろん、現金もほとんどなくてね。結局、眞田が豪快に蕩尽《とうじん》した分とか不動産、宝石、刀剣類を買い漁ったカネ等、その他、株、資産の目減り分を差し引いても莫大なカネが行方不明なんだ」

「どれくらいだよ」

声がかすれている。

「少なく見積もって六千億円」

英次は呆然としている。言葉が出ないらしい。

「邦町はそういう、とんでもないカネの流れを知っていたから、留置施設で密かに消されたっていう話も流布しているんだ」

「消されたって、誰によ」

今度は多恵だ。テーブルに肘をつき、にじり寄ってくる。一転、挑むような表情だ。

太一は自信たっぷりに応えた。

「だからさあ。これは元銀行マンのぼくの意見も加味しての推理なんだけどね。この莫大なカネを生み出した錬金術は、眞田ひとりじゃ無理だよ」

「どうして？」

多恵が小首をかしげる。

「だって、巧妙すぎるもの。信用金庫の預金証書を偽造して大銀行の融資の担保にするとか、莫大な現金をちらつかせて多くの金融機関を巻き込み、融資競争を煽り立てるとか、金融機関の個別情報を遮断して互いを競い合わせるとか、優秀な指南役がいたとしか思えないよ」

「さっすがー、元エリート銀行マン」

多恵が白い歯をみせた。とても気分がいい。太一は続けた。

「全てを知る邦町章生を消せ、と闇社会から留置施設に刺客が差し向けられてさ、それで殺されたんじゃないかな」

「がっかり」

　多恵が肩を落とした。

「そんなこと、あるわけないじゃん。しょうもない映画とかミステリー小説の読みすぎだよ。刺客がどうやって警察署の中に入るのよ。透明人間にでもなったの？　いくらなんでもリアリティ、なさすぎ」

　焦った。

「いや、でもさあ。大銀行の融資課長だって行方不明になってるし――」

　言いながら背筋が寒くなった。コワーイ、と多恵が肩をすぼめ、両腕で上半身をかき抱いて震える真似をする。この女はいったい――

「じゃあ、死人が三人に行方不明ひとり、か」

　沈んだ英次の声がした。両手を組み、テーブルを見つめている。太一はうなずいた。

「二月末に舞鶴銀行の融資課長、住吉純一が姿を消して、今日まで行方知れずなんだ。住吉はバブル時代にのしてきた剛腕銀行マンで、華燿亭に住み込んで二千億を超えるカネを融資したという、生きながら伝説になってしまった男だよ。女とかカネとか、凄すぎるエピソードは山ほどあるけど、まあ行方不明になっても誰も驚かなかった、っていうのが一番のエピソードかな」

「面白い。座布団一枚」

多恵が屈託なく笑い、英次は陰鬱な表情で押し黙っている。はー、とため息を漏らし、太一は椅子にもたれた。ひどく疲れた。

「はいっ、質問」

多恵が元気よく右手を挙げた。

「どうぞー」

力なく応えた。

「バブル経済ってなんですか？」

ガクッとした。

「そんなの常識でしょう」

頭をガリガリかいた。多恵が頬を膨らませ、一気にまくしたてた。

「なによー、エリート銀行マンにとっては常識かもしれないけど、わたしにとっては小学生になるかならないかの頃の話なんだよ。そんなの、知るわけないじゃん。景気が死ぬほどよかったとか聞いてるけど、なんで景気がバカみたいによくなったのか、ぜーんぜんわかんない。ずーっと不景気とリストラと倒産と大量自殺の時代を生きてきたわたしたちの世代で、知ってる方が珍しいって」

言われてみればたしかにそうだ。太一はバブルの成り立ちを頭で整理し、嚙んで含めるように説明した。

八五年九月、ニューヨークのプラザホテルに先進五カ国の大蔵大臣と中央銀行総裁が集まり、いわゆるプラザ合意が採択された。

当時、世界経済の中で円はその実力に比べ、過小評価されていた。一方、アメリカは不況のどん底にあった。強い日本に脅威を感じた欧米の指導者たちは、自分たちの通貨・貿易競争力の強化を目論み、そこで弾き出された結論がドル安円高への転換だ。日本は欧米諸国の圧力に屈し、戦後の高度成長を支えてきた輸出至上主義を捨てた。ドル安円高への方向転換を受け入れ、内需拡大のための国内市場活性化を各国に約束した。それがプラザ合意である、と。

判ってくれただろうか?

「つまりさあ」

多恵がつまらなそうに言った。

「ちっぽけな島国の貧弱なイエローモンキーが調子こいてデカイ面してるから、懲《こ》らしめてやれっ、てことでしょう。世界を支配する白人たちが団結してスクラムを組んだわけだ」

いや、そんな乱暴な言い方を、はい、そうです、と認めるわけには——

「そのプラザ合意っての、どこが悪いんだ?」

英次だ。

「偉そうな白人連中がつるんで、合意をもちかけたおかげで日本は景気がよくなったんだろう」

これまた直截《ちょくせつ》すぎる物言いだ。

「それはまあ、そうだけど――」

素人はこれだから困る。日本国の社会経済構造の歴史的大転換点といわれるプラザ合意を、こんなに単純な言葉で表すとは、無知にもほどがある。太一は気を取り直して語った。

「景気がよくなったといっても、強引すぎる政府の方針が生み出したものでね。当時の中曽根内閣は内需拡大の名目のもと〝民活〟の大号令とともに旧国鉄の蒲田《かまた》駅貨物基地跡地をはじめとする国公有地を次々に売り出してしまった。不動産市場は未曽有の活況に沸き、土地の値段は天井知らずで上昇したんだ」

「なるほどねえ」

多恵が感心している。

「日本がこれまで経験したことのない、異常な好景気が到来したわけか」

「そうだよ。それがバブルだ。どんどん膨らんで、いつかは破裂する運命にあったんだ」

心が弾んだ。無知な素人が納得してくれたことが無性に嬉しかった。

「だからさあ、バブル期は普通じゃ考えられないことが次々に起こってホント、大変だったんだから」

「例えば？」

多恵が期待に瞳を輝かせて問う。太一は立て板に水で応える。

「例えば、ひと株百十九万円で売り出したＮＴＴ株には千九十五万人が殺到し、当選者は百六十五万人と、六倍を超える倍率を記録しているんだ」

「日本中がお金持ちだったんだ」

「マンションの販売も凄くてさ。江東区では約三百戸の分譲に三万八千五百人が応募したケースもあるんだ」

「ここがおかしいんじゃないのか」

英次がこめかみを指で叩いた。

「おれには集団ヒステリーとしか思えないね」

「それがバブルだよ。二十代のサラリーマンが投資用ワンルームマンションの家賃収入で銀行ローンを払い、そのマンションを担保に次々に買い増しして、十戸以上のオーナーになったケースもある。銀行は幾らでも融資したからね」

「そいつはどうなった？」

「バブル崩壊で億単位の借金を背負って破産だよ。マンションの担保価値も家賃も下がり、入居者もいなくなるから当然だ。景気が右肩上がりを続けなきゃ成り立たないビジネスだもんね」

英次はむっつりと黙り込んでいる。何か気になることでもあるのだろうか？　だが、太一は勢いのまま続けた。あの当時のことなら幾らでも語れる。

「街のお蕎麦《そば》屋さんでさあ。老夫婦だったんだけど、猫の額ほどの土地に五億の売却金が入るというので、前受け金と銀行融資で郊外に賃貸マンションを建てたんだ。老後の生活のために、ね。ところがバブルの崩壊で地上げ屋は残金を払わずに逃げ、老父婦は全財産を失って破産し、住み慣れた街を去った、そんな悲惨な事例もあるんだ」

英次の眼が光った。

「おまえ、どうしてそんなに詳しいんだよ」

言葉に詰まった。こいつ、案外鋭いかも。

「銀行マンだから当然だといっても、おまえだってガキの時分の話だろう。少し詳し過ぎないか？」

表情に疑念の色がある。太一は眼を伏せ、「大学のゼミで日本の戦後経済を学んだんだ。卒論のタイトルが『バブルの誕生とその崩壊』。だから、大まかなデータとか事件とか、全部頭に入っちゃってんだ。もちろん華燿亭事件も」と語った。

納得したのかしないのか、英次はあごをしごいている。

ずいっと多恵が顔を寄せてきた。

「ねえ、もっと面白い話はないの？　バブルらしいとってもお間抜けな話」

瞳がキラキラしている。興味津々だ。期待に応えなくては。あれこれ頭を巡らし、よし、とテーブルの下で拳を握った。

「千葉市の郊外に、とんでもない住宅地が出現してね。すっごく高価な一戸建て」

「どのくらい？」

「五億から十五億」

どっひぇー、と驚いている。気分がいい。

「バブル全盛期の八九年に五十戸近く売り出しているんだ。マスコミでは『チバリーヒルズ』とネーミングして、大きな話題を呼んでさ。一躍観光名所になったんだから」

多恵は大きくかぶりを振った。

「いくら豪華なチバリーヒルズでも、都心から遠く離れた郊外で十五億なんて、売れるわけないじゃん」

「まあ、バブル崩壊が重なったから、半分が売れ残ったけど、一年早ければ完売してたと思うよ」

チクショウ！　英次が拳を掌に打ちつけた。「おれもその時代に生まれてたら、大儲けしてたのになあ」

　顔を紅潮させてとても無念そうだ。太一はチッチッと舌を鳴らし、指を振った。

「無理無理」

　なにーっ、と睨んでくる。

「だってさあ。九十九パーセントの人間が未来永劫、好景気が続くと思ってるんだよ。経済の専門家も政府の人間も眼を血走らせて、ジャパンアズナンバーワン、って叫んでたんだ。野心だけで突っ走ったら、ババ摑んで沈没だよ。莫大な負債を背負ってさ。だから、遅れて生まれたことを親に感謝しなさい」

　てめえ！　英次が立ち上がった。ひっ、と身を引いた。ヤバイ。キレている。多恵ちゃん——しらけた顔で口を開いた。

「結局、総量規制ってのがバブルにとどめを刺したんだよね」

　総量規制——どうしてこの女が？　疑問を差し挟む間もなく、カラーボックスから茶色の封筒を抜き出した。Ｂ４サイズの大きな封筒だ。

「手紙があるんだ。十七通」

　大封筒を逆さにした。バサバサと便箋が落ちる。

「一通ずつクリップで留めといた。番号もふってある」

「番号って？」

太一の問いに「届いた順番に決まってるじゃない」バーカ、と後に続きそうな口調で応えた。

届いた順番って、そもそも誰から誰宛に届いた手紙なんだ？　そういう基本的なデータをすっ飛ばして、わけのわからない手紙を持ち出すとは、非常識にも——

「不気味な手紙だな」

英次だ。便箋を手に取って深刻な表情だ。思わず横からのぞき込んだ。縦書きの便箋に、流麗な万年筆の文字が記してある。息を詰めて読んだ。


おぼえているだろうか。おまえに初めて会ったのは、ヘルベルト・フォン・カラヤンが亡くなった夏、一九八九年のことだ。天空で白銀色の太陽がジリジリと燃える、うだるような昼下がりだった。

新宿駅東口から向かった歌舞伎町は臭く、騒々しく、靄《もや》がかかったようにくすんでいた。ビルの谷間、アスファルトの溶けた路地を巡り、ラブホテルが無数にある街を歩いた。目指す料亭の名前は『華燿亭《かようてい》』。——


頭が真っ白になった。疑問符が百個くらい点滅し、出た言葉は「もしかして、華燿亭の関係者？」という間抜けなものだった。

多恵の唇が動いた。

「邦町満から届いた手紙なの」

邦町――どっかで聞いたぞ。ダメだ。脳みそがフリーズしている。そうだ、資料だ。華燿亭事件だ。震える手でめくった。あった。邦町章生の名前があった。瞬間、フリーズが解けた。眞田伊織を包丁で刺し殺し、警察署で首を吊った男だ。顔を上げた。

「その邦町満って、もしかして」

多恵はうなずいた。「そう、邦町章生のひとり息子」

言葉が出ない。なんか、とんでもない話が始まりそうだ。

「そして、手紙は遊佐京平に宛てたもの」

元消防士の遊佐にどうして？　多恵が哀しそうにかぶりを振った。

「遊佐は宮村文子の息子なの」

理解するまで五秒かかった。眞田に日本刀で斬り殺された宮村文子と、眞田を刺し殺して火をつけ、最期は自死した邦町章生。そのふたりの息子、遊佐京平と邦町満――大きく息を吸い、酸素を脳みそに送り込んだ。少し回り始めた。

「じゃあ、ふたりは……」

書いてある、とか細い声がした。

「ここに出会いの場面が書いてある」

英次だ。食いつきそうな形相で手紙を読んでいる。手紙——華耀亭の——

「ぼくにも読ませろ」

身を乗り出した瞬間、視界に火花が散った。肘でこめかみを殴られ、尻餅をついた。

「おとなしくしてろ。読んだら回すから」

英次が視線を動かさずに言った。

「文子さんはねえ」

多恵だ。瞳が潤んでいる。口に手を当てた。いまにも泣きそうだ。

「遊佐のお母さんは、すっごく可哀想なの」

えっ、と声が出た。

「どういうこと？」

多恵は眼をギュッと閉じ、嗚咽した。あの気の強い女が泣いている。空気がずっしりと重くなった。

目の前に便箋がひらりと舞ってきた。英次が読み終わった一枚目だ。ひっつかみ、文字を追う。読みながら、十六年前、歌舞伎町にあったという華耀亭に足を踏み入れた。暗い、陰気な木造の二階家だ。青緑色の池とガマガエルの石像。色鮮やかな錦鯉がゆったりと泳いでいる。遊佐京平、おまえは十二歳だった。奥から、陽気な歌声や笑い声が聞こえてくる。宴会でもやっているのだろうか——

2

歌舞伎町のビル火災は凄かった。まさか三十五人も死ぬとは思わなかったよ。だが、罪悪感は徽塵もない。松岡俊彦は殺さなければならなかった。後は知らない。わたしの関知するところではない。どうか、これを弁明の手紙と受け取って欲しくない。この眼で見た事実のみを記す——これこそがペンを執る前、わたしが己に課した唯一の約束、良心なのだから。どうだ、下手なジャーナリスト顔負けの矜持だろう。

そうだ。事実だ。華燿亭の惨劇だ。あれは三角関係のもつれなどと報道されたが、おまえも知ってのとおり、すべて真っ赤なウソだ。偽りだ。

あの夜の出来事を忠実に、正確に、わたしが見たままに再現してみよう。

四月五日の夜中零時近かったと思う。開け放った窓から温《ぬる》い風が吹き込む、春の夜だった。父はいつものように飲みに出ていた。わたしは一階の北にある湿っぽい納戸のような部屋でひとり、文庫本を読んでいた。ウィリアム・フォークナーの短編集だ。アメリカ南部を舞台に、ひとを殺す話ばかりを収めた本だ。

虐《しいた》げられた黒人の、こんな独白にわたしは胸を塞がれる思いだった。

「白人はおれんところの台所をうろついたってかまわねえんだよ。白人は勝手におれの家にはいってきても、おれはそいつをとめることもできねえんだ。白人がおれのうちにはいってきてえと思うが最後、おれは家なんか持たねえとおんなじこった」（新潮文庫『フォークナー短編集』所収「あの夕陽」より）

まるで先生と華燿亭の住人の関係だ。酷薄な主人と哀れな奴隷だ。この屋敷に、先生の行動を阻止できる者はだれもいない。文庫本を読みながら、気持ちがすっかり滅入ってしまった。そのときだよ。あれが聞こえたのは。

わたしは文庫本を閉じ、耳を澄ました。悲鳴だ。それも女の。文子さん？――心臓がドクン、ドクンと鳴った。わたしはドアを開け、蛍光灯が灯る廊下を走った。屋敷の中央を貫く、ばかでかい廊下だ。

住み込みの使用人は狂気に冒された先生を恐れて、全員が退散していた。己の荒い足音だけが響き渡った。悲鳴が消えた。代わりに男の怒声が聞こえる。肉を叩きつけるような重い音と、身も凍る絶叫が重なった。

観音扉を押し開け、お告げの間に駆け込んだ。すべてがパタリと止んだ。なにも聞こえない。まるでこの世の音が蒸発したみたいだった。壁を探ってスイッチをひねる。蛍光灯の明かりが広がった。怖い静寂が満ちた。しんとしている。誰もいない。染み付いたお香のかおりが鼻孔を刺した。金甌無欠、の墨書がなにかの呪文のようだ。わたしは闇夜のジャングルに潜《ひそ》むジャガーのように耳を澄ました。鼓膜が微かな音を拾った。ヒュウヒュウ、と下手くそな口笛に似た音だ。左横の壁だ。プライベートルームに続く、樫板のドアだ。

わたしはそっと歩み寄り、ドアノブを摑んで引いた。呆気なく開き、むおっと温気《うんき》が頰を撫でた。生臭い臭いに顔をしかめた。オレンジの就寝灯の下、大きなベッドが鎮座している。黒いキングサイズのベッドだ。何かが垂れている。ほの暗い明かりに照らされたそれは――血だ。鮮血が白いベッドを黒く濡らしていた。

そして、おまえだ。背中を向けて立つおまえは肩を上下させ、荒い息を吐いていた。ベッドの下にひとが倒れていた。うつ伏せの全裸だ。顔が横を向いている。わたしの心臓はいまにも破裂するかと思った。それは美しいマネキン人形のような文子さんじゃないか。首を背後からぱっくり切られ、流れ出た血が毛足の長い絨毯を濡らしていた。丸く剝いた眼には膜がかかり、肌は滑らかな陶器のようだ。文子さんは死んでいた。指先から震えが這い上がっていく。わたしはその場にへたり込みそうになった。

ヒュウヒュウ、と下手くそな口笛が鳴っている。先生だ。こっちも素っ裸だ。部屋の隅にペタンと腰を落とし、右手で拝む格好をしている。脂肪のたっぷりついた巨体は煮崩れた餅のようだ。醜い太鼓腹に縦長の裂け目が見えた。刃物で抉《えぐ》られた跡だ。呼吸の度に腹が膨らみ、泡混じりの血が流れた。傍らに日本刀が転がっている。鞘《さや》を払った、抜き身の日本刀だ。そのとき、白刃がギラリと光ったのをおぼえているよ。

「こいつがお母さんを——」

おまえは包丁を握り締めて泣いた。涙が後から後から溢れ、頬を、あごを濡らした。

「お母さんを殺したんだ」

悲痛な声がわたしを打ちのめした。口笛が高く鳴った。先生が右手で拝み、左手で喉を押さえていた。その指の間からも血がこんこんと湧いている。呼吸にあわせて喉がヒュルヒュルと鳴った。血走った眼がピンポン玉のようだ。

「おれ、こいつを殺そうと忍び込んだのに」

おまえは血のついた包丁を振り上げた。そして悪鬼の形相で吠えた。

「お母さんが間に入って——」

文子さんは眞田のしもべだ。身体を張っておまえを止めたのだろう。

わたしは強ばった舌を動かした。

「先生が日本刀を振り回したのか」

我ながらぞっとする冷静な声だった。おまえはうなずいた。ほの暗い閨《ねや》に忍び込まれ、錯乱した先生。迫る破滅と組織に消される恐怖で、先生は半分狂っていた。そして包丁を握るおまえの殺意に慄《ふる》え、狂気が爆発した。手許の日本刀を振り回し、勢い余って文子さんを斬り殺した。

激怒と絶望がおまえの全身を貫き、背中を張り飛ばした。おまえは包丁を握り締めて突進し、日本刀をかい潜った。身体ごとぶつけ、腹を抉った。うずくまった眞田にのしかかり、喉をかっ切った。わたしにはその恐ろしい姿が、一本のフィルムになって鮮やかに見えたよ。あれは文子さんの仕業なんだろうか？　死にきれない文子さんの魂がわたしに見せたのだろうか？　いまでも判らないんだ。

わたしは凄惨な光景に慄然とし、決意を固めた。いったん決めてしまうと、恐怖が消え、心は深い海の底のように静かになった。おまえは呟いた。

「こいつさえ死ねばおれたちは――」

後は言葉にならなかった。おまえは顔をクシャクシャにして、足を踏み出した。わたしは包丁をもぎとり、突き飛ばした。おまえは呆気なく尻餅をついた。

「おれがとどめを刺してやる」

おまえは困惑の表情をみせた。わたしは静かに語った。

「文子さんの復讐だ」

おまえは顔をゆがめ、おれだって、と立ち上がった。蹴飛ばした。おまえは木偶《でく》のように転がった。わたしは仁王立ちになり、「ひと殺しはおれだけでたくさんだ」と怒鳴った。それは己を鼓舞する絶叫だった。

先生は涙眼で、弱々しく首を振った。オレンジの就寝灯の下、大量の失血で上半身は黒いペンキを被ったようだった。もう、半ば死んでいたと思う。しかし、わたしは容赦しなかった。熱い、茹で上がったスキンヘッドを左手で摑み、逆手に握った包丁を斜めに突き入れた。首筋に深々と突き刺さり、刃の三分の二が埋没した。肉を裂き、骨に当たる、鈍い手応えがあった。グエッエーッ、とガマガエルを踏み潰したような絶叫が迸《ほとばし》った。先生は紫色の舌を突き出し、大きく痙攣して絶命した。巨体が横倒しになり、包丁がズルリと湿った音とともに抜けた。

わたしは陸《おか》に打ち上げられたゾウアザラシのような先生の死体に跨がり、包丁を構え直した。おまえは——用意していたペットボトルをせっせと振った。ガソリンを撒き、火をつけるばかりにした。

「満、用意できたよ」

震える声で告げたおまえに、待ってろ、と言い置き、包丁を使った。唇に刃先を当て、まず右頬を切り上げた。おまえはのぞき込んできた。真っ青な、幽霊のような顔だった。

「なにをしてるの？」

小声で訊いてきた。

「しるしをつけているのさ。おれとおまえの憎悪のしるしを」

おまえは納得し、破顔した。わたしは左頬を一気に切り上げた。そのとき、「みつる！」と悲痛なおまえの声がした。

息を詰めて凝視するおまえの視線の先に背の高い中年男がいた。邦町章生だ。暗い就寝灯に照らされ、呆然と見ていた。わたしは立ち上がり、血にまみれた包丁を突きつけた。

「おれがやったんだ。先生を殺してやった」

父は感情の失せた表情を向けてきた。どうして、と唇が動いた。安酒が臭った。胸がムカついた。脳みそが音をたてて沸騰した。

「文子さんの復讐さ。先生は、この豚野郎は文子さんを斬り殺した」

国宝級の日本刀を蹴飛ばした。

「だから刺し殺してやったよ」

わたしはよどみなく語った。誇らしかった。弱虫の父には絶対できないことだ。この酒浸りのろくでなし野郎。わたしは眉根を寄せた。奴隷に成り下がりやがって。侮蔑を込めて睨んだ。今夜で父ともお別れだ。わたしは光輝く自由の入り口に立っていた。

あの夜、わたしは激情の赴くまま、父を殺すつもりだった。ついでだ、奴隷のあんたもこの世から消してやる——父は貧相な、痩せこけた顔をへし曲げた。

「また火をつけるのか」

自宅に火をつけ、全焼させた息子に、父は哀れみの視線を据えた。

「そうだよ」

わたしは平然と応えた。炎がすべてを焼き尽くす。わたしの股間は膨らみ、猛った。父はゆらりと動いた。歩み寄ってくる。血に濡れた包丁も恐れず——なんだ？　あっ、と思う間もなく左腕が伸びた。包丁を握った手首を摑み、右の拳を突き入れてきた。頭の芯まで響く強烈なパンチだった。わたしは後ろへ吹っ飛び、転がった。包丁は父の手にあった。

「行け」

父は包丁を大きく振った。黒い滴《しずく》が飛んだ。

「ここはおれにまかせて、おまえたちは消えろ」

わたしの激情はどこかへ消えてしまった。座り込んだまま動けなかった。

「満、行こう」

わたしはおまえに手を引かれて立ち上がった。そして、開け放たれたドアへと向かった。瞬間、背中にビリッと電気が疾った。わたしは振り返った。予想もしない光景に絶句し、頭が痺れた。

父が屈み込んでいた。文子さんを抱き、肩を震わせて泣いていた。それは一幅の宗教画のようだった。わたしはおまえに促され、歩を進めた。

血なまぐさい殺戮の部屋を後にしたわたしは、不思議な浮遊感の中で歩いたのを記憶している。まるで夢遊病者のようだった。すぐに炎が上がり、屋敷が燃えた。ゴッと酸素を食らう音がした。春の風に煽られ、巨大な炎が舞い上がった。わたしたちは押し寄せる野次馬に紛れて華燿亭を抜け出した。火の粉が散り、幾つものサイレン音が聞こえる。歓声も怒声も聞こえる。あの夜、歌舞伎町の空は真っ赤に染まって見えた。

おまえは呆然と見上げていた。わたしも同じだ。ふたりして、華燿亭の巨大な炎を眺めた。美しかった。時折、バリンッ、と柱の折れる音がした。屋根の落ちる重い音も響いた。炎の高さは二十メートルくらいあった。この世の光景とは思えなかった。

わたしには判る。十二歳のおまえの眼に映ったものだ。火の鳥だろう。炎の中から再生し、雄々しく羽ばたくフェニックスだ。

しかし、わたしの心は冷たく凍った地の底にあった。文子さんを抱いてさめざめと泣く父の姿が、重く、鉛の塊のようにのしかかっていたのだよ。

3

部屋に薄闇が入り込んでいた。英次は両手で頭を抱え、太一は便箋を手にがっくりとうなだれている。ふたりとも微動だにしない。まるで彫像だ。

多恵は椅子から立ち上がり、壁のスイッチを入れた。明かりが灯り、ソファの英次が顔を上げた。英次は眩しさに眉をひそめ、次いで多恵を凝視してきた。すがるような表情だ。無理もない。放火犯人の生々しい告白と、元消防士遊佐との因縁に、頭は混乱の極みにあるのだろう。しかし、自分が受けたショックに比べればまだマシだ。なぜなら——

「この手紙、遊佐から？」

英次は、顔に似合わない、か細い声を漏らした。

「そう、全部、読んでいいって」

英次は唇を噛み、信じられない、とばかりにかぶりを振った。

「赤羽の放火事件直後から届き始めてね。消印によれば、三十五人が亡くなった歌舞伎町の大火災の後十六、十七通目が届いて終わったみたい」

多恵はテーブルに手を伸ばし、タバコを探った。が、すぐに無いことに気づき、五本の指を空しく閉じた。

「遊佐は——」

英次が虚空を睨み、呟いた。言おうか言うまいか、迷っている。

「言いなさいよ」

「遊佐は自分の母親が斬り殺されるのを見たんだな」

胸が痛んだ。多恵は堪《たま》らず下を向いた。英次が続けた。

「あいつは消防士を辞めた。命懸けで連続殺人放火魔の邦町満を止めようとしているんだろう。赤羽の中野実と歌舞伎町の松岡俊彦を殺し、残る復讐のターゲットは水谷敏郎ひとりだ。もう、これ以上、邦町に殺しをさせたくないんだ」

「なに言ってんだ」

太一だ。床に胡座をかいたまま睨んでいる。

「英次、おまえは遊佐に同情してるのかよ」

「バカな」

英次は吐き捨てた。太一の童顔が怒りにゆがんだ。

「関係のない人間がいっぱい死んでんだぞ。レナだってさ……」

涙声だった。英次は肩を落とし、同情なんかするか、と呟いた。

「多恵ちゃん」

太一がウサギのような赤い眼を向けてきた。

「警察へ行こうよ。もう、ぼくたちの手に負えないよ。邦町満を捕まえてもらおうよ」

「ダメッ」

多恵は大きく首を振った。

「警察は信用できない」

そうだね、と太一はうなだれた。

「おれは邦町を絶対に許さない」

英次が顔に朱を注いで吠えた。

「この手でぶっ殺してやる」

右拳を顔の前に掲げた。唇をへし曲げ、己を鼓舞している。

でもね——太一が細い声を絞り出した。

「邦町だってさ。父親の真の姿を知らなかったんだろう。事件から十六年も経って、すっかり風化してからいろんなことが判って、混乱して、おかしくなるのも無理ない気がするんだ」

「なんだよ。てめえだって同情してるじゃないか。それも連続殺人放火魔に」

だってぼく——ぷっくりした下膨れの顔が涙でグチャグチャだ。

「こんなことがあったなんて知らなかったから」

太一は手紙を掲げた。十七通目の手紙だ。

多恵は虚空を睨んだ。華燿亭で出会い、別れたふたりを思った。バブルに翻弄され、もみくちゃにされ、パチンと割れたふたりを。

4

おまえはすべてをリセットし、新しい道を歩み出した。親戚の籍に入って新しい名字をもらい、東京を離れ、甲府市で中学校に通い始めた。おまえの心中は穏やかそのものだったと思う。華燿亭に於ける狂乱の日々の記憶は薄れるばかりだったろう。

だが、わたしは華燿亭事件を忘れなかった。父の最後の姿と、それに続く自死のせいだ。二つの事実がわたしに太い鎖となってからみつき、苦しめた。なにも語らず自ら命を絶ってしまった父だ。

振り返れば、わたしは父のことをなにひとつ知らなかった。自殺の理由も含めてね。とても悲しいことじゃないか。わたしは文子さんと水谷が擁護する父・邦町章生の本当の姿を知りたかった。それは息子として当然のことだろう。

しかし、調査を進める中で現れた父のもうひとつの貌《かお》は、わたしをうちのめしてしまったよ。ものの見事にね。まったく、なんてことだ。正直な話、調査なんかしなければ良かった、と悔いたこともあった。

母の行状に苦悩していたのだよ。借金癖と虚言癖のダブルパンチが父を苦しめていた。祖父の僅かばかりの遺産も、母がパチンコと競馬であっという間にすってしまってね。実は父のギャンブル狂いは幻だったのだ。母がわたしに吹き込んだ虚像だ。母が重ねた借金の尻拭いはいつもいつも、父がやっていた。

故郷の知人によれば、実直でおとなしい父は「おれの妻だから。満の母親だから」と言葉少なに語っていたらしい。「母親のことを息子の前で悪く言うことはできない」とも。

ただ、建設会社のカネの横領は事実だ。膨らむ借金でついに首が回らなくなったのだ。若い男と浮気した母が、ここぞとばかりにヤミ金融から借りられるだけ借りて出奔したのだな。愚直な父はやむにやまれず、勤務先のカネを返済に充《あ》ててしまい、ジ・エンドだ。息子のわたしは家に火をつけて燃やしてしまうし、踏んだり蹴ったりだな。

八方塞がりの父はヤミ金融の業者から水谷敏郎を紹介された。つまり、借金ごと売り払われたのだ。元一流商社マンでソフトな物腰の水谷は、父の悲惨な境遇に同情し、好景気に沸く東京へ出ることを勧めた。おとなしくて根は真面目な父だ。経理担当の奴隷に申し分ない、と踏んだのだろう。

上京を決意した父は、故郷の知人にこう語っていたという。「必ず再起する。満のためにも絶対に負けない。いまは満だけが自分の生きがいだ」と。

同じセリフを水谷にも告げたのだと思う。ところが、押し込まれた先は華燿亭だ。傲慢で不遜で強欲な先生が支配する、狂乱のパラダイスだ。

結局、父は母に負け、先生に負けてしまったのだな。しかし、だ。こういう物言いはわたしには似合わない、と承知の上で書くが、わたしへの愛情は本物だった。そこを文子さんと水谷は評価していたのだと思う。

父は眞田を殺したわたしを庇《かば》い、殺人犯の汚名を被《かぶ》って逮捕された。そして命を絶った。付言するならば、故郷の知人は「章生はとてもあんな恐ろしいことができる男ではない」と語り、さめざめと泣いていたよ。

父はわたしに、弁解めいた言葉や恩着せがましい言葉を、ただの一度も吐いたことはなかった。自宅に火をつけたときも同じだ。記憶を辿れば父に殴られたのは、ただ一発だけなんだ。眞田伊織と宮村文子。二つの惨殺体の前で見舞われた、あの固い拳の痛みはまだわたしの頰に残っているよ。おかしいだろう。

「見なよ、これ」

太一の声が震えている。

「この手紙、変だろう」

示す指先には、十七通目の便箋の後半部、『故郷の知人によれば……』がある。

「ここから文字がどんどん乱れていくんだ」

たしかにそうだ。流麗な文字が崩れ、判別しにくい箇所もある。『おかしいだろう。』

は川の流れにインクを垂らしたようだ。

「冷静なタッチとは裏腹に、感情が高ぶっているんだよ。泣きながら書いたのかもしれない」

英次もじっと見つめている。そして十七通目の手紙は便箋を換え、こう続いている。一転、それまでの乱れがウソのようなしっかりした文字だ。

わたしは三人の正体を知った。水谷敏郎と松岡俊彦、中野実——華燿亭を舞台にバブルの上澄みを掬《すく》い取っていった連中だ。リヴィエールは、とんでもない悪党だった。わたしは腐った悪党に憧れた自分を恥じた。父の実像を知り、華燿亭事件の真相を知り、わたしは復讐することを決めたのだよ。中野と松岡は消えた。次はどこだと思う？あの狡猾で賢い水谷敏郎は今頃どこで何をしていると思う？

謎かけのような言葉を残して、手紙は終わっていた。

「邦町満は挑発してるんだよ」

太一が興奮した口調で喋った。

「消防士になった遊佐に、暴走する自分を止めてみろ、と言ってるんだ」

タバコの匂いがした。英次が眼をすがめて喫っている。

「遊佐は判ってるのかね」

静かな口調だった。多恵の胸中に不安なものが湧いた。

「なにが？」

英次は虚空を眺め、二呼吸分の沈黙の後、口を開いた。

「第三の男、水谷の居場所が、さ」

「それは判ってると思うよ」

太一が勢い込んだ。

「消防士を辞めたくらいだから、覚悟を決めてるんだよ」

己の不安を払拭するように語った。

「水谷を囮《おとり》にして邦町を捕まえるんだ。ねえ、多恵ちゃん、そうだよね」

「太一くんが直接訊けばいいじゃない」

えっ、と固まった。多恵は腕時計を見た。午後七時過ぎ。

「そろそろやって来てもいいんだけど」

ゴクリ、と喉が鳴った。英次だ。クールな二枚目が、口許をひきつらせている。インタホンが鳴った。ふたりは顔を見合わせた。恐怖と戸惑いで言葉を失った男たちを残し、多恵は玄関に走った。

ちょっとお、という太一の悲痛な声を背に、ドアを開けた。黒のキャップにポロシヤツ。遊佐が立っていた。玄関に並ぶ靴に気づいたらしく、「全員集合か」と皮肉っぽい口調で言う。

「どうぞどうぞ。いま作戦会議の真っ最中」

多恵は明るく言った。怪訝な表情の遊佐を促し、背中を押した。英次と太一は棒のように突っ立っている。部屋が一階なら、窓から逃げていたと思う。二階でも頑張って飛び降りたかもしれない。

遊佐は固まってしまった男ふたりを眺め、次いで床に散った便箋に眼をやった。

「こいつらも読んだのか」

多恵に鋭い視線を投げた。

「そう。仲間だもんね」

そうか、と呟き、眼を伏せた。重い空気が満ちた。多恵はさっさと便箋を拾い、封筒にしまった。ふたりともまだ動かない。

「しっかりしなさいよ！」

一喝した。ふたりは眼をパチクリさせて動き始めた。スイッチが入ったロボットみたいだ。英次は頭をかき、太一は力無く首を振る。どっちも遊佐と眼を合わせようとしない。

「十六年も前のことでしょう、あんたたちがうろたえてどうすんのよ」

そうだよな、と英次が呟き、浅黒い顔を上げた。

「ひとつだけ、確認しておきたいんだけどさ」

重い空気を押しやるように語りかけた。

「あんた、赤羽の現場で酷《ひど》い焼死体を見てるよね」

こんなやつ、と指で唇から頬に線を引いた。遊佐は押し黙ったままだ。

「手紙、全部読んでるから。大体判ってるんだ。華燿亭事件の真相ってやつも、あんたの酷い体験も知っている。邦町満直筆の十七通は読み応えあったよ」

遊佐は微かに首をかしげ、多恵の顔をそっと窺った。キャップの下で眼が訝《いぶか》しげに光った。多恵は咄嗟に顔を伏せた。胸がドキドキしている。

「いまさら隠し事をすんなよ」

勘違いしたのだろう、英次がかさにかかって言った。

「多恵の言う通り十六年も前のことだよ。おれにとっては遥か大昔のことだ。あんたが眞田伊織を殺そうとしたこととか、放火癖《へき》とか、そういうの、どうでもいいんだ」

遊佐の表情が険しくなった。が、英次はひるまない。眼をギラつかせ、なにかに憑かれたように語った。

「おれが知りたいのは今のことだ」

今、に力を込めた。

「赤羽でメッセージを受け取ったんだよな」

遊佐は、そうだ、とうなずき、遠くを見つめた。そして静かに語った。

「おれはメッセージを受け取った。ひとめで邦町満の仕業だと判った」

「警察はメッセージの件を伏せているよな」

「ああ」

「どうして？」

「理由があるんだろう」

キャップの庇《ひさし》を引き下げた。表情が消えた。

「遊佐さん、あの――」

太一が緊張した顔で迫る。おっ、と多恵は思わず声を出した。

「バブルに関係があるんじゃありませんか？　六千億円が闇に消えているんだし」

多恵は身震いした。遊佐の唇が動いた。

「水谷に訊けよ。おれは知らない」

太一は口をパクパクさせ、後ずさった。限界のようだ。

「遊佐さん、水谷はどこだ」

英次だ。頬を紅潮させて一歩、踏み出した。

「知ってるんだろう」

遊佐が眼を据えた。正面から睨み合う。緊迫した空気が漂う。が、元消防士はすぐに頬を緩め、苦笑した。

「知ってたらおれひとりでやってる」

英次は、がっかり、と両腕を広げた。お手上げのポーズだ。それでも気を取り直して続ける。

「水谷に会ったことはあるのか？」

「一度だけな。夕方、華燿亭の庭に立っていた。ガマガエルの頭を撫で、なにがおかしいのか、ひとりで笑っていたよ」

「それだけか」

「それだけだ。おれは邦町満と違って信奉者じゃなかったからな。仕立てのいいスーツを着こなした、羽振りのいいサラリーマンにしか見えなかった」

英次はかぶりを振り、ソファに座った。太一もテーブルの椅子に腰を下ろした。肩を上下させて嘆息する。

「遊佐さん、わたしも質問」

遊佐は眼も合わせない。かまわず多恵は訊いた。

「邦町満を見つけたとして、その後どうする？」

遊佐は無言のまま壁にもたれた。腕組みをして横を向く。盛り上がった前腕の筋肉が鋼《はがね》の束のようだ。決まってるだろう、と低い声が這った。英次だ。多恵に鋭い眼を向けてくる。

「おれは殺すぜ。復讐するんだ。警察はあてにならないからな」

なあ太一、と目配せする。

「ぼくもレナの無念を晴らしたいさ。でも、殺すって——」

両手で下膨れの頬を押さえ、プルプルと左右に振った。英次は鼻にシワを刻み、吠えた。

「この期に及んでビビるなよ。おれは肚《はら》をくってるぜ。何の罪もない一般人を三十五人も死なせた野郎だ。おれが殺したところでお咎め無しだ。警察だって関知しない」

「ガキが偉そうに」

凄みのある声がした。遊佐が睨みをくれる。底光りのする、怖い眼だ。英次の顔から血が引いた。が、すぐに、なんだ、と腰を浮かす。空気が緊迫した。

「はい、おしまい、おしまいーっ」

多恵はパンパンと手を叩いて間に入り、ふたりを視線で交互に制した。

「わたしの部屋よ。ケンカはダメ。許しません」

腰に両手を当て、ぐるりと見回し、「仲間じゃない」と言った。反応がない。太一くん、そうだよねえ、と声をかけた。「そうだね」と太一が気弱に応える。グーッと腹が鳴った。多恵はぺろりと舌を出し、あー、腹減ったあーっ、と叫んだ。

「多恵ちゃん、どーしたの？」

太一が心配げに眉をひそめた。

「よく考えたらさあ。朝からなんにも食べてないのよ」

そうだ。手紙を読み終えた後はショックで何をする気にもなれず、メロスに呼び出されて新宿南口まで行き、説教をかまして帰ってきたのだ。食事など忘れていた。

「もう、お腹ペコペコ」

「とーぜんだよ。ぼくなら倒れてる」

「はい、提案」

多恵はさっと手を挙げた。なんだよ、と英次が一瞥をくれる。

「ご飯食べようよ。ここでさ」

とたんに太一の童顔が輝いた。

「いいねえ。ピザでもとろうか。フライドチキンも付けてコーラも一緒に」

多恵はかぶりを振った。

「つくるのよ」

「つくるって、まさか多恵ちゃんが？」

太一が驚いている。ムッとしたが、当然の反応かも。

「わたしはカップラーメン専門だから」

だよねー、とホッとしている。

「太一くんはどうよ」

「あ、ぼくはコンビニ弁当専門だから」

「英次は？」

肩をすくめた。

「ピーナッツとかスルメとか、乾きもの専門だな。なんつっても元ボッタクリバーの店長だからよ」

笑えない冗談だ。遊佐は壁にもたれ、つまらなそうだ。

「じゃあ、遊佐さんにやってもらおう」

多恵は高らかに宣言した。英次が「元消防士だぜ」と苦笑した。太一も、そうそう、とうなずいている。

「なーんにも知らないのね。消防士って、すっごく料理がうまいんだから」

どーして？　と太一が首をかしげた。

「消防署で食事当番があるからよ。安い食材でささっと栄養満点のおいしい料理をつくっちゃうんだから。ねえ、遊佐さん」

優しく呼びかけた。が、遊佐は素っ気なく応えた。

「おれはもう消防士じゃない」

冷たい物言いにさすがにムカついた。

「なによ、仲間なんだからいいじゃない。ケチ」

「そーですよ。消防士の栄養満点の手料理なんて、相撲部屋の本物のチャンコと同じくらい、一般人には縁遠い、いわば幻の美味ですよ」

太一は食欲をそそられたらしい。緩んだ口許から涎が垂れそうだ。

「多恵、なんでおまえがそういうこと知ってんだよ」

英次が訝しげな表情だ。

「女のくせに、いやに消防士に詳しいじゃないか」

ドキリとした。たしかに、と太一もうなずいている。顔が熱くなった。焦る。

「これでどうしろって言うんだ？」

遊佐だ。いつの間にかちっぽけなキッチンに立っている。

「鍋も包丁もない」

小さなケトルとまな板、果物ナイフがあるだけだ。

「まともな女の部屋じゃないな」

ムッとした。

「悪かったわね、まともな女じゃなくて！」

遊佐は苦笑した。

「つくってやるよ」

怒りがストンと抜け落ちた。結局、全員で買い出しに行くことになった。

近くのスーパーで食材を仕入れた。遊佐の頭ではレシピが出来上がっているのだろう。豚のバラ肉、人参、玉葱、馬鈴薯、葱、生姜、うどん玉、味噌、一味唐辛子を篭《かご》にポンポン投げ込んでいく。多恵はアルコール担当で、缶ビールとウイスキーを入れた篭は太一が持ってくれた。英次は両手をポケットに突っ込み、つまらなそうに店内を歩き回っている。

帰り途、大きな鍋を買い、マンションに戻ると午後八時を回っていた。遊佐は買い出しの費用を割り勘にしたが、部屋を提供する多恵はタダにしてくれた。ラッキー、とおどけたら、英次が睨んできた。でも、半分以上は遊佐が出していると思う。

多恵と太一が調理の手伝いをしている間、英次はソファに座ってタバコを喫い、ビールを飲んでいた。

遊佐はガスレンジに掛けた鍋の横で、果物ナイフを使って馬鈴薯の皮を器用に剝き、玉葱、人参を刻んでいく。プロの料理人並の鮮やかな手つきに見ほれた。人参、馬鈴薯から鍋に入れていく。じきに鍋が沸騰し、湯気が上がった。温かな空気が満ちていく。

午後九時。具がいっぱい入った豪華な豚汁《とんじる》が完成した。鍋をフローリングの真ん中に置き、車座になった。紙製の器にたっぷり盛り、刻み葱と一味唐辛子を散らす。熱い豚汁をハフハフしながら食べた。空腹の胃袋に染み入るように美味い。

太一も英次も黙々と箸を動かしている。具がなくなるとうどん玉を入れてひと煮立ちさせ、最後、味噌うどんで締めて鍋を空にした。

満ち足りた気分でビールを飲んでいると、太一が口を開いた。

「遊佐さん、訊きたいことがあります」

頬がピンクに染まり、眼がいつになく真剣だ。アルコールの勢いだけではなさそうだ。

「これ、はっきりさせないと一緒に行動できないから」

なんだ、と言いたげに遊佐が見た。

「どうして消防士になったんですか」

遊佐は虚をつかれたように動かない。

「火が好きだから、ですか」

和《なご》やかな空気が一変した。英次も息を詰めている。遊佐が言う。

「火は怖くない――そう、好きなのかもな」

己に確認するような物言いだった。

「だが、放火をしようとは思わない。おれは邦町とは違う。おれは変わった」

虚空を見つめた。

「消防の仕事が好きだった。それだけだ」

「プライドもあったじゃない」

太一と英次が凝視してきた。多恵は言葉を選んで語った。

「消防士としてのプライド無しに、燃え盛る炎の中へなんか飛び込んでいけないと思う。好きなだけじゃ無理だよ」

遊佐は無言のまま、缶ビールを飲んだ。そんなもんかね、と英次が小馬鹿にしたように言った。表情に探るような色がある。

「料理の腕は判ったが、あんたの消防の腕はどれくらいなんだよ」

キャップの下で遊佐の眼が細まった。

「だからさ。たとえばこいつのような――」

太一の頭をぽんぽんと叩いた。口を尖らせ、やめろよー、と抗議するのもかまわず続けた。

「小太りで運動神経ゼロのやつを助けられるかい？　炎が迫るビルの屋上にいたとして、さ」

「ザイルがあればなんとかなるかもな」

遊佐は気負いなく答えた。

「マジかよ」

英次は疑り深げだ。元消防士は傍らの延長コードを取り上げた。

「借りるぞ」

「どうぞ」と言って多恵は新しい缶ビールを開けた。遊佐は「これがエイトノット、つまり通し8の字結びで」と真剣な口調で説明している。英次も太一も、うなずきながら聞き入り、巧みな手捌《てさば》きに見入っている。多恵は三人を眺めながら、経験豊かな教官と、その教えを受ける新人消防士のようだ、と思った。気持ちが春の日だまりのように温かくなった。満ち足りた気分に浸り、ビールを飲んだ。

5

騒音にしか聞こえない下手くそな唄を聞きながら、大黒孝は安ウイスキーをすすった。

宮殿を模した書き割りのステージでは、ピンクのドレスを着たホステスが、これも素人同然のバックダンサーを従え、陶酔した表情で唄っている。

歌舞伎町の北東に建つパールタワーは一階が無料風俗店案内所で、二階三階はぶち抜きのキャバクラ、四階ソープ、五階が金髪娘のトップレスバーで六階はアダルトDVDショップ、七階ファッションヘルス、八階ランジェリーパブ、九階十階は事務フロアになっていた。一階毎の造りが大きいので、普通のテナントビルの十五階分くらいの高さがある。

どのフロアも客で溢れ返っているが、なかでもホステスの質が高いと評判のキャバクラ『ピンキー』は耳をつんざかんばかりの大盛況だ。キャバクラフロアの二階と三階はゴールドの絨毯を敷いた螺旋階段で繋がっており、ミニスカートのホステスが上り下りするたびにパンティが見え、下の、通称〝グッドビューシート〟と呼ばれるボックス席の男たちは露骨に鼻の下を伸ばして大騒ぎだ。それがまた評判を呼び、懐の温かい客を吸い寄せる。ショータイムとは名ばかりの、音程のとれないド素人のカラオケにも盛大な拍手が沸き起こる。

香水とアルコールの臭いが充満する、熱に浮かされたような店内でひとり、大黒だけが機嫌が悪かった。下手な唄のせいばかりじゃない。思うように情報がとれない苛立ちが半分以上だ。

角刈り頭に腫れぼったい眼の、ヤクザにしか見えない男が険しい表情でむっつり押し黙っているのだから、そのボックス席だけは通夜のように静まり返っていた。

ホステスはふたり。右側の目鼻立ちの整った茶髪の女は少し離れ、タバコを喫っている。が、左の丸顔の女は笑みを浮かべ、カラになったグラスにウイスキーを注ぐ。鼻は丸く、眼も細く、お世辞にも美人とは言えないが、愛嬌はある。しかも、スタイルがバツグンだ。パンと張った胸は大玉のメロンのようだし、ウエストはくびれ、尻もふくよかだ。普通なら、酔ったふりして抱きついて、胸元から手を差し込んでメロンのような乳房を揉むくらいはするのだが、今夜はとてもそんな気分じゃない。

「お客さん、なにやってるひとですかあ～」

甘ったるい声で語りかけてくる。

「何に見えるよ」

険しい一瞥を投げかけた。女は身をひき、それでも「サラリーマンですかあ」と笑顔で言う。案外、肚《はら》は据わっているようだ。

「怖いひとだよ」

低く凄む。女はさすがにうつむき、黙り込んだ。離れて座る茶髪の女はコソコソと逃げていった。チッ、と舌を鳴らし、グラスを傾けた。酔った頭で、これまでのろくでもない出来事を考えた。

赤羽のサラ金放火事件の後、おかしな噂が流れた。口を裂かれた死体の未公表は捜査上の秘密でなんとか納得できるものの、カイシャに本格的な捜査は無理、との内部の声は無視できない。そして、歌舞伎町のビル火災だ。これもオーナーの松岡が口を裂かれていた。となれば赤羽と同一犯の連続放火の線が濃厚なのに、捜査本部は松岡の焼身自殺で終わらせようとしている。三十五人も犠牲者が出ているのに、この動きは異常だ。

捜査とは関係のない自分が本庁内を嗅ぎ回り、得た情報はうさん臭いものばかりだった。曰く、犯人は大物政治家の係累だとか、莫大なカネが絡んでいるとか。広域暴力団との関係も取り沙汰される始末だ。

そんな中で浮かび上がったのが十六年前の華燿亭だ。バブルに浮かれた悪党どもと莫大なカネを吸い寄せ、最後は焼失した歌舞伎町の化け物屋敷――

背筋が寒くなった。グラスをカラにした。女がボトルを差し出す。縁まで注がれたウイスキーを一気に流し込む。火の塊が喉を下り、胃を炙《あぶ》る。思わず呻いた。

「大丈夫ですかあ?」

細い眉を八の字にして心配げだ。

腫れぼったい眼で睨んだ。女は顔を伏せた。アルコールが音をたてて回った。こめかみが熱く疼《うず》いてくる。

「うるせえよ」

身内とはいえ、警察組織は恐ろしい。危機管理は万全だ。万が一、マスコミが疑いを持った場合に備えての策もある。明神ビルから最後に出てきた女。嶋村多恵だ。あのビデオには度肝を抜かれた。

懇意にしている捜査本部の人間が極秘で拝ませてくれたビデオは、街頭ロケのように鮮明だった。サブリナパンツにノースリーブのサマーセーター姿の多恵が不機嫌な様子でビルから出てくるところから、タバコに火をつけ、インカムを装着した貧相な客引きと相対する様子。爆発を目の当たりにした驚愕の表情と、ガラスの雨を避けて客引きを助け、ビルの玄関口に飛び込む場面。まるでパニック映画のようだった。テレビ局が嗅ぎ付けたらいくらでも札束を切るだろう。

後半は慌てて現場を後にする後ろ姿と、さくら通りから狭い仲見世通りに入り、野次馬の流れに逆らって小走りに駆ける横顔のアップ。それは、嶋村多恵が靖国通りでタクシーを捕まえ、乗り込むまで、角度を変え、距離を変えて続いていた。ちょいと編集を加えれば逃亡する放火犯の映像が一丁上がりだ。あんな凄い監視カメラが方々に設置されていたら、いろんなことが丸裸にされているだろう。例えば不良刑事の単独行動とか——

ダメだ。頭を振った。いいことを考えよう。輝ける未来ってやつだ。カイシャが、いや雲の上のキャリア連中が捜査を手早く終わらせようとしている本当の理由だ。天文学的数字のカネの流れがカギだが、まだ全体像が見えない。すべてを明らかにしてカイシャの上層部を突っつけば、やつらは慌てふためき、バーターを持ち出してくるだろう。カネか出世か。もしかすると、しがない万年警部補が、どっかの署長に収まるくらいのこともあり得る。もちろん、給料も暇も交際費もたっぷりある定年退官後の天下り先付きだ。

「お客さん、どうかしましたあ?」

女だ。不気味なものでも見るように、眉根を寄せている。大黒は慌てて緩みきった顔を引き締めた。そうだ。このパールタワーだ。

「おネエちゃん、ちょいと訊きたいことがあるんだがね」

猫撫で声に、女はますます怖がっている。慣れないことはするもんじゃない。大黒は空咳をくれ、いつもの伝法な物言いに変えた。

「おまえ、このビルのオーナーのこと、知ってるか」

ポカンと見つめている。トロい女だ。

「どうなんだよっ」

歯を剝いて凄んだ。えっとお、と唇に指を当て思案顔だ。もしかして脈ありか?

大黒は勢い込んだ。

「オーナー、凄いやり手って評判だろう。これだけのビルを丸ごと持っていて、しかも風俗の店をことごとくヒットさせてんだ。どういう素性の人間なんだ?」

丸顔がフニャッと緩んだ。

「あたし、今日、働き始めたばっかりだから」

なんだよ。がっくりとうなだれ、タバコを唇に挟んだ。さっとワインカラーのライターが差し出される。初日といっても水商売の経験者か、地方から出てきた頭の軽い女だろう。

「ただあ、すんごいお金持ちだと思うよ。趣味でやってんだって」

えっ、タバコが落ちた。かまわず詰め寄った。

「おまえ、どこで訊いた」

女が怯えた表情で中腰になった。大黒は手首を摑み、座らせた。

「おれは警察だ」

抜き出した小豆色の手帳を開いて見せる。丸顔がこわばった。驚いている。

「なあ、誰だ？　教えろ」

よく知らないから、と泣きそうになって身をよじった。

頭がカッカしてきた。ここのビルオーナーが華燿亭事件と関係があるのでは、との噂がある。極道筋から出た話だ。が、確証がとれない。聞き込みも空振りだ。土地と建物の登記簿も引っ張ったが、初めて眼にする名前の名義人が記載してあるだけだ。しかも、連絡を取ろうにも、居場所も何も判らない。カイシャでローラーしてしまえば簡単なのだろうが、ひとりでは限界がある。派手に動けばカイシャが勘付く。

痛い！　女が悲鳴を上げた。

「お客さんどうしました！」

異変を察したボーイたちが飛んでくる。大黒は腹立ちまぎれに女を押しやり、勘定しろ、と叫んで立ち上がった。幾つもの険しい視線が突き刺さる。ゆっくりと睥睨《へいげい》し、ゴミどもが、と吐き捨て、大股で出口に向かった。

6

午後十一時、英次は腰を上げた。すっかりくつろいでウイスキーを飲む太一を促し、多恵の部屋を出た。

「なんだよ、もうちょい、いいじゃん」

代々木上原駅への道を歩きながらブチブチ愚痴を垂れる太一に、空気を読めよ、と言った。太一はむっつりと黙り込む。夜更けの歩道はひとけもまばらだ。住宅街の向こうに、西新宿の高層ビル街が見える。ビルのレッドライトが怪物の目玉のようだ。

「多恵の気持ち、判ってるんだろう」

なんとなく——消え入りそうな声だ。

「タバコが決定的だよな」

はあ？　下膨れの顔を持ち上げた。

「あのチェーンスモーカーが、ぷっつり止《や》めちまったろう」

太一は口をぽかんと半開きにしている。まだ判ってないようだ。

「おれたちが遊佐と初めて会ったときだよ。失火原因の第一位とかなんとか言ってタバコを嫌っていたろう。あれ以来、多恵は喫ってないと思う」

はーっ、と息を吐き、太一は肩を落とした。

「まあ、元気を出せよ。女はいくらでもいる」

励ましてやった。太一が立ち止まった。肩を震わせている。

「なんだよ、泣いてんのかよ」

太一は眼をごしごしこすった。

「ぼくは振られてばっかりなんだ」

か細い涙声が胸に染みた。英次は歩道の柵に腰を下ろした。水銀灯の下、小太りの太一が立ち尽くしている。

「気の多い野郎だな。ヨッコにも死ぬほど惚れてたんだろう」

こくん、とうなずいた。

「ヨッコが怒ってるぞ」

首を大きく振った。

「ぼくが一方的に好きだったんだ。ぼくは女の子に相手にされない。そういう運命にあるんだ。しかも無職だし」

苦いものを嚙み締め、英次は慰めた。

「元大銀行のエリートだろう。いい大学を出て、頭もいいんだ。これから幾らだっていい仕事につけるって」

「元ボッタクリバーの店長に言われてもさあ」

同情して損した。腰を上げようとしたとき、声がした。

「ぼく、銀行辞めちゃったじゃん」

太一は顔をハンカチで拭った。

「たった二年しかいなかったんだよ。こらえ性のないダメ男なんだ」

英次は座り直した。

「なんで辞めたんだよ。大学で難しい勉強をして入ったんだろう」

「そうだよ。すっごい難関を突破して入ったんだ。銀行マンの地位も給料も下がったとはいえ、たしかに、世間的にいうエリートだった。なんせ行員二万人の大銀行だもん」

ムッとした。

「あ、気を悪くしたらゴメンよ。英次には判らない世界だよね。えーと、高校は放校処分だっけ」

「自主退学だよ」

足許に唾を吐いた。

「同じようなもんじゃない」

「いいから続けろよ！」

しゅん、とうなだれ、太一は語った。

「ぼく、銀行って反省してると思ったんだ。バブルの苦い経験を経て、嵐のような合併・再編とリストラがあって、給料もボーナスも大幅カットされて、莫大な税金の投入で国民から白い眼で見られて、バッシングを受けまくってさあ。独身寮も社員寮も売り払われたから、銀行マンの可処分所得は激減だよね」

太一の話によれば、バブル時代、二十近くあった大銀行は再編を繰り返して、いまや三つになったという。３メガバンク時代、というらしい。

「生まれ変わって本来の仕事に邁進していると思ったんだよ」

「本来の仕事ってなんだよ」

「日本の明日を担《にな》う中小企業を助けて、若い力が夢を抱いて立ち上げたベンチャーを育て、個人顧客を大事にする。これが本当の銀行の仕事さ」

「違ったのか？」

うなずいた。

「内部は出身銀行毎に派閥をつくって足の引っ張り合いばっかりでさ。しかも前例主義が横行して革新的な新機軸は打ち出せない。中小企業を衰退させる貸し剥がしも継続中だし、個人顧客は安定した富裕層以外、無視だ。おまけに、やる気のある若手が改善点を具申しようものなら、上司はメチャクチャに罵倒するんだよ。バカ、アホ、百年早い、便所掃除でもやってろって」

童顔を苦悶にゆがめた。罵倒する声が甦ったのだろう。

「そのくせ、上にはおべっかの使いまくりでさ。支店のゴルフコンペは事前に支店長の優勝が決まってるし、次長なんか休日は支店長の自宅で草むしりをやってるんだよ。支店内でもこうやって――」

背中を丸め、ヘコヘコ腰を折りながら両手を揉み合わせた。実にさまになっている。

「ゴマをするんだ。マンガみたいだった」

長々とため息を吐いて語った。

「〝預金一千万以下の客などゴミだ〟と公言する幹部もいてさあ。〝おれたち銀行マンは経営者二、三人に首を吊らせて一人前〟なんて酷《ひど》いことを言うやつもいるんだよ。疲弊した日本の経済を盛り立てよう、という志はゼロなんだ」

「がっかりしたのか?」

そう、と小さく言った。沈黙が流れた。どこかで虫の音がする。もう秋か。英次の火照った顔を夜の涼気が撫でる。

「理想が高すぎたんじゃねえの。会社なんてどこもそんなもんだろう。ましておまえはペーペーの兵隊なんだし」

「英次には判らないよ」

ムカついた。

「どうせ、おれは下層階級だよ。おまえだっていまはプーじゃないか」

「ぼく、本気だったんだ」

太一は子供のようにしゃがみ込んだ。

「おじいちゃん、おばあちゃんを見てるから」

なんだ？　また泣きそうな声になっている。

「さっき、多恵ちゃんの部屋で話したじゃない。お蕎麦屋さんだよ」

ああ、と合点がいった。賃貸マンションを建てながら、地上げ屋に逃げられ、破産した老夫婦だ。

「あれ、ぼくのおじいちゃんとおばあちゃんなんだ」

しんみりした言葉が胸に痛かった。

「上野でさあ、夫婦でコツコツ商売に励んで自分の店を持ったんだ。夜中まで道路工事の現場に出前して、朝は出勤前のサラリーマンのために早くからお店を開けてね。日本の高度成長の中で頑張ったんだ。すっごい働き者で、お客さんを大事にして、天麩羅蕎麦なんか、茨城とか群馬からわざわざ食べにくる常連さんもいたんだよ。その大事な大事なお店を閉めてマンションを建てたのに、全部失ってさ」

涙がポタポタ垂れた。

「息子の家、つまり千葉の安孫子《あびこ》市にあるぼくの実家なんだけど、無一文で転がり込んで、失意の中で死んでいった。おじいちゃんなんか、最後はわけが判らなくなって叫んで暴れて――」

下を向いて嗚咽している。

「だから大学でバブルを勉強したのか?」

「そうだよ」

しゃくり上げながら語った。

「バブル崩壊はぼくがまだ十歳にもならない頃の話だけど、すっごいショックでさあ。真面目で働き者のおじいちゃんおばあちゃんにいったい何が起こったんだろうって、ずっと思ってた。だからぼくなりにバブルを研究して、生まれ変わった銀行で世の中のために働きたかった。恵まれない弱者を助けたかったんだ」

「その素晴らしい志と、おまえの風俗遊びになにか関係はあるのか?」

いや、それは趣味で、と言った後、ヒーッと泣いた。ぼくはとことんダメ男だあ〜、という哀れな声が切れ切れに漏れる。さすがに可哀想になった。

「元気出せよ」

　腕を摑んで引き上げた。

「ヨッコに男を見せろよ」

「見てるかなあ」

　クシャクシャのハンカチを顔におし当て、夜空を仰いだ。星が二つ三つ、瞬《またた》いている。

「見てるって。あいつはぼんやりしているようで、結構しっかりしてるんだ。ちゃんとチェックしてるって」

「いいコだったあ〜、ホントに気立てが良くて……」

　こっちまで鼻の奥が熱くなった。肩を並べて夜道を歩いた。水銀灯に照らされた凸《でこ》凹《ぼこ》の影が長く長く伸びた。ふたりの足音だけが響く。

「でもさあ、遊佐って凄いよ」

　太一がぽつりと呟いた。

「なにが」

「あの大黒って刑事をさあ、どういう手を使ったか判らないけど、取り込んだらしい

とんでもない男だよ」

「多恵ちゃんがそう言ってた。警視庁の現職刑事から情報を引き出そうとしてるんだ。

とんでもない男だよ」

太一はとぼとぼと歩きながら続けた。

「英次だって遊佐の前じゃビビりまくってるじゃない。強がってるのはポーズだろ」

このやろう、歯をギリッと鳴らした。

「ぼくなんか、逆立ちしても勝てないや。多恵ちゃんが惚れるのも判る気がするんだ」

悄然とした姿に、怒りも萎《な》えた。遊佐京平。すべてを捨てて邦町満を追う男――ふたりが見た、天を焦がす紅蓮の炎を思い、英次は震えた。

7

多恵が鍋を洗い、紙製の器を片付け、フローリングの床を拭いている間、遊佐はソファに座り、背を丸めていた。じっと中空を見つめている。本当に静かな男だ。ほっとけば、朝までこうやっているのだろうか。

多恵はキッチンテーブルの椅子に座り、缶ビールを飲んだ。

「なにを考えているの？」

返事はなかった。

「お母さんのこと？」

遊佐が首を回し、こっちを見た。キャップの下で冥い眼が光る。唇が動いた。

「十七通、か」

心臓が高鳴る。多恵は瞑目し、気持ちを落ちつけて語った。

「わたしが勝手にやったこと」

言ってしまってから瞼を開けた。遊佐が音もなく忍び寄っていた。テーブルに両手をつき、じっと見据えている。

「おれのことが怖いのか？」

しゃがれ声が鼓膜を舐めた。多恵は首を振った。

「怖いのは華燿亭であって、あなたじゃない」

そうか、と呟き、口を噤《つぐ》んだ。ねえ、遊佐——多恵は手を伸ばし、頬に触れた。ざらついた、冷たい肌だ。

「わたし、あのひとから訊かれた。滝野川の」

眼に険しい色が浮かぶ。多恵は喉を絞った。

だって」

「遊佐と寝たのか、と。それで、もちろん、と見栄を張ったら、ウソに決まってる、

遊佐が視線を落とした。

「あのひと、自信満々に言ったのよ。遊佐はあなたとは寝てない――」

バカッ、頭の隅で声がした。いったい何を喋っているのだろう。だが、止まらない。

「どうしてあのひとに判るのよ」

自分の悲鳴のような声が聞こえた。

「寝てみれば判るさ」

ぼそりと言った。多恵は耳の付け根まで熱くなった。身体の芯から火照りが湧いて、子宮が焦げそうだ。

「おれと寝てみれば判る」

二本の腕に軽々と抱き上げられ、六畳の和室に運ばれた。遊佐は多恵をベッドに横たえ、硬い眼を据えたまま、黒のキャップを脱いだ。息を詰めた。言葉が出ない。

遊佐が頭をぐるりと撫でた。異様な頭だった。アニメで見た妖怪のような――額の右前部から頭頂部にかけて、幅一〇センチくらいのケロイドが伸びている。ピンク色に盛り上がったツルツルの火傷の跡は、オイルを垂らしたように艶《つや》やかだ。

「それは……」

「醜《みにく》いだろう」

多恵はかぶりを振った。

「そんなこと、ない」

「消火帽を被らずに飛び込んだらこのざまだ。皮膚が焼け、頭蓋骨まで露出してな」

頬をゆがめ、苦笑した。あっ、と声が出た。女だ。胸のケロイドをさも愛しそうに撫でた、滝野川の女だ。女の言葉が聞こえる――すごい力でわたしを抱き上げ、炎の壁を突破した――

多恵は動揺を抑えて言った。

「彼女を命懸けで助けたんだもんね」

遊佐は困った顔になった。

「女の頭を焼くわけにはいかない。助けても火傷があったら後味が悪い。そうは思わないか？」

「それはそうだけど」

女の勝ち誇った顔が浮かんだ。多恵はベッドにつっぷし、枕を抱えて叫んだ。くぐもった声が六畳の和室に響いた。肩を摑まれ、簡単にひっくりかえされた。遊佐が見ている。深山の湖のように静かな表情だ。

「なんて言った？」

「二度と言えないよ」

「聞きたいんだ」

「あの女よりずっとずっと感じさせてよ、なんて二度と言えない」

「プレッシャーになる言葉だ」

遊佐はポロシャツを脱ぎ、ゆっくりと身体を重ねてきた。パンティを脱がされながら、背中の筋肉の板を撫でた。硬くて分厚い、生ゴムのような手触りだ。

多恵の首筋を吸い、舌をからめてきた。眼を閉じ、腕を回した。太くて逞しい首だった。尖った乳首を指で優しくこねてくる。尾骨のあたりから快感が這い上がる。頭がじんわり痺れてきた。屹立したものでそっと太腿を撫でてくる。身体の芯が濡れ、声が漏れた。遊佐は熱い突起を探り、巧みに愛撫する。鳥肌が立った。腰を重ね、両脚を優しく割って入ってきた。潤みを押し広げる。ゆっくりと、味わうように深く深く刺し抜かれ、白い閃光が疾った。背中が弓なりになった。

遊佐の顔が汗に濡れている。ケロイドがぬめって光った。多恵は炎に焼かれた頭を抱え、腰をくねらせた。快感が熱い火の塊となって多恵を貫いた。声が出た。背骨を摑んで揺すぶるようなセックスだった。どこかでサイレンが聞こえる。消防車のサイレンだ。

「燃えている」

遊佐が囁いた。

「多恵、今夜もどこかが燃えている」

視界をオレンジの炎が覆った。いやだ。首を振った。

「死んじゃいやだ」

己の悲鳴と遊佐のくぐもった咆哮が重なった。多恵は快楽の海を漂い、ゆっくりと沈んでいった。

8

パールタワーの『ピンキー』を出た大黒は行きつけのスナックに寄った。バーボンをロックで三杯飲み、外に出ると、さすがに足がふらついた。赤や青、ピンクのネオンが視界のあちこちで瞬《またた》いている。

よたよたと歩きながら、あのおかしな元消防士のことを思った。圧倒的な暴力でおれを制圧した遊佐京平だ。

遊佐は華燿亭事件を知っていた。三人目の男の名前も、だ。水谷敏郎というらしい。中野、松岡、とくれば次は水谷だと明言した。居所を一緒に探らないか、と誘ってきた。水谷を取り込み、囮にして犯人を捕まえる気らしい。本気だろうか。そもそも、あの男は、水谷とどんな関係があるのだろう。

カイシャの動きも見えない。ヤバくなれば、遊佐に押し付けて逃げればいい。叩けばいくらでも埃の出る身だろう。遊佐は自分の切り札だ。含み笑いが漏れた。嶋村多恵とはもう、できているのだろうか。あの、カイシャの切り札の女とは。そうか、自分は二枚のカードを持っているわけだ。万全だ。

頬が緩んだ。それにしてもあの女、いい身体だった。柔らかくて張りのある、むっちりした肌の感触を思い出してほくそ笑んだ。

視界が陰った。いつの間にか、ビルに挟まれた薄暗い路地を歩いていた。コマ劇場近くの路地だ。もう一軒、行くか。それは、辺りをぐるりと見回した時だった。首筋がチリッと鳴った。だれだ？　アルコールで痺れた頭が瞬時に覚醒した。振り返ろうとした刹那、鈍い衝撃があった。後頭部だ。砂袋で殴られたような——つんのめり、たたらを踏んだ。視界が頼りなく揺れる。足がもつれ、アスファルトに這いつくばった。

「動くな」

石を擦り合わせたような声が聞こえた。カイシャか？　背中にずっしりと重みがあった。膝で押さえ、腕をねじり上げてくる。素人の動きじゃない。冷たい言葉を浴びせてきた。

「随分と探っていたようじゃないか」

奥歯を噛み締めた。

「パールタワーでなにか判ったか？」

観念した。カイシャだ。動きを察知されたのだ。全身の力を抜き、語りかけた。

「違う、誤解するな。おれはただ妙な噂を聞いただけで――」

後ろに両腕を回された。手首に金属の冷たい感触がある。手錠？

「おい、やり過ぎ……」

口に何か突っ込まれた。タオルだ。声が出ない。おかしい。こいつはいったい――鼻の奥がツンとした。首筋が、背中が濡れた。揮発性の匂いだ。ガソリンだ。眼に染みる。瞼をぎゅっと閉じた。犯人だ。放火犯人が生きたまま焼こうとしている。初めて味わう恐怖が身を凍らせた。絶叫が胃袋から這い上がった。股間が熱くなった。小便だ。いやだ、死にたくない。声にならない声を上げ、身体をよじった。ガソリンが下着を濡らし、靴の中まで冷たくなる。

ボンッ、と破裂音がした。髪が燃え、背中が燃えた。轟音が全身を包んだ。視界が真っ赤に染まり、熱い激痛が全身を噛んだ。肌が焼け、焦げていく乾いた音がする。

大黒は頭を大きく振りながら立ち上がり、走った。炎の塊となって突進した。看板を跳ね飛ばし、表通りに飛び出した。幾つもの悲鳴が上がったが、大黒にはもう聞こえなかった。表通りを埋めたひとの波がどっと割れる。こけつまろびつしながら、逃げ惑う。倒れて泣き喚いている女もいる。

炎の塊はバーのガラス窓を割って跳ね返り、尻を振りながら走った。ウオッ、と雄叫びが上がる。客引きをしていたホストの群れだ。恐怖に顔をひきつらせて背を向けた。その後を、人間の形をした炎が追いかける。皆、悲鳴を上げて四散した。パニックに襲われ、喚きながら店のシャッターに激突する男もいる。

炎が歓楽街を疾走した。路上に出たラーメン屋のテーブルを引っ繰り返し、アダルトショップの電飾看板をなぎ倒し、最後は路上駐車のベンツに激突して転がった。アスファルトの上でゴムマリのようにバウンドし、炎の滴《しずく》を撒き散らしながら暴れた。

大黒はオレンジの炎の中で首を振り、両足をばたばたやって悶えていたが、じきに動かなくなった。

脂肪が焼けるいやな臭いと共に、でっぷりと太った男が燃えた。真夜中の歌舞伎町に悲鳴と喚声が湧き上がり、無数の野次馬が押し寄せる。どこからかサイレンの音が聞こえる。遠巻きにした人の輪の中で、それは盛大な焚き火のようにも、人身御供《ひとみごくう》の火柱にも見えた。

9

翌日、午後二時、英次は青山さんのマンションを訪ねた。青山さんは英次の顔を見るなり眉をひそめた。

「ダンディな英次くんが、そのざまはなんだね」

英次は無精髭の浮いた頬を撫で、すみません、と頭を下げた。いつもきれいにまとめてあるオールバックの髪も、今日は簡単にクシを入れただけだ。

「眼もタバスコを垂らしたように赤いし――二日酔いかね」

いいえ、と小さく応えた。

「まあ座りたまえ」

言われるままソファに腰を下ろした。青山さんの眉間に刻まれた筋が、とても不機嫌そうだ。

「もう三日連続じゃないか。わたしのところへ来る暇があったら仕事でも探したらどうかね」

ピシリと言われ、うなだれた。熱いコーヒーを淹れてもらう間、部屋を見回した。

木製の大きなデスクには読みかけの分厚い本が載り、真鍮製の灰皿に置かれた葉巻から紫色の煙がゆらゆらと立ち昇っている。

壁一面の本棚には洋書や文学全集、単行本、文庫が千冊は詰まっていると思う。銀色のオーディオセットが今日はオーケストラのクラシックを流している。壮麗な曲、というのだろうか。この趣味のいい部屋に似合った音楽だ。

ブラインドを巻き上げた窓の向こう、歌舞伎町のビルが広がり、銀色に輝くパールタワーも見える。

「きみが辛いのは判るさ。だが、現実から逃げても何も生まれない」

青山さんは厚手のカップを渡しながら語った。優しい口調だ。

「そんな弱いことでは天国の彼女も呆れてるんじゃないか？　見込み違いだった、とさ」

丸いレンズ越しに眼が笑った。温かい笑顔に、少しホッとした。

「そうだ。きみに伝えておかなければならないことがある」

青山さんは坊主頭をぐるりと撫で、黒革張りの回転チェアに身体を沈めた。

「あの中国人、切ったから」

さらりと言った。

「数字がまったく上がらない。見込みなしだ」

昨日までの自分ならビビッただろう。だが、いまはどうってことない。というより、心の余裕がない。

「じゃあ『ラッキーナイト』はどうなるんです？」

「優秀な人材が見つかるまで休業だな」

事もなげに言うと、葉巻を喫った。

「で、本日の用件は何かな？」

面白がるような表情だ。英次は空咳をくれて語った。

「昨夜、もう真夜中ですけど、刑事が焼死したの、知ってます？」

青山さんは窓の向こうを眺めた。

「歌舞伎町だろう。何者かにガソリンをかけられて、火だるまになったらしいね。恐ろしい街だ。とても日本とは思えないよ」

「あの大黒という刑事、事件の裏を探っていたんです」

チェアをくるりと回した。青山さんの表情が一転、強ばっている。

「ビル火災かね？」

声が低い。英次は小さくうなずいた。

「どういうことだ？」

青山さんはよく手入れされた髭をしごき、レンズの奥から険しい眼を据えてくる。

英次はたじろぎながらも、四課の大黒なる刑事が『ラブリースクール』の元ホステスの部屋を訪れたこと、元消防士の男と手を組んだことを語った。

青山さんは中空を凝視した。英次は汗の浮いた掌を握った。青山さんの唇が動いた。

「元消防士との関係が見えないな」

それはその——言葉に詰まった。どこまで語ればいいのか。戸惑い、頭の中を整理して告げた。

「元消防士は子供のとき、放火犯人らしき男とマブダチだったようです。それで、これ以上、罪を重ねさせたくない、と動いているんです。元消防士として許せないらしいです」

納得してくれただろうか。

「その元消防士の名前はなんといったかな」

「遊佐っていいます。遊佐京平」

ゆさきょうへい、と呟き、それっきりだった。

「子供のときは宮村京平です。いろいろ事情があったようで——」

青山さんは首をひねった。

「よく判らない話だね。自分の身内が殺されたのならともかく」

興味がなさそうだ。いや、かかわりたくないのだろう。それでも英次は、もうひと押ししてみた。

「昔、ふたりとも華燿亭という歌舞伎町の料亭に住んでいたらしいです」

「それがどうしたんだ？」

あっさり返されて恐縮した。

「いえ、もう燃えてしまって、ないんですけど」

青山さんならバブルを象徴する華燿亭事件を知っているかも、と思ったが、期待外れのようだ。海外へ出ていたのかもしれない。青山さんは「もう首を突っ込まないほうがいいな」と言ったきり、口を噤んだ。窓の向こうに眼をやり、のんびりした表情で葉巻をふかしている。落胆した。昨日は、いつでもきみの助けになる、と言った青山さんが、今日は触らぬ神に祟りなし、といわんばかりの冷たい態度だ。沈黙が流れた。

英次は大きく息を吐き、書棚を眺めた。凄い量の本だ。圧倒される。自分ならあと十回、生まれ変わっても読めないと思う。

「あの、青山さん」

なんだね、とつまらなそうにこっちを見た。

「サンテなんとかって外国の作家、知ってます？」

言った後、後悔した。青山さんの顔に侮蔑がある。

「そんなおかしな名前の作家はいないよ」

頬が熱くなった。

「有名な飛行機乗りなんですけど」

青山さんは葉巻を摘み、笑った。輝くばかりの笑顔だ。やはり青山さんにはこの顔が似合う。

「サン＝テグジュペリだろう」

英次は苦笑いを浮かべて頭をかいた。空気が和んだ。

「フランスの作家じゃないか」

やっぱり青山さんはインテリだ。

「まさかきみの口から出るとは思わなかったな」

葉巻の灰を灰皿に落とした。

「で、サン＝テグジュペリがどうしたの？」

元ボッタクリバーの店長がいったい何を言い出すのか、興味もあるようだ。

「いえ、知り合いの女がちょっと」

言葉を濁した。さすがに詳細は言えない。青山さんは、なーんだ、と言いたげに葉巻をふかした。

「まあ、売り上げ部数が聖書に次いで史上二番目、と言われる『星の王子さま』を書いた作家だからねえ。最近は新しい翻訳も続々と出て話題になっているようだし、日本の若い女性に人気があっても不思議じゃない」

よく判らないが、ホッとした。

「たしか、飛行機に乗ったまま行方不明になり、墜落場所も判らないんですよね」

青山さんは怪訝な表情で首をかしげた。違ったか？

「それは古い情報だね」

焦った。古いもなにも、十六年前のことを綴った手紙なのだ。しかし、どうして判るのだろう。青山さんは微笑み、ゆっくりと語った。

「たしか二〇〇四年の春、戦闘機が地中海から引き揚げられている。フランスのマルセイユ沖だ」

「本当ですか？」

思わず身を乗り出した。

「残骸だけどね。機体の製造番号から確認したらしい。六十年ぶりに偉大なる作家の最期が判明したわけだ」

青山さんの知識に舌を巻いた。やはり本物のインテリだ。

「『夜間飛行』って作品が素晴らしいんですよね」

「読んだの？」

いえ、と肩をすぼめた。

「じゃあ、判ったようなことを言ってはいけない」

調子に乗った自分を恥じた。青山さんは腰を上げ、書棚をぐるりと見回した。これだ、と手を伸ばし、三冊の本を抜き出した。二冊の文庫と一冊の函入り児童書だ。どれも古びている。児童書は『星の王子さま』で、二冊の文庫は『夜間飛行』と『人間の土地』だ。

「『夜間飛行』もいい作品だが、わたしはこっちが好きだな」

青山さんは葉巻を嚙み、『人間の土地』を開いた。ページをぱらぱらとめくり、「さ、ここを読んでみなさい」と差し出してくる。

えっ、と声が出た。自分は、難しい活字を読むと麻酔薬を打たれたみたいに眠くなる人間で、愛読しているのは競馬新聞と実話週刊誌で――と説明しようとしたが、青山さんは微笑み「難しくないから」と言ってくれた。「ほら、ここだ」

受け取り、指で示された箇所に眼をやった。

「飛行士のサン＝テグジュペリが砂漠地帯で見聞きした物語だから、小説というよりはルポルタージュだね。きみに読んでもらいたいのは北アフリカの黒人奴隷の話だ。年老いて働けなくなった奴隷は最後、砂漠の原住民であるモール人の主人からひと碗の茶をふるまわれ、解放される。自由になるんだ」

青山さんの解説を聞きながら、活字を追った。それは、易《やさ》しい言葉で綴られた、とても哀しい物語だった。こんな具合に。

［あまりにも年老い、食わしておいたり、着せておいたりする値打ちがなくなると、彼は法外な自由を与えられる。三日のあいだ、彼はテントからテントへと、働き口を求めてむなしく回り歩く。日ごとに肉体は衰える、そして三日目の終わりには、相変わらずのおとなしさで、彼は砂上に横になる。ぼくはジュビーで、裸で死んでいく奴隷たちを見た。モール人たちは、彼らの長い断末魔を間近から見ている。だがしかし、べつに残酷なことはしない」（『人間の土地』新潮文庫）

英次は顔を上げた。青山さんは無表情で葉巻をふかしている。

「モール人とかいうやつら、ジイさんを人間として見てませんよね」

「奴隷だからね」

素っ気なく言うと、口をすぼめて紫煙を吐いた。英次は苦いものを噛み締め、続きを読んだ。

［モール人の子供たちは、この黒い漂流物のかたわらで遊んでいる。そして毎日、夜が明けると、まだ動いているか、駆けて見に行くのをおもしろがっていた。おもしろがってはいたが、年老いた自分たちの家僕を嗤うことはしなかった、これがきわめて当たり前の順序なのだった。いわば彼に向って、〈お前はよく働いた、お前にも眠る権利がある、さあ、おやすみ〉と言ってやるのと同じだった。彼は横たわったままで、

一種眩暈のような飢餓は感じるが、悩みの種になるような不満は何も感じない。彼はすこしずつ土に同化していった、太陽にかわかされ、大地に受容れられて、三十年の労働、ついでこの睡眠と、大地に対するこれが彼の権利だった」（『人間の土地』新潮文庫）

やりきれなかった。

「どうだね」

青山さんがメガネのブリッジを指で押し上げ、眼を細めた。柔和な表情に無性に腹が立った。

「自由ったって、こんなの自由じゃありませんよ」

憤然と言った。

「どうして」

「だって、どこにも行けないじゃありませんか。この黒人は奴隷でしか生きられないんだから――」

言葉がうわ滑りしている。青山さんは静かに語った。

「だが、死んでいく自由はあるだろう。大自然の摂理に任せて死んで、土に還るんだ。これも紛れもない自由さ」

「おれには判らないいな」

「だからさ、本物の金持ちは精神の自由を持ち、奴隷は自然の摂理の中で死んでいく自由を持っているのさ。それが人間だよ」

「青山さんはこういう奴隷を見たことがあるんですか」

「あるよ」

　息を呑んだ。

「南米、中東、アフリカ、東南アジア――奴隷はどこにでもいたな。中国では誘拐された子供や女性が売り買いされているし、インドのムンバイにある市場では檻に入れられて買い手を待つ幼い女の子もいたよ。サン＝テグジュペリが見た光景は、いまも世界に厳然と存在するのさ」

　現実の話とは思えなかった。青山さんが見てきた世界は、とてつもなく広くて深い。歌舞伎町しか知らない自分には想像もできないほどに。

　青山さんはまた窓の向こうを眺めている。歌舞伎町の汚い街並みだ。世界を知る青山さんが、どうしてこんな街にいるのだろう。不思議でならなかった。

　テーブルの『夜間飛行』を取り上げた。古い、黄ばんだ文庫だ。濃紺のカバーは擦り切れ、端が欠けている。そうだ、この物語の主人公だ。たしか、リヴィエールという名前だった。邦町満が憧れた男だ。本屋で買ってじっくり読んでみるか、と思いながらパラパラとめくった。細かい活字がびっしりと連なっている。埃っぽい臭いが鼻を刺す。指が止まった。息を詰めて凝視した。頭の隅に白い光が疾《はし》った。

「英次くん」

はっと顔を上げた。青山さんが窓際に立っている。視線は歌舞伎町に向けたままだ。

「ちょっと来たまえ」

有無を言わさぬ口調だ。はい、と応え、腰を上げた。よろめく足で歩み寄った。自分が自分でないような——青山さんは葉巻を片手に、あごをしゃくった。

「あの辺りだよ」

なんのことか判らず、突っ立っていた。青山さんは葉巻を挟んだ指で示した。

「ほら、水色のラブホテルがあるだろう。あの先だ。いまは駐車場になっている」

たしかにビルに囲まれた、アスファルト張りの駐車場が見える。その左奥にはパールタワーが聳えている。富の象徴だ。自分の憧れだ。しかし、駐車場がどうしたんだろう。何の変哲もない駐車場じゃないか。白い光が頭の中でどんどん大きくなる。早くひとりになりたい。ひとりになってゆっくり考えたい。青山さんが言葉を継いだ。

「華燿亭だよ。きみがさっき言ってたじゃないか」

全身がこわばった。

「もう十六年になるかね。凄い火災だったよなあ。わたしは直接は見てないが、巨大な炎が歌舞伎町の夜空を焦がしたらしいよ。後に、バブルの終焉を告げる事件、と言われたんじゃなかったかなあ」

英次は駐車場を凝視した。そうだ、ここは歌舞伎町だ。七階の部屋だ。見えて当然だ。青山さんが知っていてもおかしくない。いや、知らないほうがおかしい。なぜなら青山さんは——過去と現在。『夜間飛行』と邦町満。バブルと火災。様々なものが錯綜して、頭が割れそうだ。

「あの、青山さん」

震える声を絞り出した。情けない。が、いまはこれで精一杯だった。

「そろそろ帰りたいのですが」

青山さんは柔らかな笑みを浮かべた。

「きみが勝手に押しかけたんだよ。好きにすればいいさ」

はい、と頭を下げ、部屋を後にした。ドアを閉めた途端、冷や汗がどっと流れた。

廊下を走り、エレベータを使わず、階段を駆け降りた。心臓の鼓動が高く激しくなる。

玄関を出た。歩道を五十メートルほど歩き、そこで足が止まった。両手を膝に置いて喘いだ。大きく息を吸い、フリーズしてしまった脳みそに酸素を送り込む。

震える手でケータイを取り出し、操作した。呼び出しコール一回で出た。

「なに？」

声を潜めている。こいつもビビっている。少し気がラクになった。

「遊佐に送ってきた手紙だけどな」

「なんだよ、突然」

太一の恐怖が手に取るように判る。無理もない。極秘で放火事件を探っていた刑事が火ダルマになって焼死したのだから。

「おまえは頭がいいから訊くが、こんな名前に記憶ないか」

息を詰める音がした。英次は乾いた唇を舐め、内藤ひとみ、と小さく告げた。

「内藤──ひとみ」

ケータイの向こうで復誦《ふくしょう》し、沈黙が流れた。それはさあ、とか細い声が聞こえた。

「万年筆で書かれた名前じゃなかったっけ。裏表紙の内側にさ」

「なんの裏表紙だ？」

ケータイを握る手が汗で濡れた。ゴクリと生唾を呑む音が聞こえた。太一も震えている。

「『夜間飛行』だよ。邦町満が古本屋で百円で買った文庫本」

瞬間、ビルに手をついた。足許が揺れ、膝がガクガクした。だとしたら青山さんが邦町満？　放火犯？　バカな、そんなことはあり得ない。第一、年齢《とし》格好がまったく違う。記憶を辿った。邦町満はたしか、初めてリヴィエールに会った夜、プレゼントしているはず。わたしのリヴィエール、と呼ぶ水谷敏郎に──歯を食い縛って呻いた。

「英次、どうしたの？」

甲高い声が鼓膜を叩いた。

「なんで黙ってるんだよ、なにか言えよ！」

悲鳴のようだった。英次は大きく息を吸い、

「『夜間飛行』の持ち主を見つけたぞ」と言った。太一は絶句した。

「また後でな」

えいじぃ～、という悲痛な声を聞きながらケータイを切った。振り返り、マンションを見上げた。七階を眼で追う。青山さんがまさか……頭を振った。ダメだ。これまでのことはすべて忘れろ。いまは事実のみを考えるんだ、と臍《へそ》の下に力を入れたとき、ケータイが震えた。太一か？　舌打ちをくれて開いた。液晶に浮かぶ発信者の名前を見て唇を噛んだ。耳に当てる。

「どうした」

「英次くーん」と泣きそうなクミコの声がする。「さっき、起きたらテレビでやってたんだけどお～」

間延びした声に苛立った。

「だからどうしたんだよ！」

「だからさあ、歌舞伎町で丸焦げになった刑事だよ。大黒っていう」

えっ、と固まった。クミコに話したか？　いや、話していない。華燿亭のことはこれっぽちも漏らしていない。膨れあがる戸惑いをよそにクミコは続けた。

「昨日、来たんだよ。お店に」

お店――『ラッキーナイト』？　違う。新しい店だ。

「キャバクラ。『ピンキー』っていう」

「どこの」

「パールタワー」

英次は眼をすがめ、手庇《てびさし》をした。前方、右手のビルの間に西陽を照り返す銀色のビルが見える。

「おまえ、なんでその客と焼死体が一緒だって判る」

我ながら不思議なくらい、穏やかな声だった。

「だからあ、警察手帳を見せてあたしに迫ったんだよ。おれは警察だからパールタワーのオーナーのこと、教えろって」

声が震えている。

「もう怖くって。あれ、オーナーがらみで殺されたんだよ。あたし、英次しか頼れるひと、いないから。マッポは大嫌いだし」

疑問が湧いた。

「クミコ、おまえ、どうしてパールタワーで働いてる」

「髭のおじさんに紹介されたんだよ。『ラッキーナイト』のオーナー。ケータイに連絡が入ってさ。つぎの仕事が決まってないならどうだね、って」

カチリ、と音がして何かが繋がった。黒くて重いものが津波のように押し寄せた。

英次は語りかけた。

「髭のおじさんとパールタワーのオーナーはどういう関係なんだ」

「さあ。ただ、パールタワーのオーナーはすんごいお金持ちで、趣味でやってる店だから気楽にやればいいって」

こめかみが軋んだ。

「おまえ、もうパールタワーに近づくな」

「だってお仕事あるし」

「いいから、おれの言うとおりにしろ。焼け死にたくなかったら部屋でおとなしくしてろ」

クミコの呼吸音だけが聞こえた。

「判ったな」と言い置き、返事も待たずにケータイを切った。歩道を歩きながら住所録を呼び出した。多恵の番号に発信する。二コールで出た。

「遊佐を出せ」

えっ、と言葉に詰まっている。

「そこにいることは判ってるんだ。もう、やることやったんだろう。いいから出せ」

「なによ、その言い方。そういうつまんないこと、言ってる場合じゃないでしょう」

多恵の声のトーンがぐんと上がった。「大黒が焼け死んだんだよ、あのクソ刑事が。いったいどうすんのよ！」

パニック寸前だ。あの強気の多恵がビビッている。

「うるせえ」

己の恐怖を抑え込むように叫んだ。通行人たちが驚いた顔で見ている。

「いないんなら番号を教えろ。おれは急いでるんだ。早くしないと——」

うるさい、と低い男の声がした。

「ギャーギャーわめくな。筒抜けだ」

遊佐だ。生唾を呑み込んだ。

「どうした。用があるんだろう」

面白がるような声が聞こえた。英次は張り付いた舌を引きはがした。

「重要なことだ。電話じゃ話せない」

「どう重要なんだ」

「水谷に手が掛かったかも」

二呼吸分の沈黙が流れた。

「いまどこだ」

鋼のような揺るぎない声に、幾分冷静さが戻った。

「歌舞伎町」

「判った」

声を潜めた。多恵に聞かれたくないのだろう。

「西口に来い。場所は――」

一方的に告げて切れた。午後三時半。英次は足を踏み出した。ひどく重い。泥の中を歩いているようだった。

10

目白駅の近く、山手線の線路際に建つマンションの部屋で、太一はベッドに寝転がっていた。電車が通過するたびに部屋が揺れ、地響きがする。

昨夜は飲み過ぎた。失恋に消沈し、英次と別れた後、目白駅前の居酒屋でへべれけになるまで酔ってしまった。おかげで起きたのは昼過ぎだ。トイレと洗顔を済ませ、テレビをつけると正午のニュースをやっていた。

ぼんやりしていた頭が瞬時に目覚めた。それは真夜中の新宿で起こったという。火だるまになった男が歌舞伎町のど真ん中を突っ走り、路上で燃え上がった、前代未聞の事件だ。しかも、男は後ろ手に精巧なイミテーションの手錠を嵌められ、ガソリンを浴びていた、と。

これだけでも恐ろしい事件なのに、被害者の名前を見た途端、ええっ、と声が出た。大黒孝。多恵の部屋を訪ねた、おかしな刑事だ。遊佐と手を結んだと聞いていたのに

——

太一は息を潜め、電話を待った。多恵も英次も承知しているはず。が、電話はなかった。仲間じゃないか、と呟く自分が惨めだった。午後三時、やっと入った英次の電話が、また恐怖を増幅させた。

内藤ひとみ。文庫『夜間飛行』に記されたサインじゃないか。英次は興奮した口調で、『夜間飛行』の持ち主を見つけたぞ、とだけ告げて一方的に切った。『夜間飛行』の持ち主、といったらリヴィエール、水谷敏郎じゃなかったっけ？　だとしたら大変なことだ。三人目が見つかったことになる。邦町満の最後のターゲットだ。背筋が凍った。同時に、英次の身勝手な態度に腹が立った。昨夜、胸襟を開いて、ペラペラ喋ってしまったことがたまらなく悔しかった。ひとりの部屋が怖かった。仲間じゃないのかよお。泣きたくなった。

ベッドで身体を屈め、両膝を抱え、いちぬけたあ〜、と口に出してみた。なんか、すっきりした。全身を覆っていた恐怖も少し和らいだ気がする。やめやめ、と叫ぶように言った。電車の轟音が部屋を揺るがし、去って行く。

あー、もうやめだ、半身を起こした。両腕を突き上げ、背伸びをした。ふっ切ったら、なんかスッキリした。多恵は愛しい遊佐と一緒に事件を探ればいいんだ。英次も同じだ。だって、同棲までしてミツがせていたんだぜ。自分がレナにつぎ込んだカネが、あんな不良の無神経男に渡っていたかと思うと、ムカついて仕方ない。自分の恋人だから、勝手に復讐すればいいんだ。

そういえば殺すとかなんとか、粋がって言ってたけど、そんな乱暴なことに巻き込まれるのは真っ平御免だ。どうせ、女にもてない、ケンカもできない自分なんて、だーれも相手にしてくれないんだ。あー、損した。仲間と思ってすっごく損した。

そうだ。アキバにでも行こうか。メイドカフェで萌え萌えのコに、あ〜ん、とカレーを食べさせてもらって、一緒に写真でも撮れば、少しは気分も晴れるかも。ベッドから腰を上げ、ショルダーバッグにノートパソコンとデジカメを詰め込んでいると、ケータイが震えた。開いて液晶を見た途端、胸がドキドキした。多恵だ。

耳に当てる。なんだよおー、と思いっきり不機嫌な声を出した。

「あ、太一くーん」

甘い、能天気な声が響いた。

「ちょっと頼みたいことがあるんだ」

ムッとした。

「遊佐に頼めばいいじゃん。ぼくなんか、なんにもできないし」

「あ、拗《す》ねてる」

顔が火照った。

「もう、かまわないで欲しいんだ。ぼく、こんなことになるなんて思わなかったし」

「わたしと遊佐のこと？」

焦った。

「違うよ。華燿亭事件の裏側とか刑事の焼死とか、そういうことだよ」

うろたえ、上ずってしまう自分の声が情けなかった。

「太一くん、仲間じゃない」

「ぼくね。もう、そういう甘い言葉に騙されないから」

「だって、太一くんしか頼めるひと、いないし」

寂しそうな声だった。

「遊佐は勝手にどっか行ってしまうし」

ドキリとした。

「どこへ?」

「知らないわよ」

突き放したような言い方だった。気になる。思わずケータイを握り締めた。

第五章　パールタワー

1

新宿駅西口の家電量販店前で、遊佐はうつむき、壁にもたれていた。英次は足を停めた。

路上は買い物客や学校帰りの中学生に高校生、ティッシュ配りのサラ金店員で溢れ返り、呆れるほど賑やかだ。鮮やかな赤や黄、青がきらめく雑踏の中、黒のキャップにポロシャツ、ジーンズ姿の遊佐だけが冷たいヴェールをまとっているように見えた。安易な接近を許さない、覚悟のようなものが漂っている。

遊佐は気配を察知したのか、逞しい首をぐるりと回した。英次を認めるなりあごを軽くひねった。ついて来い、と言っている。広い逆三角形の背中を見ながら歩いた。

ガラス張りの大きな喫茶店の前で歩みを停め、さりげなく周囲を窺い、店内に入っていく。尾行確認をしたのだろう。

広々とした明るい喫茶店だった。買い物帰りの女性のグループと商談中のビジネスマンが目につく、穏やかな店だ。歌舞伎町にはない、落ち着いた空気が流れている。

遊佐は奥のソファ席に収まった。テーブルに禁煙マークが貼りつけてある。蝶ネクタイのボーイに英次はレモンティーをオーダーした。青山さんのコーヒーを味わって以後、喫茶店のコーヒーは飲まない。香りが違う、味の深みが違う。遊佐はトマトジュースだ。逞しい筋肉質の身体に似合っていると思う。

「いまの名前はなんだ」

唐突な言葉に戸惑った。

「だから、水谷とは違う名前だろう」

「ああ、まあ」

キャップの下の眼が底光りした。英次は顔を伏せた。が、容赦なく追い込んでくる。

「おれも水谷は追った。しかし、判らなかった。表に出てビジネスをやってた中野や松岡とは違う。あいつは狡猾で頭が切れる。自分で絵を描き、六千億円を闇社会に沈めた男だ。名前を変え、他人の戸籍を買い、水面下に潜んで生きてきた——それくらいはやるさ。違うか」

「そうかも」

「どうした、怖くなったか」

英次は顔を上げた。遊佐が目尻にシワを刻んでいる。余裕たっぷりの笑みだ。誘われるように語った。青山雄介という名前で、ボッタクリバーのオーナーで——眼のあたりに不審な色が浮いた。

「確証はあるのか」

「文庫本を持ってたから。『夜間飛行』。内藤ひとみの名前が入ったやつ」

遊佐の顔から血の気が引いた。

「間違いない」

眼がすぼまった。

「そいつが水谷だ」

覚悟していたとはいえ、遊佐の口から語られると心臓が凍えそうだ。

テーブルに届いた熱いレモンティーを飲んだ。遊佐は何事もなかったように、トマトジュースのストローを吸っている。

この男はいったい、どれだけの絶望と哀しみを見てきたのだろう。ピンクサロンの更衣室で寝泊まりする流浪の日々と、ろくでなしの男たちの暴力。母親も一緒になって虐待したというから、心を少しずつ削りながら生きる毎日だったと思う。眞田伊織を殺そうとしたのも判る気がする。しかも最後は母親があんな酷い殺され方をして、火をつけて——そうか、フェニックスか。手紙にあった火の鳥だ。華燿亭の巨大な炎の中から、遊佐は生まれ変わった。

翻って自分は、ままならぬ現実に悶々とするだけの、ただのハンパなワルじゃないか。

遊佐に自分を認めさせたい。おれだって男だ。遊佐、こっちを向け。

「遊佐さん」

静かに呼びかけた。遊佐が視線を動かした。

「大黒の焼死も水谷がらみだぜ」

キャップの下で眉根を寄せた。英次は語った。水谷はパールタワーのオーナーの可能性がある、と。遊佐はグラスをコースターに戻した。

「有名な風俗ビルだな」

「いま、歌舞伎町でいちばん勢いのあるビルだ。大黒はパールタワーのオーナーの素性を探っていたんだ。『ピンキー』ってキャバクラの女が証言している」

ほう、と唇が動いた。

「たいした情報収集力じゃないか」

気分がいい。が、遊佐はキャップを引き下げ、肩を震わせた。なんだ？　ククッ、と喉を鳴らしている。

「ご苦労。おまえはここまでだ」

冷たい言葉が深々と突き刺さった。

「あとはおれがやる」

遊佐はそれだけ言うと腰を浮かせた。待てよ！　声が裏返った。首筋まで熱くなった。

「どうした」

遊佐が冷たい眼を向けてくる。英次は両手をテーブルにつき、腰を上げた。睨み合う。

「おれだって命張ってんだ。舐めるな」

「ガキになにができる」

唇を吊り上げて嘲笑した。

「おまえは用済みだ。すっこんでろ」

おい、腕を掴んだ。が、太くて固い筋肉に指が回らない。遊佐はさも愉快げに眼をすがめた。

「焼き殺されたいのか？」

元消防士の言葉に戦慄した。

「生きながら焼かれるんだぞ。邦町満は自由を奪った上でガソリンを注ぎ、火をつけるんだ。呼吸する度に鼻が、喉が焼け、肺が焼け爛《ただ》れ、こんがりローストされていく」

掴んだ右手を逆にとられた。手首が、肘が、悲鳴を上げる。激痛に腰が折れ、ソファに落ちた。

「血液が沸騰し、皮膚が焼け、肉が焦げていく。おれが見た中野実は、地獄の笑みを浮かべていたよ。口を耳までざっくり切られて、な」

英次は痺れる右手を押さえ、睨んだ。

「多恵はどうする」

「女は関係ない。おれひとりだ」

遊佐は冷たく言い放った。

「世話になったな」

それだけ言うと伝票を掴み、悠々と出て行った。英次はソファにぐったりともたれた。力が抜けて動けない。終わった。

ケータイが震えた。太一だ。会いたいと言う。これまで聞いたことのない、悲愴な声だ。

「来たきゃ来いよ」

喫茶店の名前を告げてケータイを閉じた。はーっ、とため息を吐いた。何が悲しくて、あの小太りとお茶を飲まなきゃいけないんだ。

しかし、まあ、遊佐に切り捨てられたいま、相応《ふさわ》しいのかもしれない。ボーイにレモンティーのお代わりを頼んだ。

2

新宿駅大ガード近くのビジネスホテルに戻った遊佐は、日課のトレーニングをこなした。プッシュアップに腹筋、スクワット。ケータイが幾度か鳴ったが、無視した。部屋への電話は繫がないよう、フロントに言ってある。

シャワーを浴び、洗面所で髭をあたった。頭のケロイドがピンクに輝いている。赤ん坊の肌みたいだ。そっと触ってみる。ツルツルして滑らかだ。指先から熱が伝わる。気持ちが昂《たかぶ》って仕方がない。

ジーンズとポロシャツを身につけ、ザイルとマグライトをナップザックに入れた。キャップも被る。後は革のジャンパーを羽織るだけだ。

ソファに座り、テーブルに両脚を投げ出した。靖国通りのクルマの轟音がＢＧＭとなり、眠気を誘う。昂った気持ちが沈んでいく。

両手を頭の後ろで組み、瞼を閉じた。意識を集中する。みつる、と声に出してみた。途端に頭が痺れ、身体が浮き上がるような、不安で頼りない感覚に包まれた。

そうか。あれは四月二日、眞田伊織の虚像が音を立てて崩壊した日、株価が暴落し、バブル崩壊へと大きく足を踏み出した日なのか。知らなかった。だが、庭の満開の桜は本当にきれいだった。緑色の池にピンクの花びらが散って、夢の世界のように見えたのをおぼえている。思わぬ外出に、心がどうしようもなく弾んだからだろう。

昼下がり、三人で新宿のデパートへ行った。レストランで、満はステーキとピラフを、おれはオムライスとチキンの照り焼きを食べた。満はうれしそうだった。あんな笑顔は初めて見た。おれだってそうさ。頬が緩んで仕方なかった。母はおれたちを交互に眺めて、微笑んでいた。若草色のスーツに真珠のネックレスをつけた母はグラタンをオーダーし、ミルクティーを飲んでいたのか。すっかり忘れていたな。

だが、あのレストランの一画の情景は細部まで脳裡に刻んでいる。清潔な白いクロスがかかったテーブルと、その上には金の胡椒ケースと銀のソルトケース、フランス製のソースのガラス瓶が置かれていた。真鍮製の一輪挿しにはピンクのカーネーション。そして三人の笑顔だ。どうだ、満。おれだってしっかりおぼえているだろう。

あれほど温かで、輝くばかりの幸せに満ちた場所をおれは知らない。照り焼きチキンを噛み締めながら、この時間が永遠に続けばいい、と祈ったさ。

しかし満、きみは不機嫌になり、母はおろおろし始めた。満は自分の父親が、そう章生さんのことが大嫌いだった。バカなナメクジ野郎、とか、能無しのろくでなし、とか、囲炉裏の炎を眺めながらありとあらゆる悪口を聞いたよ。だが、満は章生さんの本当の姿を知らなかったんだな。

振り返れば、四月二日はおれときみにとって運命の日だった。

満。おれは、母が息子の自分より眞田を選んだあの日、本物の絶望を知ったよ。絶望には慣れっこになっていたはずなのに、あまりに哀しくて、切なくてさ。奈落の底へ沈んでいく、というのはああいう気持ちだと思う。

夜叉になった母に引きずられ、華燿亭へ戻りながら、おれはきみを見ていた。肩を落とし、トボトボと薄汚れた野良犬のようについてくるきみを。おれに負けないくらい、絶望の淵に沈んでいたきみをね。だが、きみにはさらなる絶望が訪れたのだな。驚くべき章生さんの自殺の真相が、さ。

ごめんな、満。あの日、母を振り切り、きみとふたりで逃げてしまえばよかったんだ。あの新宿のデパート前の歩道を走って、ふたり、笑いながら、風を巻いてどこかへ消えてしまえばよかったんだ。あれから幾度、そう思ったかしれない。本当にごめんな――

遊佐はまどろみながら泣いた。

3

「どーしたの」

太一の第一声だった。下膨れの顔がのぞきこんでくる。

「げっそりしてるじゃない」

英次は、うるせえ、と怒鳴ったが、か細い声しか出ない。ソファにもたれたまま、がっくりうなだれた。

「だれと会ってたの？」

きょろきょろ店内を見回している。

「遊佐だ。作戦会議」

えっ、と太一が眼を剝いた。

「だが、おれは用済みらしい。あいつひとりでやるとさ」

ソファから上半身を起こし、すっかり冷めたレモンティーを飲んだ。

「なにを？」

テーブル越しにぐっと童顔を寄せてくる。暑苦しい。右手で押しやりながら言った。

「水谷だ。居所が判った」

太一は眉を八の字にして声を低めた。

「電話で言ってた文庫本がカギ？」

「そう」

「どこにいるの？」

表情に切迫したものがある。

「おまえ、乗り込む気か」

太一は慌てて首を振り、うつむいた。

「どうせぼくたち、戦力外だし」

ムカッとした。

「〝ぼくたち〟ってなんだよ」

「だって、ぼくはこの作戦会議に呼ばれなかったし、英次は用済みで捨てられたし」

このやろう。胸倉を摑んで引き寄せた。あっ、英次、とテーブルを指さした。なんだ？　指の先を追った。ケータイだ。テーブルで、手足をもがれたカブトムシのように震えている。太一が「遊佐かも」と息を詰める。慌てて摑み上げた。液晶を見た途端、固まった。まさか、あの男が――うまく動かない指で操作し、耳に当てた。太一が緊張の面持ちで身を乗り出してくる。邪魔だ。英次は立ち上がった。店内をダッシュし、外へ出た。

「青山さん」

声が震えている。情けない。

「英次くん、いま、いいかな」

いつもの朗々としたバリトンだ。

「もちろん」

英次は歩道の雑踏を避け、ビルの陰に入った。

「きみに電話をするのは初めてだったね」

「いつもおれから一方通行でしたから」

ハッハッハッ、と明るい笑いが弾けた。本当に楽しそうだ。こっちまで笑いたくなる。ヤケクソというやつだ。

「化学反応の話をおぼえているよね」

青山さんと初めて会った、コマ劇場近くのハンバーガー屋だ。

「おかしな話でしたね」

「だが真理だよ」

「神の悪戯ってやつですか」

「わたしときみは、こういう運命にあったのだよ。最たる化学反応じゃないか」

英次はケータイを手で覆い、青山さん、と囁いた。

「なんだね」

二呼吸分ためらい、肚を決めた。

「あなたが三人目だ」

沈黙が流れた。街の喧噪だけが聞こえる。目の前を行き交う人々はみな、楽しそうだ。どこかで鐘《かね》が鳴っている。賑やかで明るくて、幸福の象徴のような音だ。

「きみにいいことを教えてあげよう」

晴れやかな声がした。

「警察が動かない理由だ。いかに華燿亭が凄い存在だったか、よく判るだろう」

眼の奥が熱くなった。視界が横に縦に歪む。英次は壁にもたれて語りかけた。

「邦町満はあなたのこと、知ってるんでしょう。名前を変えているとか、パールタワーのオーナーだとか」

「もちろんだ。赤羽の中野実から全部、聞き出している。あの男、命乞いをしてペラペラ喋ったらしいよ。弱ったね」

まったく弱っていない声音に戸惑った。

「焼き殺されるのに、怖くないんですか」

含み笑いが聞こえた。愉快そうだ。英次はこめかみの脂汗を手で拭った。

「だからさ、いろいろ面白い話があるからさ。あいつの手紙なんか信じちゃダメだよ」

なんで青山さんが――身体中の力が蒸発した。視界が下がっていく。通行人が不思議そうな顔で見下ろす。高層ビルの間から射し込む太陽が眩しい。いつの間にか、へったり座り込んでいた。

「英次くん、待ってるから」

「どこで?」

己の声がどこか遠くで聞こえた。

「パールタワーだよ。きみの憧れだ」

嘲笑が響いた。

「最上階の執務室にいるから、遊びに来なさい」

コンクリートに黒いガムがこびりついている。紙クズも散っている。汚い街だ。

「この世界がどのようにして成り立っているのか、人間とはどういう存在なのか、きみに教えてやるから」

朗らかな声を残して電話は切れた。英次はうずくまったまま動かなかった。胡座をかき、背を丸めた。ひどく億劫だった。指一本、動かすのも嫌だ。自分がちっぽけな蟻に思えた。踏まれて砕けて消えていく、一匹の蟻だ。

無数の靴音と言葉にならないざわめきが通り過ぎていく。どれくらいそうしていただろう、腕をとられた。見上げた。下膨れの童顔があった。

「起きなよ。英次らしくない」

太一が腰を踏ん張り、両手で引き起こしてきた。英次はゆっくりと腰を上げた。脚が痺れている。太一がニッと笑いかけてきた。なんだこの野郎。我に返った。

「ほっとけよ」

手を払った。太一が口を尖らす。

「なんだよ。昨日、ぼくにもしてくれたじゃん、お返しだよ。同じ戦力外として」

ムッとした。

「だから同じじゃないって」

「そうだよ。同じじゃないよ。だからいいんだよ」

なにを言ってるんだ、コイツ。

「よく考えたらぼくたち、ふたりで一人前じゃない」

はあ、と首をひねった。

「だからさあ、お互いに無いものを補っているんだよ。頭脳と肉体と、さ」

「おれの頭は用無しかよ」

「それはおいといて、電話、だれから?」

そうだ。強ばった舌を動かした。

「水谷だよ」

太一が眼を見開いた。頬が震えている。恐怖と驚愕がごちゃまぜになった表情だ。

余裕が戻った。

「遊びに来るように言ってた」

「どういうこと?」

英次は肩を大きく上下させ、息を吐いた。

「一年前、知り合った。おれの前じゃ青山って名乗ってた。そいつが文庫本を持ってたんだ」

へー、と太一は間抜けな声で応えた。

「とにかく来いって言ってる。どうする？」

太一は逃げるように視線を下げた。英次はたたみかけた。

「パールタワーだ。知ってるだろう。有名な風俗ビルだ。『ラブリースクール』からそんなに遠くない」

「一度だけ、行ったことがある」

英次は口がぽけっと半開きになり、それでも、どこへ、と訊いた。

「八階のランパブ。店名は『メロディ』。好みのコがいなかったから一度きり」

「探求心の旺盛な野郎だぜ」

太一が顔を上げた。紅潮している。

「水谷って、邦町満に燃やされるんだよ。口をざっくり切り裂かれてさ」

英次は声を低め、そうでもないらしい、と囁いた。

「愛しのリヴィエールは、邦町満の扱いに自信満々だ。おれたちに警察の動きが鈍い理由も教えてくれるそうだ」

「じゃあ、ぼくたちも遊佐と話し合って――」

「だから遊佐はひとりでやるんだよ。早くしないと先を越される」

太一は唇を引き結び、黙り込んだ。

「なあ、太一」

両肩に優しく手を置いた。

「おれたち、ふたりでひとり、だろう」

言いながら、どこかで聞いた演歌の歌詞みたいだな、と思った。

「おれもさ、青山さん――いや水谷の人となりは承知しているつもりだ。危険が迫りながら、手をこまねいている男じゃない。それに手紙の存在も知ってるみたいだし」

両手から震えが這い上がってきた。太一だ。青くなった太一がガタガタ揺れている。

「なんで水谷が手紙を」

か細い声が胸に響いた。

「知るか」

吐き捨て、太一の肩を摑んだ。肉に指がめり込んだ。

「いいか、太一。おれたちは戦力外なんだ。戦力外の意地を見せてやろうぜ」

太一は横を向いた。

「ヨッコのこと、悔しくないのかよ。ヨッコに誓ったんだろう」

太一の唇が動き、掠れ声が漏れた。パールタワーだよね——

「そうだ。一緒に行こうぜ」

よし、と力強く応えた。太一は、やるよ、と拳を握り、その前にオシッコ、と叫んで駆け出した。ぴゅーっと喫茶店に戻って行く。チビリ野郎が、と壁を蹴飛ばした。だが、少しだけ太一を見直した。

途中、黒のキャップを二つ買った。監視カメラに捕らえられるのはかなわない。目深に被ると、太一は中学生のようだ。

歌舞伎町までの道すがら、英次は青山雄介とのことを語った。コマ劇場前の出会い、ボッタクリバーの仕事、マンションでのコーヒーと会話、そして『夜間飛行』——聞き終わった太一は、世の中にはきっとそういうこともあるんだよ、と言ったきり、口を噤んだ。強烈な西陽が首筋をジリジリ灼いた。

パールタワーは周囲のテナントビルを圧していた。磨き抜かれた大理石の外装と、黒の御影石をふんだんに使った豪華な玄関。高級クラブが入った銀座の有名ビルのようだ。

午後六時。着飾った若い女たちがキャーキャー騒ぎながら吸い込まれていく。エレベータは三基。玄関横の無料風俗案内所では、男たちが熱心に店情報に見入っている。

太一は十階建ての豪華なビルをポカンと見上げ、これ、全部水谷の？　と呟いた。

「灰皿一個まで、な」

固い靴音がした。ブラックスーツの男が三人、駆け寄ってくる。目付きの鋭い、屈強な男たちだ。ホストとガードマンを足して二で割ったような風体だ。

「どちらさまで」

慇懃に訊いてきた。英次は黒のレザーパンツに白のシルクシャツ。太一はチノパンにベージュのポロシャツ、よれた麻のジャケット。どこまでも対照的な凸凹《でこぼこ》のふたりが、揃って黒のキャップを被り、突っ立っているのだから、不審に思わないほうがどうかしている。

「オーナーに用があるんだけど」

英次はひとさし指で天を指した。

「最上階の」

三人、顔を見合わせた。怪訝な表情が、こいつらマジかよ、と言っている。耳に銀のピアスをつけた年嵩の男が前に出た。

「おたくのお名前は」

眼に剣呑なものがある。

「おれは鹿島英次、こっちは――あれ？」

いない。ぐるりと振り返ると、背後に隠れていた。

「こいつは稲葉太一。おれのダチ」

男は壁の受話器を取り、なにやら話し始めた。頭を下げているところを見ると、青山さんだろう。向き直った。似合わない笑みを浮かべている。

「失礼しました。ご案内しますが、その前に――」

あごをしゃくった。

「ボディチェックをさせてください」

ふたりが歩み寄る。太一はチェックされる前からホールドアップのように両腕を伸ばしている。いまにも、撃たないで、と泣き出しそうだ。英次の担当は眉が薄く唇が厚い、暴走族上がりのお笑い芸人に似た男だった。失礼、と言うや、こっちの返事も待たず両手で探る。空港のガードマンより二倍素早く、五倍は威圧的だった。

よせ、と身体をひねった。

「おれは鉄砲玉じゃない」

正面から睨み合った。

「ハジキもヤッパも持ってないぜ」

お笑い芸人がVシネマの極道俳優になった。額を突き合わせる。

「まあまあ、鹿島さん」

ピアスが間に割って入った。

「じゃあ、ケータイだけでも預けてください」

「どうして」

英次は尻ポケットのケータイを握った。

「ピーピー鳴ったらうるさいし、写真とか撮られたら困るし。つまるところ、オーナーが嫌いなんですよ」

「いやだね」

ピアスの顔が険しくなった。英次もあごを引き、正面から見据えた。一歩も引く気はない。英次は睨みをくれながら言った。

「おれが青山さんに話してもいい。とにかく、おまえらにはハンカチ一枚預けるのもイヤだ」

険悪な空気が流れた。が、それも一瞬だった。ピアスが肩をすくめ、どうぞ、とバカ丁寧に腰を折った。案内されるまま、玄関ロビーを歩いた。奥のスチールのドアを開け、廊下を進んだ。突き当たりに一基、エレベータがあった。扉横のパネルにカードを差し込み、番号をプッシュする。専用の直通エレベータだろう。扉が音もなく開いた。促されるまま入った。ピアスが手を上げ、ごゆっくり、と言った。扉が閉まった。

ほっと息をつく音がした。太一だ。

「英次、つっぱり過ぎだよ。ケータイくらい、いいじゃん」

英次は尻ポケットのケータイを抜き出した。液晶に受信メールリストを呼び出す。苦いものを呑み込み、メールを選択した。

《さよなら　がんばて》

鼻の奥が熱くなった。

「なに見てるんだよお」

太一がのぞき込もうとする。やめろ、と身体をねじったとき、扉が開いた。

「よくきたね」

艶《つや》のあるバリトンが響いた。青山さんが立っていた。葡萄色のダブルスーツにスカイブルーのシャツ、臙脂のアスコットタイ。パナマ帽と縁なしの丸いメガネ。葉巻を片手に佇む青山さんはオペラ観劇に訪れた、どこかの貴族のようだ。ゆったりとした雰囲気はいつもと変わらない。

「仲がいいじゃないか」

慌ててケータイをしまい、頭を下げた。えいじっ。太一が顔をこわばらせ、眦《まなじり》を吊り上げている。

「頭なんか下げる必要ないだろう」

こめかみが熱くなった。

「まあ、こちらへ」

優雅な手つきで招き入れられる。四十畳はあるだろう。キャッチボールくらいは余裕でできそうな広々とした空間だ。オリーブ色の絨毯と、ウォールナット材の壁。ダークグリーンのブラインドが下りた窓。高い天井で輝くクリプトンライトが黄金の光を振り撒いている。

正面奥の、タタミ一畳分ほどの一枚板のデスクにはパソコンの大型ディスプレイとひと抱えはありそうな豪華な地球儀、象牙色の固定電話、漆塗りの文箱。革製の筆具入れに数本の万年筆が整然と並び、碧色の切子グラスには銀色のペーパーナイフとステイショナリー用のゴールドの鋏《はさみ》が差し込まれている。

部屋の中央に大理石のテーブルと、二十人は座れそうなクリーム色のソファ。右手にステンドグラスを嵌め込んだドアがある。

無駄なものを一切排除した、シンプルで豪華な部屋だ。あの職安通り沿いに建つマンションの、本やCDがぎっしり詰まった趣味の部屋とは異なった、機能的な空間だ。背後でエレベータの扉が閉まった。静寂が流れる。静かだ。とても歌舞伎町のド真ん中とは思えない。防音効果に加え、空調も完璧なのだろう。清涼な空気が満ちている。

「座りなさい」

静かに言った。青山さんはデスクのチェアに腰を下ろし、悠々と葉巻を喫っている。楽しくて仕方ない、といった風だ。

ふたり、ソファに座った。見下ろされる格好がひどく屈辱的だ。すべて計算のうえだろう。青山さんは太一に視線をやった。

「元銀行マンの友達だね」

眼をすがめ、煙を吐きながら語った。

「卑屈で小心で狡猾な臭いがプンプンするな。日本の銀行でなきゃ熟成されない臭いだ」

目尻にシワを刻み、微笑んだ。

「国際金融の場で、傲慢なＷＡＳＰ連中に〝資金量が大きいだけで知恵はゼロ〟といわれる低能銀行に相応しい臭いだね」

まったくのゴミ扱いだ。自称エリートの太一が頬をプルプル震わせている。英次は臍の下に力を入れた。

「青山さん、今日は警察が本気で捜査しない理由を教えてくれるんですよね」

青山さんは葉巻を指先で摘み、つまらない話さ、と笑った。

「世の中では、六千億円が闇に消えた、と言われてるんだろう」

青山さんは中空を眺めた。

くく。


「わたしの報酬は三十億」

英次は、さんじゅうおく、と呟き、生唾を飲み込んだ。太一が、ビビるなよ、と囁く。

「中野と松岡が十億ずつだ。微々たるものだよ」

葉巻をうまそうにくゆらせて語った。

「まあ、十億でも一生遊んで暮らせるよね。しかし、普通の感覚の人間に、わたしたちがやったような仕事はできないんだ。退職金と年金の額を計算しながら、与えられた枠《わく》に己を押し込めて生きる輩《やから》とは違う。我慢とか忍耐、刻苦勉励とは無縁の人生だ。ハイリスク・ハイリターンが性に合っている。結局、中野は派手に散財し、気づいたら幾らもなかった。それで、赤羽の借り店舗でサラ金をチマチマやるしかなかった。松岡はもう少し頭がいいから、歌舞伎町で風俗ビジネスを始めた。極道にも顔が利くしね。そして地盤を固め、信用を得たところでさくら通りのビルのオーナーに収まった」

「明神ビルですね」

青山さんは大儀そうにうなずいた。

「しかしまあ、猿に毛が三本生えた程度の知恵だ」

「青山さんはどうしたんですか」

「わたしは海外へ出たよ。きみに話した通りさ」

　頬を指先で触った。

「アルジェリアに素晴らしい整形外科医がいてね。メスでめったやたらに切り刻み、骨を削り、お好みの顔を仕上げるという悪魔のような腕前の持ち主だ」

　整形を施した髭面を緩めた。

「わたしは顔を変え、名前を変え、残りの報酬のすべてを新たな錬金術のシステムに預け――」

　新たな錬金術？

「ロンドンに凄腕のファンドマネージャーがいるんだよ。ユダヤ系のホモで、日本円にして十億円以下の投資は洟もひっかけない、我が伜で不遜な天才だ」

　英次には想像もできない、別世界の話を滔々《とうとう》と語った。

「ユダヤのネットワークで独自のインサイダー情報を仕入れ、株を自在に操る。まあ、資本主義が生んだ一種のモンスターだね。彼が巨万の富を築いてくれたよ。カネはカネを呼ぶんだ。莫大なカネはそれだけ磁力も強くなる。バブルと同じだな」

「どうして日本に帰ったんです」

「飽きたんだね」

　さらりと言った。

「いろんなところで遊んだな。日本では不可能な本物のハンティングとかさ。全長四メートルのシベリアタイガーや、体重一トンのコディアックベアを撃ったこともある。カかのヘミングウェイが歯軋りして羨ましがる豪華なトロフィーをモノにしたんだ。カネとコネの力だね。ワシントン条約なんか無視だよ」

愉快そうに微笑んだ。

「世界の金持ちが集《つど》う隠れ家のようなホテルや別荘で暮らして、気が向けば大学で勉強してさ。地球上をふらふらしてたけど、やりたいことは全部やってしまったし」

あご鬚をゆっくりとしごいた。

「振り返れば、バブルの時代がいちばん面白かったな。眞田を操り、儲け話で頭をホットにさせた連中からカネをごっそり奪う仕事は実にエキサイティングだったよ。あんな体験は二度とできないだろうね」

「仕事じゃなくて犯罪だ」

それまで押し黙っていた太一が吐き捨てた。「みんなを騙して、ひどいじゃないか」

「騙された銀行とか証券の連中は頭も要領も悪かったんだよ。きみみたいに、ね」

唇の端を上げて冷笑した。太一はキャップを引き下げ、ぷいっと横を向いた。

「で、二年近く前に帰国してさ。中野とか松岡の現状を見ると頭が痛くなってね。まったくバカが直っていない。成長のかけらも見えない。ビジネスはこうやるんだ、という意味でこの風俗ビルを建てた。口はばったい言い方するなら、趣味だね。もっとも、男の性欲を刺激する仕事ほど面白いものはない。仮想空間でモノが動き、カネの嵩《かさ》を示す数字が右から左に移動するだけのＩＴビジネスなんか比べものにならないよ。どうだね、英次くん」

はい、と背筋が伸びた。

「ボッタクリバーの経営でよく判っただろう」

ええ、まあ、と言葉を濁した。ダメだ。気圧《けお》されている。

「ねえ、ちょっと」

太一が言葉を挟んだ。「警察のことはどうなったんだよ。捜査が進まない理由ってやつ」

青山さんは鼻で笑った。

「だからさ、言ったじゃないか。わたしたちの報酬は微々たるものだと」

なんのことか判らない。ふたり、顔を見合わせた。

「暴力団から桁外れのカネを吸い上げたやつらがいるんだよ」

声が凄みを帯びた。レンズの奥で眼が光った。

「本物の悪党が、ね」

英次は掌の汗をレザーパンツで拭った。青山さんの唇が動いた。

いている。

「与党の大物政治家とかさ」

違う世界へ放り出された気がした。太一も同じだろう。何かに耐えるようにうつむいている。

「関西の極道はソツがない。カネ勘定に長《た》けている。天文学的な収入を得たら、セーフティにはそれなりの費用を要すると理解している。百億単位のカネが動いてるんだよ。じゃなきゃ、華燿亭事件の捜査が中途半端なままで終わるわけないだろう。眞田が殺されたのを幸いに、警察自ら蓋をきっちり閉めてしまった。その蓋をいまさら開ける必要はこれっぽちもないね。莫大なカネが永田町に流れているんだ。国家のボディガードたる警察はうやむやで終わらせたいさ」

青山さんは余裕たっぷりの表情で語った。

「わたしは幸運だよ。いつかは眞田を始末しなきゃならなかった。バブルが終わったら、ただの好色で強欲な海坊主だ。すべての負債を背負わせて沈めないと、こっちがヤバくなる。だろう?」

英次は何も言えなかった。頭がぼんやりしている。部屋が真空になってしまったようで、呼吸も苦しい。青山さんは葉巻をゆっくりと喫い、遠くを眺めて言った。

「華燿亭が燃え上がって、厄介な資料とか記録とか、全部灰にしてくれたしね。結末としては最高なんじゃないか。ハッピー・エンドってやつだ」

どん、と脇腹を肘で突かれた。太一だ。いけよ、臆病者、と睨んでくる。固まっていた身体が動いた。太一の腹をぎゅっとつまみながら、青山さん、と呼びかけた。イッテエ、という太一の声を無視して言った。

「赤羽の放火事件で確信したのですか？　邦町満の仕業だと――」

もちろん、と朗らかに応えた。

「中野実が放火殺人の犠牲者になったんだ。なにかある、と思うさ。それで調べたら、口を切り裂かれていた。あの眞田伊織と同じじゃないか。十六年前の事件の再現だ。来たな、と思ったよ。ゾクゾクしたね」

警察の捜査情報を引っ張り、公になっていない焼死体のおぞましい傷痕を知ることも、青山さんなら簡単だと思う。

「カネを出せばこの世の大抵の情報は集まる。邦町満の存在がすぐに浮かび上がったさ。借金が重なって破産寸前なんだからな」

えっ、と声が出た。青山さんは愉快そうに語った。

「やっぱり知らないのか。興信所の仕事がうまくいかなくてね。クライアントを逆にゆするとか、おざなりの調査で済ますとか、そういういい加減なことをやってたらビジネスとしてうまくいくわけがない」

眼を細め、葉巻をふかした。

るよ」

「華燿亭事件以降、そういう諸々《もろもろ》が重なってさ。満が自暴自棄になるのも判る気がするよ」

英次は張り付いた舌を動かした。

「邦町満もいろいろ調べたらしいですよ」

青山さんはうなずいた。

「それも知ってる。わたしたち三人の正体に気づいたんだってね」

指先で髭を撫で、さらりと言った。

「英次くん、わたしは何でも知ってるんだよ」

白い歯をみせて笑った。そうだ、手紙だ。が、口に出すのが怖い。語れば、とんでもない事実が明らかになる。そっとケータイを触った。くそったれ。歯をギリッと噛んで言った。

「じゃあ、手紙のことは――」

ゆるりと視線を向けてきた。黒々とした髭面と、朱をさしたような唇。深い鳶色の眼。唇を吊り上げて微笑んだその顔は、闇から浮かび上がった悪魔に見えた。

「満から聞いているよ。あいつ、京平に手紙を送ったんだってね」

満から聞いている――ハンマーでぶん殴られたような衝撃だった。英次は両手で膝を摑み、くずおれそうになる身体を支えた。太一も唇を嚙み締め、耐えている。朗々としたバリトンが響いた。

「ケータイの番号を探り出してさ。直接話したんだ」

余裕綽《しゃく》々《しゃく》だ。

「わたしと満の仲は古いんだ。あいつはわたしのことをリヴィエールと呼んでいたんだぜ。知ってたかね？」

英次は膝を固く握り、睨みをくれた。

「ええ、手紙を読みましたから」

青山さんは苦笑し、クリスタルの灰皿に灰を落とした。

「いろんなことを書いたんだってね。筆まめな男だ」

ちょっと、と顔を真っ赤にした太一が迫る。

「おたく、ちゃんと手紙を読んだ？」

「京平のとこへ届いたんだろう。読めるわけないじゃないか」

判りきったことを訊くな、と言わんばかりだ。太一が、なーんだ、と呆れたように言った。青山さんが不快げに眉をひそめた。太一は言葉を継いだ。

「あんたさあ、眞田というバケモノを殺したの、邦町章生だと思ってるでしょう」

青山さんの顔色が変わった。

「どういうことだ？」

呻くように言った。チッチッ、と太一は指を振った。

「息子の満が殺してるんだよ」

青山さんが息を呑んだのが判った。

「もっと正確に言えばさ、遊佐、いや当時は宮村か。宮村京平が包丁で半分殺したとこを止《とど》めを刺したのが満だけどね」

沈黙が流れた。青山さんは灰皿で葉巻をひねり、表情を隠すようにパナマ帽を傾けた。初めて見る、戸惑いに満ちた姿だ。

「じゃあ、邦町章生は人殺しの息子を庇《かば》ったのか?」

声がひび割れている。太一は大きくうなずいた。

「そう。すべてを背負って、邦町章生は自ら命を絶ったのさ」

青山さんはデスクの上で両手を組み、背を丸めた。身体が萎《しぼ》んだ。一気に十は年齢を重ねたようだ。パナマ帽が僅かに揺れた。動揺している。

「では、文子は?」

「ああ、可哀想な文子さんは、眞田が株価の暴落に錯乱して斬り殺した、とされているよね」

青山さんは唇を固く結んだ。

「それも違うんだよ」

太一は、事件当夜の出来事を簡潔に語った。包丁を握った京平の凶行。眞田が錯乱し、文子さんを日本刀で斬り殺してしまった本当の理由――

「京平は眞田に恨み骨髄だった。華燿亭という牢獄に自分と母親を押し込めた張本人だからね。眞田に殺意を抱いて当然だよ」

優位に立った太一が得意気に喋りまくる。

「そういう密室の出来事をすべて、手紙で告白してるんだよ。いや、告白じゃないな。満と京平、この世でふたりだけの秘密だからさ。秘密の確認だな」

組み合わせた青山さんの両手が白くなった。「つまり、二重に庇ったわけだな」

「そういうこと」

青山さんは呻いた。そして独り言のように語った。

「十六年前、満は弟のように思っていた京平を庇い、その満は父親の章生に庇われ――」

「本当のワルが眞田ではなく、あんたたち三人だと判ったときの怒りは凄まじかったと思うよ。なんだよ、全部違うじゃん、おれの人生、なんだったんだよ、好色で強欲な海坊主とはいえ人殺しまでさせやがって、とね」

太一は肩を上下させてため息を吐き、重々しく言った。

「あの手紙を読んだら、邦町満の怒りの強さが判るよ。後に芽生えた父親への深い愛情もさ。しかも、あんたのことはリヴィエールと呼んで、心から憧れ、慕ってたんだろう。だからあんたは焼死する運命にあるとぼくは思うよ。かわいそうだけど」

これが結論、とばかりに言うと、太一は腰を上げた。

「英次、行こう。長居は無用だよ。邦町から火をつけられないうちにさ」

ちょっと待ってろ、英次は太一のベルトを摑んで引き下ろした。太一はソファに転がり、呆然としている。英次は青山さん、いや水谷敏郎から眼を離さなかった。水谷の肩が震えている。喉を鳴らして笑いをこらえている。

「なんだよ」

太一がひきつった声を上げた。水谷は指でパナマ帽を押し上げた。髭面が愉悦に輝いている。

「満はもうすぐやって来るさ。この部屋に、ね」

太一が固まった。英次は乾いた唇を舐めて言った。

「どういうことだよ、水谷」

ほう、と水谷が眼をすがめた。その顔は、調子に乗るなよ、と言っている。

「水谷、答えろ！」

恐怖を振り払うように叫んだ。水谷は苦笑した。

「これ以上、暴走させるわけにはいかないだろう」

冷たい視線を据えてきた。

「それに、いつ来るのか、とビクビクして暮らすのも真っ平御免だしね」

灰皿に置いてあった葉巻を取り上げた。

「ふたりを殺し、刑事まで殺したんだ。さすがにヤバいな」

ライターをひねった。オレンジの炎がゆらめく。

「だが、わたしは手紙のことを聞いただけじゃない」

葉巻を丁寧に炙った。

「わたしにはカネがある。そして、やつは借金まみれだ。答えはひとつじゃないか。小学生でも判る」

チェアにもたれ、葉巻をうまそうに喫った。

「ラストワン。つまり最後にひとり残ったわたしが条件を出したんだ」

ひとさし指を立てた。

「十億で手を打たないか、とね」

じゅうおく――

「だからさ、中野と松岡が焼き殺され、わたしは相応に怯《おび》えたわけだよ。生身の人間だから当然だ。もう、ここらでいいじゃないか、気が済んだろう、カネで解決しようじゃないか、とね」

英次は滔々と語る水谷を眺めた。凍った風が吹き抜けていくようだった。

「父親の慰謝料込みで勘弁してくれないか、と持ちかけたんだ」

漆塗りの文箱の蓋を開け、小切手の束を摑み出した。

「ここで払ってやるさ」

無造作にデスクに投げた。英次は喉を絞った。

「三十五人も死んでるんだぞ」

ああ、といま気づいたように、視線を向けてきた。

「そういえばきみの女も死んでるんだなあ」

呑気に言った。

「復讐なんてバカらしいよ。あれは不幸な事故なんだしさ、きみも十億の現金を積まれれば納得するだろう」

言葉に詰まった。十億の札束――視界が揺れた。

「十億の現金を前にしたら、ひとは変わってしまう。悲しいことだが、人間はそういう風に出来ているんだよ。そうは思わないか、英次くん」

声が出ない。舌が喉の奥深くに押し込まれたみたいだ。

「まあ、満もふたり殺したから満足してるさ。三人目のわたしまで殺してもなんの得にもならない。手紙に憎悪が綴ってあったとしてもさ、そんなのカネでどうとでもなる」

水谷は自信たっぷりに語った。

「しかも手紙は十億のカネが現実味を帯びる前の話じゃないか。精神状態が普通じゃない、どん底の時分の手紙だろう。それはわたしたちのことが憎いさ。怒ったハリネズミみたいになるさ。しかし、すべての怒りの熱はカネが冷ましてくれるんだよ。明神ビルの松岡には気の毒なことをしたがね」

苦いものが込み上げた。英次は拳を握り締めた。

「松岡を見殺しにしたな。切り裂かれた中野実の死体のことも、邦町満の存在も教えず、ただ焼き殺されるのを待っていた。あんたは交渉の潮時をうかがっていたんだ」

水谷は天井に向かって、さあねえ、と煙を吐き出した。

「英次、もう帰ろう」

太一が腕を摑んできた。下膨れの顔が真っ青だ。

「ぼく、もうダメ」

うるせえ。腕を振り払い、水谷を睨んだ。素知らぬ顔で葉巻をふかしている。

「邦町満はいつ来るんだ」

水谷は腕に巻いたゴールドのピアジェに眼をやった。

「そろそろ、だな」

そうか。英次は立ち上がった。両脚に力を入れた。

「おれは違う気がする」

「なにが」

「邦町満が考えていること、だよ」

水谷が怪訝そうに眼を細めた。英次は天井をぐるりと見回した。普通のテナントビルよりだいぶ高い。

「太一、肩車だ」

ソファに座ったままポカンと見上げる太一を引き起こし、ふたりして大理石のテーブルに立った。

「ほら、おれが屈《かが》むから」

手にライターを握らせ、股に首を突っ込んだ。一気に腰を上げた。重い。歯を噛み、呻くように言った。

「太一、ライターの火を近づけろ」

どこに、と切迫した声が聞こえる。

「火災感知器に決まってるだろ」

水谷がチェアから腰を浮かせた。葉巻が口から落ちた。頭上で、ひーっ、と泣き声がした。

「やっぱ反応なしだな」

よっ、と反動をつけて着地させた。太一は大理石のテーブルから転げ落ちた。そのまま絨毯につっぷし、頭を抱えて震えている。

「これだけのビルだ。スプリンクラーとか万全なんだろう。だが、邦町満は悪魔のように周到だ」

水谷に指を突きつけた。

「やつは絶対、あんたを許さない。十億程度で許してたまるか！」

静寂が流れた。水谷が両手をデスクにつき、耳を澄ます。この世の真理を摑もうとする哲学者のようだ。眼が充血し、頰が痙攣《けいれん》している。来たか？

英次は尻ポケットのケータイを握り締めた。来い、邦町満。

4

パールタワーの九階フロアには経理と総務、人事等管理部門、営業広告部、会議室、それにリネン室があった。

全店舗で使用するシーツやタオルが整然と積まれているリネン室に、七階のファッションヘルス担当のボーイ、田代《たしろ》が急いでいた。シルバーの髪を後ろでまとめた二十歳《はたち》の優男で、パールタワーで働いて半年になる。

いまはあごでこき使われる下働きだが、店長になれば新人の面接、実地指導も含めていろいろ役得がある。その日を信じて、田代は頑張っていた。が、最近は少々ダレ気味だ。

女の子は指名がつき、人気が出るとすぐつけあがる。マンガを買って来い、弁当が不味《まず》い、控室でビールくらい飲ませろ——おまけにワゴン車で女の子たちの送迎もあるし、忙しいったらありゃしない。しかし、前の仕事、振り込め詐欺のグループに戻るのもイヤだ。最近はカネに鼻の利くヤクザさんも絡んできて、日に日にヤバくなっている。

ここはなんとか踏ん張って勢いのあるこのパールタワーで、とタオルで額の汗を拭いながらフロアの中央を貫く通路を駆けていると、前方で隠れた人影があった。右の会議室に入ったらしい。おかしい。足を停め、そっとドアを開けてみた。真っ暗だ。スイッチをひねった。蛍光灯の下、女が突っ立っている。セミロングの若い女だ。ノースリーブのサマーセーターに、ミニスカート、ピンヒール。顔は丸く、造作も十人並だが、スタイルは抜群だ。きれいな脚もスッと伸びている。ひとめで水商売と判る女だ。

「おたく、どなた?」

女は舌をペロリと出し、ごめんなさーい、と甘い声で言った。ムッとした。鼻の下を伸ばした客ならイチコロだろうが、自分は風俗のプロだ。

「うちのビルのひと？」

女は困った顔になり、『ピンキー』の名前を出した。なんだ、キャバクラじゃないか。

「『ピンキー』、いつからよ」

二日前、と小さく言った。ド新人か。途端に強気になった。

「なんでこんなとこにいるの？　ここ、事務フロアだよ。用事なんてないでしょ」

女は肩をすぼめ、十階に、と囁いた。はあーっ？　田代は首をひねった。

「十階はオーナー専用のフロアだよ。正面玄関ロビー奥のエレベータで直通だ。ここからは無理だ。行けないよ」

女は下を向いてしまった。別に意地悪を言ったわけではない。本当に行けないのだ。もっとも、九階総務の奥に秘密のドアがあり、階段でオーナー専用フロアへ上がれるらしい。だが、ごく少数の幹部スタッフ以外、利用不可だ。「店に戻れよ。十階に行きたきゃマネージャーに言えばいいじゃん」

ほらほら、と会議室から追い出した。こっちは眼が回るくらい忙しいのに、呑気な女だ。「で、なんの用よ」

えっとお、それはぁ——唇に指を当て、小首をかしげている。なんだよ、ちょっとわけあり？

「おれだって十階は足を踏み入れたことないのに、よっぽどのことがなきゃ無理だよ」

いったいなに考えてるんだ、この女。自分なんか、オーナーの顔さえ知らないのに。

「お店、始まってんだろう。早く戻れよ」

邪険に言った。が、女は聞いちゃいない。鼻をクンクンやっている。どしたの？

「なんか変な臭い」

田代も鼻をひくつかせた。たしかに臭いがする。それも焦げたような――リネン室だ。会議室のハス向かいの部屋だ。田代は駆け寄った。ドアの周りから白い煙が漏れている。

「ダメ！」

女が叫んだ。さっきまでのポケッとした雰囲気がウソのように真剣な表情だ。ムカッとした。ド新人のくせに。

「大丈夫だよ。このビル、そこらへんの雑居ビルと違ってスプリンクラーとか万全なんだから。タバコの不始末かなんかだよ。隠れて一服するヤツが多いんだ」

女が顔をこわばらせている。気分がよかった。こっちはパールタワーで半年も働いてるのだ。一度、ヘルスのフロアでボヤ騒ぎがあったが、すぐにスプリンクラーが作動し、防火ドアが閉まった。それほど近代的なビルだ。念のために壁の消火器を外し、ドア横に置いた。ノブに手をかける。熱い。腰に下げていたタオルをノブに巻いた。カンカン、と高い音が響く。視界の端で女がピンヒールを鳴らし、駆けて行くのが見えた。エレベータホールへ逃げるのだろう。背中がみるみる小さくなる。ビビりやがって。舌を鳴らした。

田代はドアを一気に引き開けた。瞬間、ゴッと空気が唸り、白い閃光が疾った。両足がよろけ、シルバーの長髪が燃えた。頭から炎が上がり、服が、皮膚が薄紙のように焼けていく。ドカンッと爆発音が炸裂した。猛烈な爆風に身体が浮き上がり、そのまま巨人の平手で払われるように壁に叩きつけられた。

千五百度のバックドラフトが田代を呑み込んだ。肉が焼け、血液が沸騰した。壁に跳ね返り、倒れ込んだ田代は燃え盛る黒い人形と化していた。

リネン室に積まれた数百枚のタオルが、シーツが、ゴオーッと音をたてて燃え上がった。酸素を取り込んで膨らんだ炎が壁を焦がし、獲物を求めてオレンジの舌を伸ばす。白い煙がみるみる天井を覆っていく。悲鳴と怒声が錯綜する。管理部門のスタッフたちが廊下に飛び出し、右往左往している。

5

ズンッと衝撃があり、床が震えた。下だ。英次は耳を澄ました。

「地震？」

太一が四つん這いになって囁いた。再び静寂が満ちた。水谷は険しい眼を中空に据えている。声だ。英次の鼓膜が悲痛な声を拾った。幾つもの悲鳴と怒号だ。

「来たぞ、邦町満だ」

ヒーッ、と太一がしがみついてきた。

「英次、階段だよ。エレベータは危ないから階段だ」

甲高い声で喚いた。

「うるせえな、うろたえるな」

両手で突き放した。太一はよろめき、尻餅をついた。

「パニックがいちばん怖いんだ。どういう状況か、確認が先決だ」

己の震えを押し隠すように言った。

「さすがは英次くんだ。わたしが見込んだ通りの男だ」

水谷はあご鬚をしごき、目配せした。ステンドグラスを嵌め込んだドアだ。

「そのドアは九階に通じている」

チェアに座り直し、デスクに転がる葉巻を取り上げた。

「あんたはどうするんだよ」

「ここで満を待つさ」

葉巻を悠々とくゆらす。

「話せば判ってくれるさ。わたしはリヴィエールなんだから」

水谷の表情には恐怖も焦りもなく、ただ自信だけがあった。

「どうってことない」

「勝手にしろ」

英次は這い上る震えをこらえ、足を踏み出した。

「ぼくも行くよお」

太一がすがってきた。下膨れの顔が泣いている。舌打ちをくれ、シャキッとしろ、と怒鳴った。

ドアの前に立つと、待って、と悲痛な太一の声が飛んできた。

「バックドラフトが起きるかも」

太一がささっと歩み寄り、ドアに触れる。

「熱かったら要注意だ」

ステンドグラスの上を、下を両手で撫で、うなずいた。大したことはないようだ。次いで耳を寄せ、ドア向こうの様子を探っている。おっ、と眼を丸く剝いた。顔が強ばる。

「ひとが来る」

太一は叫び、転がるようにドアを離れた。瞬間、ステンドグラスが砕け落ち、ドアが軋んだ。力任せに蹴っている。鈍い音が三つ響き、ドアが吹っ飛んだ。どっと熱いものが流れ込む。

その男は熱風をまとってやって来た。鼠色のジャンパーにスラックスと漆黒の短髪。身長は百八十センチ前後か。頬のそげた痩身の男が、ゆらりと突っ立ち、首をかしげる。一重瞼と、高い鼻、あごが尖った様が、若くしてガンで倒れた有名な映画俳優に似ている。脂汗に濡れた肌がぬらりと光った。青白い顔は冥く沈み、眼だけが異様に輝いている。眼球に蛍光塗料をなすりつけたような——揮発性の臭いが鼻を刺した。

「あんた、邦町……」

言葉を呑み込んだ。熱っぽい眼が据えられた。動けない。太一も口をパクパクやっている。この幽鬼のような男と、手紙の端整な文章が繋がらない。ひどく違和感がある。下でゴッと何かがうねっている。

「みつる！」

弾んだ声がした。水谷が立ち上がっていた。両手を掲げ、髭面をほころばせ、本当に嬉しそうだ。

「こいよ、満」

自分の頬を片手で叩き、叫んだ。

「こんな顔になったが、わたしだ。おまえのリヴィエールだ」

小切手を掴み、デスクの前に回った。

「なあ、満、いろんな話をしよう。十六年ぶりじゃないか」

邦町満が風のように動いた。音もなくゆらりと歩み寄る。

「ほら、十億だ。わたしの気持ちだ。受け取ってくれ」

水谷はデスクに腰を下ろし、万年筆を取り上げた。手帳にさらさらと数字を記入していく。邦町満との関係を微塵も疑わない、自信に溢れた姿だった。

「邦町章生は可哀想なことをした。眞田を殺したのはおまえなんだって？　邦町章生は愛する息子を守ったんだな。すべてを背負い、死んでいった父親は立派だよ。わたしの言った通りだろう。あの素晴らしい父親のためにもわたしは――」

邦町満が動き、水谷と重なった。シャキン、と金属の弾ける音がした。水谷の言葉が止まった。パナマ帽がゆらりと落ち、小切手の束が落ちた。邦町満が片手で水谷を引き寄せながら右腕を突き込み、こね回す。湿った鈍い音がした。肉を裂き、骨を抉《えぐ》る音だ。半開きになった水谷の口からかすれ声が漏れる。

「わたしはラストワン、だろう……みつる」

この世の疑問を凝縮したような声音だった。眼が焦点を失い、力無く彷徨《さまよ》った。邦町満が唇を耳許にそっと寄せる。そして、水谷の耳たぶを舐めるようにして語った。英次は耳を澄ました。ざらついた鉛の言葉が聞こえた。——おまえはまちがっている——英次は息を詰めた。肩にずっしりと重いものがのしかかった。平衡感覚がねじれていく。身体がよろめいた。

邦町満は水谷の首を左腕で巻き込み、デスクから床に叩き落とした。大の字に転がった水谷の胸は深く抉られていた。心臓が抜かれたような傷口から、ワイン色の血がこんこんと湧き出る。唇がわななき、眼が虚ろだ。肌が紙のように白い。命が消えていく。

黒い影がゆっくりと屈み込んだ。口を切り裂こうとしている。

「やめろ」

英次は掠れ声を張り上げた。

「邦町、もういい。やめろ」

邦町がゆっくりと振り向いた。右手に握るスウィッチブレードが血に濡れていた。感情の失せた青白い顔に胸が詰まった。えいじーっ、と哀れな声がした。

「もうダメ。水谷は助からない」

太一が下膨れの顔を震わせ、泣いていた。涙をぼろぼろこぼしている。

「逃げよう」

太一が腕を引っ張ってきた。足が呆気なくよろけた。背後で肉を裂く音が聞こえる。怖い。腰が抜けそうだ。わななく唇を嚙み締めた。

「こっちだ」

太一が叫んだ。ドアが吹っ飛び、長方形の穴となった階段口だ。太一とふたり、つんのめりながら駆け降りた。途中、空気の層が変わった。焦げた熱気が全身を包む。朦朧とした意識に一本、芯が入った。こんなところで焼き殺されるのはイヤだ。

白い煙が天井を覆い、ゴッと烈風の巻く音が高く激しくなる。階段の先は蛍光灯が白々と照らす部屋だ。パソコンを載せた十台前後のデスクが整然と並び、バインダーや書類が積み重なっている。事務のセクションだろう。ひとの姿はなく、床に湯飲みカップやコピー用紙が散乱している。大慌てで逃げたのだろう。

「火が迫ってるよ」

太一の死にそうな声を聞きながら、落ち着け、冷静になれ、と己に言い聞かせた。開け放したドアの向こう、炎が見える。ヨッシャッ、と気合を入れ、両手で顔を叩いた。

ドアの外は、フロア中央を貫く通路だった。炎が唸りを上げ、黒煙が渦巻いている。強烈な熱気と刺激臭に激しくむせた。肺が焼け、眼が煙に染みた。ダメだ。この通路は使えない。慌ててドアを閉める。背を丸め、咳き込んだ。さて、どうする？　逃げ道はあるのか？　熱気は確実に増している。全身が汗ばんだ。

「こっちにもドアがある」

太一だ。部屋の反対側のドアだ。両手で触り、確かめている。

「熱くない」

よし、英次はドアに取り付き、引き開けた。フロア東側の通路だ。白い煙が薄くたなびくだけでがらんとしている。

「大丈夫だ」

太一が、やったあ、と歓声を上げ、飛び出してきた。左右、どっちに行く？

「階段はエレベータホールの横だよ」

太一が叫んだ。そうだ。このオタクは一度、遊びに来ている。記憶力だけは抜群だから、ビルのおおまかな構造は把握しているはず。太一は通路の左右に眼をやり、「こっち」と言うなり、左に駆け出した。黒キャップの小太りがぴゅーと走っていく。

「待て、落ち着け」

英次も後を追った。我を失い、パニックに陥ったら収拾がつかなくなる。太一の襟首を摑んだとき、肌がピリッとした。熱が増した。眼が乾く。すぐそばで炎が渦巻いているような——脳が警報を発した。

太一が、なに？　と呟き、頰を両手で押さえた。左手の壁を凝視する。ピキッ、と音がした。みるみる蜘蛛の巣状に亀裂が入り、大きくたわんだ。ゴッ、と地鳴りのような音もする。壁の向こうで炎が荒れ狂っている。それも怪物のように大きく、凶悪な炎だ。判った。出火元の部屋だ。爆発が起きた部屋だ。炎は反対側、さっき見たフロア中央の通路に溢れ、英次たちが立つ東側通路にも雪崩れ込もうとしている。

ダッシュした。走れ！　太一の襟首を摑んだまま、引きずるようにして走った。背後でバリバリ、と壁が裂ける音が響いた。凄まじい熱気がふたりを包む。太一を抱え、大きくダイブして転がった。

振り返った背後は炎に塞がれていた。駆けてきた通路が見えない。煤《すす》が湧き、大量の火花が散った。激しくむせ、黒いタンを吐いた。わななく脚で立ち上がり、太一の腕を取って歩いた。

「みんなを避難させないと」

太一が咳き込みながら呻いた。

「また大惨事になっちゃう」

他人のことを心配している場合かよ。それでも太一を支えながら叫んだ。

「だれかいるか！」

ヤケクソだ。しゃがれ声を精一杯張り上げた。

「避難するぞ。だれかいたら返事しろ！」

だが、ゴーッという炎の唸りと、なにかが落ちる重い音が聞こえるだけだ。警報ベルも、館内放送もない。

「このフロアは誰もいない。行くぞ」

待って、と太一が言った。耳を澄ましている。声がする、と囁く。女性の声――本当だ。たすけてー、と尾を引く悲鳴が聞こえる。「太一、待ってろ」と言い置き、英次は走った。エレベータホールの左奥だ。若い女が倒れていた。セミロングの黒髪を頬に、首筋にべったり張りつけ、右の足首を押さえている。

その苦痛にゆがんだ煤まみれの顔を見て、思わず声が出た。クミコ――

「あ、えいじくーん」

瞳が潤み、黒い涙が溢れた。英次は駆け寄った。熱い。煤臭い熱風が吹きつけてくる。フロア中央を貫く通路奥で炎が舞い、黒煙が湧いていた。パーン、と乾いた音が弾け、火花が盛大に散った。天井が落ちたようだ。

「おまえ、どうして」

クミコは、玄関ロビーで、と呟いて眼を伏せた。

「おれたちを見たのか？」

うなずいた。出勤してきた女たちの中にクミコもいたのだろう。スタッフに囲まれ、奥のエレベータに向かった姿を目に留め、九階まで来た、と。

怒りと切なさが身を絞った。ばかやろう、と小さく吐き捨てた。一途なキャバクラ嬢は、足首をくじいて歩けない、と訴えた。どこかでガラスの割れる音がした。

「しょうがねえな」

腰を屈め、背中を向けた。クミコがくにゃっともたれてきた。

「あれほどパールタワーには来るなと言ったろうが」

「だってえ、心配だったから」

英次はため息を吐いた。太一がエレベータホールの横、階段前で待っていた。

「英次、誰？」

さっきまでの泣き顔はどこへ行ったのか、興味津々の様子だ。

「知り合いだ」

ウソだよ、恋人、と唇を尖らすクミコを無視して、行くぞ、とあごをしゃくった。

「もたもたしてると火が回る」

太一が慌てて先頭に立つ。階段を降りていく。男ふたりの足音がコンクリートに響いた。

クミコは爆風に吹っ飛ばされたのだという。ヘルスのスタッフが部屋のドアを開けた途端、爆発が起き、気がついたら床に転がっていたらしい。

「そのひと、黒焦げだよ」

クミコは背負われたままさめざめと泣いた。

「バックドラフトだよ。あいつが仕掛けたんだ」

太一は上気した声で語った。たしかさっきも聞いた。酸素が一気に燃える現象らしい。が、英次には特段、感想はなかった。鬼と化した邦町満と、ナイフで抉られた水谷敏郎。口を利くのがひどく億劫だった。

八階の踊り場で呻き声がした。トイレだ。出入口のパネルの陰に人影があった。青い清掃服姿の初老の男だ。火事の報に慌ててしまい、転んで頭を打ったのだろう。壁にぐったりもたれている。太一は屈み込み、大丈夫、意識が朦朧としているだけ、と言った。

「太一、運べよ」

「ぼくがあ？」

「おまえ以外、誰がいる」

太一は渋々清掃員の腕をとり、肩に回した。立ち上がろうとするが、ぴくりともしない。太一は唇を引き結び、顔を真っ赤にして踏ん張るが、接着剤で張り付けたように動かない。背中のクミコが笑いを噛み殺している。脳みそばかり鍛えたオタクだから仕方ない。英次はため息混じりに言った。

「下からひと、呼んで来い」

太一が頬を膨らませた。

「炎が降りてくるのに、誰も来てくんないよ。電気の供給が無くなったら真っ暗だからね」

ゾッとした。炎が迫る中、洞窟のような空間で右往左往する様は、想像するだけで怖すぎる。

「消防士が来てるだろう」

太一は首を振った。

「通常、都内は１１９番があって七分以内に現場に駆けつけられるよう消防組織が配置されているけど、いまは東京中が大渋滞の時間だよ。しかも歌舞伎町は夜の商売の通勤ラッシュだし、道も狭い。客も続々集まっている。野次馬の好奇心と傍若無人ぶりは日本一だし、消防車が二十分で来れば御の字だよ」

カッとした。

「ゴタゴタぬかしてないで行けよ。もう三〇秒経過したぞ」

踊り場にも熱気が充満し始めている。

「英次くん、熱い」

クミコの身体から汗が垂れた。剝き出しの腕が火照っている。英次も全身、汗ぐっしょりだった。

「行けよ！」

尻を蹴飛ばした。ヒーッ、と尻を押さえ、階段を降りて行く。が、すぐに停まった。

「どうした」

「ひとだ。消防士」

耳を澄ました。聞こえる。避難してください、避難してください、と野太い声が迫ってくる。思ったより早かったようだ。硬いブーツの音が上がってくる。ほっとした。同時に、最上階の状況をどう説明したら、と困惑した。だが、それも一瞬だった。

駆け上がってきた男の顔を見て絶句した。太一も同様だ。黒いキャップに革ジャンパー、小ぶりのナップザックを肩から提げた、屈強な男だ。遊佐京平はふたりを認めるや、どうした、と気負いなく訊いてきた。

「あんたこそ」

英次は睨みをくれた。遊佐は視線を外し、横たわる清掃員を見た。すぐに駆け寄り、手早く呼吸等のチェックを行うと、軽々と担ぎ上げる。凄まじい力に呆然とした。

「行くぞ」

遊佐は背を向け、降り始めた。清掃員の体重をまったく感じさせない、滑らかな足取りだ。かっこいーっ、と背中のクミコが言った。太一とふたり、無言で後を追った。八階ランパブのフロアを過ぎ、七階ヘルスまで降りると、さすがに熱気は感じられない。六階のＤＶＤショップには数人のスタッフがいた。商品を段ボールに詰め込み、せっせと運び出している。遊佐はスタッフたちに清掃人の世話を頼んだ。不満そうな顔をした金髪に、怪我人が優先だ、と強く言うと、その迫力に圧倒されたのか、渋々従う。

遊佐は踵《きびす》を返し、再び上がって行こうとする。サイレンの音が迫る。外が騒がしい。窓の下、野次馬がうようよ押し寄せ、路地の向こうに消防車も見える。

「遊佐さん」

英次は呼びかけた。なんだ、とばかりに振り返った。

「全部、終わったよ。水谷はもういない。三人目も終わったんだ」

遊佐はキャップの庇を引き下げ、何事もなかったかのように階段を昇って消えた。

「英次、これでいいの？」

太一が眉を八の字にして困惑の表情だ。

「いいんだよ」

英次は吐き捨てた。

「勝手にやらせとけばいいさ」

どーしたの？　背中のクミコが心配げな声だ。

「こっちの話。さあ、降りるぞ」

足を踏み出したとき、女が駆け上がってきた。ジーンズにトレーナー。ボブヘアの大柄な女だ。眼が合い、あっ、と声が出た。

「英次、遊佐は？」

多恵だ。顔が上気している。

「多恵ちゃん、ダメだよ。もう、おしまい。ジ・エンド。全部終わったの」

太一が前に立ち塞がった。

「全部、忘れよう。そのほうがいいって」

多恵は険しい表情で太一を見下ろした。

「勝手なことを言わないでよ」

太一は大きくかぶりを振った。

「あとは遊佐と邦町に任せようよ。ぼくたちはタッチしないほうがいいって。いや、すべきじゃない」

邦町が来たのね、と言うや、多恵は両手で太一の胸倉を摑んだ。太一の顔が紅潮した。ふたり、睨み合う。

「来たよ。最上階で恐ろしいことになっている。燃え上がって、誰も近づけないって、だから諦めろ！」

バカ、多恵は太一を突き飛ばし、階段を二段飛ばしで駆け上がって行った。決死の形相が胸に染みた。

「なに、あれ」

クミコが呆れたように言う。

「クミコ、降りろ」

英次は腰を屈めた。が、異変を察知したクミコは両腕をギュッと回し、しがみついてくる。

「イヤだ」

「ばかやろう」

強引に両腕を引きはがし、クミコを降ろして立ち上がった。クミコは床につっぷし、行っちゃいやだあ、と泣いた。

英次はスタッフのひとりを捕まえ、この女を下まで降ろせ、と凄んだ。次いで、うなだれる太一を見た。

「どうして多恵がここを知ってるんだよ」

太一は下膨れの顔をゆがめた。

「ぼくが教えたから」

か細い声を絞り出した。そうだ、西新宿の喫茶店を出る時だ。こいつは慌ててトイレに駆け込んだ。多恵に連絡を入れるために――

「女にいい顔ばかりしやがって」

うなだれたままの太一を残し、階段へ走った。すっ飛ぶように駆け上がった。急がないと手遅れになる。汗を垂らして走った。

六階から七階に上がっただけで空気が変わった。さっきまで無かった熱気が降りている。露出した肌がヒリヒリする。シルクシャツ一枚ではさすがにマズイ。ぐるりと周囲を見回す。ヘルスのフロアだ。商売道具の白のバスタオルをかき集め、トイレの水道で水にたっぷり濡らした。身体に巻き付け、顔と頭を覆った。残りのタオルを腰に挟み、先を急いだ。煙が視界を塞ぎ、煤の臭いも濃くなってくる。

八階で立ち止まった。フロアに白い煙が充満している。いつ火が上がってもおかしくない。多恵ーっ、声を限りに呼んでみる。返事はない。火が出た九階からゴーッと炎の重い唸り声が降ってくる。行くか。萎《な》えそうな気持ちをなんとか立て直し、足を踏み出した。階段途中の踊り場に人影がある。多恵が壁にもたれ、背を丸めて咳き込んでいた。

歩み寄り、腰の濡れタオルを引き抜き、顔を覆ってやった。

「遊佐は？」

多恵は力無く首を振った。九階フロアのオレンジの炎が見える。

「もう無理だ」

戻るぞ、と腕を引いた。

「イヤ！」

赤く潤んだ眼で睨んでくる。パーンッ、と破裂音が響いた。煤や灰が降りかかる。火の粉も飛んでくる。身をすくめた。

「ここにいたら死ぬぞ」

「遊佐がいなきゃダメなの」

喉を絞って叫び、ウエッ、と咳き込んでいる。困った。どうしたら――声がした。

「えいじいーっ」

ほとんど悲鳴だ。

「こっちだ、太一」

キャップを被った小太りがよろよろと階段を上がってきた。腕になにか抱えている。消火器だ。

「なにやってんだ」

「ぼくの責任だから。多恵ちゃんを守りたいから」

汗と涙で顔がグチャグチャだ。ハアハア、と炎天下の野良犬のように喘いでいる。腰のタオルをすべて引き抜いた。

「顔に巻いてろ」

消火器を奪い取った。重い。非力なオタクが——胸が熱くなった。

「太一くん、ナイスファイト」

多恵が親指を立てた。タオルの間からのぞく目許《めもと》が微笑んでいる。太一が、いやいや、と頭をかいた。照れてる場合かよ。

ズンッ、と腹に響く音がした。ビルのどこかが崩れ始めている。

「多恵、いい加減にしないと——」

多恵は腰に両手を当て、仁王立ちになった。顔をタオルで覆った大柄な多恵は、中東かどこかの女盗賊のようだ。

「あんたたち、帰って。これはわたしと遊佐のことだから。あんたたちは関係ないから」

てめえ。殴り倒してでも連れて帰る。拳を固め、足を踏み出したとき、それは起こった。

踊り場が上下に震え、凄まじい轟音が轟《とどろ》いた。全身が強ばった。間近で雷が炸裂したらこんな衝撃だろう。あっと思う間もなく、バリバリ、と生木が百本、まとめて裂けるような凄まじい音がした。鼓膜が破裂しそうだ。床が大きくたわみ、身体が浮き上がった。地響きがする。バランスを失い、壁に手をついた。多恵は中腰になり、太一は四つん這いだ。

階段下からどっと熱気が押し寄せる。灰も煤も盛大に巻き上がる。上から下からサンドイッチ状態だ。なんだ？　なにが起こった？

「床だよ、九階の床が抜けたんだ」

太一が叫んだ。背筋が凍った。

「八階はランパブだ。事務所とは違う。デコレーションとかビニールのソファがいっぱいあったし絨毯も敷いてあるから青酸ガスが発生する」

風俗オタクが錯乱したように叫んだ。

「炎も煙も上に昇っていく。こういう時、階段は煙突になるんだ。炎と煙の通り道になるんだ。もう終わりだよお～」

踊り場の床につっ伏して泣きわめく太一を前に、妙に肝《きも》が据わった。

「おれは諦めないからな。おまえはそこで丸焦げになってろ」

消火器を握り締めた。

「多恵、行くぞ」

あごをしゃくった。多恵はうなずき、太一の腕を引き上げた。

「太一くん、ごめんね」

泣きじゃくりながら、太一は立ち上がった。「ぼくこそ、臆病者でごめん」

英次は階段に足を掛けた。身体がどうしようもなく重い。鼓舞した心と関係なく、肉体は恐怖に萎《な》えているのだろうか。

階段をひとつ上がる度に熱く、苦しくなる。九階の入り口、エレベータホールまで炎が迫っている。天井が焼け、部屋の間仕切りのパネルが燃えて倒れ、そこここで炎が上がっている。フロアのほぼ中央で床が落ちたのだろう、白い煙と灰燼《かいじん》が噴煙のように昇っている。

視界のほとんどが炎と煙だった。階段下からは焦げた熱風が吹き上げる。進むも地獄、退《さ》がるも地獄、というやつだ。多恵は——炎をじっと見ている。冷静な眼だ。まったくメゲていない。こっちまで気持ちが落ち着く。

さて、どうするか。この牙を剥いて襲いかかる炎の前では、消火器など水鉄砲のようなものだ。十階への階段は——水谷の専用フロアへ続く階段は事務フロアの向こう、エレベータホールからもっとも遠い場所だ。絶望が身を絞った。じきに三人揃ってローストだ。

「えいじーっ！」

タオルを巻いた小太りのミイラが叫んだ。

「その先に屋内消火栓があったはず」

指さしている。エレベータホールの右の壁だ。手を掲げ、眼をすがめる。あった。縦長の赤い箱が見える。距離は十メートルもない。が、倒れたパネルから炎が上がり、まともに歩いたらあっという間に火だるまだ。太一の声が飛んだ。

「消火器で道を切り開くんだ」

そうだ、消火器。安全ピンを引き抜き、ノズルを炎に向け、レバーを握った。白い泡が噴き出した。

「よっしゃあ、ついて来い」

消火剤で左右前方の炎を追い払いながら歩いた。多恵と太一が身体をくっつけて後に続く。が、すぐに炎は息を吹き返す。熱い熱い、と太一が叫んでいる。汗と煙で眼が痛い。

十メートルが百メートルにも感じた。最後、小走りに駆けた。消火栓の周囲は幸い、火が回っていない。消火器を多恵に任せて、赤い箱に取り付いた。扉を引き開け、畳まれたホースを取り出す。背中が焦げるように熱い。炎がすぐそこまで迫っている。

「消火器、終了」

多恵がヤケクソのように叫んだ。英次は扉の内側に貼り付けられたイラスト入り操作説明書にざっと眼を通し、ホースのノズルを送水口に装着した。ホースの出水口ノズルを右手に持ち、左手で開閉ハンドルを回した。ゴトゴト、と水が流れる感触が伝わり、ホースが膨らんだ。水流が勢いよく噴き出す。

ノズルを両手で握り、太一と多恵に向けた。ドドッ、と音をたてて飛んでいく水流を、ふたりとも壁にへばりついて受けた。炙《あぶ》られた全身に満遍なく浴びせてやると、白い水蒸気がもわっと上がり、ふたりの顔に生気が戻った。「おっし、交替」

ノズルを太一に渡した。足許から頭まで水流を浴び、火照った身体が冷めていく。水が新たな命を吹き込んでくれるようだ。

「任せとけ」

ふたりを下がらせ、両手でノズルを摑み、炎に向けた。水流が一本の帯となって飛んでいく。

「英次、がんばれ」

背中で太一の声がする。

「巻き添えにしてごめん」

咳き込みながら多恵が言った。こめかみが軋んだ。

「ごめんごめん、言うな。いまさら謝っても遅いんだよ」

そおりゃあ。両足を踏ん張り、ノズルを握り締めた。が、室内消火栓のホース一本ではあまりに無力だった。炎の壁は水流を呆気なく呑み込んでしまう。ノズルを左右に散らしてみた。一瞬、火勢は収まるが、それだけだ。炎が床をじりじりと迫る。

パーン、と音がした。天井が裂け、火の塊が幾つも落ちてきた。アチアチ、と太一が跳びはねている。多恵も悲鳴を漏らした。すぐにノズルをふたりに向け、天井に向ける。その間に炎の壁が大きく膨らむ。

ノズルを振り回した。ダメだ。炎は嬲《なぶ》るように包囲し、三人を食らおうと迫ってくる。まるで生きているようだ。革の焼ける臭いがする。オレンジの舌が英次のレザーパンツを舐めていた。じっくりと、味わうように――慌ててノズルを向けた。舌は引っ込んだ。が、すぐに太い腕となって伸びてくる。顔を引いた。眼が痛い。涙が後から後から湧いてくる。炎の腕は二本、三本、と増えてくる。横から廻し蹴りをかましてくるやつもいる。

ノズルの動きが追いつかない。肌が痛い。息が苦しい。濡れタオルはすでに蒸しタオルだ。呼吸をする度に肺が悲鳴を上げる。喉が絞られる。激しく咳き込んだ。手がわななき、ノズルが定まらない。汗がとめどなく流れる。身体中の水分が音をたてて蒸発していく。限界だ。これは死ぬな、と頭の冷静な部分が囁いた。いつの間にか辺り一面、炎の壁だ。まちがいなく死ぬ。人間は呆気なく死ぬ、と思い知った。

背中にふたりがしがみついてきた。四つの手が食い込む。断末魔、というやつだろう。ふっ、と身体の力が抜けた。もういいか。ノズルを放り出し、炎に飛び込んだらどんなにラクだろう。そうだ。三人で一緒に。

「英次、もういいよ」

背後でか細い太一の声がした。そうか、もういい――瞬間、朦朧としていた意識が焦点を結んだ。ばかやろう！　怒鳴った。大ばかやろう！　生きることを諦めた自分に猛烈に腹が立った。ヨッコはどうだったよ。あいつは最期の時、メールをくれたじゃないか。おれのことを死ぬ間際まで思ってくれたじゃないか。

腹の底から力が湧いてきた。上等だ。前のめりに死んでやらあ。歯を食い縛り、ノズルを構え直した。火の粉が豪雨のように降ってきた。熱気がうねり、腹に響く轟音とともに迫る。腰が落ちてきた。頭が朦朧とし、ノズルが頼りなく下を向く。

炎が動いた。朱い壁がすっと二つに割れ、人影が現れた。炎の中で揺れている。幻覚だ。目の錯覚だ。ついに脳みそがおかしくなった。これが死ぬということなのだろう。誰だ？　人影をぼんやり眺めた。ヨッコだったら――ヨッコが笑顔で迎えに来てくれたら、喜んで天国へ行くのに。いや、自分は行いが悪かったから地獄かもな。笑みが漏れた。人影は大きく揺れて屈強な男になった。黒のキャップの下で冷徹な眼が見ている。

「大騒ぎしている野郎がいると思ったら、おまえか」

低い声が這った。遊佐だ。手に持つ消火器から白い泡が噴き出している。道を開いて来たのだろう。消火器を床に置いた。

「貸せ」

ノズルを奪い取るなり、向けてきた。冷たい水が、半分死んでいた頭を覚醒させた。顔のタオルが冷えて気持ちいい。口を大きく開けた。干からびた喉を冷たい水が下っていく。太一がヒーッと泣き、多恵は、ゆさーっ、と涙声だ。

遊佐はノズルの水を口に含んですすぎ、黒い水を吐き捨てた。余裕たっぷりだ。次いで、ノズルを己の頭上に掲げ、まるでシャワーでも浴びるように全身を濡らしていく。恐怖とか緊張といったものがまるで感じられない。周囲の炎と煙がなければ、服を着込んだままシャワー室にいる、おかしなオッサンだ。思わず笑みが漏れた。が、分厚い革ジャンパーのところどころが大きく焦げ、顔には火脹《ひぶく》れがある。大変な危険を冒してやって来たことが判る。英次は気を引き締めた。まだ助かったわけじゃない。焼死体がひとつ増えるだけかも。

遊佐が無造作にノズルをひねった。水流が大きく広がり、噴霧状になった。スナップを利かしてノズルを振る。白い霧が振り撒かれ、辺りがみるみる涼しくなった。

「厄介なやつらだ」

遊佐は冷たく言った。なんだと――いきりたつ英次に、遊佐は冷笑した。

「素人がなにを血迷ってる」

おい、と英次は一歩踏み込んだ。

「多恵はあんたを追って来たんだ。心配でたまらないんだ。そういう言い方はないだろう」

かすれ声しか出なかった。煙に喉をやられている。太一が言葉を引き取った。

「そうだよ。いくら愛しているといってもここまで……」

背中を震わせて咳き込み、言葉が続かない。

「足手まといなんだよ」

この炎の中、遊佐だけは氷のヴェールを纏《まと》っている。もう何も言えなかった。ゴーッと炎の音が大きく重くなる。遊佐が手を差し出した。

「余っているタオルがあるなら貸せ」

ミイラの太一が一枚、渡した。遊佐は顔半分を手際よく覆った。

「呼吸は浅く、短くだ。深く吸えば、一発で肺をやられる」

くぐもった声に力がある。眼にも強い意志が漲《みなぎ》っている。元消防士の気迫に圧倒され、英次はうなずくことしかできなかった。遊佐は多恵の腕を摑んで引き寄せ、自分の革ジャンパーを着せた。下は黒の半袖ポロシャツ一枚だが、気にもとめていない。

「煙は円を描くように広がるから、フロアの隅なら最後まで空気が残っている。壁沿いに進むぞ。ついてこい」

頭から再度水をかぶり、英次と太一に険しい一瞥をくれた。

「ちょいとホースの長さが足りないが、運がよければ助かるかもな」

まったく気負いのない言葉を投げつけるや、背を向け、ノズルを構えて歩いた。遊佐の後に多恵、太一、英次の順で続いた。

6

噴霧状の水に、炎がウソのように鎮まる。一本の水流は遠くまで届くが、狭いポイントしか消火できない。だが、霧となって振り撒かれる水は広範囲をカバーする。半径一メートルの消火効果は抜群だ。

広い背中が炎を割ってぐいぐい進む。遊佐はノズルを時折水流に変え、火元の可燃物を叩いては霧で炎を払う。最小限の動きで炎を抑え込む、元消防士の技術と度胸に英次は舌を巻いた。臨機応変のホース捌きは見事の一言だ。素人の自分が闇雲に振り回したホースとは雲泥の差だ。遊佐が操るノズルは、猛獣を服従させる鞭のように炎をコントロールする。

それでも熱気は耐え難い。足許がよろけ、息が苦しくなる。体力のない太一は左右に揺れ、いまにも倒れそうだ。背中を押してやる。先頭の遊佐は後ろの動きで察知したのか、振り向きもせず水を頭上から降らせた。途端に生き返る。

遊佐はこの炎の中、どこへ行こうとしているのだろう。逃げ場など無いのに。だが、遊佐の自信に溢れた姿を見ていると絶望感も少しは和らぐ。

「頭を下げて屈《かが》め」

くぐもった声が飛んだ。遊佐は腰を落とし、アヒル歩きで前進していく。この熱気と煙の中、左腕で多恵を抱え、右手でノズルを操るその凄まじい体力に呆れ、感服した。英次は太一とともに腰を落とし、這うように歩いた。再度声が飛んだ。

「この辺りは熱気が充満している。頭を上げたら燃えるぞ」

ウソだろう。そっと頭上に手を伸ばしてみた。熱い。慌てて引いた。紙をかざせばパリパリ燃えそうな凄まじい熱気が層になっている。これが下に降りてきたら――ゾッとした。

太一の歩みが緩慢になった。ゼーゼーと荒い息を吐いて、いまにも倒れ込みそうだ。

「太一、頑張れ」

太一はうなだれ、脚が動かない、と呻いた。無理もない。アヒル歩きは普通でも筋肉を酷使する。ましてこの極限状況だ。運動が苦手な太一には地獄の責め苦だろう。

「もうちょいだ」

背中を支えてやった。

「おれが後ろにいるから心配するな」

太一は力なくうなずき、歩き始めた。湿った熱気が這い上がる。床が水浸しになり、水蒸気が湧いていた。ノズルがあった。遊佐が操っていた魔法の鞭だ。ノズルは断末魔の蛇のようにのたうち、水を振り撒いていた。絶望が嵩《かさ》を増した。ホースの長さが尽きたのだ。

「太一、待て」

ノズルを掴み、太一を冷やしてやった。水蒸気が上がる。ついでに顔を覆うタオルを押し下げ、乾いた唇に水を注ぎ込む。眼が虚ろだ。頬も真っ赤に火照っている。肩を掴み、首に頭に水を浴びせながら揺すった。

「しっかりしろ」

太一の眼が焦点を結んだ。喉を鳴らして水を飲み、指でＯＫマークをつくった。

「もたもたするな」

容赦のない遊佐の声が飛ぶ。さすがにムカついた。が、それも一瞬だった。視界が黒くなる。闇が降りた。明かりが消えた。恐れていた事態だ。ウアッ、と悲鳴を上げ、太一がしがみついてきた。闇の中、幾つもの炎が赤々と燃える。怪物の口のようだ。ゴーッという酸素を貪る音が、高く大きく迫る。ドズンッ、と何かが落下した。巻き上がった灰の臭いが濃くなる。心臓が跳ね回り、こめかみがズキズキと脈打った。腹の底から恐怖が突き上げ、喉から悲鳴を押し出そうとする。

「うろたえるな」

遊佐の重い声が疾《はし》った。白銀色のライトをゆっくりと大きく振る。懐中ライトだ。パニック寸前の恐怖が萎《しぼ》んだ。

「太一、行くぞ」

肩を叩いて励ました。イチニ、イチニ、と拍子を取りながら一緒に歩いた。遊佐の持つライトに意識を集中して這い進んだ。白銀の光は荒海で沈没寸前の船を導く、灯台のようだ。

ライトの動きが止まった。ギッと金属の軋む音がした。風が舞った。新鮮な空気が流れ込む。ドアだ。ドアが開いている。わけが判らないまま、太一を押した。が、動かない。つっぷしたまま半分気を失っている。抱え上げ、息を詰めて渾身の力で押した。太一が外へごろんと転げ出たのを確認して身体の緊張を緩めた。助かった。

ほっと息を吐き、吸った。瞬間、視界が回った。頭の芯にガツン、と重い一撃をくらい、意識が薄れていく。胸が熱い。焦げそうだ。両膝が折れ、前のめりに両手をついた。ダメだ。すぐそこに出口があるのに動けない。全身を鎖で縛られたみたいだ。瞼が落ちる。力が蒸発していく。がくんと頭が垂れたとき、襟首を摑まれた。もの凄い力で引きずられ、そのまま、荷物のように放り出された。ずでんと転がり、手摺りに激突した。パールタワーに張り出した鉄製の非常階段だ。

「大きな呼吸はするなと言っただろう。出口間際じゃなきゃ死んでるぞ」

遊佐の冷たい言葉を聞きながら顔のタオルは剝ぎ取り、大きく息を吸い込んだ。途端に意識が戻り、身体に力が湧いた。甘い空気がたまらなく美味しかった。煤混じりの唾を吐き、激しく咳き込みながら、何度も何度も深呼吸した。喉がヒューヒュー鳴った。太一も頰を膨らませて貪《むさぼ》っている。多恵は遊佐に背中をさすられ、吐いていた。

白いタオルが煤と灰で真っ黒だ。顔を拭《ぬぐ》い、手を拭った。風が強い。非常階段が揺れる。歌舞伎町に夜の帳《とばり》が下りていた。南側、新宿駅の方にテナントビルを彩るネオンのブロックが連なって見える。極彩色の光の海が眼に痛い。

道路を隔てて向こう側にキャバレーの巨大な青いネオンが輝き、四人の姿を淡いブルーに染めていた。眼をこすり、涙を拭いて腰を上げた。ここは九階だ。下を見た。八階、割れたランパブの窓からブラインドがたなびき、炎と煙が赤黒のだんだら模様を描いて湧いている。火勢が強い。燃焼物が多いのだろう、九階とは比較にならない勢いだ。鉄製の非常階段を焼き、手摺りが熱した飴のように曲がっていた。

地上では消防車とパトカーが続々と集まり、西の大通りに面した正面玄関前は野次馬でいっぱいだ。サイレンの音が高く大きく響く。風が変わった。炎が八階と九階の中間、四人の真下の非常階段踊り場まで伸びる。熱風がうねりとなって襲う。溶鉱炉に吊り下げられたらこんな感じだろうか。

「上だ」

遊佐の力強い声がした。

「さっさと歩け」

英次は衰弱しきった太一を助けて、立ち上がった。遊佐は多恵を抱え、階段を昇って行く。腕が赤く染まり、火脹れができている。

「その火傷《やけど》――」

遊佐が振り向いた。

「おれは火消しのプロだ。大したことじゃない」

誇り高い言葉だった。

「邦町はどこだ」

英次の身体が硬直した。わななく唇を噛み、渇いた喉を絞った。

「十階で見た」

キャップの下で冷たい眼が細まった。英次は足を踏み出した。

「水谷敏郎のオフィスだよ。邦町はドアを蹴破って躍り込んで来た。九階で爆発が起こった後だ」

語りながら、尻の辺りから震えが這い上がってくる。スウィッチブレードで水谷を刺し殺した邦町満――恐ろしい光景だった。遊佐は、そうか、と素っ気なく言い、背を向けた。鉄の階段を駆け上がる冷たい音が響いた。

「英次、止《と》めてよ！」

多恵が叫んだ。革ジャンの焦げが黒く大きくなっている。多恵は踊り場の手摺りを摑み、かすれ声を振り絞った。

「遊佐が行っちゃうよお」

見上げた。遊佐が十階非常口のドアを開けた。あっ、と息を呑み、眼を瞑《つむ》った。噴き出した炎と黒煙になぎ倒される遊佐の姿が浮かんだ。が、轟音も絶叫もない。そっと眼を開けると、遊佐が内部をぐるりと見回している。消防士のチェック行動だ。ライトを手に、ごく自然に入って行った。炎は消えたのだろうか。水谷を覆ったはずの炎は――

「英次、連れ戻してよ」

煤まみれの顔が、クシャクシャに歪んでいる。ばかな。眼を逸《そ》らした。心臓を抉られた水谷の姿が浮かんだ。そして暗闇に潜む邦町満。想像しただけで身がすくんでしまう。太一もうなだれている。

「臆病者、ふたりとも大っ嫌い！」

多恵は口を押さえて嗚咽した。悲痛な泣き声が漏れる。英次はかぶりを振った。

「しょうがねえ。行くか」

「ぼくも」

太一が顔を上げ、唇をへの字に結んで見据えてきた。凛々しい姿だが、相当無理している。膝がわななないて、腰が抜ける寸前だ。

「おまえはいいよ」

「いやだ」

その強ばった下膨れの顔が、おまえには負けない、と言っている。英次は手摺りを摑み、重い身体を引き上げた。踊り場の多恵に、泣くな、と声を掛けたとき、十階非常口からぬっと遊佐が出てきた。ライトを片手に、「いない」とくぐもった声を漏らした。いない？　遊佐は顔のタオルをはずした。焦げてボロボロになったキャップの下で、眼が青い光を放った。

「どこにも姿がない。邦町は消えた」

じゃあ、心臓を抉られ口を裂かれた水谷はどうした？　黒焦げの死体は転がっていないのか？　不安と恐怖に身が絞られた。そのとき、太一が叫んだ。

「あそこっ！」

ピンポン玉のような眼が上を凝視し、指さしている。その先を追った。屋上だ。じっと見下ろす男がいる。そげた頰と、熱いオイルを垂らしたようにギラつく眼。邦町満だった。

甘ったるい臭いが鼻についた。瞬間、空気が動いた。

「みつる！」

遊佐が叫んだ。

「満、おれだ、京平だ」

その声には恐怖も畏怖もなく、あるのはただ喜びだけだ。歓喜というやつだ。初めて見る遊佐の感情の爆発だ。英次の背筋を悪寒が貫いた。

邦町がゆらりと手を振った。青白い手だ。唇を歪め、薄く微笑んでいる。来い、と言っている。遊佐が階段に足をかけた。ダメだ。英次はダッシュした。

「遊佐、待て」

かすれ声を張り上げ、走った。腰に組みつき、引き戻そうとした。が、微動だにしない。逆に胸倉を掴み、引き寄せてきた。右腕一本なのに、まったく抵抗できない。

遊佐の顔が目の前にあった。ヒッ、と喉が鳴った。間近で見る元消防士の顔は無残だった。皮膚が剝けて赤い肉が露出し、おぞましい斑《まだら》模様を描いている。唇は白くひび割れ、垂れた血が黒く固まっている。眉毛も睫《まつげ》も焼けて無い。

「その顔は——」

遊佐は白い歯をみせて笑った。晴れ晴れとした笑いだった。

「英次、これを持っていけ」

ナップザックを押しつけてきた。

「悪いが、おれはここまでだ」

「どうして」

遊佐は視線で屋上を示した。だが、邦町の姿はもうなかった。

「あいつが待っている。行かなきゃ」

英次は奥歯を軋《きし》らせて迫った。

「多恵も待ってるぜ」

遊佐は眼を伏せた。焼け焦げた顔が哀しげだった。多恵の嗚咽が風に千切れていく。九階からも炎が上がっている。どこかで重い音が響く。悲鳴だ。ビルが壊れていく悲鳴だ。

じゃあな、と遊佐が手を上げた。くそったれ。英次は摑みかかった。両手でポロシャツを握った。が、すぐに、ああっ、と情けない声が漏れた。摑んだポロシャツにまったく手応えがない。簡単に千切れた。生地が焦げてぼろぼろだ。

「あんた、こんなでよく――」

「おれは火が恐くないんだよ」

遊佐の凍った瞳が英次を射貫いた。

「おれは、おまえの思っているような男じゃない。多恵を守ってやるほど強くもない。悪いな」

言うなり、右足を飛ばしてきた。英次は両足を薙《な》ぎ払われて宙に舞い、腰から落ちた。

遊佐がすっ飛ぶように駆け上がり、屋上に消えた。甘ったるい臭いが濃くなる。英次は痛む腰を押さえながら、立ち上がった。

「英次、待って」

太一だ。多恵に肩を貸し、よろめきながら昇ってくる。

「多恵ちゃん、動くのも難儀なんだ」

「そこで休んでろよ」

荒く吐き捨てた。太一が眼を吊り上げた。

「なんだよ、炎が後から後から湧いてくるんだよ。九階も火の海だし、十階まで回ったらアウトだ。上から下から炎に煽られ、逃げ場のない非常階段で丸焦げだ」

そうだ。屋上以外、逃げ場はない。ドーン、と重い音が響いた。非常階段がガタガタ揺れる。慌てて手摺りを摑んだ。脚が震え、手が震えた。ダメだ。一刻の猶予もない。

「よし、来い」

己を鼓舞し、多恵に手を貸した。太一とふたり、左右から抱え、階段を昇った。ゴオッと熱風に煽られた。開け放った十階の非常口だ。熱が吹きつける。すぐにも炎が出そうだ。汗みずくになって非常階段を踏み込んだ。

屋上は広かった。腰の高さの鉄柵がぐるりと囲むだけのコンクリートの広場は、フットサルくらいならできそうだ。新宿駅のビルと西口の高層ビルがよく見える。三六〇度、繁華街のネオンに囲まれた屋上は、思ったよりずっと明るい。新聞は無理でも、広告チラシくらいは読めそうだ。風が舞っていた。あの甘ったるい臭いが吹きつける。ぐるりと見渡した。

すぐそこに、甘ったるい臭いの元が転がっていた。焦げてブスブスとくすぶる死体だ。

うっ、と呻いて多恵が両膝を折った。太一も魂を抜かれたように立ち尽くしている。黒焦げの死体は口を切り裂かれ、胎児のように丸まっていた。あの、お洒落で趣味人の青山さんが、いやリヴィエールが——

左前方に遊佐がいた。英次らには目もくれず、大股で一直線に歩いていく。唇が、みつる、みつる、と動いている。西の柵にもたれ、邦町満が立っていた。ジャンパーの裾が烈風にはためいている。死体を屋上まで引きずり上げ、モニュメントのように燃やした男はいま、刃を納めたスウィッチブレードを指先でくるくる回していた。

遊佐はなんの躊躇もなく邦町に接近し、両腕を広げた。何も持っていない、というポーズだろう。焦げた横顔が微笑んでいる。

つまらなそうにスウィッチブレードを回す邦町と、笑顔で歩み寄る遊佐。ふたりの間に殺気も緊張感も無く、このまま何事もなく終わるのでは、と思った。

「遊佐！」

悲痛な多恵の声が飛んだ。邦町がゆらりと動いた。スウィッチブレードを指先で弾く。瞬間、右腕が疾《はし》った。空中でグリップを摑むや、刃を弾き出し、懐に飛び込む。遊佐は両腕を広げたままだ。防御も何もない。邦町は細身の身体をねじ込むようにしてスウィッチブレードを突き立て、跳ね上げた。肉の裂ける鈍い音がした。

遊佐の腰が折れた。が、そのままもたれるように邦町に摑みかかり、両腕で抱えた。英次はわななく足を踏み出した。寄るな！　強い声がした。遊佐だ。青灰色の眼が光った。片手を、あっちへ行け、とばかりに大きく振る。多恵は四つん這いになり、膝でにじり寄ろうとするが、太一が身体を張って止めている。風がゴッと鳴った。熱風が屋上まで吹き上がる。英次は動けなかった。恐ろしいことが始まろうとしていた。

遊佐は邦町のジャンパーの懐に手を突っ込み、ペットボトルを抜き出した。邦町を抱え込んだままボトルキャップを外す。揮発性の臭いが鼻を刺した。邦町の頭に注ぎ、自分にも注いだ。冷たいガソリンが火傷に染みた。が、痛みは沸き立つ歓喜に吸収されていく。邦町は瞑目したまま動かない。口許には笑みさえ浮いている。

「さあ、おれたちの天使を呼び出してやろう」

遊佐は優しく語りかけた。カラン、と乾いた音がした。スウィッチブレードが床に落ちた。

「そうだ、満。おれは逃げも隠れもしない」

遊佐は耳許に唇を寄せた。

「あの夜、止まった時計がいま、動き始めたんだ」

脳裡に、華燿亭から舞い上がる、紅蓮の炎が浮かんだ。歌舞伎町の夜空を焦がす、破滅と再生の炎だ。

すべてのガソリンを注ぎ終わり、カラのペットボトルを投げ捨てた。心臓が跳ねる度に命が流れていく。深く抉られた傷口から、温かい血が湧いて出る。ジーンズがぐっしょりと重くなり、靴の底まで濡れた。

ゆさーっ、と絹を裂くような絶叫がした。多恵だ。這いずって来ようとする。背後から羽交い締めにする太一は顔をゆがめて泣いている。英次は突っ立ったままだ。三人の姿が滲んで流れた。あばよ、と小さく言った。

ジーンズのポケットからライターを抜き出し、ひねった。シュボッ、と炎が上がった。腕を炎が疾り、顔が燃えた。視界が朱に染まった。天使が踊っている。華燿亭でふたり、眺めたダンシング・エンジェルだ。頬が緩んでしまう。

肌が焼け、肉が焼けた。全身が炎に包まれた。脂が弾ける音がした。腕の中で邦町が燃えた。遊佐は炎になった邦町を抱き締め、そのまま柵に身体を預けた。床を蹴り、柵を越えた。ふたり、ずるりと落ちていった。喉が焼け、肺が焼けた。

満、ごめんな——遊佐は囁いたが、もう声にはならなかった。頭を下に、炎を抱いたまま落下していく。


英次は口を半開きにして見つめた。ボンッ、と破裂音がしてふたりが燃え上がった。風が炎を千切り、大きく煽る。生きながら焼かれていく遊佐と邦町は、木像のように動かない。夜空を背景に深紅の炎が鮮やかに浮かんだ。地獄に炎があるとしたらこんなだろう。炎はぐらりと揺れ、柵を乗り越えて消えた。

瞬間、フリーズしていた身体が動いた。英次は喚きながら走り、柵から乗り出すようにして下を見た。巨大な火の玉が尾を引いて落ちていく。正面玄関前を埋め尽くした無数の野次馬たちが蜘蛛の子を散らすように逃げる。アスファルトに激突し、炎が朱い滴《しずく》となって散った。オレンジの大輪の花が咲いたように見えた。周囲に、みるみる野次馬の輪が築かれていく。後から後からひとが集まる。悲鳴や喚声が風に乗って切れ切れに届く。

放して！

多恵が太一を振り切り、よろめきながら歩いてきた。

「英次、遊佐は」

顔にすがる色がある。

「ダメだ、終わった」

英次は柵に歩み寄ろうとする多恵を押しとどめた。

「見るな」

多恵がくずおれた。張り詰めていた心が切れたのだろう。がっくりと首を折って動かない。その時だ。足許が揺れ、ドーンッ、と腹に響く音がした。ビル全体が身震いし、英次は思わず柵を摑んだ。

「落ちた」

太一だ。四つん這いになったまま呟いた。コンクリートの床を見つめている。英次は張りついた舌を引き剝がした。

「落ちたって、なにが」

「十階フロアの床。下から昇ってきた炎に焼けて、落ちた」

「どうして判る」

「熱いんだ、このコンクリートが」

英次は腰を屈めて触った。たしかに熱い。深く息を吸った。落ち着け、頭を切り替えろ、と言い聞かせた。いまは遊佐も邦町も忘れろ。ここから逃げ出すことだけを考えるんだ。

「英次、もうダメだ。非常階段は使えないし、勢いを増した炎は、あと五分で屋上を熱々のフライパンにしてしまうよ。完全装備の消防士だって、ここまで上がってくるのは無理だ」

太一がすすり泣いた。多恵はぺったり座り込んで放心状態だ。どうすればいい、どうすれば。脳みそが焼き切れそうだ。そうだ。歩け、動くんだ。もしかしたらいい方法が見つかるかも。靴の裏で炎の咆哮を感じながら、柵に沿って歩いた。

西は大通りに面した正面玄関で、対面《といめん》のビルまで距離は十メートル以上。飛び移るにはハンググライダーでもなければ無理だ。非常階段のある南側は道の向こう、キャバレーのネオン看板が巨大な壁となって聳える。

東側は建物に接しているが、七、八メートル下に屋根がある。こっちはヘソ曲がりの建築家が設計したらしく、デコボコの切りたった山のようなマンションだ。飛び降りたら身体を引き裂かれ、バラバラ死体が一丁上がりだ。

残る北は、路地の向こうにテナントビルがあった。英次は眼をすがめた。煙と炎が噴き出して渦を巻き、ぼんやりとしか見えないが、テナントビルの屋上まで六メートルはある。しかし、ビルの背丈は少し低い。こっちより二メートルくらい低いかも。イチかバチかで跳ぶか？　低い分、距離は稼げる。が、跳ぶとなれば、柵をジャンプ台にするしかない。バランスを崩せば一巻の終わりだ。無様に手足をバタバタやりながら落ちていく姿が見えるようだ。確率は五分五分か。後は度胸だけだ。

煙の間から路地が見える。ひとの姿は数えるほどだ。熱心な野次馬は広いスペースのある正面玄関前に集まっているのだろう。恐ろしい炎の塊も落下し、文字どおり興奮に火を注いだ状態だと思う。

ふたりはどうする？　放心状態の女と小太りの運動神経ゼロ。無理だ。こめかみを脂汗が伝った。どうする、おれはどうしたらいい？　両手で頭を抱えた。肩が重い。そうだ、遊佐が託したナップザック。慌てて肩から外し、中を探った。ザイルだ。他になにもない。これ一本でいったいなにを――下に垂らして行けるところまで行ってみるか？　ダメだ。太一と多恵の腕の力ではこれも無理だ。しかも、八階九階の窓から噴き出す炎と煙がある。

頭にじんわり湧いたものがある。それは救助とは何の関係もない、大鍋に入った豚汁だ。四人で囲んで食った。遊佐がつくった豚汁はとても美味かった。味噌うどんも美味かった。鼻の奥が熱くなった。涙がこぼれた。遊佐。可哀想な遊佐。もっといろんな話をすれば良かった。つっぱってばかりでゴメンよ。

あの夜、どんな話をしたっけ。と、閃くものがあった。そうだ。延長コードだ。エイトノットだ。通し8の字結びだ。頭が悪いから、正確な結び方は忘れたが、太一のような運動神経ゼロの野郎でも助け出す方法を教えてくれた。しかもビルの屋上から

――

よっしゃあ。

「太一、行くぞ！」

大声で叫んだ。ヤケクソだ。ザイルを鉄柵に幾重も巻いて結びつけた。強く引っ張ってみる。大丈夫だ。次いで柵に足をかけ、体重を預けて引っ張ってみる。これも大丈夫だ。

「太一、見とけよ」

大きく手を振った。太一は座り込んだまま呆然とした表情だ。

「おれが失敗したらおまえは焼き豚だ。恨むなよ」

なに言ってるんだろう、という顔だ。放心状態の多恵はあさっての方向を向いている。

よし、前を向き直り、ザイルの端を右手に握り、一気にダッシュした。腕を大きく振り、ストライドを伸ばしてぐんぐんスピードを上げる。柵に右足を掛け、踏み切っ

た。ウオリャア！ キャップが飛んだ。両手両脚をぐるぐる回し、ジャンプした。煙の壁を突っ切った。テナントビルの屋上が眼前にあった。宙に浮いている。路地が見える。クルマがミニカーのようだ。視界が一メートルくらい下がった。推進力を失った身体が呆気なく落ちていく。墜落、の二文字が浮かんだ。やっぱ、無理かも――刹那、膝に激突したものがある。咄嗟に両腕で頭を抱えた。そのままズデンと転がった。左肩を激しく打ち、全身が固いものに叩きつけられた。視界で虹色の火花が散った。意識が朦朧としている。

大の字になっていた。夜空で星がひとつ、ふたつ、瞬いている。歌舞伎町で初めて星を見た。小粒のダイヤモンドのようだ。目尻を涙が伝った。ヨッコ、ヨッコ。ダイヤの指輪くらい買ってやれば良かった。

声がする。頭の隅で囁く。おまえはなにをやっている？　意識がふわりと浮上した。そうだ、おれは――ゆっくりと上半身を起こした。頭を振った。屋上の金網柵に足を引っかけ、派手に倒れ込んだようだ。右手に握ったザイルを確認する。大丈夫。

よしっ、腰を上げた。左腕が痺れている。肩を回してみた。痛みがあるが、なんとか動かせる。えいじ、えいじーっ、と太一が呼んでいる。煙の向こう、下膨れの顔が見える。柵を摑んで必死の形相だ。

英次はザイルをピンと張り、金網柵の支柱に結わえた。左腕がうまく動かない分、苦労したが、なんとかなった。煙が濃くなっている。急がなくては。太一が叫ぶ。

「英次、どうすんだよおっ」

ほとんど涙声だ。

「ロープの上なんか渡れないよ」

ガクッときた。おまえはサーカス団員か。

「いいか、よく聞け」

両手をメガホンにして叫んだ。

「遊佐が言ってたろう。イチかバチかの場面で握力の弱い女性や子供をザイルで救出する方法だ」

あっ、と声がした。記憶力だけはいい太一だ。すぐに理解したようだ。

あの夜、遊佐はザイルにみたてたコードを右腋に挟み、両手をがっちり組み合わせて説明した。「このまま一気に滑り降りるんだ。摩擦による擦過傷《さっかしょう》を防ぐために、服を挟めば万全だ」と。加えて、「降下角度45度まで可能だから、向かい側のビルの人間と工夫して、片方が階数を下げるなりしてポジションを確保しろ」とも。幸い、ここはふたつの屋上に理想的な高低差がある。だが、補助者が付かない単身の救助だけに、失敗は死につながる。

煙が眼に染みた。太一の姿が朧《おぼろ》になっていく。

「でも多恵ちゃん、動かないよ」

情けない声がした。ムカッ、とした。

「おまえが説得するんだよ。じきに煙と炎に巻かれて渡れなくなっちまうぞ」

黒い煙が吹きつけた。激しくむせながら怒鳴った。

「とっとと行け！」

太一が背を向けて消えた。英次は待った。空中に張った、太さ一センチもない水色のザイルがひどく頼りなく見える。九階の窓から昇る炎が、舌なめずりをしている。十階の窓を炎が突き破ったら万事休す。早く、早くしろ、と祈った。

7

「多恵ちゃん、行こう」

太一は声を絞った。コンクリートの床は熱く焦げている。あと一分もしたら目玉焼きができる。ぺたんと座り込んだ多恵の腕を取った。が、立とうとしない。

「もう、無理だよ」

多恵はどろんとした眼で見た。

「太一くんだけ行きなよ」

力のない声が鼓膜を舐めた。多恵は腕を払い、下を向いた。なんだよ――

「遊佐は一生懸命やったじゃないか。命懸けでぼくらを助けてくれたじゃないか」

語りながら、太一は猛烈に腹が立った。

「これはなんだよ」

焦げた革ジャンパーを摑んだ。

「半袖のポロシャツ一枚で頑張ったんだぞ。絶体絶命の炎の中から救い出してくれてさ。ここで死んだら、遊佐が怒るって」

多恵は革ジャンパーの襟元をかきよせ、見上げた。煤と涙でグチャグチャだ。乾いた唇が動いた。

「怒るかなあ」

「もの凄く怒ると思う」

「どれくらい」

多恵は小首をかしげた。

「こんくらい」

短い両腕を精一杯広げた。多恵はクスッと笑った。

「たいしたことないじゃん」

両手をはたき、立ち上がった。

後を追った。

多恵は何事もなかったように歩いた。太一はその後ろ姿をぽかんと見つめ、慌てて

ピンと張ったザイルを前に、太一は説明した。多恵はふんふん、とうなずき、羽織っていた革ジャンを右の腋下に挟むと、柵を越え、ザイルにとりついた。

「多恵ちゃん、落ち着いてね。握った両手は絶対に離しちゃだめだよ」

「太一くんこそ落ち着いて」

ピタピタと平手で頬を叩いてきた。

「震えているよ」

煤まみれの黒い顔が笑った。いい笑顔だ。春の陽だまりのような——多恵の心中に思いをはせ、涙が出そうになった。

「英次、多恵ちゃんが行くよ！」

煙の向こうで英次が、よし、と手を振った。

「じゃ、お先」

多恵は脇を締め、両手を組み合わせてあっさりビルの縁を蹴った。躊躇もなにもない。スーッと滑っていく。煙の壁を割り、多恵がテナントビル屋上に到着した。英次の手を借り、金網の向こう側に降り立った。拍子抜けするほどスムーズな脱出劇だっ

た。

「太一、来い！」

英次が叫んだ。よし、ぼくだって。柵を跨ぎ、ビルの縁に立った。ジャケットを脱ぎ、ザイルに掛け、その上から右腕を回し、腋の下に挟む。キャップを被り直した。ビュッと風が吹いた。身体が揺れた。

「早くしろ！」

足がガクガク震える。ダメだ。悪いことばかり想像してしまう。

「眼を瞑《つむ》って一気に滑っちまえ」

そうだ。眼を閉じよう。ギュッと瞑り、両手を握り締めてピョンと跳んだ。シューッと流れていく。なんだ、案外簡単じゃん。もうそろそろだろう。瞼をこじ開けた。英次が、早く早く、と腕を振っている。多恵は両手を組み合わせ、祈るように見ている。なんだよ、まだ半分も来ていない。

下を見た。ぞっとした。ビルに挟まれた路地は深い深い谷底だ。三十メートルはある。そこに宙吊りになっている。キュッと喉が鳴った。麻のジャケットは実に滑りが悪い。ノロノロと、蝸牛《かたつむり》の歩みで移動していく。熱い。九階から昇る炎が尻に届きそうだ。煙も凄い。喉と眼が痛い。ちょっと待て。随分と悪い状況じゃないのか？　右腕が痺れてきた。非力なうえに体重がある分、筋肉の消耗が早い――嫌いだ。こういう場で冷静に自己分析してしまう自分が、たまらなく嫌いだ。

多恵が眉をひそめている。表情に憐れみがある。バカな。死んでたまるか。短い脚を回した。クルクル、ペダルを漕ぐように。少しは推進力を増してくれるかも。全身が汗びっしょりになった。呼吸も辛《つら》くなってきた。やばい。体力が持たない――ガクン、と身体が落ちた。ぎゃっ、と悲鳴が出た。ガクン、ガクン、と落ちていく。ザイルが緩んで〝く〟の字になっている。屋上の英次と多恵を見上げる格好になった。なに、これ。英次が両手でザイルを掴み、必死に引き上げようとしている。が、とても無理だ。

ザイルの端を見た。なんだよ。金網に固定した結び目がエイトノットじゃない。メチャクチャな結び方じゃないか。これじゃあ緩むのも当然だ。ぼくに任せれば、ばっちりエイトノットで結んでやったのに。

どうしよう。くの字に緩んだザイルから、どうやって這い上がればいいんだろう。すでに右腕は限界だ。プルプル震え、腋が開こうとしている。落下するのは時間の問題だ。三十メートル下のアスファルトに叩きつけられる自分を想像した。割と冷静だった。恐怖の限界を超えると達観してしまうのだろうか。

やっぱ、ダメだったんだ。ぼくの人生、こんなもんだ。英次も多恵も生き残って、ぼくだけ死んでいくんだ。絶望も恐怖もなく、猛烈な悔しさだけが突き上げた。チッキショーッ、最後の力を振り絞って叫んだとき、それは起こった。

英次と多恵の顔が凍った。瞬間、背後でパリン、と何かが砕ける音がした。肩越しに振り返った。えっ、と口が半開きになった。十階だ。ガラスが砕け、炎がゴッと噴き出した。のたうつ赤い大蛇のようだ。

炎の大蛇はザイルをあっさり呑み込み、ぶち切った。身体が呆気なく落下した。咄嗟に右腕をザイルに巻きつけ、左手で摑んだ。テナントビルの壁が迫る。ビュッと空気が鳴った。凄いスピードだ。まるでターザンだ。

太一、足だ！　英次の声が聞こえた。そうだ、足。両足を揃えた。深く曲げ、壁に激突した。膝のクッションでは抑えきれず、額がぶつかった。ガツッ、と鈍い音がして意識が薄れた。上下に大きく揺れる。ザイルの伸縮性は大したものだ。まるでゴムじゃないか――

太一、太一。大声が降ってくる。ゆっくりと首を曲げ、見上げた。英次だ。金網を越えて屋上の縁にいる。両手でザイルを握り、鬼の形相で引き上げようとしている。その背後に多恵がいた。英次のベルトを摑んでいるのだろう。金網越しに両腕を伸ばし、反り身になって叫んだ。

「太一くん、頑張れ！」

背中が熱い。炎が迫る。肩が抜けそうだ。激痛と熱波に頭が眩んだ。

おおりゃあ、英次が腰を落とし、ザイルを引き上げる。ずっ、ずっ、と上がった。が、もう右腕がもたない。左手の握力も緩んできた。煙に巻かれ、涙と鼻水が垂れた。

えいじー。太一はか細い声で呼びかけ、首を振った。

「もういい、無理だ」

ばっかやろう！　歯を剝いて吠えた。

「てめえ、手を離したら、ぶちのめすからな」

いや、手を離したら、墜落して死ぬと――顔に生温かいものがかかった。眼を細めた。英次の手だ。ザイルを握った両手から血が垂れている。皮膚が裂け、肉が抉《えぐ》れたのだろう。が、英次は諦めない。頰を膨らませ、両足を踏ん張ってザイルを引き上げていく。

太一もザイルを握り締めた。あと二メートル、一メートル。汗みどろの英次は、ウオオオッ、と雄叫びを上げて最後、ポロシャツの襟首を摑み、引き上げた。縁に足がかかった。多恵の手を借り、太一は金網を乗り越えた。ずでんとコンクリートの床に落ちた。

助かった。凍っていた恐怖が溶け出していく。身体が日向《ひなた》に置いたアイスクリームのように緩んだ。ぺったりと座り込み、ガタガタ震えた。歯の根が合わない。指がわなないている。

「太一、行くぞ」

英次が右手を差し出した。ザイルが食い込んだ跡がひどい有り様だ。

「警察が来たらヤバイ。奴らは信用できない」

そうだ。怖い現実が身を絞った。血に濡れた英次の手をがっちり握り締めた。そのまま腰を上げた。英次があごをしゃくった。

「おまえのそのデコ、病院に行かなきゃ」

指先で触ってみた。ぷっくり腫れている。まるでゴルフボールだ。キャップを被り直した。

「英次の手だって」

英次は片目を瞑《つむ》り、もぐりの韓国人の医者を知っている、と言った。

「歌舞伎町、長いもんね」

「そう、生き字引」

そして英次は肩をすくめ、困った顔で目配せした。そうだ、多恵——金網を摑み、燃え盛るパールタワーを見ていた。太一はそっと肩に手をおいた。

「多恵ちゃん、行こう。ここにいたらマズイ」

そうだね、と呟き、パールタワーに背を向けた。三人は、押し黙ったまま歩いた。

8

四日後、田舎へ帰る嶋村多恵を見送りに行った。ＪＲ新宿駅の中央線ホーム。午後二時の松本行き特急だという。

白のブランドシャツにイタリア製のスーツを羽織った英次は、ゆっくりとした足取りでホームに上がった。多恵は黒のトラベリングバッグを足許に置き、両腕を組んでつまらなそうに立っていた。英次を認めるなり、眉を寄せた。

「手、大丈夫？」

ボブヘアをかき上げながら訊いてきた。英次は包帯でぐるぐる巻きにした両手を掲げた。

「全治、二カ月。計十八針縫った」

「名誉の負傷だね」

「おかげさんで」

「太一は？」

英次はホームを見回した。

「まだ」

困惑の表情だ。英次も困った。何を話せばいいのだろう。ま、いっか。出発まであと三分もない。

「田舎に帰ってどうする?」

「判らない」

多恵は眼を伏せた。英次は指先でこめかみをかいた。

「東京を離れたいだけだろう」

「かもね」

多恵は顔を上げた。

「英次は?」

「おれは歌舞伎町が第二の故郷だから」

「そうね。似合ってるよ」

「ありがとさん」

発車アナウンスが流れた。

「じゃ」

多恵はバッグを掴み、さっさと入っていった。ドアが閉まった。電車が動き出す前に、英次は踵《きびす》を返した。べたべたした見送りは性に合わない。視界の端に小太りが見えた。どこかに隠れようとウロウロする、黒のキャップを目深に被った、怪しい小太り男だ。逃がすか。走り寄り、首を抱えた。

「この二枚目野郎、カッコつけ過ぎだ」

額を包帯で巻いた太一は、身をよじり、逃げようとした。

「ほら、太一、多恵が行くぞ」

多恵がドアの向こうから手を振った。太一は半べそをかいて、さよなら、と言った。

電車が去ったホームに、砂を噛むような思いだけが残った。

「多恵のこと、本気で好きだったんだな」

「でも多恵ちゃん、遊佐のこと、忘れられないから」

英次は黙り込んだ。遊佐京平と邦町満の死は、なんとか屋上に逃れたものの火に追われ、落下した、ということで済まされた。そして、パールタワーのオーナー、青山雄介は屋上で焼け死んだ、と。結局、青山の正体を報じたマスコミは皆無だった。遊佐と邦町の関係も、だ。蓋は固く閉め直されたのだろう。

現場に客として居合わせた元消防士の遊佐は、最後まで避難誘導を行っていたとの美談も語られたが、それも一過性のものだと思う。所詮、風俗ビルの客だ。美談の価値も半減だ。

パールタワーは八階から十階、そして屋上まで焼けたものの、死者は、火元とみられるリネン室前で焼け死んでいた従業員も含めて四人。歌舞伎町では珍しくもない事件だ。すぐに忘れ去られる。明神ビルの大火災さえ過去のものとなりつつあるのだ。まったく、なんて街だろう。

ホームを降り、新宿駅の巨大な地下道を歩きながら太一に訊いてみた。これからどうする、と。太一は言い淀み、それでもぽつぽつと語った。なんでも、大学を卒業して三年間は第二新卒扱いでの就職が可能なので、改めて仕事を探すという。

「ぼく、英次みたいに強くないから、組織で生きていくしかないんだ」

気弱に言った。

「買いかぶるなよ」

英次は苦いものを嚙み締めた。

「英次はどうする？」

おれは——雑踏のざわめきが全身を包む。

「おれはこの街でのし上がってやるさ」

言ってしまってから、やるしかないだろう、と己を励ました。

「パールタワーで助けたコはどうしたの？　クミコとかいった」

さすがによくおぼえている。横を向き、一緒に住んでいる、と言った。

「やっぱり彼女の部屋で？」

そう、と英次は蚊の鳴きそうな声で応えた。

「あーあ、いいよなあ。いっつもモテモテでさ。女の子がいない時期なんてないんじゃないの」

返す言葉がなかった。改札を抜け、東口に上がった。カラフルな雑踏が眩しい。新宿は今日も賑やかだ。太一が、じゃあ、と去って行こうとする。

「ちょっと待て」

呼び止めた。

「行きたい場所がある。付き合え」

「どこ？」

太一が首をかしげた。

「華燿亭だ」

下膨れの顔から血の気が引いた。

「英次、華燿亭はもう無いんだよ。判る？」

こいつ、頭は大丈夫か、と言いたげな困惑の表情だ。

「だから跡地だよ。いま駐車場になってんだ」

さ、行くぞ、と促した。太一はかぶりを振りながらも、渋々尾《つ》いてくる。

コマ劇場の奥、ラブホテル街の一角にそれはあった。ビルに囲まれた、月極め契約の駐車場だ。コンクリート張りのだだっ広いエリアに白線が縦横に引かれ、番号を記したたけの、殺風景な駐車場だ。クルマはベンツ、ＢＭＷに国産の高級車がほとんどだが、空きスペースがずっと多い。あまり流行っていないらしい。

英次は中をぶらぶら歩いた。青いラブホテルの向こうに、青山雄介こと水谷敏郎がいたマンションが見える。水谷はこの駐車場を眺めながら、なにを考えたのだろう。パールタワーも見える。あの輝くばかりのビルが、いまは煤まみれの無残な姿を晒していた。

「英次、もう帰ろうよ」

太一が心細げに言った。

「ただの駐車場じゃないか。もう十六年も前のことだからさ、なんにも残っていないって」

想像力の逞しいオタクだから、いろんなことを思ってビビっているのだろう。日本刀で斬り殺された文子さんとか、眞田伊織とか——駐車場を眺めるうちに眼に留まったものがある。英次は奥に向かって歩いた。太一がうんざり顔で尾いてくる。

古びたブロック塀の脇に、それは転がっていた。緑色に苔むした石像だ。ひと抱えはあるガマガエルだ。横に倒れ、頭が半分欠けている。腰を屈め、指先で触ってみた。湿った苔と、ざらついた石の肌が歳月を感じさせる。柄にもなくしんみりした。

「これさあ」と太一も触ってきた。

「一千万円もする、特別注文の石像だよね」

えっ、と息を呑んだ。

「そんなにするのか」

「手紙に書いてあったじゃん。たしか二通目。巨大な錦鯉は一匹百万で、貧弱な黒松は二千万もしたんだよ」

事もなげに言う。根本的な脳みその出来が違うのだろう。こいつも使い方さえ間違えなきゃ、いいとこまでいくかも、と自分のことは棚に上げて思った。

「ここで夜空を焦がす大火災があったなんて、信じらないよねえ」

太一は空を見上げた。ビルに囲まれた四角いちっぽけな空は重い鉛色だった。

「なあ、太一」

なに、と下膨れの顔を向けてきた。

「邦町満のことなんだけどさ」

怯えの色が浮かんだ。英次は続けた。

「あいつ、水谷の十億を完全に無視しただろう」

太一は小さくうなずいた。

「だから水谷はラストワンじゃない。そうは思わないか」

「英次、そんな……」

「邦町満は水谷を殺すとき、こう言ったんだ」

ひと呼吸おいて告げた。

「おまえはまちがっている、と」

えっ、と眼を丸くして太一が絶句した。英次は静かに語った。

「水谷は、心底驚いた顔をしていた。狂乱のバブル時代、華燿亭事件を演出し、六千億円を奪って逃げ切ったあの水谷が、だぜ」

太一の唇が動いた。

「じゃあ、本当のラストワンはやっぱり――」

言葉が続かない。英次が引き取った。

「そう、遊佐京平」

「どうしてさ。明確な理由はなに？」

悲痛な声が耳朵《じだ》を叩いた。

「そんなもの、知るか」

吐き捨てた。

「遊佐と邦町が地獄の底まで持って行ったんだろう」

沈黙が流れた。歌舞伎町のノイズが聞こえる。二十四時間、途絶えることのない、欲と色に塗《まみ》れた喚き声だ。

「そういえばさあ」

太一がぽつりと呟いた。

「手紙に気になる箇所があったんだ」

「どこだよ」

太一は指をこめかみに当てて眼を閉じた。眉間に筋が刻まれる。記憶を引き出している。三呼吸分の沈黙が流れ、口を開いた。

「十六通目」

首をひねった。たしか全部で十七通あったはずだが、十六通目の内容など霧の彼方だ。英次の困惑をよそに、太一は語った。

「あれは華燿亭事件の詳細だった。恐ろしい惨劇の模様だよ」

そうだ、十六歳の邦町満がお告げの間からプライベートルームに入り、生臭い臭いがして――

「こうあったよね。〝わたしにはその恐ろしい姿が、一本のフィルムになって鮮やかに見えたよ。あれは文子さんの仕業なんだろうか？　死にきれない文子さんの魂がわたしに見せたのだろうか？　いまでも判らないんだ〟と」

あった、おぼえている。だが、どこがどう気になるのだろう。太一は瞼を開けた。眼が充血している。

「あれって真実じゃないと思うんだ。斬り殺された文子さんが邦町満に見せたバーチャルだよ」

背筋が凍った。太一の唇も震えている。

「華燿亭事件の真相は別にあるんだ」

真相――英次はか細い声で「どういうことだ」としか言えなかった。太一は眼を伏せた。

「もう、いいよ」

自分を納得させるように言った。

「終わったことだもの」

英次もうなずいた。

「そう、終わったことだ」

苔むしたガマガエルを撫でた。華燿亭の名残《なごり》はこのおかしな石像だけだ。真相は別にあるとしても、もう十六年も前のことじゃないか。すべて終わったのだ。朽ち果てたガマガエルがその証《あかし》だ。

さ、行くか、と腰を上げた。風が舞った。タタッ、と足音が響く。えいじ、あぶない！　太一が叫んだ。咄嗟に身体をひねり、横に飛んだ。脇腹が熱い。焼きゴテを当てられたみたいだ。白いシャツがみるみる赤く染まった。

痩せた男がナイフを腰だめに立っていた。銀髪の、冥い眼をした男。ヤンだ。チンピラの頭を斧で叩き割った短気な中国人だ。

「日本人、おまえのせいでおれは――」

低い声で言った。眼が血走り、小鼻が膨らんでいる。『ラッキーナイト』を馘《くび》になり、自棄《やけ》になっている。英次は片膝をついて語りかけた。

「ヤン、おまえの力が足りなかっただけだ。もう一度、やり直せ。それに『ラッキーナイト』はもう――」

「うるさい！」

唾を飛ばして吠え、ヤンは足を踏み出した。ケーサツ、ケーサツ、と大声がする。太一がドタドタ走り回り、ケーサツ、ケーサツを呼んで、と騒いでいる。チッと舌打ちをくれ、ヤンは身を翻《ひるがえ》して逃げて行った。ひとが集まり始めている。ラブホテルから出てきたカップルが遠巻きに眺めている。

英次はスーツの上衣を傷口に当て、腰を上げた。

「英次、救急車呼ぼうか、ついでに１１０番も」

太一が息を弾ませながらケータイを取り出した。

「どうってことない」

「だってあいつ、ナイフで襲いかかってきたんだよ」

「モテる男はいろいろあるんだよ」

納得したのかしないのか、そっかあ、と言いながら、肩を貸してくれた。

「モテなくてよかったろう」

太一は首を振った。

「英次にモテない男の哀しみなんて判らないよ」

英次は苦笑し、病院まで付き合ってくれ、と言った。

「また保険のきかない韓国の医者?」

「今度は台湾だ。ペーパーナイフから青龍刀まで、切り傷にめっぽう強い凄腕だ」

太一はため息を吐いた。

「モテない病《びょう》を治してくれる医者はいないかなあ」

「ここは歌舞伎町だ。どっかにいるかもよ」

太一の肩を借りながら、英次は歩いた。

最後の手紙

ここまで付き合ってくれてありがとう。心から感謝するよ。

わたしとおまえは同類だ。直《じき》に、この世から去らなければならない。残念だ。長い長い物語の果てにふさわしい話をしよう。父が事件から五日後、新宿警察署の留置施設で首を吊った理由だ。それはおまえも知らない、新たな事実だ。

わたしが調査の中で手に入れた資料のひとつに、警察が保管していた死体検案書がある。あの薄汚い眞田はどうでもいい。美しい文子さんの検案書だ。焼け焦げた文子さんの傷痕からおかしな異物が見つかったんだよ。ステンレスの破片だ。包丁の刃のかけらだ。

警察は当然、父を厳しく追及したさ。焼け落ちた華燿亭の前で血まみれの包丁をぶらさげ、立っていた男だ。取調室で強面《こわもて》の刑事が机を叩き、「おまえは眞田だけでなく、宮村文子も殺しただろう」と。

父は絶望したと思う。わたしは父にこう言っているのだから。「先生が、この豚野郎が文子さんを斬り殺した」と。

判るだろう。哀れな父は動かぬ証拠、つまり包丁の破片を突き付けられ、別の惨劇が見えたのだ。ああ、こうやって書いているだけで息が詰まる。呼吸が苦しくなってくる。頭がどうにかなりそうだ。

コンクリートに囲まれた留置施設で父は、わたしがふたりを殺したと思い込んだのだ。眞田ひとりではなく、文子さんもね。こんな悲劇があるか？　息子が愛する女を殺したという動かぬ証拠を前に、父の哀しみはいかばかりだったろう。

わたしの父は、心優しい邦町章生は、すべての罪を背負って死んでいった。警察の苛烈な追及を受ける中、己の愚かな息子を守るために自ら命を絶った。

あの世でさぞかしわたしを恨んでいることと思う。「どうして本当のことを言ってくれなかった、おれはおまえの父親じゃないか」とね。

父が自殺し、すべては闇に葬り去られた。警察はこれ幸いとばかり、華燿亭事件に強引に幕引きをしてしまった。

犠牲者は、どこの馬の骨とも知れぬ三十五歳の元キャバレーホステスだ。そのホステス殺しの犯人が、バブルに踊ったおかしな占い師だろうと、占い師の哀れな奴隷だろうと、大した違いはない。都合よくふたりとも死んでくれて、警察は万々歳だったろう。

黄ばんだ死体検案書を見たとき、わたしは、己の存在が消えてなくなればいい、と願った。こんな事実を知るくらいなら死んだほうがましだ、と思ったさ。

そうだよ。美しい文子さんを殺したのは遊佐京平、おまえだ。

レールの音が響く。多恵は十八通目の手紙、最後の手紙から顔を上げ、窓の向こうを眺めた。市街地を抜けた電車は、なだらかな山々に囲まれた秋の青空の下を走っていた。多恵は頬を伝う涙を指で拭い、手紙の続きを読んだ。

京平、待ってろ。三人を始末してからだ。踊る天使がやつらを焼き、しるしを刻み、地獄へ葬った後だ。わたしはおまえに会うよ。必ず会うよ。そして、すべてを終えたわたしは旅立つのさ。わたしを心から愛してくれた父の許へ。

〔完〕

本書は二〇〇九年一月に中央公論新社より刊行された『踊る天使』を改題し、大幅に加筆・修正しました。

本作品はフィクションであり、実在の個人・団体などとは一切関係がありません。

文芸社文庫

ザ・バブル　新宿 華耀亭事件

二〇一七年十月十五日　初版第一刷発行

著　者　永瀬隼介
発行者　瓜谷綱延
発行所　株式会社　文芸社
〒一六〇－〇〇二二
東京都新宿区新宿一－一〇－一
電話　〇三－五三六九－三〇六〇（代表）
〇三－五三六九－二二九九（販売）
印刷所　図書印刷株式会社
装幀者　三村淳

ISBN978-4-286-19173-7

[文芸社文庫　既刊本]

贅沢なキスをしよう。
中谷彰宏

いいエッチをしていると、ふだんが「いい表情」に。「快感で人は生まれ変われる」その具体例をあげて、心を開くだけで、感じられるヒント満載！

全力で、1ミリ進もう。
中谷彰宏

失敗は、いくらしてもいいのです。やってはいけないことは、失望です。過去にとらわれず、未来から今を生きる――勇気が生まれるコトバが満載。

フェイスブック・ツイッター時代に使いたくなる「孫子の兵法」
村上隆英監修　安恒　理

古代中国で誕生した兵法書『孫子』は現代のビジネス現場で十分に活用できる。2500年間うけつがれてきた、情報の活かし方で、差をつけよう！

「長生き」が地球を滅ぼす
本川達雄

生物学的時間。この新しい時間で現代社会をとらえると、少子化、高齢化、エネルギー問題等が解消される――？　人類の時間観を覆す画期的生物論。

放射性物質から身を守る食品
伊藤　翠

福島第一原発事故はチェルノブイリと同じレベル7に。長崎被ばく医師の体験からも証明された「食養学」の効用。内部被ばくを防ぐ処方箋！